rororo

ro
ro
ro

LIV HELLAND

DAS INSELKRANKENHAUS

Sommerstürme

ROMAN

Rowohlt Taschenbuch Verlag

Originalausgabe
Veröffentlicht im Rowohlt Taschenbuch Verlag, Hamburg, Juni 2021

Redaktion Anne Fröhlich
Covergestaltung HAUPTMANN & KOMPANIE Werbeagentur, Zürich
Coverabbildung kupicoo/iStock; Tina Terras & Michael Walter/
Getty Images
Satz aus der Calluna
bei Pinkuin Satz und Datentechnik, Berlin
Druck und Bindung CPI books GmbH, Leck, Germany
ISBN 978-3-499-00310-3

Die Rowohlt Verlage haben sich zu einer nachhaltigen Buchproduktion verpflichtet. Gemeinsam mit unseren Partnern und Lieferanten setzen wir uns für eine klimaneutrale Buchproduktion ein, die den Erwerb von Klimazertifikaten zur Kompensation des CO_2-Ausstoßes einschließt.
www.klimaneutralerverlag.de

FSC www.fsc.org
MIX
Papier aus verantwortungsvollen Quellen
FSC® C083411

1

Greta atmete tief durch und ließ den Blick über den Strand schweifen, der im frühen Morgenlicht verlassen dalag. Der frische Seewind zerzauste ihre dunklen Haare und zerrte an ihrer dünnen Windjacke. Sie roch das Salz und den Tang, hörte das Rauschen der Wellen und sah, wie das Orange der aufgehenden Sonne mit dem immer heller werdenden Blau des Himmels verschmolz.

Es war erst kurz nach sechs, deshalb würde es noch eine Weile dauern, bis die Touristen in ihren Hotel- und Ferienhausbetten erwachten und die Strandkörbe eroberten. Den Tag über würde dann wieder ein buntes Treiben herrschen, so wie immer während der Hochsaison, und das vergessene Schlauchboot, das in der Ferne dicht an der Wasserlinie auf dem Sand lag, wirkte wie ein stummer Vorbote der vielen Menschen, die hier bald einen entspannten Sommertag genießen würden.

Jetzt jedoch hatte Greta den Strand noch für sich allein. Okay, nicht ganz, dachte sie, denn in der Ferne sah sie zwei Leute mit ihrem Hund spazieren gehen, und ein Jogger lief am Wellensaum entlang in ihre Richtung.

Mit einem Seufzen ließ sie sich neben einem der noch verschlossenen Strandkörbe in den Sand sinken, zog die Schuhe aus und krempelte ihre Jeans bis zu den Knien nach oben. Barfuß lief sie dann das letzte Stück auf die Brandung zu und sog die Luft ein, als die erste Welle ihre Füße umspülte. Die Nordsee war noch sehr kalt um diese Uhrzeit, aber das nahm Greta gerne in Kauf für die Ruhe, die sie hier fand.

Schon als Jugendliche war sie oft im Morgengrauen ans Meer gegangen, vor allem dann, wenn sie – so wie jetzt – etwas beschäftigte. Nichts half besser, um den Kopf wieder freizubekommen, und so manche Entscheidung war ihr leichter gefallen, nachdem sie hier darüber nachgedacht hatte. So wie damals, als sie mit achtzehn schweren Herzens die Beziehung zu ihrem Jugendfreund Leif beendet hatte, weil ihr klargeworden war, dass es einfach nicht funktionierte zwischen ihnen. Oder als sie kurz darauf beschlossen hatte, die Insel zu verlassen, um in Kiel eine Ausbildung zur Krankenschwester zu beginnen. Seitdem waren acht Jahre vergangen, doch sie verband wichtige Wendepunkte ihres Lebens noch immer mit der klärenden Wirkung dieses Ortes. Während sie weiter am Wasser entlangging, stellte sich dieser Effekt, auf den sie auch heute gehofft hatte, allerdings nicht ein.

Vielleicht lag es daran, dass es diesmal nicht um sie selbst ging, sondern um ihren Vater. Vor allem seinetwegen war sie vor einem halben Jahr auf die Insel zurückgekehrt, um ihn – zusammen mit ihrer Mutter und ihrem Bruder Erik – davon zu überzeugen, dass er endlich handeln musste. Aber wie sich herausgestellt hatte, war das gar nicht so leicht. Asmus Paulsen war ein herzensguter Mensch, aber er konnte wie alle Insulaner verdammt stur sein. Er wollte einfach nicht einsehen, dass es zu einer Katastrophe kommen würde, wenn er nicht bald Vernunft annahm, und mit jedem Tag, der verstrich, ohne dass die Familie zu ihm durchdrang, wuchs Gretas Sorge. Es musste bald etwas passieren, sonst …

Abrupt blieb sie stehen und starrte auf das orangerote Schlauchboot, das etwa zwanzig Meter entfernt an der Wasserlinie auf dem Strand lag. Von weitem hatte sie es für eines dieser aufblasbaren Dinger gehalten, mit denen Kinder herumpaddelten. Jetzt erkannte sie jedoch, dass es größer war. Dieses Modell war ein stabiles Schlauchboot mit Außenbordmotor, so wie Yachten es manchmal als Beiboot mitführten. Aber irgendetwas stimmte nicht damit. Obwohl es halb im Wasser lag und die Wellen immer wieder daran leckten, bewegte es sich nicht. So, als wäre es zu schwer.

Greta kniff die Augen zusammen und blinzelte ins Gegenlicht. Oben auf dem Rand lag etwas, das aussah wie …

«Mein Gott», stieß sie hervor, als sie erkannte, dass es eine Hand war.

So schnell sie konnte, rannte sie über den nassen Sand auf das Boot zu und sah im Näherkommen, dass jemand bäuchlings darin lag.

«Hallo?» Sie kniete sich neben das Boot in den Sand und griff nach dem Arm, der über dem Rand hing. Vorsichtig drehte sie die Person auf den Rücken und erkannte, dass es eine junge Frau war. Sehr jung sogar, vielleicht nicht einmal achtzehn.

Sie hatte dunkelbraunes, schulterlanges Haar, dessen untere Hälfte lila-blau eingefärbt war, und trug ein T-Shirt mit dem Logo einer bekannten Punk-Band unter dem offenen Camouflage-Hemd, eine ausgefranste Jeans und dazu Sneakers, die irgendwann mal weiß gewesen sein mussten. Außerdem zierten zahlreiche Tattoos ihre Arme, und in der rechten Augenbraue steckten zwei Piercing-Ringe.

«Hallo?» Greta schaltete sofort in den professionellen Modus und prüfte den Puls der Frau, während sie versuchte, sie zu wecken. «Hallo, können Sie mich hören?»

Die Frau stöhnte und öffnete kurz die Augen, schloss sie dann jedoch wieder. Die Atmung war normal, wie Greta erleichtert feststellte, und auch das Herz schlug regelmäßig und stark. Außer einer Abschürfung an der Wange schien sie keine äußeren Verletzungen zu haben.

«Hallo? Wachen Sie auf!»

Die Lider der Frau flatterten, und sie schlug erneut die Augen auf. Einen Moment lang wirkte ihr Blick leer, dann fuhr sie abrupt hoch und schlug dabei heftig um sich.

«Hey, alles gut!» Greta wich ein Stück zurück und hob beschwichtigend die Arme. «Ich will Ihnen helfen.»

«Wo bin ich?» In den Augen der Frau lag ein panischer Ausdruck. «Auf der Insel?»

Greta nickte und überlegte, ob die junge Frau vom Festland gekommen sein konnte. Aber das war kaum vorstellbar. Der kleine Motor war viel zu schwach, damit schaffte man es bei der starken Strömung kaum bis hierher, schon gar nicht nachts. Greta vermutete, dass es sich bei dem Schlauchboot um das Tenderboot einer Yacht handelte, die sich irgendwo in der Nähe der Insel befand. Andererseits wirkte die junge Frau so erschöpft, als würde sie sich schon länger in dem Boot befinden.

«Von wo sind Sie gekommen?», fragte Greta.

Die Frau antwortete nicht, sondern erhob sich plötzlich. Bevor Greta sie daran hindern konnte, stieg sie aus dem Boot. Sie kam jedoch nur zwei Schritte weit, dann blieb sie stehen und hielt sich stöhnend die Seite.

Greta half ihr ein Stück den Strand hinauf, wo der Sand trocken war, und ließ sich neben der Frau nieder, als diese sich erschöpft in den Sand setzte.

«Wo tut es weh?»

Die junge Frau legte die Hand auf ihre rechte Seite, kurz über dem Hüftknochen. «Da.»

«Legen Sie sich hin. Ich bin Krankenschwester, ich sehe mir das mal an.»

Sie zögerte und fixierte Greta misstrauisch. Doch dann gab sie nach und legte sich auf den Rücken. Vorsichtig schob Greta das T-Shirt hoch und tastete ihren Bauch ab.

«Alles weich», murmelte sie und wanderte mit ihrer Hand zur rechten Leistengegend.

«Au!», schrie die junge Frau, als sie in der Nierengegend leichten Druck ausübte.

Greta bat sie, sich auf die Seite zu drehen, und untersuchte die schmerzhafte Stelle genauer. Sie entdeckte ein Hämatom seitlich über dem Beckenknochen. Etwas musste die junge Frau dort hart getroffen haben.

«Wissen Sie, wie das passiert ist?», erkundigte sie sich, während sich die Frau auf den Rücken zurückrollte. «Hatten Sie einen Unfall?»

Die Frau antwortete nicht, deshalb versuchte Greta es mit einer anderen Frage.

«Wie heißen Sie denn?»

Wieder kam keine Antwort.

«Wissen Sie es nicht, oder möchten Sie es mir nicht sagen?»

Der trotzige, abwehrende Ausdruck in den Augen der Unbekannten verriet, dass offenbar Letzteres der Fall war. Sie setzte sich mühsam wieder auf und schlug Gretas Hand weg, als sie ihr helfen wollte.

«Lass mich in Ruhe», fauchte sie.

«Das kann ich nicht. Ich sehe doch, wie schlecht es Ihnen geht», erklärte Greta. «Bitte lassen Sie mich Ihnen helfen, damit es nicht noch schlimmer wird. Okay?»

Die junge Frau zögerte lange, dann entspannte sie sich, und ihre Augen füllten sich mit Tränen. «Mir ist kalt», sagte sie kleinlaut. «Und das tut so scheißweh.»

Greta zog ihre Jacke aus und legte sie ihr um die Schultern. Ihr war klar, dass es nichts brachte, noch mehr Fragen zu stellen. Die junge Frau wollte offenbar nichts sagen, und wichtig war jetzt erst mal, sie so schnell wie möglich ins Krankenhaus zu bringen.

Doch als Greta den Notruf absetzen wollte, stellte sie fest, dass ihr Handy nicht in ihrer Gesäßtasche war. Einen Moment lang glaubte sie erschrocken, es irgendwo auf dem Weg verloren zu haben. Dann fiel ihr ein, dass es noch zu Hause auf dem Küchentisch liegen musste. Sie hatte es dort abgelegt, als sie sich die Schuhe angezogen hatte, daran erinnerte sie sich noch. Dann war Skipper, der alte Golden Retriever ihrer Eltern, hereingekommen und hatte sie schwanzwedelnd bedrängt, ihn mitzunehmen. Er liebte Spaziergänge, durfte aber wegen seines Hüftleidens nicht mehr so viel laufen. Es war ihr schwergefallen, ihn zu enttäuschen, deshalb hatte sie sich mit dem Aufbruch beeilt – und vergessen, das Handy wieder einzustecken.

«Verdammt», fluchte sie leise und überlegte, was sie

tun sollte. Allein lassen wollte sie die junge Frau nicht, die sich gegen sie gelehnt hatte. Aber sie musste irgendwie Hilfe holen, deshalb blickte sie sich um. Die Spaziergänger waren nicht mehr zu sehen, aber der Jogger hatte sich ein gutes Stück genähert.

«Hallo! Hierher!», rief sie ihm zu und winkte wild mit dem Arm. «Bitte! Ich brauche ein Handy!»

Der Mann hielt kurz inne, dann lief er weiter und hielt mit federnden Schritten auf sie zu. Er war groß und wirkte durchtrainiert, trug Sneakers und eine Laufhose mit passender Trainingsjacke. Eine Schirmmütze verdeckte sein Gesicht, dennoch kam er ihr bekannt vor. Aber das konnte doch nicht ...

Der Mann erreichte sie und ging neben ihr und der jungen Frau in die Hocke.

«Was ist passiert?», fragte er so abgeklärt und ruhig, wie es nur jemand tat, der tagtäglich mit verletzten und kranken Menschen konfrontiert war. Und diese Stimme. Das war eindeutig ...

«Doktor Ritter!» Ungläubig starrte Greta ihn an, weil er so ziemlich der letzte Mensch war, den sie hier so früh am Morgen erwartet hätte. Sie war dem neuen Chefarzt, der vor gut vier Wochen die chirurgische Abteilung an der Hansen-Klinik übernommen hatte, bisher nicht ein einziges Mal außerhalb der Dienstzeit begegnet. Darüber, was er in seinem Privatleben machte, hatte sie noch nie nachgedacht, und sie wäre nicht darauf gekommen, dass er morgens am Strand joggen ging. Irgendwie hatte sie ihn eher für den Fitnessstudio-Typ gehalten. Und dass seine Laufstrecke ausgerechnet hier am Südstrand entlangführte, wunderte sie auch. Wohnte er denn nicht in

Westerwyk, dem größten Ort der Insel, in dem auch das Krankenhaus lag? Davon war sie ausgegangen. Aber was wusste sie schon wirklich über Doktor Mark Ritter?

Eigentlich nur, dass er als Chirurg ein Überflieger war, der es mit sechsunddreißig schon zum Chefarzt gebracht hatte. Und dass er an der Hamburger Parkklinik und zuletzt am renommierten Lennox Hill Hospital in New York gearbeitet hatte, bevor er hierhergekommen war. So jedenfalls hatte ihn die Geschäftsführerin Helga Börnsen bei seiner Einführung vorgestellt und dabei mehrmals betont, wie glücklich sie sich alle schätzen konnten, dass sie ihn für das Inselkrankenhaus hatten gewinnen können. Ritter war ein echter Jackpot, der das fachliche Prestige der Klinik steigerte, deshalb hatte Greta sich eigentlich darauf gefreut, ihn kennenzulernen. Aber genau das hatte sich als extrem schwierig erwiesen ...

Er hob den Kopf, als er seinen Namen hörte, und in seinen klaren grauen Augen lag wie so oft ein Ausdruck von Unnahbarkeit.

«Ich habe Sie was gefragt, Frau Paulsen», sagte er so streng, dass sie gar nicht auf die Idee kam, sich darüber zu wundern, dass er sie offenbar gleich erkannt hatte. «Wer ist die Frau?»

«Das weiß ich nicht. Sie lag in dem Boot da drüben, offenbar war sie damit auf dem Wasser, aber sie will nicht sagen, wo sie hergekommen ist oder wie sie heißt. Sie ist so weit stabil, aber erschöpft und dehydriert. Außerdem hat sie ein stumpfes Trauma in der Leistengegend. Ich tippe auf eine Nierenquetschung.»

Ritter runzelte die Stirn, offenbar überrascht von dieser detaillierten Einschätzung. «Darf ich mal sehen?»

Die junge Frau zuckte erst zurück, ließ es dann aber zu, dass auch er sie noch einmal kurz untersuchte.

«Sie haben recht.» Er musterte Greta aufmerksam, als er fertig war, und in seinem Blick lag Anerkennung. «Ist der RTW schon unterwegs?»

Greta schüttelte den Kopf. «Nein. Ich ...»

«Sie haben die Rettung noch nicht verständigt?» Seine Miene verdunkelte sich, und er sah sie an, als hätte sie den Verstand verloren. «Die Frau muss sofort in die Klinik.»

Greta spürte Wut in sich aufsteigen. Dieser Mann war manchmal echt nicht zu fassen!

Als er die Leitung der Chirurgie übernommen hatte, war sie freundlich auf ihn zugegangen und hatte versucht, ihm seine Anfangszeit so leicht wie möglich zu machen. Schließlich wusste sie selbst, wie schwer es war, woanders neu zu beginnen. Außerdem war sie neugierig gewesen auf seine medizinischen Fähigkeiten. Sie hatte ihn sogar verteidigt, als die anderen sich über seine distanzierte Art beschwert hatten.

Aber irgendwann hatte auch sie gemerkt, dass es keinen Zweck hatte. Doktor Mark Ritter behandelte jeden mit einer kühlen Professionalität, die schon fast an Unhöflichkeit grenzte. Und er schien überhaupt nicht zu merken, wie sehr er damit das Arbeitsklima beeinträchtigte. Die Hansen-Klinik war ein kleines Haus mit nur zwei Abteilungen, Chirurgie und Innere. Entsprechend flach waren die Hierarchien. Ärzte und Pflegepersonal gingen freundschaftlich miteinander um, was auch daran lag, dass man sich auf der Insel generell gut kannte.

Daran, sein neues Team besser kennenzulernen, schien Ritter jedoch kein Interesse zu haben. Er war ein exzellenter Arzt, fachlich gab es nichts auszusetzen. Aber er redete nur das Nötigste und war derart verschlossen, dass sie ihn im Haus nur noch «Doktor Schweigsam» nannten. Und dass er jetzt auch noch glaubte, ihr das völlig Offensichtliche erklären zu müssen, fand sie richtig unverschämt.

«Natürlich muss die Frau in die Klinik», erwiderte sie, ohne seinem Blick auszuweichen. «Und ich hätte den RTW selbstverständlich längst angefordert, aber das ist ohne Handy leider nicht möglich. Deshalb habe ich Sie ja zu mir gerufen – weil ich hoffe, dass Sie eins dabeihaben.»

Ritter runzelte die Stirn. «Wieso haben Sie denn kein Handy dabei?», fragte er so vorwurfsvoll, dass Greta sich sofort wieder angegriffen fühlte.

«Weil ich es zu Hause vergessen habe. Ist Ihnen das noch nie passiert?»

Ritters Gesicht verlor ganz plötzlich an Farbe. Zum ersten Mal, seit sie ihn kannte, wich der abweisende Ausdruck aus seinen Augen und wurde ersetzt durch einen rohen Schmerz, der Greta erschreckte. Hoppla, dachte sie. Offenbar war Doktor Schweigsam doch nicht so emotionslos, wie er oft wirkte. Wieso ging ihm ihre Frage so nah?

Einen langen Moment blickten sie sich in die Augen, dann wandte Ritter sich abrupt ab und zog wortlos sein Smartphone aus einer Tasche am Ärmel seiner Laufjacke. Er wollte den Notruf wählen, hielt jedoch in der Bewegung inne. Dann drückte er mehrfach auf den Knopf an der Seite, aber das Display blieb schwarz.

«Der Akku ist leer.» Er starrte auf das Handy und schien zu überlegen, wie das sein konnte. Dann huschte ein Ausdruck der Erkenntnis über sein Gesicht.

«Nicht geladen?», riet Greta, und der schuldbewusste Blick, den er ihr zuwarf, bestätigte ihr, dass sie richtiglag.

Mit einem Stöhnen ließ er das nutzlose Telefon sinken. «Tut mir leid, ich ...»

«... vergesse leider auch mal was?», beendete Greta den Satz für ihn und hob die Augenbrauen.

«Sieht so aus.» Er zuckte mit den Schultern und hob einen Mundwinkel zu einem schiefen Lächeln, das ziemlich entwaffnend war.

Wow, dachte Greta und überlegte, ob er sie zuvor schon mal angelächelt hatte. Wahrscheinlich nicht, denn daran hätte sie sich erinnert. Es veränderte sein Gesicht, machte ihn viel sympathischer.

«Und was machen wir jetzt?», fragte er.

Greta blickte zur Düne hinauf, über die sie gekommen war. Es gab einen schmalen Weg, der von dort zurück zur Straße führte.

«Ich könnte nach Dinkersen laufen und von dort den RTW rufen. Dafür brauche ich aber mindestens eine Viertelstunde, selbst wenn ich mich sehr beeile.»

«Mein Auto steht oben auf dem Parkplatz», sagte Ritter.

«Wollen Sie damit in den Ort fahren und die Rettung rufen?»

Er nickte, überlegte dann aber noch mal. «Oder wir bringen die Frau direkt zum Krankenhaus. Dann sind wir schneller und brauchen nicht zu wart...»

«Krankenhaus?» Die junge Frau richtete sich erschrocken auf. «Ich will in kein scheiß Krankenhaus.»

«Das geht aber nicht anders», erklärte Greta ihr. «Wenn Ihre Niere gequetscht ist, so wie wir vermuten, dann müssen wir feststellen, wie schlimm es ist. Falls es zu einem Riss gekommen ist, müssen Sie vielleicht operiert werden ...»

«Nein!» Die Frau sprang auf und wich vor Greta und Ritter zurück, die sich ebenfalls aus dem Sand erhoben. Sie hielt sich nur mühsam auf den Beinen. «Es ist nicht so schlimm. Ich komme schon klar!»

Ritter machte einen Schritt auf sie zu und wollte nach ihr greifen, um sie zu stützen, aber sie stieß ihn mit überraschend viel Kraft weg. Dann drehte sie sich um und lief los. Die Verzweiflung schien ihr ungeahnte Kräfte zu verleihen, denn jetzt schaffte sie eine deutlich größere Distanz, bevor sie wieder stehen blieb und sich völlig außer Atem die Seite hielt. Ihr Gesicht war schmerzverzerrt.

«Jetzt seien Sie doch vernünftig», schimpfte Ritter, der ihr mit Greta gefolgt war. «Wir müssen Sie ...»

Er brach ab, als Greta ihm eine Hand auf den Arm legte und sich an ihm vorbeischob zu der jungen Frau, die jetzt wieder mit den Tränen kämpfte.

«Schon gut», sagte sie beschwichtigend. «Ich weiß, dass das alles beängstigend ist. Aber Ihnen passiert nichts im Krankenhaus, das verspreche ich Ihnen. Wir wollen nur sichergehen, dass Ihre Verletzung nicht gefährlich ist. Sobald es Ihnen bessergeht, können Sie wieder gehen. Okay?»

Die Frau schien von den wenigen Metern, die sie zurückgelegt hatte, völlig entkräftet zu sein, denn sie schwankte leicht.

«Okay», sagte sie und wehrte sich nicht mehr, als Ritter zu ihr trat und sie stützte.

Greta und Ritter tauschten einen Blick, der Greta sagte, dass sie beide das Gleiche dachten. Noch war die Frau stabil, aber sie musste dringend in die Klinik.

«Ich trage Sie ein Stück, in Ordnung?», fragte er, und als die Frau matt nickte, nahm er sie auf die Arme und hielt auf die Düne zu.

Greta wollte ihm folgen, doch dann fiel ihr ein, dass sie immer noch barfuß war. Schnell lief sie zu der Stelle zurück, wo ihre Sneakers lagen, rieb sich den Sand, so gut es ging, von den Füßen und schlüpfte hinein. Dann rannte sie zurück zu Ritter, der schon mehr als die Hälfte des Strandes überquert hatte.

Es war anstrengend für ihn, mit der Frau auf dem Arm durch den tiefen Sand zu stapfen, das sah Greta ihm an. Aber er schaffte es bis hinauf zum Strandweg, der jenseits der Düne in einen unbefestigten, teilweise mit Gras bewachsenen Parkplatz mündete.

Später würde er voller Autos sein, doch jetzt stand dort nur ein viertüriges silbernes Mercedes-Sportcoupé. Greta hatte es schon auf dem Hinweg bemerkt, war jedoch zu sehr in Gedanken gewesen, um zu erkennen, dass es derselbe Wagen war, den sie schon öfter auf dem Klinikparkplatz gesehen hatte.

«Und jetzt?», fragte sie, als sie das Auto erreichten. «Direkt zur Klinik?»

Er nickte. «Der Wagen müsste sich selbst entriegeln», sagte er, als sie ihn gerade nach dem Autoschlüssel fragen wollte.

Tatsächlich ließen sich die Türen öffnen, und Greta erinnerte sich, dass es bei Modellen dieser Preisklasse meist reichte, wenn sich der entsprechende Chip nah genug am Fahrzeug, sprich in der Jackentasche des Fahrers, befand. So eine ausgefeilte Technik besaß ihr alter Golf nicht.

Vorsichtig stellte Ritter die junge Frau wieder auf die Füße, und sie halfen ihr gemeinsam auf die Rückbank. Greta legte ihr die Jacke über die Beine, während Ritter sich schwer atmend gegen das Auto lehnte.

Greta lief auf die andere Seite des Wagens und stieg hinten ein. Sie rutschte bis in die Mitte, um nah bei der jungen Frau zu sein, die sich sofort erschöpft gegen sie sinken ließ.

Nach dem Wind, der sie draußen durchgepustet hatte, war es hier drin angenehm warm und still. Und es roch gut, nach dem Leder der Sitze und einem maskulinen Aftershave, das Greta überraschend angenehm fand. Den Duft hatte sie an Ritter noch nie bemerkt. Aber wann wäre sie ihm dafür auch je nah genug gekommen?

«Was passiert jetzt mit mir?», fragte die junge Frau.

Ritter hatte sich hinter das Steuer gesetzt und startete den Motor.

«Wir machen im Krankenhaus ein paar Tests und finden heraus, was genau Ihnen fehlt», sagte er und blickte über seine Schulter, um den Wagen zurückzusetzen.

«Aber ich bleibe hier auf der Insel?» Ihre Stimme klang zwar matt, aber dennoch angespannt.

«Das kommt darauf an», erklärte er. «Es gibt ein paar Untersuchungen, für die wir hier nicht ausgerüstet sind. Aber das ist kein Problem. Falls es nötig ist, fliegen wir Sie mit dem Hubschrauber rüber in unsere Partnerklinik in …»

«Nein!» Die junge Frau fuhr hoch und wurde ganz bleich. «Nicht aufs Festland!»

Überrascht sahen Ritter und Greta sie an.

«Warum nicht?», fragte Greta.

Ein Zittern durchlief die junge Frau. «Hier bin ich sicher. Aber wenn ihr mich zurückschickt, bin ich tot.»

2

Wie meinen Sie das?», fragte Ritter. «Werden Sie bedroht?»

Die junge Frau schüttelte den Kopf, aber das war offensichtlich keine Antwort auf seine Frage, denn sie schien gar nicht mehr zuzuhören.

«Ich kann nicht zurück! Bitte, schickt mich nicht zurück!» Ihr Atem ging jetzt schneller, und Panik stand in ihren Augen.

«Keine Sorge, Sie bleiben hier bei uns», versicherte ihr Greta. «Und niemand tut Ihnen etwas, hören Sie? Dafür sorgen wir. Sie sind bei uns in Sicherheit.»

Die Worte schienen zu der jungen Frau durchzudringen, denn ihre Anspannung ließ nach, und sie sank wieder gegen Gretas Schulter.

«Ihr bringt mich nicht wieder aufs Festland? Wirklich nicht?», fragte sie schläfrig.

«Nein», bekräftigte Greta. «Wir fahren Sie nur ins Krankenhaus und untersuchen Sie. Mehr nicht.»

Sie suchte Ritters Blick im Rückspiegel, weil sie wollte, dass er das auch noch einmal bestätigte. Aber er war schon losgefahren und starrte konzentriert nach vorn.

Der Strandweg mündete nach ein paar Metern in die Landstraße, und nach wenigen Minuten erreichten sie

Dinkersen. Da sie sehr schnell unterwegs waren, lag der kleine Ort jedoch fast sofort wieder hinter ihnen, und sie hielten auf Westerwyk zu, vorbei an Maisfeldern und Weideflächen, auf denen Pferde und Rinder grasten. Das alles nahm Greta nur am Rande wahr, so sehr war sie auf die junge Frau konzentriert, die mit geschlossenen Augen an ihrer Schulter lehnte. Und darauf, dass sie in Ritters Auto saß.

Es fühlte sich ein bisschen unwirklich an, vielleicht, weil sie bis vor ein paar Minuten noch davon ausgegangen war, dass sie ihn für eine Fahrt in seinem Privatwagen niemals gut genug kennen würde. Er legte so viel Wert darauf, sich von allen im Krankenhaus zu distanzieren, dass sie instinktiv das Gleiche getan und nicht mehr viel über ihn nachgedacht hatte.

Jetzt fragte sie sich plötzlich, warum er gerade diesen schicken Sportwagen fuhr, der eigentlich gar nicht zu ihm passte. Es war ein schönes Auto, keine Frage, und top ausgestattet mit Ledersitzen und viel Chrom und glänzend poliertem Holz. Aber mit seinen ein Meter neunzig wirkte Ritter dafür irgendwie zu groß. Wenn sie für ihn ein Auto hätte aussuchen müssen, dann wäre ihre Wahl auf etwas Robusteres gefallen. Einen Geländewagen vielleicht. Oder wenn schon einen Mercedes, dann ein schönes altes Vintage-Modell mit mehr Charakter ...

Die Frau stöhnte und riss Greta aus ihren Gedanken.

«Wir sind gleich da», sagte Ritter, nachdem er einen besorgten Blick nach hinten geworfen hatte, und fuhr noch ein bisschen schneller. Sie hatten den Stadtrand von Westerwyk erreicht, und es dauerte nur noch wenige Minuten, bis sie auf das Krankenhausgelände einbogen.

Die Hansen-Klinik war ein zweistöckiger, weitläufiger roter Klinkerbau mit gelben Fensterrahmen, der eher an ein Bürogebäude erinnerte. Wäre der Schriftzug über den automatischen Glasschiebetüren am Eingang nicht gewesen, hätte man sicher nicht erwartet, dass sich hinter den Mauern ein vollausgestattetes Akut-Krankenhaus befand. Es war eines der kleinsten in Deutschland, aber es verfügte über alles, was nötig war, um Notfälle direkt auf der Insel zu behandeln.

Ritter fuhr um das Gebäude herum und parkte an der Schleuse, die eigentlich für Rettungswagen reserviert war.

«Ich bin gleich zurück», sagte er und lief zu der automatischen Tür, die sich nur mit einem Zahlencode öffnen ließ. Er tippte die Kombination ein, verschwand im Gebäude und kehrte kurz darauf mit einer fahrbaren Liege zurück, gefolgt von Susanne Walter, die an der Hansen-Klinik die Pflegedienstleitung innehatte.

Susanne war fünfundfünfzig, hatte dunkelblondes Haar, eine füllige Figur und, wenn sie gut gelaunt war, ein lautes, herzliches Lachen. Sie war die Seele des Hauses und behielt stets den Überblick über ihre «Schäfchen», wie sie die Pfleger und Schwestern liebevoll nannte. Ihr entging nichts, was im Krankenhaus passierte, und sie sorgte mit ihrem ausgleichenden Wesen dafür, dass die Stimmung auch dann gut blieb, wenn es mal irgendwo knirschte.

Jetzt war sie, wie bei jedem Notfall, ganz auf die junge Frau konzentriert, half ihr zusammen mit Ritter und Greta auf die Liege. Falls sie sich darüber wunderte, dass der Chefarzt am frühen Morgen in Begleitung einer Krankenschwester in seinem Privatwagen vorfuhr, um eine Verletzte in die Notaufnahme zu bringen, ließ sie es sich nicht anmerken. Ritter schien sich dennoch genötigt zu fühlen, ihr in knappen Worten zu erklären, wie genau es dazu gekommen war.

«Wer hat Dienst? Doktor Rebien?», fragte er dann.

Susanne nickte. «Er kommt sofort.»

«Gut. Sagen Sie ihm, es handelt sich um ein stumpfes Trauma in der Leistengegend. Verdacht auf Nierenquetschung. Wir brauchen einen Ultraschall des Bauchraums und gegebenenfalls ein CT. Sollte das nicht reichen, veranlassen Sie bitte, dass die Patientin ...»

«Es ist bestimmt nicht so schlimm», unterbrach Greta ihn und strich der jungen Frau, die jetzt wieder hellwach war und mit großen Augen ihrer Unterhaltung folgte, über den Arm. «Wir finden sicher ganz schnell heraus, woher die Schmerzen kommen.»

Sie wusste, was Ritter hatte sagen wollen: dass die Patientin ausgeflogen werden musste, falls eine Magnetresonanztomographie nötig war. Eine solche «Röhre» gab es nämlich nur in ihrer Partnerklinik auf dem Festland. Aber so panisch, wie die junge Frau vorhin reagiert hatte, war es vermutlich besser, das erst wieder zu erwähnen, wenn eine Verlegung dorthin tatsächlich nötig war.

«Außerdem sollten wir den Urin auf Blut untersuchen», fügte sie hinzu.

Ritter starrte sie an, sichtlich fassungslos darüber, dass sie ihm einfach ins Wort gefallen war – und jetzt auch noch seine Anordnungen ergänzte. Aber er fing sich wieder.

«Ja, das auch», sagte er mit ziemlich finsterer Miene.

«Na, dann legen wir mal los», sagte Susanne und wollte die Liege ins Gebäude schieben. Doch die junge Frau klammerte sich an Gretas Arm fest.

«Kommst du mit?», fragte sie und sah so verunsichert aus, dass Greta erneut klarwurde, wie jung sie war. Hinter ihrem ruppigen Verhalten und ihrem auffälligen Äußeren steckte ein junges, verängstigtes Mädchen.

«Frau Paulsens Dienst beginnt erst um zwei Uhr», sagte Ritter, bevor Greta eine Chance hatte zu antworten. «Aber Sie müssen sich keine Sorgen machen. Sie sind hier in guten Händen.»

Greta hätte gerne angeboten, trotzdem zu bleiben. Aber sie war ziemlich sicher, dass Ritter genau das nicht wollte. Und wenn sie darüber eine Diskussion mit ihm anfing, würde es die Patientin nur noch weiter verunsichern.

«Das stimmt», bestätigte sie deshalb lächelnd. «Schwester Susanne wird sich um Sie kümmern, bis ich komme. Und ich sehe dann sofort nach Ihnen. Okay?»

Die junge Frau nickte zaghaft und ließ Greta los, sodass Susanne sie ins Gebäude schieben konnte.

Greta wartete, bis sich die automatische Glastür hinter den beiden geschlossen hatte, dann funkelte sie Ritter wütend an.

«Warum haben Sie mich nicht mitgehen lassen? Es hätte mir nichts ausgemacht!»

«Frau Walter kommt klar. Sie braucht Ihre Unterstützung nicht», erwiderte er.

Greta schnaubte. «Susanne nicht, das weiß ich. Aber die junge Frau schon. Sie ist total durcheinander und braucht jetzt jemanden, dem sie vertraut ...»

«Und das sind Sie?», fiel ihr Ritter ins Wort. «Herrgott, Frau Paulsen, wo bleibt Ihre professionelle Distanz? Sie kennen die Frau doch erst seit ein paar Minuten, also wird es wohl kaum einen Unterschied machen, ob sie von Ihnen behandelt wird oder von Frau Walter. Wir können nicht jedem Patienten seine persönliche Krankenschwester zur Verfügung stellen.»

Betroffen sah Greta ihn an. Das war der Ritter, den sie kannte – harsch in seiner Kritik und meistens eher unfreundlich. Dass er auch anders sein konnte, hätte sie vermutlich nicht geglaubt, wenn sie es vorhin am Strand nicht selbst erlebt hätte.

«Das ist doch gar nicht der Punkt ...», widersprach sie, aber er ließ sie nicht ausreden.

«Doch, genau das ist der Punkt. Sie hängen sich zu sehr rein. Das ist mir schon ein paarmal aufgefallen. Und was noch schlimmer ist: Sie machen Versprechungen, die wir nicht halten können. Wir müssen die junge Frau ausfliegen, wenn wir ein MRT brauchen, das wissen Sie ganz genau. Aber dank Ihnen glaubt sie jetzt, dass sie auf jeden Fall bleiben kann.»

Greta trat ein Stück näher an ihn heran und sah zu ihm auf, weil er deutlich größer war als sie. «Dann hätte ich Ihrer Ansicht nach also lieber riskieren sollen, dass sie eine Panikattacke bekommt, nur um sie auf etwas hinzuweisen, das vielleicht gar nicht eintritt? Die Frau hat Angst, und ich wollte ihren Zustand nicht noch verschlimmern. Und außerdem ...» Sie hielt inne, weil ihr fast etwas herausgerutscht wäre.

Ritter runzelte die Stirn. «Außerdem was?»

Sie zögerte und überlegte, wie sie das Problem diplomatisch formulieren konnte.

«Und außerdem ist ‹professionelle Distanz› nicht immer angebracht. Vor allem nicht in der Art, wie Sie das meinen.»

Ritter schwieg, sichtlich überrascht von ihrer Kritik, und Greta redete schnell weiter, bevor er sie daran hindern konnte.

«Ich weiß, dass man in unserem Beruf nicht alles an sich heranlassen darf. Aber für mich gehört persönliches Engagement zur Pflege dazu. Die Menschen, die zu uns kommen, befinden sich in einer Ausnahmesituation. Sie sind plötzlich nicht mehr gesund, und das ist beängstigend für sie. Deshalb müssen wir sie nicht nur medizinisch behandeln, sondern auch versuchen, ihnen wieder Sicherheit zu geben. Da können ein Lächeln und ein bisschen Mitgefühl schon viel bewirken.»

Ritter hob die Augenbrauen. «Was soll das heißen? Dass ich unfreundlich zu den Patienten bin?»

«Nein, aber für Sie sind das alles nur Fälle. Sie halten die Leute auf Distanz, dabei ist das doch hier bei uns in der Hansen-Klinik überhaupt nicht nötig. Wir haben nur zwanzig Betten, und alle Patienten, egal ob von der Chirurgie oder der Inneren, liegen zusammen auf derselben Station. Da verliert man nicht so schnell den Überblick wie in großen Häusern. Wir sind ganz nah an den Patienten dran, das ist ja gerade das Besondere an unserem kleinen Inselkrankenhaus. Das geht verloren, wenn wir alle nur noch Dienst nach Vorschrift machen.»

Ritter beugte sich ein Stück zu ihr herunter. «Ich habe nicht gesagt, dass alle Dienst nach Vorschrift machen sollen, sondern dass Sie Ihr Engagement nicht so übertreiben müssen.»

«Ich will mich aber engagieren», widersprach Greta. «Und Sie sollten das auch endlich mal tun!»

Das Grau seiner Augen wurde undurchdringlicher denn je. «Wie darf ich das verstehen?»

Greta schluckte. Auch das hatte sie ihm eigentlich nicht sagen wollen. Aber nun konnte sie nicht mehr zurück, deshalb hielt sie seinem Blick stand.

«Sie sind jetzt seit einem Monat hier, aber Sie bringen sich überhaupt nicht ein. Persönlich, meine ich. Sie interessieren sich nicht für die Leute, die hier arbeiten, und merken nicht mal, wie verletzend das ist. Man hat das Gefühl, als wären wir für Sie gar nicht wirklich da. So leitet man kein Team, Doktor Ritter!»

So, jetzt war es heraus! Gretas Herz schlug wild, während sie auf seine Reaktion wartete. Sie rechnete damit, dass er böse auf sie sein oder sie vielleicht sogar anbrüllen würde. Tatsächlich starrte er sie jedoch nur mit einer Mischung aus Überraschung und Ungläubigkeit an.

«Ich glaube nicht, dass ich Ihnen Rechenschaft darüber schuldig bin, wie ich meine Abteilung leite», sagte er dann. «Aber falls es Sie beruhigt: Ich bin gerne hier. Und ich schätze das Klinikteam sehr. Sie alle leisten exzellente Arbeit, mit der ich sehr zufrieden bin.»

Es klang hölzern, aber Greta war trotzdem verblüfft, weil es das erste Kompliment war, das sie aus seinem Mund hörte.

«Dann zeigen Sie das doch mal!», forderte sie ihn auf. «Sie sind immer so kritisch, egal um was es geht. Vorhin am Strand zum Beispiel haben Sie mir sofort Vorwürfe gemacht, weil ich den Rettungswagen noch nicht gerufen hatte. Darauf, dass ich keine Möglichkeit hatte, das zu tun, sind Sie gar nicht gekommen. Und jetzt engagiere ich mich angeblich zu sehr für die Patienten. Man kann es Ihnen einfach nicht recht machen!»

Ritter stand jetzt dicht vor ihr, und ihr fiel zum ersten Mal auf, dass seine Augen gar nicht nur grau waren. Es gab einige blaue Einsprengsel darin, die man erst aus der Nähe wahrnahm.

«Erstens habe ich Sie gerade erst gelobt», sagte er. «Und zweitens hätte ich nicht gedacht, dass Sie Kritik so schlecht vertragen können. Vor allem, wo Sie selbst so freigiebig damit sind.»

«Da sind wir ja dann schon zwei», gab sie zurück, und einen Moment lang blickten sie sich stumm in die Augen. Dann hoben sich Ritters Mundwinkel plötzlich zu einem Lächeln.

Es hatte die gleiche Wirkung auf Greta wie beim letzten Mal, denn sie vergaß, dass sie eigentlich wütend auf ihn war. Himmel, er sieht schon ziemlich gut aus, dachte sie und ärgerte sich dann über sich selbst. Sie wollte ihn nicht attraktiv finden! Aber das war er leider, und gerade jetzt nahm sie das stärker wahr als jemals zuvor.

«Sie müssen immer das letzte Wort haben, oder?», fragte er, und Greta versuchte vergeblich, in seinem Gesicht zu lesen, ob das Lächeln ernst gemeint war – oder nur der Vorbote eines Donnerwetters.

«Ich …» Sie stockte, als die automatische Tür hinter ihr aufging und ihre Kollegin Leonie Völler aus dem Gebäude kam.

Weil sie Dienst hatte, trug sie ihre weiße Schwesternuniform, aber selbst diese schlichten Sachen sahen an ihr sehr gut aus.

Leonie war Ende zwanzig wie Greta und hatte kurz vor ihr an der Hansen-Klinik angefangen. Rein äußerlich hatten sie nichts gemeinsam, denn während Greta klein und zierlich war, hätte die große Leonie mit ihren langen, blonden Haaren, die sie im Dienst zum Pferdeschwanz band, und ihrer sportlichen Figur auch das Zeug zu einer Modelkarriere gehabt.

«Susanne hat mir erzählt, was passiert ist. Das ist ja ein Ding!» Sie ließ den Blick zwischen Greta und Ritter hin und her schweifen, was Greta bewusst machte, wie dicht sie vor ihm stand. Hastig trat sie einen Schritt zurück.

«Eine Frau, die im Schlauchboot vom Festland übersetzt, hatten wir auch noch nicht», fuhr Leonie fort. «Und du bist einfach über sie gestolpert?»

«Sozusagen.» Greta fühlte sich plötzlich ganz zittrig, weil ihr erst jetzt wirklich klarwurde, was sie dem neuen Chefarzt gerade an den Kopf geworfen hatte. «Auf den Schreck hätte ich gerne verzichtet.»

Ritter lächelte jetzt nicht mehr. «Ich hatte mir den Morgen auch anders vorgestellt», sagte er knapp, und Greta fragte sich, ob er damit die verletzte Frau oder ihren Streit meinte.

Unsicher wartete sie darauf, dass er ihr sagte, wie unverschämt er sie fand. Aber er wandte sich nicht an sie, sondern an Leonie.

«Ich fahre jetzt nach Hause und ziehe mich um. Sollte ich noch nicht zurück sein, wenn Sie die Ergebnisse haben, sagen Sie mir Bescheid. Ich möchte bei diesem Fall auf dem Laufenden gehalten werden.»

«Natürlich.» Leonie nickte und wechselte einen kurzen Blick mit Greta.

Es war ungewöhnlich, dass er so vehement darum bat, informiert zu werden, deshalb war Greta ein bisschen misstrauisch. Sagte er das nur, um ihr zu beweisen, dass er sich sehr wohl für seine Patienten und die Klinik interessierte?

«Gut. Dann bis nachher.» Er wandte sich ab und ging auf seinen Wagen zu. Als er die Fahrertür schon geöffnet hatte, hielt er noch einmal inne. «Soll ich Sie mitnehmen, Frau Paulsen?»

Greta war in Gedanken noch so mit ihrem Streit beschäftigt, dass sie ihn verständnislos anstarrte. «Wohin?»

«Zurück nach Dinkersen, von wo wir gekommen sind», erklärte er. «Ich kann Sie dort absetzen, wenn Sie möchten.»

«Ich weiß nicht, ich ...» Überrumpelt blickte Greta zu Leonie, die das als Hilferuf aufzufassen schien.

«Greta kann mein Auto nehmen», sagte sie zu Ritter. «Das ist kein Problem. Ich brauch's ja gerade nicht.»

«Na, dann.» Er nickte Greta und Leonie noch einmal zu, setzte sich ins Auto, wendete und fuhr vom Parkplatz.

«Doktor Schweigsam entdeckt seine soziale Ader und bietet Mitfahrgelegenheiten an? Wer hätte das gedacht!» Leonie schüttelte den Kopf. «Hast du ihm am Strand eine Gehirnwäsche verpasst?»

Greta sah dem Mercedes nach, immer noch nicht ganz sicher, was sie denken sollte.

«Erde an Greta!», sagte Leonie und legte den Kopf schief. «Sag mal, läuft da etwa was zwischen euch?»

«Was? Nein!», versicherte Greta ihr hastig. «Wie kommst du denn darauf?»

«Na, hör mal, ihr beide morgens alleine am Strand ...»

«Das war Zufall. Ich war da spazieren und er joggen.» Greta stemmte die Hände in die Hüften, als ihre Freundin sie weiter feixend musterte. «Was glaubst du denn? Dass ich mich heimlich mit ihm verabredet habe?»

«Ich wundere mich nur, dass er plötzlich so hilfsbereit ist», meinte Leonie. «Schließlich war er bisher kein besonders leuchtendes Beispiel für Kollegialität. Und dann joggt er auch noch ausgerechnet bei euch am Südstrand.»

«Keine Ahnung, wieso er gerade da läuft», sagte Greta. «Ich dachte eigentlich, dass er irgendwo hier in Westerwyk lebt.»

Leonie schüttelte den Kopf. «Nein, er wohnt in Utsum. Hat Verena mir erzählt. Offenbar hat er da ein echt schickes Haus ganz in der Nähe des Kliffs.»

«Und woher weiß sie das?»

«Wahrscheinlich hat sie seine Adresse in der Personalakte nachgelesen und ist hingefahren, um es sich anzusehen. Verena würde ich das zutrauen.»

Für ganz ausgeschlossen hielt Greta das auch nicht, denn Verena Boden, die in der Klinikverwaltung arbeitete, hatte ganz eindeutig ein Auge auf Ritter geworfen.

«Aber dann ist doch klar, dass er lieber bei uns joggt», sagte sie. «Der Südstrand bietet eine viel bessere Laufstrecke als der in Utsum. Am Kliff kommt er ja nicht weiter.»

Leonie nickte. «Was mich eher wundert, ist, dass er überhaupt am Strand joggen geht. Das ist so ... bodenständig. Hätte ich ihm gar nicht zugetraut. Ich dachte, er geht in irgendein sauteures Fitnessstudio auf dem Festland, weil ihm das bei uns nicht gut genug ist.»

Greta musste lächeln, weil es genau das war, was sie

bis zu diesem Morgen auch noch vermutet hätte. Sie dachte an den Moment vorhin am Strand, als Ritter sie ganz kurz hinter seine kühle Fassade hatte blicken lassen. Auf einmal war sie nicht mehr sicher, ob es wirklich nur Arroganz war, was ihn so viel Abstand zu allem halten ließ. Vielleicht steckte ein ganz anderer Grund dahinter, von dem sie alle nichts ahnten.

«Wenn du mich fragst, dann bleibt der eh nicht lange hier», fuhr Leonie fort. «Ich meine, ernsthaft, das passt doch überhaupt nicht. Wieso wechselt er aus New York ausgerechnet an unser kleines Krankenhaus? Er hätte doch zurück an die noble Klinik seines Vaters gehen können, die er vermutlich sowieso eines Tages übernehmen wird.» Sie runzelte die Stirn. «Weißt du was, ich glaube, deswegen ist er auch immer so schlecht drauf. Weil ihm längst klargeworden ist, dass es ein Fehler war, auf die Insel zu kommen.»

Greta betrachtete Leonie nachdenklich. Meinte sie damit wirklich nur Ritter – oder sprach sie vielleicht auch ein bisschen von sich selbst? Die Tatsache, dass ihre Freundin nicht von der Insel kam, sondern als gebürtige Kölnerin ihr vorheriges Leben ausschließlich in der Großstadt verbracht hatte, war oft Thema zwischen ihnen. Leonie verglich ihr neues Umfeld nämlich häufig mit ihrem alten, und die Insel kam dabei nicht immer gut weg. Nur ein einziger Nachtclub, zu wenig Action, zu kleinbürgerlich – ihre Liste mit Kritikpunkten war lang, und sie zog Greta oft damit auf, wie ereignislos ihre Jugend gewesen sein musste, weil sie hier aufgewachsen war. Am Anfang hatten sie beide noch darüber gelacht, aber inzwischen hatte Greta das Gefühl, dass Leonie tatsächlich mit ihrer Entscheidung für die Hansen-Klinik haderte. Sie war aus einer Laune heraus hergekommen, weil es sie gereizt hatte, dort zu arbeiten, «wo andere Urlaub machen». Bereute sie das inzwischen – so, wie sie es Ritter unterstellte? In den letzten Tagen war sie jedenfalls ungewöhnlich blass und still gewesen.

«Ach, er wird schon noch rausfinden, wie schön es hier ist», meinte Greta.

«Ja, vielleicht wenn er eine neue Liebe findet.» Leonie grinste. «Er ist wieder solo, wusstest du das? Hab ich auch von Verena. Sie sagt, dass er sich von dieser Rieke Steffens getrennt hat.»

«Aha.» Greta fiel der Bericht über Ritter wieder ein, den die hiesige Tageszeitung anlässlich seines Dienstantritts über ihn veröffentlicht hatte. Eins der Bilder hatte ihn auf einer Hamburger Charity-Veranstaltung zusammen mit seiner Verlobten gezeigt, einer sehr hübschen Blondine, die ein wirklich atemberaubendes Kleid angehabt hatte. Laut den Angaben im Bericht war sie ebenfalls Ärztin, und Greta wusste noch, dass ihr durch den Kopf gegangen war, wie gut die beiden zusammenpassten. «Na, dann hat Verena ja jetzt gute Chancen, bei ihm zu landen.»

«Wer weiß», feixte Leonie. «Vielleicht steht er ja eher auf hübsche dunkelhaarige Krankenschwestern.»

Vehement schüttelte Greta den Kopf. «Ich und Ritter? Never ever!»

«Na, immerhin bietet er dir jetzt schon Mitfahrgelegenheiten an. Von uns wollte er noch nie jemanden nach Hause fahren.» Leonie fischte ihren Autoschlüssel aus ihrer Hosentasche und gab ihn Greta. «Ich muss wieder rein. Du kannst ihn mir bei der Dienstübergabe zurückgeben.»

Greta nickte. «Und ihr passt gut auf die junge Frau auf, ja? Ich habe so ein komisches Gefühl bei dieser Sache.»

Sie berichtete Leonie von dem, was die Frau im Auto gesagt hatte.

«Okay. Klingt seltsam», meinte Leonie.

Greta nickte. «Ich hoffe, wir erfahren bald, was da los ist.»

Ganz kurz überlegte sie, ob sie nicht doch noch mal nach der Patientin sehen sollte. Aber dann dachte sie an das, was Ritter gesagt hatte. Vielleicht schätzte sie ihre Bedeutung für die junge Frau ja wirklich falsch ein?

Gerade als sie sich verabschieden und gehen wollte, fiel ihr noch etwas ein. «Ach, Erik meinte gestern, dass ich dich an eure Verabredung heute Abend erinnern soll.»

«Oh. Ja, stimmt. Da kann ich leider nicht.» Leonie wich Gretas Blick aus. «Mir ist was dazwischengekommen. Sagst du Erik das?»

Greta runzelte die Stirn. «Willst du das nicht lieber selbst tun?»

«Ja, ich ... schreibe ihm nachher eine Nachricht. Trotzdem kannst du es ihm schon mal ausrichten, wenn du ihn siehst. Ja?»

«Ja, okay», sagte Greta und spürte, wie sich ein mulmiges Gefühl in ihrer Magengegend ausbreitete. Bisher hatte sie Leonie immer als einen ehrlichen, direkten Menschen erlebt. Vielleicht war deshalb sofort eine Verbindung zwischen ihnen entstanden, in dieser Hinsicht ähnelten sie sich nämlich. Wenn ihre Freundin ihr nicht in die Augen sehen konnte, dann war etwas nicht in Ordnung, und Greta fürchtete, dass es mit ihrem Bruder zu tun hatte.

Erik und Leonie hatten sich durch sie kennengelernt, und es hatte auf Anhieb zwischen ihnen gefunkt. Sie waren jetzt seit zweieinhalb Monaten zusammen, und – soweit Greta das beurteilen konnte – immer noch sehr verliebt. Zumindest galt das für ihren Bruder, bei ihrer Freundin war Greta nicht mehr so sicher.

Erik hatte durchblicken lassen, dass er in den letzten Tagen mehrfach vergeblich versucht hatte, Leonie zu erreichen. Offenbar beantwortete sie seine Nachrichten nicht mehr und meldete sich auch sonst nicht bei ihm. Dachte sie vielleicht wirklich darüber nach, die Insel zu verlassen, und wusste nicht, wie sie Erik beibringen sollte, dass sie sich von ihm trennen wollte?

Greta hätte sehr gerne nachgefragt, aber sie spürte, dass Leonie nicht darüber reden wollte. Und letztlich war das eine Sache zwischen ihr und Erik, da durfte sie sich nicht einmischen.

«Dann bis nachher», sagte sie und umarmte Leonie noch einmal spontan, bevor sie ging.

Leonie lief die Treppe hinauf zur Station, blieb vor der Glastür jedoch noch einmal stehen.

Eigentlich hatte sie gar nicht vorgehabt, das Treffen mit Erik abzusagen. Aber als Greta es gerade erwähnt hatte, war Panik in ihr aufgestiegen. Sie schaffte es einfach noch nicht, Erik gegenüberzutreten – und sie hasste sich dafür, dass sie es immer wieder aufschob, mit ihm zu reden.

Er musste es erfahren, daran führte kein Weg vorbei. Das war sie ihm schuldig, auch wenn sie jetzt schon Angst vor seiner Reaktion hatte.

Ach, verdammt! Leonie fuhr sich mit der Hand über ihre Wange, um die einzelne Träne wegzuwischen, die sich aus ihrem Auge gelöst hatte, ohne dass sie es verhindern konnte. Sie fühlte sich furchtbar. Aber sie hatte jetzt Dienst, also musste sie sich zusammenreißen. Deshalb atmete sie noch einmal tief durch, bevor sie die Station betrat.

3

Greta parkte Leonies roten Ford Fiesta an der Straße, dann ging sie über den gepflasterten Weg auf die «Pension Krabbe» zu.

Das Haus war ein umgebauter Resthof mit einem spitzen Giebel, der über dem Eingang in der Mitte des Hauses aus dem reetgedeckten Dach herausragte. Die Eingangstür und die Sprossenfenster waren blau gestrichen, was gut zu dem roten Klinkerstein des Gebäudes passte. Die blühenden Rosenstöcke, die sich an Gittern an der Hauswand entlangrankten, wirkten sehr gepflegt, genau wie der Vorgarten mit dem kurzgeschnittenen, sattgrünen Rasen und den hübschen Beeten mit üppig blühenden Hortensien. Greta fragte sich immer, wie ihre Mutter es schaffte, das alles trotz der Arbeit mit den Pensionsgästen derart in Ordnung zu halten.

Die Haustür war um diese Zeit nicht mehr abgeschlossen. Als Greta den Vorraum betrat, fiel ihr Blick wie immer als Erstes auf den großen Kachelofen in der Ecke, der mit seinen blau-weißen Friesenmotiven nicht nur besonders hübsch, sondern auch ein echtes Heizwunder war. Im Winter bekamen sie damit fast das ganze Haus warm, und die Gäste liebten es, sich daran aufzuwärmen, wenn sie durchgefroren von einem Strandspaziergang zurückkehrten. Deshalb luden drei bequeme Sessel, die in einem Halbkreis vor dem Ofen standen, zum Verweilen ein. Vor einem davon lag Skipper, der Golden Retriever ihrer Eltern.

Er war schon zwölf Jahre alt und hörte nicht mehr so gut, deshalb bemerkte er Greta jetzt erst. Sofort erhob er sich, so gut seine steifen Gelenke es zuließen, und begrüßte sie überschwänglich.

«Na, mein Junge? Hast du mich vermisst?» Greta beugte sich hinunter und strich Skipper über das weiche Fell. Dann ging sie mit ihm durch das Speisezimmer, in dem die Tische für die Gäste bereits gedeckt waren, und betrat die Küche, die ganz im Friesenstil gehalten war, mit blau abgesetzten weißen Schränken. Die Kacheln an der Wand waren die gleichen, die auch den alten Ofen in der Halle zierten.

Heike Paulsen stand an der langen Arbeitsplatte und war damit beschäftigt, Äpfel in kleine Stücke zu schneiden. Sie hatte die gleichen dunklen Haare wie ihre Tochter, und viele behaupteten, sie wären sich auch sonst sehr ähnlich, nicht nur äußerlich. Greta fand jedoch, dass ihre Mutter sehr viel geduldiger und organisierter war als sie selbst. Heike war mit Leib und Seele Pensionswirtin. Den ganzen Tag kümmerte sie sich um ihre Familie, die Gäste, das Haus und den Garten. Jetzt bereitete sie gerade den Obstsalat zu, der gleich Teil des Frühstücksbuffets sein würde.

«Hey, Mama!»

Ihre Mutter sah auf und lächelte.

«Ach, da bist du ja! Warst du am Strand?»

Greta nickte. «Und du wirst nicht glauben, was mir passiert ist.»

Sie holte sich ein zweites Brettchen und half ihrer Mutter beim Obstschneiden, während sie ihr von den Ereignissen des Morgens berichtete. Nur den Streit mit Ritter ließ sie aus.

Als sie fertig war, runzelte Heike die Stirn. «Ach je, das arme Mädchen! Und ihr wisst nicht mal, wie sie heißt?»

«Nein. Es war wenig aus ihr herauszubekommen, so verstockt war sie. Und solange sie nicht mit uns redet, können wir ihr natürlich auch nicht richtig helfen. Deshalb hoffe ich, dass sie sich uns anvertraut, wenn sie sich ein bisschen beruhigt hat.»

«Wenn es einer schafft, ihr Vertrauen zu gewinnen, dann du», meinte ihre Mutter. «Ich glaube, die Leute spüren, dass du es niemals missbrauchen würdest.»

Das war ein schönes Kompliment, und Greta musste lächeln. Doch dann wurde sie wieder ernst. «Das gilt aber nicht für Papa. Er vertraut meinem Urteil gar nicht, wie es scheint.»

Heike Paulsen seufzte. «Das hat nichts mit mangelndem Vertrauen zu tun. Dein Vater ist ein alter Dickkopf, der einfach nicht einsehen will, was das Beste für ihn ist.»

«Ich werde noch mal mit ihm reden, wenn er wach ist», sagte Greta. «Langsam muss er doch selbst merken, dass es so nicht mehr weitergeht.»

Sie hielt inne, weil die Hintertür aufging und ihr Bruder Erik in die Küche trat.

Er kam direkt vom Hafen und trug noch die wasserdichte Hose und die Stiefel, die er für die Arbeit auf dem Kutter brauchte. Beides sah ziemlich mitgenommen aus, genau wie die grellorangene Jacke, die er über dem Arm trug. Aber es passte zu Erik, der mit seinen etwas längeren dunkelblonden Haaren, die ihm gerne in die Stirn fielen, ohnehin immer ein bisschen verwegen aussah. In einem schicken Anzug konnte sich Greta ihn schlecht vorstellen, aber mit seinen breiten Schultern und seiner durchtrainierten Figur, die er der täglichen Arbeit auf dem Schiff verdankte, hätte er gut als Model für irgendeinen Outdoor-Katalog getaugt. Für so einen Job hätte er allerdings lächeln müssen, und das tat er derzeit nur selten.

«Hey!» Greta umarmte ihn zur Begrüßung. «Wieso bist du schon zurück? Habt ihr nichts gefangen?»

Erik hängte die Jacke an einen Haken neben der Hintertür.

«Doch, schon, aber der Motor hat rumgezickt. Deshalb mussten wir umkehren», brummte er und ließ sich mit einem Seufzen auf einen der Stühle sinken, die um den kleinen Tisch in der Ecke standen. «Als wenn wir nicht schon genug Ärger hätten», fügte er hinzu und wirkte dabei so niedergeschlagen, dass Greta und ihre Mutter sich besorgt ansahen.

«Iss erst mal was», sagte Heike. «Ich habe noch Gemüseauflauf im Kühlschrank.»

Erik nickte, wenn auch nicht besonders enthusiastisch, und wollte aufstehen, um sich das Essen zu holen. Doch Greta legte ihm die Hand auf die Schulter. «Lass nur, ich mach das schon.»

Sie holte die Auflaufform aus dem Kühlschrank und stellte sie in die Mikrowelle. Während sie darauf wartete, dass das Essen heiß wurde, blickte sie zu Erik hinüber und sah, wie er das kleine Messgerät aus seiner Tasche zog, mit dem er seinen Blutzuckerspiegel kontrollieren konnte. Er überprüfte den Wert, dann schob er seinen Pullover hoch und gab sich mit seinem Insulin-Pen, den er ebenfalls immer dabeihatte, eine Injektion in die Bauchdecke.

Das alles dauerte nur einen Augenblick, und es war ein vertrauter Anblick für Greta. Erik war schon seit seiner Kindheit Diabetiker, und es hatte eine Weile gedauert, bis er damit zurechtgekommen war. Inzwischen lebte er gut mit seiner Krankheit und hatte, solange er auf seine Ernährung achtete und regelmäßig Insulin spritzte, kaum Einschränkungen. Selbst die Arbeit auf dem Boot bekam er hin, indem er regelmäßig etwas aß, damit sein Blutzuckerspiegel nicht zu weit absank. Für ihn war es einfach ein Teil seines Alltags, mit dem er ganz selbstverständlich umging, und weil er sich in dieser Hinsicht sehr gewissenhaft verhielt, war es auch schon lange nicht mehr zu irgendwelchen Komplikationen gekommen.

Greta konnte sich allerdings an die vielen Momente in ihrer Kindheit erinnern, in denen sie Angst um ihn gehabt hatte. Tatsächlich war ihr Wunsch, Krankenschwester zu werden, auch der Tatsache geschuldet, dass sie sich schon so früh mit der Pflege ihres kranken Bruders hatte auseinandersetzen müssen.

«Wie geht's Papa?», erkundigte sich Erik, als Greta ihm den Teller hinstellte. «Hat er noch Schmerzen?»

Heike nickte. «Heute Nacht war es wieder schlimm. Er hat erst Ruhe gefunden, nachdem ich ihm eine Tablette gegeben habe. Jetzt schläft er.»

Erik stocherte lustlos in seinem Auflauf herum. «Aber ich wette, wenn ich ihn nachher frage, sagt er wieder, dass es schon besser geworden ist. Und über die hohen Reparaturkosten der letzten Monate will er garantiert auch nicht reden. Die ‹Seestern› pfeift aus dem letzten

Loch und bräuchte endlich eine Generalüberholung, wenn sich das alles noch irgendwie lohnen soll. Außerdem müssen wir endlich einen Matrosen einstellen. Ich bin es nämlich leid, ständig Aushilfen einzuarbeiten. Das ist auf Dauer keine Lösung. Aber Papa tut so, als könnten wir weitermachen wie bisher.»

Greta wusste, dass Erik damit den Nagel auf den Kopf traf. In den Augen ihres Vaters waren die Probleme, die sie im Moment hatten, nur kurzfristige Rückschläge. Für ihn schien es unvorstellbar zu sein, dass er vielleicht bald nicht mehr mit der «Seestern» auf Krabbenfang gehen konnte. Er war schon als Kind rausgefahren, damals, als der Kutter noch seinem Vater gehört hatte, und später war es nicht nur sein Beruf geworden, sondern auch seine große Leidenschaft.

Erik hingegen sah die Dinge realistisch. Auch er war der Familientradition treu geblieben und fuhr gerne aufs Meer, aber es wurde immer schwerer, davon zu leben. Die Anzahl der Kutter, die noch aktiv fischten, sank mit jedem Jahr. Deshalb wollte er über Alternativen nachdenken, zum Beispiel darüber, den Kutter nur noch für Ausflüge mit Touristen zu nutzen. Oder ihn zu verkaufen und das Geld in den Ausbau der Pension zu stecken. Aber davon wollte ihr Vater nichts hören.

Dabei drängte die Sache, nicht nur, weil das Boot zunehmend Probleme hatte, sondern auch, weil Asmus' Gesundheit nicht mehr mitspielte. Seit einem halben Jahr litt er unter Schmerzen in der Schulter und den Knien, deshalb konnte er immer öfter nicht mit rausfahren. Erik musste dann kurzfristig Ersatz für ihn finden, was logistisch oft schwierig war.

«Läuft es denn wenigstens gut mit der neuen Aushilfe?», erkundigte sich Greta. «Den hast du jetzt schon ein bisschen länger, oder?»

«Ja, mit Jens klappt es super, besser als mit allen, die ich davor hatte.» Erik lehnte sich auf seinem Stuhl zurück. «Leider hat er mir heute mitgeteilt, dass er nächste Woche auf einem Frachter anheuert. Er sucht einen festen Job, und den kann ich ihm nicht bieten. Jedenfalls nicht so, wie die Dinge im Moment stehen.»

Er starrte nachdenklich ins Leere, und Greta bemerkte die Ränder unter seinen Augen. Es tat ihr weh zu sehen, wie sehr ihm das alles zusetzte.

«Ich rede noch mal mit Papa, wenn er wach ist», sagte sie. «Er muss einfach einsehen, dass es so nicht mehr weitergeht.»

«Dein Wort in Gottes Ohr», sagte Erik und seufzte tief.

«Iss deinen Auflauf», ermahnte Heike ihn. «Es nützt keinem was, wenn du auch noch ausfällst.»

Mürrisch widmete Erik sich wieder seinem Teller, während Greta die Schüssel mit dem Obstsalat, den ihre Mutter inzwischen fertig hatte, ins Esszimmer trug und auf das Buffet stellte. Dort standen auch schon die Platten mit Käse, Wurst und geräuchertem Fisch, inklusive einer Schale mit frischen Krabben, die in der Pension natürlich zum Angebot gehörte. Sie rückte noch einmal die Saftkannen und die Töpfe mit selbstgekochter Marmelade zurecht und überprüfte mit kritischem Blick, ob alles bereit war. Der Aufbau des Frühstücksbuffets war ein morgendliches Ritual, das ihr schon als Kind in Fleisch und Blut übergegangen war. Wenn sie zu Hause war, dann half sie selbstverständlich mit bei den Vorbereitungen und achtete darauf, dass nichts fehlte. Anders kannte sie es gar nicht.

Als sie wieder in die Küche zurückkehrte, stellte Erik gerade seinen leeren Teller in die Spüle. Siedend heiß fiel ihr ein, dass sie ihm noch eine schlechte Nachricht überbringen musste.

«Ich habe vorhin Leonie in der Klinik getroffen. Sie lässt dir ausrichten, dass sie heute Abend doch nicht kann. Ihr ist was dazwischengekommen, sagt sie.»

«Okay.» Erik zuckte mit den Schultern und versuchte, sich nichts anmerken zu lassen. Aber Greta kannte ihn viel zu gut, um nicht zu sehen, wie sehr ihn diese Absage traf. «Ich geh rüber», brummte er und verließ die Küche, um in den «Annex» zu gehen. Der ehemalige Schuppen, der am anderen Ende des Gartens lag, war zu einer kleinen Wohnung ausgebaut worden, in der Erik lebte.

«Sie sagt, sie meldet sich noch bei dir», rief Greta ihm nach, doch er hatte die Tür schon hinter sich geschlossen.

«Denkst du, Leonie will mit ihm Schluss machen?», fragte Heike, als sie sicher war, dass Erik sie nicht mehr hören konnte.

Greta zuckte mit den Schultern. «Ich weiß es nicht. Vielleicht. Irgendetwas ist da jedenfalls nicht in Ordnung.»

Heike seufzte tief. «Das wird ihm das Herz brechen.»

Genau das befürchtete Greta auch. Sie hatte Erik noch nie so erlebt wie mit Leonie. Er hatte schon ein paar Freundinnen gehabt, aber wenn er Leonie ansah, leuchteten seine Augen auf eine ganz besondere Weise. Es hatte ihn schwer erwischt, und Greta hatte sich so gewünscht, dass Leonie die Richtige für ihn war.

«Vielleicht irren wir uns ja auch», sagte sie. «Soll ich die Brötchen schon auf das Buffet stellen?»

Ihre Mutter schüttelte den Kopf. «Lass nur, den Rest schaffe ich allein, und Alma kommt ja gleich und hilft mir.»

Alma, die ursprünglich aus Polen stammte, war eine der Halbtagskräfte, die in der Hauptsaison morgens beim Frühstück halfen und anschließend beim Richten der Zimmer. Ihre Mutter musste also nicht alles alleine bewältigen. Trotzdem fiel es Greta schwer, einfach zu gehen.

«Brauchst du mich wirklich nicht mehr?», fragte sie.

Heike schüttelte den Kopf. «Du musst doch nachher selbst noch arbeiten. Geh und ruh dich aus. Nach dem aufregenden Morgen hast du das nötig.»

«Okay.» Greta gab ihrer Mutter einen Kuss auf die Wange und ging nach oben in den Trakt des Hauses, der der Familie vorbehalten war.

Das Bad lag direkt an der Treppe, und Gretas erster Weg führte dort hinein, weil sie ihre Füße vom Sand befreien wollte. Als sie fertig war, lief sie barfuß zu ihrem Zimmer ganz am Ende des Flurs. Als sie am Schlafzimmer ihrer Eltern vorbeikam, sah sie, dass die Tür nur angelehnt war. Vorsichtig spähte sie durch den Spalt.

Die Vorhänge waren nicht ganz zugezogen und ließen das Morgenlicht herein. Ihr Vater lag auf seiner Hälfte des breiten Ehebettes aus massiver Eiche, dessen Kopfende mit Schnitzereien verziert war. Es war ein Erbstück, in dem schon Generationen von Paulsens geschlafen hatten. Niemand wusste mehr, wann es genau ins Haus gekommen war, aber mit den maritimen Bildern, die in den Rahmen geritzt waren, symbolisierte es die lange Geschichte der Familie, die ihre Wurzeln auf der Insel hatte.

Alle Paulsen-Männer waren Seefahrer gewesen, zuerst auf Walfängern, später auf Handelsschiffen und schließlich in der Fischerei. Schon deshalb war für Gretas Vater kein anderer Beruf in Frage gekommen. Er war stolz darauf, die Familientradition fortzuführen, und behauptete immer von sich, er habe «Salzwasser in den Adern». Tagelang über die Nordsee zu fahren und Netze auszubringen, das war Asmus Paulsens Welt, und als Greta ihn jetzt blass und mit zerzaustem Haar im Bett liegen sah, wurde ihr das Herz schwer.

Früher war er für sie immer der Inbegriff von Stärke gewesen. Groß, breitschultrig, mit Händen, die ihr wie Schaufeln vorgekommen waren, und einem dröhnenden, ansteckenden Lachen, hatte er ihr das Gefühl gegeben, auf seinem Schoß könnte ihr nichts passieren. Inzwischen waren sein früher blondes Haar und sein Vollbart längst ergraut, und die Schmerzen in seinen Gelenken hatten ihm viel von seiner alten Fröhlichkeit genommen. Es tat weh, dass dieser Baum von einem Mann jetzt gebeugt ging, und Greta wollte ihm so gerne helfen. Wenn er das bloß endlich zulassen würde ...

Sie wollte die Tür gerade wieder schließen, als ihr Vater sich stöhnend im Bett herumdrehte. Schnell drückte sie die Tür auf und betrat das Schlafzimmer.

«Was ist los, Papa?»

Asmus Paulsen setzte sich mit verzerrtem Gesicht auf. «Ach, es ist nur die verdammte Schulter. Ich brauche noch eine Tablette.»

Er wollte aufstehen, sackte jedoch zurück aufs Bett.

«Papa?» Greta war sofort bei ihm. «Was hast du denn?»

«Mir ist schwindelig. Das hab ich manchmal. Geht gleich wieder.» Sein Gesicht war angespannt und hatte einen Ausdruck, den Greta sehr gut kannte.

«Ist dir schlecht?»

Wieder nickte er. «Ein bisschen. Das liegt wahrscheinlich an diesen verdammten Schmerzmitteln. Die schlagen mir auf den Magen.»

Greta setzte sich neben ihn. «Papa, du musst zum Arzt und dich noch mal gründlich untersuchen lassen. Solche Symptome können ganz viele Ursachen haben. Vielleicht hast du ja …»

«Ach was!» Er machte eine wegwerfende Handbewegung. «Das liegt alles an dieser verdammten Arthrose. Und wegen der war ich doch schon bei Doktor Schliemann. Er sagt, da kann man nicht viel machen.»

Greta spürte, wie die Wut über diese oberflächliche Diagnose wieder in ihr aufstieg. Ihr alter Hausarzt hatte sich damals nicht einmal die Mühe gemacht, ihren Vater gleich gründlich zu untersuchen. Bei Asmus bekam man diese Chance nämlich oft nur ein einziges Mal, weil er Arztpraxen äußerst ungern betrat.

«Das hat er vor Monaten gesagt, Papa. Seitdem warst du nicht mehr da, und deine Schmerzen werden immer schlimmer. Und jetzt auch noch der Schwindel und die Übelkeit. Das muss sich noch mal jemand ansehen, und zwar dringend. Aber lieber nicht Doktor Schliemann. Ich kann dir einen Termin bei uns in der Klinik besorgen …»

«Nein, auf keinen Fall», unterbrach er sie. «Nachher wollen die mich noch operieren, so wie sie es bei Onkel Franz gemacht haben. Davon sollten seine Schmerzen angeblich weggehen, und hinterher konnte er nicht mehr laufen.»

«Onkel Franz hatte einen Tumor am Rücken, das war etwas ganz anderes», erwiderte Greta, die dieses Argument nicht mehr hören konnte. «Und von einer Operation redet keiner. Du musst dich einfach noch mal durchchecken lassen, damit wir wissen, ob alles in Ordnung ist.»

«Ich habe nichts, bei mir zwickt's nur an ein paar Stellen, das ist alles», beharrte Asmus. «Und deshalb will ich auch nicht noch mal zum Arzt. Die finden doch immer was, und am Ende verbieten sie mir, zurück auf mein Schiff zu gehen. Das werden sie nämlich sagen – dass ich kürzertreten soll. Und das ist dumm Tüch.»

Seine Augenbrauen waren zusammengeschoben, was seiner Miene etwas ziemlich Finsteres gab. Doch Greta hatte noch nie Angst vor ihm gehabt.

«Papa, bitte, du musst das abklären lassen! Sonst riskierst du, dass du irgendwann einfach tot umfällst.»

Der Gedanke, ihn zu verlieren, nur weil er zu stur war, um zum Arzt zu gehen, ließ Tränen in ihren Augen brennen. Was ihrem Vater nicht entging, denn der harte Ausdruck wich aus seinem Gesicht. Er streckte die Hand aus und strich ihr über die Wange.

«Ach, Lüttje, ich sterbe schon nicht. So leicht kriegt man einen alten Seebären nicht unter.» Auch das sagte er immer, es war das Argument, mit dem er die Sorgen seiner Familie ins Leere laufen ließ. Er bewegte den Arm und verzog das Gesicht. «Sei doch so lieb und hol mir ein bisschen Wasser für die Tablette, ja?»

Greta seufzte und gab nach, weil sie wusste, dass es sinnlos war. Sie musste sich etwas anderes einfallen lassen, wenn sie ihn zum Arzt bekommen wollte. Und ihr kam plötzlich eine Idee. Wenn der Prophet nicht zum Berg kommen will, dann muss der Berg eben zum Propheten gehen, dachte sie, während sie im Bad ein Glas mit Wasser füllte.

Ihr Vater nahm die Tablette und legte sich dann wieder hin.

«Schlaf noch ein bisschen», sagte Greta und verließ das Zimmer, um in ihr altes Kinderzimmer zu gehen, das sie im Moment wieder bewohnte. Irgendwann würde sie sich eine eigene Wohnung suchen, aber noch fühlte es sich richtig an, hier im Haus zu leben. Schließlich war sie zurückgekommen, um bei ihrer Familie zu sein.

Das Zimmer war ein hübscher, lichtdurchfluteter Raum, der ihr heute kleiner vorkam als früher, aber der trotzdem groß genug war, um sich darin nicht eingesperrt zu fühlen. Die Möbel waren noch dieselben, alles alte Stücke aus massivem Holz, die ihr Vater für sie weiß lackiert hatte. Ansonsten erinnerte aber nicht mehr viel an den Raum ihrer Kindheit, denn ihre Eltern hatten die bunte Blümchentapete, die ihr damals so gut gefallen hatte, längst gegen eine schlichtere ausgetauscht, die farblich zu den neuen Vorhängen und Bettbezügen passte. Auch die Sachen, die früher die Regale gefüllt hatten, waren längst verschenkt oder lagerten in Kisten auf dem Dachboden. Sie brauchte den Platz jetzt für ihre medizinischen Fachbücher und Fachzeitschriften, in denen sie bei jeder Gelegenheit las, um sich fortzubilden.

Trotz all dieser Veränderungen gab es jedoch noch einiges, das ihr unendlich vertraut war. Es roch immer noch nach einer Mischung aus Holz und frischer Wäsche, wenn man hereinkam, und die Tür knarrte beim Öffnen wie früher. Manchmal, wenn sie im Bett lag und an die holzvertäfelte Decke blickte, hatte sie deshalb das Gefühl, in ein Zeitloch gefallen zu sein. Dann war sie wieder die Zwölfjährige, die darüber nachdachte, was das Leben wohl für sie bereithielt, und die davon träumte, die Welt zu erobern.

Und das hatte sie getan. Sie hatte ihre Ausbildung in einer großen Kieler Klinik absolviert und ein paar Jahre dort gearbeitet. Über eine Freundin hatte sie dann von einem Programm in Irland erfahren, über dass sich Krankenschwestern und Pfleger zum sogenannten *Nurse Practitioner* ausbilden lassen konnten. Dieser besondere Pflegeberuf, der in den USA bereits fest etabliert war, begann sich auch in Europa durchzusetzen. Dabei durften die speziell ausgebildeten Kräfte die weniger schweren Fälle, bei denen die Diagnostik eindeutig war, selbst behandeln, um die Ärzte zu entlasten. Das Konzept, dem Pflegepersonal mehr Kompetenzen zuzugestehen, gefiel Greta sehr. Außerdem war ihr die Idee, für eine Weile ins Ausland zu gehen, sehr reizvoll erschienen. Deshalb hatte sie sich an einer Klinik in Dublin beworben und über ein Jahr dort gearbeitet. Kurz bevor sie die geplante Zusatzausbildung beginnen konnte, war ihr Vater jedoch krank geworden, und sie war nach Hause zurückgekehrt.

Und tatsächlich war ihr das gar nicht schwergefallen. Die Insel hatte ihr gefehlt. Deshalb war ihr die Stellenausschreibung der Hansen-Klinik, die sie im Netz gesehen hatte, wie ein Wink des Himmels vorgekommen. Und dass es ihr dort jetzt so gut gefiel, zeigte ihr, dass es die richtige Entscheidung gewesen war.

Es ist vielleicht doch so, wie Oma Hilda es mir immer prophezeit hat, dachte sie und ließ sich auf das Bett fallen, das in einem kleinen Alkoven stand. Einmal Inselkind, immer Inselkind ...

«Greta?»

Sie hörte die Schritte ihrer Mutter auf der Treppe. Schnell stand sie wieder auf und lief hinaus in den Flur, wo Heike ihr schon entgegenkam.

«Dein Handy hat geklingelt», sagte sie und reichte ihr das Smartphone. «Es lag noch in der Küche, und ich dachte, ich bringe es dir lieber schnell. Vielleicht war es ja wichtig.»

Greta bedankte sich und sah auf das Display. Der Anruf war von der Station gekommen. Schnell drückte sie auf Rückruf und wartete, dass der Anruf sich aufbaute.

Schon nach dem zweiten Klingeln meldete sich Susanne.

«Oh, Greta, gut, dass du zurückrufst! Wir brauchen dich hier dringend!», sagte sie etwas lauter als gewöhnlich, um das Stimmengewirr zu übertönen, das im Hintergrund zu hören war.

«Was ist denn los?», fragte Greta besorgt.

«Es geht um die junge Frau, die du vorhin mit Doktor Ritter eingeliefert hast», erklärte Susanne. «Sie dreht gerade völlig durch, und du bist die Einzige, mit der sie sprechen will. Also komm bitte her, ja?» Ein Schrei ertönte, gefolgt von einem lauten Poltern. «Und beeil dich!», fügte sie hinzu, bevor sie auflegte.

4

Als Greta auf das Klinikgelände einbog und den Polizeiwagen sah, der direkt vor dem Eingang stand, schwand ihre Hoffnung, dass die Lage sich inzwischen wieder beruhigt hatte. Schnell stellte sie Leonies Fiesta ab und lief durch die Glastüren des Haupteingangs, die sich automatisch öffneten, in den Vorraum des Krankenhauses.

Von hier ging es links durch eine verglaste Tür in den Wartebereich für die Patienten. Der Raum war leer, offenbar gab es gerade keinen Notfall. Aber bald würde er sich auf jeden Fall füllen, denn um halb neun begannen die Sprechstunden der Klinikärzte, die eine Reihe von Untersuchungen auch ambulant durchführten.

Hinter der rechten Tür, die Greta jetzt aufstieß, lag das kleine Foyer mit der Anmeldung, die um diese Zeit noch geschlossen war. Eine Treppe führte hinauf auf die Station, und Greta wollte nach oben laufen. Doch dann hörte sie Stimmen aus dem Flur links von ihr, wo die Untersuchungsräume lagen. Die Tür zum Gipsraum stand auf, und als sie hinlief, fand sie dort Leonie und Doktor Bent Rebien. Ihre Freundin war gerade damit beschäftigt, dem Assistenzarzt, der für Ritter arbeitete, den Arm zu verbinden. Auf Bents weißem Kittel war Blut, und neben ihm auf der Liege lag ein Haufen ebenfalls blutiger Mullbinden.

Leonie blickte über ihre Schulter und atmete auf, als sie Greta sah. «Mensch, da bist du ja endlich!»

«Was ist denn hier los?», fragte Greta.

«Die Frau vom Strand ist los», erklärte Leonie. «Sie hat sich im Aufbereitungsraum verschanzt. Und als Bent sie rausholen wollte, ist sie mit einem Skalpell auf ihn losgegangen.»

Erschrocken sah Greta ihn an. «Sie hat dich angegriffen?»

Bent nickte. «Dabei wollte ich sie nur überreden, sich von uns helfen zu lassen», sagte er mit seinem Akzent, der ihn die S-Laute scharf aussprechen ließ.

Er war gebürtiger Däne und entsprach mit seinen hellblonden Haaren und den blauen Augen äußerlich dem Klischee des typischen Skandinaviers. Nordisch kühl war er aber nicht, sondern ein echter Sonnyboy, der keinen Flirt ausließ. Mit seinen fast dreißig Jahren hatte er noch viel von einem großen Jungen, und die wenigsten konnten sich seinem Charme entziehen. Wie es in Dänemark üblich war, duzte er alle in der Klinik, sogar Doktor Ehlert, den Chefarzt der Inneren, der eigentlich viel Wert auf Etikette legte. Aber selbst Ehlert ließ ihm das durchgehen. Bent war einfach Bent, er verlor nicht mal in brenzligen Situationen seinen Humor und grinste auch jetzt, wenn auch ein bisschen schief.

«Das habe ich nun davon, dass ich unsere schöne Schwester Leonie mit meinem Heldenmut beeindrucken wollte. Und sie hat nicht mal Mitleid mit mir, obwohl ich mir so wünsche, dass sie mich endlich erhört!»

Leonie lachte. «Spar dir die Komplimente für eine Frau auf, die nicht weiß, was für ein Casanova du bist», sagte sie. «Und halt still, damit ich den Verband fixieren kann.»

«Ist es schlimm?», fragte Greta besorgt.

Bent schüttelte den Kopf. «Halb so wild.»

«Ja, aber das hätte auch echt anders ausgehen können!», schimpfte Leonie. «Die Frau hat sie doch nicht mehr alle.»

Greta dachte an das, was Susanne am Telefon gesagt hatte. «Stimmt es, dass sie nach mir gefragt hat?»

Leonie nickte. «Aber du solltest auf gar keinen Fall zu ihr reingehen. Das ist viel zu gefährlich.»

«Greta! Gott sei Dank! Da bist du ja!» Susanne stand plötzlich in der Tür, ganz außer Atem. «Die junge Frau hat sich ...»

«Ich hab's schon gehört», sagte Greta, immer noch schockiert darüber, dass die Situation derart eskaliert war. Ich hätte auf mein Bauchgefühl hören und bleiben müssen, dachte sie unglücklich, während sie Susanne folgte, vorbei an den Untersuchungsräumen für den Ultraschall und die Computertomographie sowie den beiden Operationssälen.

«Aber wieso?», fragte sie, als sie um die Ecke bogen und an der Schleuse für die Liegendanfahrten vorbeikamen. «Was ist denn vorgefallen, dass die Frau plötzlich so ausgerastet ist?»

«So ganz genau wissen wir das auch nicht», erklärte Susanne. «Sie wollte sich von Doktor Rebien partout nicht anfassen lassen, deshalb konnten wir sie zuerst nicht untersuchen. Zum Glück war Frau Doktor Folkert im Haus, also haben wir sie dazugeholt. Wir dachten, dass es vielleicht geht, wenn es eine Frau macht, und so war es dann auch. Aber es war trotzdem ein ganz schönes Theater, bis wir endlich mit der Computertomographie und dem Ultraschall fertig waren.»

«Und?», drängte Greta. «Habt ihr was gefunden?»

«Schädel-CT war unauffällig, aber der Ultraschall hat die Nierenquetschung bestätigt. Bent und Frau Doktor Folkert haben darüber gesprochen, ob eine Operation nötig ist. Und als die Frau das hörte, ist sie ganz plötzlich aufgesprungen und weggelaufen.»

«Haben die beiden erwähnt, dass sie vielleicht aufs Festland gebracht werden muss?», fragte Greta.

Susanne dachte nach. «Nein. Bent hat nur gesagt, dass er so einen Fall hier auf der Insel noch nicht hatte.»

«Wahrscheinlich dachte die Frau, dass sie dann hier nicht behandelt werden kann und ausgeflogen werden muss», erklärte Greta. «In Ritters Auto hatte sie fast eine Panikattacke deswegen. Offenbar fühlt sie sich bedroht, aber sie wollte uns nicht sagen, um was es geht.»

Susanne nickte. «Das würde erklären, weshalb sie so ausgeflippt ist. Natürlich sind wir ihr sofort hinterher, und weit ist sie auch nicht gekommen. Wir haben versucht, mit ihr zu reden und ihr zu erklären, dass sie sich in Gefahr bringt, wenn sie sich nicht weiterbehandeln lässt. Aber sie hat gar nicht richtig zugehört und ist in den Aufbereitungsraum geflüchtet. Dort hat sie sich verschanzt und so gut wie alles nach uns geworfen, was sie finden konnte, als wir zu ihr reinwollten.»

So, wie sie die junge Frau am Strand erlebt hatte, konnte Greta sich das gut vorstellen.

«Und dann ist sie auf Bent losgegangen?»

Susanne nickte. «Er wollte sie nur beruhigen. Aber sie hat sich ein Skalpell geschnappt, das in einem der Körbe lag, und das Ergebnis hast du gesehen.» Sichtlich fassungslos schüttelte sie den Kopf. «Die Polizei ist schon da. Und Doktor Ehlert und Doktor Ritter habe ich auch Bescheid gesagt, die müssten gleich kommen.»

Greta stöhnte innerlich, weil sie nicht fand, dass es die Sache besser machte, wenn die junge Frau von noch mehr Leuten belagert wurde. Das würde ihre Panik sicher noch verstärken.

Ich muss ihr irgendwie helfen, dachte sie und bog zusammen mit Susanne um die nächste Ecke in den Flur, an dem sich unter anderem die Arztzimmer und weitere Untersuchungszimmer befanden.

Schon von weitem sah Greta zwei Polizeibeamte vor dem Aufbereitungsraum stehen, einen Mann und eine Frau. Den Mann erkannte sie beim Näherkommen, es war Klaus Fährmann, ein Freund ihres Vaters. Er diskutierte gerade mit der Gynäkologin Helena Folkert, und die beiden schienen – ihren Mienen und Gesten nach zu urteilen – unterschiedlicher Meinung zu sein.

«... dürfen die Patientin nicht weiter bedrängen, das macht es nur schlimmer», sagte Helena gerade, als Greta und Susanne sie erreichten. «Wir sollten warten, bis ... Ah, da ist Frau Paulsen ja.»

Greta erwiderte Helenas leicht angespanntes Lächeln. Sie mochte die Gynäkologin, die eine eigene Praxis auf der Insel hatte und eng mit dem Krankenhaus verbunden war. Entbindungen fanden hier zwar nicht mehr statt, weil der Kreißsaal vor ein paar Jahren aus Kostengründen geschlossen worden war, aber Helena nahm gynäkologische Eingriffe in der Klinik vor. Sie hatte zwei Belegbetten oben auf der Station und war oft im Haus.

Mit ihren gelockten goldblonden Haaren und ihren warmen braunen Augen war Helena sehr attraktiv, und Greta wunderte sich manchmal, wieso sie mit Anfang vierzig immer noch Single war. Vielleicht lag es daran, dass sie sich sehr für ihre Patientinnen engagierte, und das nicht nur zu den Sprechzeiten, sondern rund um die Uhr, wofür Greta sie sehr bewunderte. In dieser Hinsicht waren sie sich ähnlich.

«Wie kann ich helfen?», fragte Greta und trat an das breite, rechteckige Fenster in der Wand, das Einblick in den dahinterliegenden Aufbereitungsraum bot.

Als in der Klinik noch Entbindungen stattgefunden hatten, war dies das Zimmer für die Neugeborenen gewesen, und die stolzen Väter und Verwandten hatten sich durch die Scheibe die Babys ansehen können. Inzwischen enthielt der Raum Schränke zur Aufbewahrung medizinischer Instrumente sowie die Geräte, mit denen sie gereinigt und desinfiziert wurden.

Die junge Frau kauerte unter dem Fenster an der gegenüberliegenden Wand. Um sie herum lagen Instrumente und Metallkörbe auf dem Boden verteilt – offenbar hatte sie wirklich mit allem geworfen, was ihr in die Finger gekommen war. Jetzt hielt sie den Kopf gesenkt und starrte auf das Skalpell in ihrer Hand, dessen Klinge im Licht der eingeschalteten Deckenlampe blitzte. Auf ihrer Jeans und ihrem T-Shirt waren Blutspuren, und sie wirkte so abwesend und verloren, dass es Greta einen schmerzhaften Stich versetzte.

«Sie hat nach Ihnen gefragt», erklärte Helena. «Vielleicht können Sie mit ihr reden und sie davon überzeugen, da wieder rauszukommen.»

«Ich werde es versuchen», erwiderte Greta und wollte zur Tür des Aufbereitungsraums gehen. Doch Klaus Fährmann hielt sie auf.

«Du gehst da nicht allein rein», sagte er und rückte seine Polizeimütze zurecht. «Wenn, dann komme ich mit.»

«Nein, das geht nicht!», widersprach Greta. «Wenn du mit deiner Uniform da reingehst, dann rastet sie garantiert wieder aus. Ich glaube, es wäre sogar besser, wenn ihr euch zurückzieht. Je weniger Leute vor der Scheibe stehen, desto besser. Sie sollte euch nicht sehen. Euch alle nicht», fügte sie hinzu und sah Bent und Leonie an, die auch wieder zu ihnen gestoßen waren.

«Aber dann kann ich nicht einschreiten, falls etwas schiefgeht», warnte Klaus. «Was willst du machen, wenn sie dich angreift?»

Greta schluckte, weil ihr das Risiko durchaus bewusst war.

«Das wird sie nicht, sie kennt mich», sagte sie mit mehr Überzeugung, als sie empfand. «Und was wäre die Alternative? Wenn ihr da gewaltsam eindringt, wird ganz sicher jemand verletzt.»

Klaus wich ihrem Blick aus, weil er offenbar wusste, dass sie recht hatte. Trotzdem schien er unzufrieden.

«Das ist viel zu gefährlich. Das kann ich nicht verantworten.»

«Die Frau ist verzweifelt und hat Schmerzen. Wenn sie noch lange da drin allein ist, tut sie sich vielleicht selbst etwas an», sagte Greta. «Kannst du das verantworten?»

Klaus schwieg, schien abzuwägen, was das Richtige war.

«Lass es mich versuchen», bat Greta.

«Sie hat recht», mischte sich Helena ein. «Sie muss das allein machen. Eine andere Möglichkeit gibt es nicht.»

«Doch!», rief jemand, und als Greta sich umdrehte, sah sie, wie Doktor Ritter sich an den anderen vorbei zu ihr durchdrängte. Er trug jetzt eine weiße Hose und ein dazu passendes Hemd und war gerade dabei, sich seinen Kittel überzustreifen.

«Ich werde reingehen», verkündete er und hob die Hand, als Greta protestieren wollte. «Die Frau kennt mich und hat sich heute Morgen sogar von mir tragen lassen. Sie hat also keine Angst vor mir. Und ich bin stärker als Frau Paulsen. Ich habe bessere Chancen, sie zu entwaffnen, falls sie mir das Skalpell nicht freiwillig gibt.»

Den Polizeibeamten schien diese Argumentation zu gefallen, denn sie nickten beide. Aber Greta war anderer Meinung.

«Das hat Bent auch gedacht», erinnerte sie Ritter. «Außerdem hat die Patientin nicht nach Ihnen gefragt, sondern nach mir. Ich glaube wirklich, dass ich besser zu ihr durchdringen kann als Sie.»

Er nickte. «Gut. Dann gehen wir zusammen rein.»

«Aber ...» Greta verstummte, als er ihren Arm umfasste.

«Darüber diskutiere ich nicht, Frau Paulsen. Sie gehen da auf gar keinen Fall alleine rein.»

In seinen grauen Augen lag ein sehr entschlossener Ausdruck, und Greta musste sich heimlich eingestehen, dass sie eigentlich gar nicht böse war, wenn er mitkam.

Er hatte recht, wahrscheinlich würde die Frau auch ihn in ihrer Nähe dulden. Und zu zweit hatten sie eine bessere Chance, sie zu überwältigen, falls es schiefging.

«Okay. Aber ich rede mit ihr. Sie halten sich im Hintergrund.»

Er hob eine Augenbraue, und ihr wurde bewusst, wie unangebracht es war, ihm Anweisungen zu geben.

«Es ist besser so», verteidigte sie sich.

Ritter erwiderte nichts, sondern wandte sich an die Polizeibeamten. «Sie treten besser zurück. Dann fühlt die Frau sich vielleicht nicht ganz so bedroht.»

Klaus und seine Kollegin nickten diesmal und sorgten dafür, dass auch die anderen von der Scheibe weggingen. Nur Greta und Ritter blieben an der Tür stehen. Sie tauschten einen Blick, dann drückte Greta vorsichtig die Klinke herunter.

5

Die junge Frau hob den Kopf, als die Tür aufging, und drohte mit dem Skalpell. «Haut ab! Lasst mich in Ruhe!»

Als sie erkannte, dass es Greta war, die den Raum betrat, entspannte sie sich etwas. Tränenspuren auf ihren Wangen zeugten davon, dass sie geweint hatte.

Greta blieb an der Tür stehen. «Kann ich reinkommen?», fragte sie und wartete, bis die junge Frau nickte. «Doktor Ritter ist auch hier. Der Arzt, der heute Morgen auch am Strand war. Darf er mit?»

Ritter trat hinter Greta, sodass die Frau ihn sehen konnte, und Greta wartete nervös auf ihre Reaktion.

Nach kurzem Zögern nickte die Frau, und sie betraten gemeinsam den Raum. Als Ritter weitergehen wollte, hielt Greta ihn jedoch zurück.

«Ich gehe allein zu ihr», raunte sie.

Er nickte und blieb an der Tür stehen, während Greta vorsichtig über die auf dem Boden verstreuten Gegenstände stieg und vor der Frau in die Hocke ging. Sie war jetzt so nah, dass diese sie mit dem Skalpell hätte erreichen können.

«Wir haben uns noch gar nicht vorgestellt. Ich bin Greta Paulsen. Aber du kannst mich Greta nennen.»

Sie hatte spontan beschlossen, das steife «Sie» wegzulassen. Die Frau war noch so jung, dass das «Du» viel näher lag. Und je vertrauter sie miteinander umgingen, desto einfacher würde es sein, eine Verbindung zu ihr aufzubauen.

«Wie ist denn dein Name?», erkundigte sie sich vorsichtig. «Willst du mir den nicht doch verraten?»

Die Frau schwieg, aber ihr Gesichtsausdruck änderte sich, wurde misstrauisch. Die Hand mit dem Skalpell, das immer noch auf Greta gerichtet war, zitterte leicht.

«Ich will dich nicht aushorchen», versicherte ihr Greta. «Aber es würde die Dinge einfacher machen, wenn ich wüsste, wie ich dich nennen soll. Willst du mir nicht wenigstens deinen Vornamen sagen? Mehr ist gar nicht nötig.»

Die Frau kaute auf ihrer Unterlippe, während sie überlegte.

«Micki», sagte sie dann mit leiser Stimme und ließ die Hand mit dem Skalpell sinken. Tränen traten ihr in die Augen, und sie begann zu zittern. Sie kann nicht mehr, dachte Greta und spürte eine Welle des Mitleids in sich aufsteigen.

«Es wird alles gut, Micki», sagte sie. «Wir schaffen das hier zusammen. Okay?»

Die junge Frau schüttelte den Kopf, während die Tränen über ihre Wangen liefen.

«Der Mann vorhin ... ich hatte ihn gewarnt. Aber er ist trotzdem einfach reingekommen. Ich ... wollte das nicht», sagte sie und wirkte so verzweifelt, dass es Greta das Herz brach. «Ihr dürft mich nicht zurückbringen. Bitte! Dann bin ich im Arsch.»

«Warum?», wollte Greta wissen. «Wovor hast du solche Angst?»

Die junge Frau wandte den Kopf ab und schwieg.

«Rede mit mir, Micki», drängte Greta. «Ich kann dir nicht helfen, wenn ich nicht weiß, um was es geht.»

Das Mädchen schwieg beharrlich, und Greta hatte das Gefühl, dass sie so nicht weiterkam. Sie musste das Gespräch irgendwie in Gang halten.

«Wie alt bist du?», fragte sie.

«Achtzehn», erwiderte Micki und wich ihrem Blick aus, deshalb war Greta nicht ganz sicher, ob das stimmte. War sie wirklich schon volljährig? Auf jeden Fall war das ein Punkt, bei dem sie ansetzen konnte.

«Als ich so alt war wie du, da war mein Leben auch ganz schön durcheinander. Damals wusste ich nicht, ob ich auf der Insel bleiben sollte oder nicht. Ich wollte etwas von der Welt sehen, aber ich hatte auch Angst davor, wegzugehen. Zu entscheiden, was richtig für mich ist, war gar nicht so leicht.»

Micki wischte sich mit dem Handrücken über die Wange. «Und was hast du gemacht?»

«Ich bin gegangen. Und ich bin froh darüber. Es war wichtig für mich, neue Erfahrungen zu machen.»

Sie wartete und hoffte, dass ihr Geständnis Micki dazu bringen würde, etwas mehr über sich zu verraten. Aber die junge Frau sah sie nur fragend an.

«Und warum bist du zurückgekommen?»

Greta seufzte. «Weil meine Familie mich im Moment braucht.»

Micki senkte den Blick. «Du hast wenigstens eine.»

«Und du nicht?», hakte Greta nach und spürte einen

Stich in der Brust, als Micki den Kopf schüttelte. «Aber du hast doch sicher Freunde. Sollen wir denen nicht Bescheid geben, dass du hier bist? Die machen sich bestimmt Sorgen, und …»

«Nein!» Ein Zittern durchlief Micki. «Bitte. Niemand darf wissen, wo ich bin!»

«Okay.» Greta hob beschwichtigend die Hände. «Wir sagen es keinem. Aber du musst hier wieder rauskommen und dich behandeln lassen. Dir geht es nicht gut, und wir müssen dich …»

«Aber ihr könnt mich doch gar nicht behandeln», rief Micki. «Ich habe gehört, wie der blonde Typ gesagt hat, dass er so einen Fall wie mich noch nie hatte.»

«Doktor Rebien meinte damit, dass ihm *hier auf der Insel* noch kein Fall wie deiner untergekommen ist», stellte Greta richtig. «Aber er weiß, was dir fehlt und wie wir dir helfen können.»

Micki sah misstrauisch zu Ritter hinüber.

«Der da hat vorhin auch gesagt, dass ich ausgeflogen werden muss!»

«Doktor Ritter wollte dir nur erklären, dass wir hier kein Magnetresonanz-Gerät haben. Es hätte sein können, dass wir es brauchen, um herauszufinden, was du hast. Aber das wissen wir jetzt schon. Deine Niere wurde gequetscht. Und das können wir auch hier behandeln.» Greta streckte die Hand aus. «Du kannst hier in der Klinik bleiben, wenn du mir das Skalpell gibst. Dann gehen wir rauf auf die Station, und du bekommst ein Bett. Du musst dich nämlich dringend hinlegen. Und falls eine Operation nötig ist, machen wir das hier. Wir fliegen dich nicht aus, das verspreche ich dir.»

Mickis Augen leuchteten hoffnungsvoll. Doch dann verdunkelte sich ihr Blick wieder. «Das kannst du mir gar nicht versprechen», sagte sie und hob das Skalpell etwas höher. «Du bist bloß Krankenschwester. Du entscheidest das gar nicht.»

Gretas Herz raste, und sie hatte plötzlich Angst, die Kontrolle über die Situation zu verlieren.

«Nein, Frau Paulsen kann so etwas nicht entscheiden. Aber ich schon.» Ritter löste sich von der Tür und kam einen Schritt näher. «Ich bin der Chefarzt der Chirurgie. Und ich sage Ihnen, dass wir in der Lage sind, Sie zu operieren, falls es nötig ist. Dafür müssen Sie nicht verlegt werden.»

Micki starrte ihn schweigend an, offensichtlich unsicher, ob sie ihm trauen konnte.

Ritter nutzte den Moment, um noch näher zu kommen und hinter Greta in die Hocke zu gehen. Er legte die Hand auf Gretas Rücken, vermutlich, um sie zu beruhigen – was ihm auch gelang. Sie wagte nicht, ihn anzusehen, aber sie war sehr froh, dass er da war.

«Sie können natürlich auch gehen, wenn Sie mir nicht glauben», sagte er zu Micki. «Aber Sie würden nicht besonders weit kommen. Mit so einer Nierenquetschung ist nicht zu spaßen. Im schlimmsten Fall versagen Ihre Nieren, und das ist lebensgefährlich. Dann brechen Sie irgendwann zusammen und kommen doch wieder ins Krankenhaus. Aber dann sind Sie definitiv zu schwach, um sich zu wehren.» Er zuckte mit den Schultern. «Es ist Ihre Entscheidung, aber wenn ich Sie wäre, dann würde ich mich lieber jetzt behandeln lassen.»

Micki blickte skeptisch zwischen Ritter und Greta

hin und her. «Und was ist mit der Polizei? Die werden mich mitnehmen. Weil ich das mit dem blonden Typen gemacht habe.»

«Das können sie nicht», erklärte Ritter. «Sie sind zu krank dafür. Sie müssen erst mal hierbleiben.»

Greta nickte. «Wir helfen dir, Micki. Aber das geht nur, wenn du mir das Skalpell gibst.»

Sie hielt den Atem an, während sie beobachtete, wie es in Mickis Gesicht arbeitete. Zuerst schien ihre Angst zu siegen. Doch dann streckte sie den Arm aus und gab Greta das Skalpell.

Greta reichte es sofort an Ritter weiter, und als ihre Blicke sich trafen, spiegelte sich ihre Erleichterung in seinen Augen. Er strich noch einmal mit der Hand über ihren Rücken, dann erhob er sich wieder.

«Komm, wir bringen dich hier raus.» Greta half Micki beim Aufstehen.

Die junge Frau war so schwach, dass Greta und Ritter sie gemeinsam stützen mussten. Langsam gingen sie die wenigen Schritte bis zur Tür, doch als sie in den Flur traten und Micki die Polizisten und die anderen sah, versteifte sie sich. Dann gaben ihre Beine plötzlich nach, und sie sackte zusammen.

Leonie und Susanne waren sofort mit einer fahrbaren Liege zur Stelle. Als Micki darauf lag, klammerte sie sich an Gretas Hand fest. «Nicht weggehen, bitte», sagte sie mit Panik in den Augen.

«Es wird alles gut», versicherte ihr Greta. «Aber jetzt musst du dich erst mal ausruhen, okay? Doktor Ritter gibt dir was, damit du schlafen kannst. Und wenn du wieder wach bist, bin ich da. Versprochen.»

Greta strich der jungen Frau über die verschwitzten Haare, während Ritter Susanne in knappen Worten Anweisungen gab. Susanne schien sich schon gedacht zu haben, welches Medikament nötig war, denn sie hatte die Spritze bereits fertig, was Ritter mit einem anerkennenden Kopfnicken quittierte. Mit geübten Handgriffen verabreichte er Micki das Beruhigungsmittel, das fast sofort wirkte.

«Ich bin so müde.» Mickis Augenlider flatterten, und Greta redete weiter mit ihr, bis sie weggedämmert war.

«Bringt sie rauf ins Intensivzimmer. Sie muss überwacht werden», wies Ritter Susanne an, die sich sofort darum kümmerte und die Liege über den Flur in Richtung Fahrstuhl schob.

Leonie blieb zurück und schloss Greta in die Arme. «Mann, bin ich froh, dass dir nichts passiert ist», sagte sie, dann verschwand sie im Aufbereitungsraum, um das Chaos zu beseitigen, das Micki darin angerichtet hatte.

«Ja. Gut gemacht!» Auch Helena wirkte sichtlich erleichtert, und Bent klopfte Greta überschwänglich auf die Schulter.

«*Tillykke* – herzlichen Glückwunsch! Ich hätte auf euch warten sollen, statt es selbst zu versuchen.» Er grinste breit. «Ihr seid ein echt gutes Team!»

«Das war Frau Paulsens Verdienst», sagte Ritter. «Sie hat die Frau überredet, ihr das Skalpell auszuhändigen.»

«Aber es wäre fast schiefgegangen.» Greta dachte an den Moment, als ihr die Situation zu entgleiten drohte und Ritter eingegriffen hatte. «Ohne Sie hätte ich es nicht geschafft.»

«Ein gutes Team, sage ich doch», erklärte Bent mit

einem zufriedenen Grinsen. «Und was passiert jetzt?», fragte Helena. «Mit der Frau, meine ich?»

Klaus Fährmann rückte seine Polizeimütze zurecht. «Das war gefährliche Körperverletzung. Dafür gibt es eine Anzeige.»

Ach herrje, dachte Greta besorgt, als ihr klarwurde, dass die Sache für Micki noch nicht ausgestanden war.

«Ist das denn wirklich nötig? Es ist doch gar nichts Schlimmes passiert.» Bent blickte auf seinen Arm. «Das ist doch nur ein Kratzer.»

«Das mag sein», erwiderte die Polizistin. «Aber so etwas müssen wir immer zur Anzeige bringen. Dazu sind wir verpflichtet.»

«Und wie schlimm kann das für sie werden?», hakte Greta nach.

«Wenn sonst nichts gegen sie vorliegt, kommt sie wahrscheinlich mit einer Geldstrafe davon», erklärte Klaus. «Es sei denn, sie hat noch was anderes auf dem Kerbholz. Was uns zum nächsten Problem bringt. Wir brauchen nämlich auf jeden Fall ihre Personalien. Und die habt ihr nicht, oder?»

Greta schüttelte den Kopf. «Sie sagt, sie heißt Micki. Mehr hat sie uns noch nicht verraten.»

«Das müssen wir noch klären», meinte er und wandte sich an Ritter. «Ich nehme an, sie muss vorläufig hierbleiben?»

Ritter nickte. «Auf jeden Fall.»

«Dann sorgen Sie dafür, dass sie nicht einfach verschwindet, bevor wir ihre Identität kennen.»

«In ihrem Zustand käme sie nicht weit», versicherte Ritter ihm.

«Okay», sagte die Polizistin. «Ich denke, dann gehen wir erst mal wieder.»

«Und wir können langsam auch wieder zur Tagesordnung zurückkehren», meinte Ritter, als die beiden Beamten gegangen waren. Er wandte sich an Bent und deutete auf dessen verbundenen Arm. «Willst du dir heute freinehmen?»

Bent schüttelte den Kopf, anscheinend fand er diese Idee ziemlich absurd. «Ich gehe rauf und sehe nach unserem Problemfall. Und ich hole mir einen Kaffee, ich finde, den habe ich mir verdient.»

«Ich komme mit», meinte Helena. «Eine Stärkung kann jetzt wirklich nicht schaden.»

«Sie haben das ernst gemeint, oder?», fragte Greta, als die beiden gegangen waren. «Sie werden dafür sorgen, dass Micki hierbleiben kann?»

Ritter hob einen Mundwinkel zu einem schiefen Lächeln. «Ich bin ein ernster Typ. Das haben Sie mir doch heute Morgen bescheinigt.»

In seinem Blick lag etwas, das Greta nervös machte.

«Ich meinte das nicht so.»

«Doch, ich glaube schon», sagte er und hob die Hand, damit sie ihm nicht noch einmal widersprach. «Und Sie hatten recht, was die Patientin angeht. Wenn Sie bei ihr geblieben wären, dann wäre das hier vielleicht gar nicht passiert. Das war mein Fehler, und den möchte ich nicht wiederholen. Deshalb wird die Frau bis auf weiteres nicht verlegt.»

«Und ich kann bleiben?»

Er nickte. «Es ist wichtig, dass Sie da sind, wenn die Patientin das nächste Mal aufwacht. Also tauschen Sie bitte mit einer Kollegin oder einem Kollegen die Schicht. Und dann sehen wir weiter.»

Greta nickte, etwas überrumpelt davon, dass er einen Fehler zugeben konnte. «Hält sich für unfehlbar» musste sie definitiv streichen von der Liste mit schlechten Eigenschaften, die sie ihm angedichtet hatte.

«Greta kann meine Schicht übernehmen.» Leonie erschien im Türrahmen des Aufbereitungsraums. Sie war plötzlich ganz blass. «Mir ist ein bisschen schlecht. Ich glaube, es wäre besser, wenn ich nach Hause gehe.»

«Dann tun Sie das. Sie sehen wirklich nicht gut aus», sagte Ritter und wandte sich noch einmal an Greta. «Regeln Sie das mit den Diensten bitte mit Frau Walter.»

Er drehte sich um und ging davon.

«Komm, wir holen deine Sachen, und dann bringe ich dich zum Auto.» Greta machte sich Sorgen um ihre Freundin, die wirklich krank aussah. «Kannst du überhaupt fahren?»

Leonie nickte. «So schlimm ist es nicht. Du brauchst mich auch nicht zu begleiten. Kümmere dich lieber um diese Verrückte.»

Greta musterte sie skeptisch. «Dann sehe ich später noch mal nach dir, wenn ich hier wegkomme.»

«Nein, bitte. Das brauchst du nicht. Ich ... wäre lieber allein.» Der Ausdruck in Leonies Augen war flehend, und wenn Greta nicht schon vermutet hätte, dass irgendetwas nicht stimmte, dann wäre es ihr spätestens jetzt klar gewesen.

«Was ist denn los mit dir?», fragte sie besorgt und wollte ihrer Freundin die Hand auf den Arm legen. Doch Leonie wich ihr aus.

«Ich will nicht darüber reden. Lass mich einfach.»

Sie wandte sich ab und ließ Greta stehen, die ihr erschrocken und ein bisschen ratlos nachsah. Dass Leonie so schroff reagierte, war ungewöhnlich. Irgendetwas schien ihre Freundin völlig aus der Bahn geworfen zu haben, und Greta wurde das Gefühl nicht los, dass es etwas mit ihrem Bruder zu tun hatte.

Mark Ritter warf die Tür zu seinem Arztzimmer hinter sich zu und ließ sich mit einem tiefen Seufzen auf den Stuhl hinter seinem Schreibtisch sinken. Was für ein Tag, dachte er. Und dabei war es noch nicht einmal neun Uhr.

Er hatte geglaubt, einen ganz normalen Morgen vor sich zu haben, als er losgefahren war, um eine Runde zu joggen. Das war ein Ritual, das er sich nach seiner Ankunft hier angewöhnt hatte. Er liebte es, am Meer zu laufen, weil man da den Kopf freibekam. Und der Südstrand, den er erst kürzlich entdeckt hatte, war nahezu ideal dafür, vor allem morgens, wenn es noch so leer war.

Dass er dabei unerwartet mit einem medizinischen Notfall konfrontiert worden war, hatte ihn nicht aus der Fassung gebracht. Als Arzt musste man immer damit rechnen, in dieser Hinsicht gefordert zu sein. Und auch die Situation vorhin im Aufbereitungsraum war für ihn nicht wirklich neu gewesen. In der Notaufnahme in New York hatten Patienten, die unter Drogen standen oder verwirrt waren, auch mal randaliert, und dabei waren nicht selten Messer oder andere Waffen im Spiel gewesen. Das kannte er.

Wirklich kalt erwischt hatte ihn nur Greta Paulsen.

Er konnte immer noch nicht fassen, was sie ihm alles an den Kopf geworfen hatte. Sie hatte ihm einen Spiegel vorgehalten, und es war nicht besonders angenehm gewesen hineinzusehen.

Sie hatte recht, er war mental noch nicht auf der Insel angekommen. Aber bis heute Morgen hatte er sich der Illusion hingegeben, dass niemandem aufgefallen war, wie zerrissen er sich fühlte. Er hatte New York Hals über Kopf verlassen, weil ihn dort alles an die eine Sache erinnerte, die er nie wiedergutmachen konnte. Aber wohin sein Weg ihn jetzt führte, war noch nicht klar. Nicht zurück in die Hamburger Parkklinik, die sein Vater leitete, so viel stand fest. Nach dem, was passiert war, würde Mark dort keinen Fuß mehr hineinsetzen, das hatte er sich geschworen. Also hatte er sich umgehört und beim Angebot der Hansen-Klinik zugegriffen, weil es geklungen hatte wie das, was er jetzt brauchte: ein ruhiger Job am Meer, bei dem nicht viel von ihm erwartet wurde. Ein paar gebrochene Knochen, die es zu richten galt, und hin und wieder ein Blinddarm. Nichts Dramatisches. Eine kurze Zwischenstation, um wieder zu Atem zu kommen – das hatte sein Aufenthalt hier werden sollen.

Aber dieser Plan ging nicht auf, daran hatte Greta Paulsen keinen Zweifel gelassen.

Sie interessieren sich nicht für die Leute, die hier arbeiten, und merken nicht mal, wie verletzend das ist. So leitet man kein Team, Doktor Ritter!

Das hatte gesessen und ging ihm nicht mehr aus dem Kopf. Denn es stimmte. Er hatte alles und jeden auf Abstand gehalten, und ja, er war unfreundlich gewesen und abweisend und in jeder Hinsicht ein schrecklicher Chef. Weil es einfacher gewesen war. Und weil er dann keine Fragen beantworten musste.

Das Bild von Greta Paulsen tauchte vor seinem inneren Auge auf, mit ihren dunklen, fast schwarzen Haaren und ihren blauen Augen, in denen so viel Zorn liegen konnte, wenn sie sich aufregte – wofür er ihr derzeit anscheinend besonders viel Gelegenheit bot. Sie war keine klassische Schönheit, aber sie war ihm dennoch sofort aufgefallen, als er hier angefangen hatte. Damals war sie freundlich auf ihn zugegangen, daran erinnerte er sich noch. Aber er war so mit sich selbst beschäftigt gewesen, dass er darauf nicht reagiert hatte. Tatsächlich hatte er nicht einmal gemerkt, dass ihr Verhalten ihm gegenüber kühler geworden war – bis sie ihm heute Morgen unverblümt gesagt hatte, was vermutlich viele in der Klinik dachten.

Mark lehnte den Kopf zurück und starrte hinauf an die Decke, während er Greta Paulsens Stimme erneut im Ohr hatte.

Sie halten die Leute auf Distanz, dabei ist das doch hier bei uns in der Hansen-Klinik überhaupt nicht nötig. Wir sind ganz nah an den Patienten dran, das ist ja gerade das Besondere an unserem kleinen Inselkrankenhaus.

Wie ernst sie es mit der Nähe zu ihren Patienten meinte, hatte er eben erst selbst erlebt. Ohne zu zögern war sie bereit gewesen, sich selbst in Gefahr zu bringen, um der jungen Frau zu helfen. Wenn es nach ihr gegangen wäre, dann hätte sie den Aufbereitungsraum allein betreten, obwohl er angeboten hatte, es an ihrer Stelle zu tun, und das beeindruckte ihn. Greta Paulsen war mutig, das musste man ihr lassen. Sie war auf die Frau zu und so dicht vor ihr in die Hocke gegangen, dass sie jederzeit hätte verletzt werden können.

Und tatsächlich wäre die Situation ja einmal auch beinahe eskaliert, als die junge Frau nicht hatte glauben wollen, dass sie nicht aufs Festland zurückmusste. Er war fast sicher gewesen, dass sie erneut durchdrehen und Greta verletzen würde, und als er jetzt daran dachte, was alles hätte passieren können, lief ihm ein kalter Schauer über den Rücken. Er war äußerlich ruhig geblieben, aber das Bedürfnis, Greta aus der Gefahrenzone zu bringen, war fast übermächtig gewesen …

Es klopfte an der Tür.

«Herein», sagte er und stöhnte innerlich, als er sah, dass Doktor Karsten Ehlert ihn sprechen wollte. Der Chefarzt der Inneren hatte ihm noch nicht das kollegiale Du angeboten. Und er legte auch sehr viel Wert darauf, mit seinem medizinischen Titel angesprochen zu werden.

Ehlert war fast sechzig, hatte grau meliertes Haar und war ein eher kleiner Mann, mit filigranen Händen und feinen Gesichtszügen. Er hatte schon seine Zeit als Assistenzarzt an der Hansen-Klinik absolviert und war vor zehn Jahren als Chefarzt der Inneren zurückgekehrt. Da nach dem Weggang von Marks Vorgänger der Chefarztposten in der Chirurgie, der einzigen anderen Abteilung des Krankenhauses, mehr als ein halbes Jahr lang vakant gewesen war, hatte Ehlert die Leitung kommissarisch übernommen. Eine Weile war er also der medizinische Leiter der gesamten Klinik gewesen, und Mark hatte den Eindruck, dass er diese Verantwortung nur ungern wieder teilte, vor allem mit einem Arzt, der fast fünfundzwanzig Jahre jünger war als er selbst.

«Warum bin ich erst so spät informiert worden?», schimpfte Ehlert, bevor Mark ihn begrüßen konnte. «Wollten Sie sich auf meine Kosten profilieren?»

«Was?», fragte Mark irritiert. «Wovon sprechen Sie?»

«Von dem Mädchen mit dem Skalpell. Warum habe ich nicht rechtzeitig davon erfahren, dass es eine Krisensituation gab?»

«Das weiß ich nicht», antwortete Mark. «Ich wurde von Schwester Susanne angerufen und über die Situation in Kenntnis gesetzt. Ich bin davon ausgegangen, dass Sie Ihnen ebenfalls Bescheid sagt.»

«Sie hat mich angerufen, ja», bestätigte Ehlert. «Aber ich konnte nicht so schnell hier sein. Und als ich eben ankam, musste ich feststellen, dass alles schon über meinen Kopf hinweg entschieden wurde. Dabei hätte ich konsultiert werden müssen!»

«Konsultiert?» Mark schüttelte den Kopf. «Wir hatten hier eine akute Krisensituation. Da blieb keine Zeit für lange Diskussionen. Wir mussten schnell handeln.»

«Vielleicht ein bisschen zu schnell», erwiderte Ehlert bissig. Seine Augen funkelten angriffslustig. «Wenn ich das richtig sehe, dann haben Sie nicht nur sich, sondern auch eine der Krankenschwestern in eine lebensgefährliche Situation gebracht, anstatt die Sache der Polizei zu überlassen.»

Mark ahnte, in welche Richtung die Sache lief. Offenbar suchte Ehlert nach einem Grund, ihn zu diskreditieren. Aber auf so eine Diskussion würde er sich nicht einlassen.

«Ich habe das getan, was ich in der Situation für sinnvoll hielt. Mit dem Einverständnis der Polizei übrigens. Wir waren uns einig, dass es das Beste ist, wenn ich mit Frau Paulsen zu der Patientin gehe. Und es ist ja auch gutgegangen.»

Ehlert schnaubte. «Gutgegangen? Wir haben eine gemeingefährliche Patientin im Intensivzimmer, von der wir nicht mal den Namen kennen! Sie wissen genau, dass die Krankenkasse uns deswegen Ärger machen wird. Außerdem hat die Frau einen unserer Ärzte verletzt. Also kann man wohl kaum davon reden, dass irgendetwas an diesem Fall ‹gut› wäre.»

Mark versuchte ruhig zu bleiben, obwohl ihm das zunehmend schwerfiel, was Ehlert anging, der ihm schon seit seiner Ankunft kein Stück entgegenkam. Um was es auch ging – ein fachliches Konzil über einen Fall oder die Bestellung neuer medizinischer Gerätschaften –, Ehlert war grundsätzlich erst einmal gegen das, was Mark vorschlug, und es bedurfte oft sehr langer Diskussionen, um eine Sache zu klären. Das war ermüdend, aber bisher hatte Mark die Energie nicht aufgebracht, sich ernsthaft mit seinem Kollegen anzulegen. Nach diesem furchtbaren Morgen war seine Geduld jedoch aufgebraucht.

«Das ist doch Blödsinn! Die Frau ist nicht gemeingefährlich. Sie war verunsichert, und es gab ein Missverständnis, das zu diesem unglücklichen Vorfall mit Doktor Rebien geführt hat. Das ist inzwischen geklärt, deshalb erwarte ich keinerlei Schwierigkeiten mehr. Und was Ihren Vorwurf angeht: Was bitte hätte ich denn machen sollen? Der Frau nicht helfen, obwohl es ihr schlechtgeht, nur weil sie uns ihren Namen nicht sagen will? In ihrem

Zustand gehört sie in ein Krankenhaus, das wissen Sie so gut wie ich.»

Ehlert schwieg einen Augenblick, und Mark hoffte, dass er das Thema fallenlassen würde, bevor sie richtig in Streit gerieten. Doch sein Kollege hatte das offensichtlich nicht vor.

«Ich glaube nicht, dass die Geschäftsführung das so entspannt sehen wird wie Sie, Doktor Ritter. Genauso wenig wie die Tatsache, dass Sie offenbar gerne den Helden spielen. Das kommt in New York vielleicht gut an, aber hier bei uns auf der Insel ...»

«Ich hatte keine andere Wahl!» Mark sprang auf und konnte sich nur mühsam davon abhalten, mit der Faust auf den Tisch zu schlagen. «Und ich bin sicher, dass Sie an meiner Stelle nicht anders gehandelt hätten.»

Ehlert verschränkte die Arme vor der Brust. «Oh doch, ich hätte anders gehandelt. Vor allem hätte ich mich erst mal rückversichert, wenn es um Entscheidungen geht, die den Ruf der Klinik betreffen. Was glauben Sie, was los ist, wenn sich herumspricht, dass bei uns Patienten randalieren und mit Skalpellen auf Leute losgehen? Die Leute kommen vielleicht nicht mehr, wenn sie befürchten, dass sie hier nicht sicher sind. Und dann ...»

Das Telefon auf Marks Schreibtisch klingelte, und Ehlert verstummte.

«Ich werde mich für mein Verhalten nicht rechtfertigen», sagte Mark. «Und jetzt entschuldigen Sie mich, ich muss da rangehen.»

Er legte die Hand demonstrativ auf den Hörer, froh darüber, das unangenehme Gespräch mit seinem Kollegen auf diese Weise beenden zu können.

Ehlert war anzusehen, wie wenig ihm das passte.

«Wenn Sie so weitermachen, werden Sie sich hier nicht lange halten, das garantiere ich Ihnen», sagte er, bevor er sich abrupt umdrehte und das Zimmer verließ.

Mark wartete, bis sich die Tür hinter seinem Kollegen geschlossen hatte, dann setzte er sich wieder und hob den Hörer ab. «Ritter.»

«Hier auch», sagte sein Vater, und Mark fluchte innerlich, weil er nicht auf die Nummer des Anrufers auf dem Display geachtet hatte. Dann wäre er nämlich ganz sicher nicht rangegangen.

«Ich wüsste nicht, was wir noch zu besprechen hätten», sagte er mit kaum verhohlener Wut.

Einen Moment lang herrschte Schweigen am anderen Ende der Leitung.

«Es geht um die Stiftung deiner Mutter», sagte Herbert Ritter dann mit seiner ruhigen, unaufgeregten Stimme, die Mark inzwischen hassen gelernt hatte.

Er umklammerte den Telefonhörer fester. «Was ist damit?»

Sein Vater räusperte sich. «Evelin wäre nächsten Monat sechzig geworden, wie du weißt, und ich habe beschlossen, ihren Geburtstag mit einer großen Wohltätigkeitsveranstaltung zu feiern. Der Erlös geht natürlich an die Stiftung.»

«Und?», fragte Mark.

«Ich möchte, dass du kommst und das geplante Galadiner mit einer Rede eröffnest. So, wie sie es immer getan hat.» Die Stimme seines Vaters zitterte leicht, und er musste sich räuspern, ehe er weitersprach. «Das wäre sicher in Evelins Sinne.»

Mark spürte heiße Wut in sich aufwallen, weil er diese Forderung nicht ablehnen konnte. Die Evelin-Ritter-Stiftung für herzkranke Kinder war seiner Mutter unglaublich wichtig gewesen. Sie war ihr Lebenswerk und ihr Erbe, deshalb würde er alles tun, um sie zu erhalten. Was vermutlich genau der Grund war, warum sein Vater dieses Galadiner überhaupt organisierte.

«Ich nehme an, das wäre gute Presse für die Parkklinik, wenn wir da gemeinsam gesehen werden? Damit die Gerüchte über meinen Weggang aufhören?»

«Die Gerüchte müsste es gar nicht geben», entgegnete Herbert Ritter. «Du hättest bleiben können.»

Mark biss die Zähne zusammen. «Das wäre ich, wenn du mir geglaubt hättest. Aber du hast es ja vorgezogen, dich auf Wischnewskis Seite zu schlagen.»

«Ich habe mich auf keine Seite geschlagen», erwiderte sein Vater. «Robert Wischnewski ist ein ausgezeichneter Arzt. Er hat dich lediglich auf deinen Fehler hingewiesen. Das kann jedem passieren. Du hättest einfach dazu stehen können.»

«Ich habe aber nicht ...»

«Lass uns diese Diskussion bitte nicht noch einmal führen», unterbrach ihn sein Vater. «Wie du schon festgestellt hast, ist dazu bereits alles gesagt.» Er machte eine kurze Pause. «Kann ich davon ausgehen, dass du da sein wirst?»

«Ja», knurrte Mark.

«Gut.» Herbert Ritter klang zufrieden. «Rieke habe ich natürlich auch eingeladen. Du weißt ja, wie sehr deine Mutter sie immer geschätzt hat.»

Mark dachte an sein letztes Gespräch mit seiner Ex-

Verlobten in ihrem New Yorker Apartment. Wie fassungslos sie ihn angestarrt hatte, als er ihr mitgeteilt hatte, dass er gehen würde – ohne sie.

«Rieke und ich haben uns getrennt», sagte er, obwohl er ziemlich sicher war, dass sich das auch schon bis zu seinem Vater herumgesprochen hatte. «Deshalb glaube ich kaum, dass sie zu der Gala kommen wird.»

«Sie hat schon zugesagt», erklärte sein Vater. «Und du solltest die Gelegenheit nutzen und versuchen, sie zurückzugewinnen. Eine Frau, die so gut zu dir passt, findest du nicht an jeder Ecke, Mark. Sie wäre die perfekte Partnerin für dich.»

«Ich glaube nicht, dass ich ausgerechnet von dir Beziehungstipps brauche!», gab Mark scharf zurück und wünschte für einen kurzen Moment, dass er die Zeit zwanzig Jahre zurückdrehen könnte. Damals, als Jugendlicher, hatte er noch geglaubt, dass seine Eltern eine glückliche Ehe führten. Er hatte seinen Vater auf ein Podest gestellt und ihm nachgeeifert. Ein genauso guter Arzt hatte er werden wollen, und er war fest davon ausgegangen, dass er eines Tages Herbert Ritters Nachfolge in der Parkklinik antreten würde. Aber er hatte sich getäuscht, nicht nur in diesem Punkt, und das tat immer noch verdammt weh.

«Dann plane ich dich für die Rede ein», sagte Herbert Ritter, so als hätte er die letzte Bemerkung seines Sohnes gar nicht gehört. «Die Details zum Ablauf lasse ich dir noch zukommen. Bis dann, Mark.»

Es klickte in der Leitung, dann erklang ein gleichmäßiges Tuten. Mark knallte den Hörer zurück auf die Telefonanlage. So viel zum Thema Ruhe und Frieden, dachte er und schüttelte den Kopf. Hatte er wirklich geglaubt, dass er seinen Problemen entfliehen konnte, indem er auf die Insel zog? Tatsächlich hatte er jetzt sogar noch mehr als vorher.

Aber nicht alle davon waren unlösbar. An dem schlechten Verhältnis zu seinem Team hier an der Hansen-Klinik konnte er etwas ändern, wenn er endlich anfing, diesen Job ernst zu nehmen. Das hier war jetzt sein Leben, zumindest vorläufig, er hatte es selbst gewählt, deshalb wurde es Zeit, sich den Herausforderungen zu stellen. Und sei es nur, um Greta Paulsen zu beweisen, dass sie sich irrte.

Zu seiner eigenen Überraschung fühlte sich dieser Vorsatz sogar gut an. Es war, als wäre er aufgewacht aus dieser inneren Erstarrung, in die er verfallen war, seit er New York verlassen hatte. Solange er hier auf der Insel war, würde er versuchen, das Beste aus seinem Posten zu machen, den er so überstürzt und eigentlich aus den völlig falschen Gründen angenommen hatte. Die Hansen-Klinik verdiente einen Chefarzt, der sich einbrachte, da hatte Greta Paulsen recht. Das Team konnte schließlich nichts dafür, dass er gerade in einer Krise steckte. Deshalb würde er sich heute besonders viel Zeit für die Visite nehmen. Vielleicht ergab sich dabei ja das eine oder andere Gespräch, bei dem er mehr über das Pflegepersonal herausfinden konnte. Und über Greta Paulsen auch, dachte er, während er sein Arztzimmer wieder verließ, um sich in die Arbeit zu stürzen, die er so lange vernachlässigt hatte.

6

Hey, das sieht ja toll aus!» Helena Folkert blickte sich staunend um, als sie das Schwesternzimmer betrat. «Haben Sie umdekoriert?»

Susanne, die an dem langen, über Eck verlaufenden Schreibtisch saß, drehte sich auf ihrem Rollhocker zu ihr herum und grinste. «Ja. Ich fand, es wurde mal wieder Zeit für was Neues», sagte sie stolz. «Die Fotos habe ich selbst aufgenommen. Sind die nicht schön?»

Sie deutete auf den vom Flur aus nicht einzusehenden Teil des Schwesternzimmers, wo ein Tisch mit Stühlen stand. Dort verbrachten die Schwestern ihre Pausen und tranken Kaffee oder hielten ihre Dienstbesprechungen ab. Der Raum war eigentlich immer dekoriert, im Moment passend zur Sommersaison mit Windlichtern in kleinen, mit Sand und Muscheln gefüllten Gläsern. Zwei große auf Leinwand gedruckte Fotos, die an der Wand hingen, zeigten fliegende Möwen und einen einsamen, mit Tang bedeckten Steg, der vom Strand ins Meer führte. Den Steg kannte Helena, es war der am Utsumer Kliff.

«Wunderschöne Fotos», bestätigte sie. «Sie haben wirklich ein Händchen dafür, es hier heimelig zu machen.»

«Danke.» Susanne strahlte, winkte jedoch verlegen ab. «Aber das ist doch wirklich nichts Besonderes.»

Doch, dachte Helena. Ihrer Erfahrung nach waren die Stationen in Krankenhäusern nicht immer Orte, an denen man sich wirklich wohlfühlte. Auf einigen herrschten durchaus chaotische Zustände, und das war noch gar nichts im Vergleich zu dem Feldlazarett in Mali, in dem sie während ihrer Zeit bei «Ärzte ohne Grenzen» gearbeitet hatte. Was sie dort erlebt hatte, wirkte bis heute in ihr nach, und das war sicher einer der Gründe, warum sie ein sauberes, schönes Arbeitsumfeld sehr zu schätzen wusste. In dieser Hinsicht war die Hansen-Klinik definitiv anders als gewöhnliche Krankenhäuser. Hier ging es angenehm entspannt zu, und das lag nicht zuletzt an der Pflegedienstleitung. Susanne ging über die Komplimente, die man ihr dafür machte, jedoch meistens hinweg. Und auch jetzt wechselte sie schnell das Thema.

«Was machen Sie überhaupt noch hier?», fragte sie Helena. «Wollten Sie nicht längst weg sein?»

Helena blickte zu der Digitaluhr, die an der Wand hing und anzeigte, dass es schon nach vier Uhr war. Das bedeutete, dass sie heute tatsächlich extrem spät dran war. Der Mittwoch war bei ihr schon seit einiger Zeit ausschließlich für OPs und ambulante Eingriffe reserviert. Letztere führte sie ebenfalls lieber hier in der Klinik aus, deshalb blieb die Praxis geschlossen, und sie bestellte alle Patienten hierher. An normalen Tagen dauerte das bis gegen ein oder zwei Uhr, sodass sie den Mittwochnachmittag meistens frei hatte. Heute war allerdings irgendwie der Wurm drin.

«Die Not-OP hat meinen Zeitplan ganz schön durcheinandergeworfen», sagte sie und dachte an die Patientin, die mit heftigen Unterleibsschmerzen in die Klinik gekommen war. Wie sich herausgestellt hatte, litt sie an einer Ovarialtorsion, also einem verdrehten Eierstock.

«Sie meinen Frau Maler, oder?», erkundigte sich Susanne.

«Genau. Ich hatte gehofft, dass wir den Eierstock retten können, aber das Gewebe war leider durch die fehlende Durchblutung schon abgestorben. Deshalb musste ich ihn komplett entfernen. Zum Glück hat Frau Maler schon zwei Kinder, aber ich glaube, es hat sie trotzdem sehr schockiert. Schaut auf jeden Fall noch mal nach ihr und sagt mir Bescheid, falls etwas ist. Dann komme ich noch mal wieder.»

«Keine Sorge, das kriegen wir schon hin», meinte Susanne und seufzte. «Nach der Patientin heute Morgen schockt uns ganz sicher nichts mehr.»

Helena dachte an den Vorfall im Aufbereitungsraum. «Apropos: Wie geht es denn unserer Unbekannten inzwischen?»

«Sie liegt noch im Intensivzimmer. Ihr Blutdruck ist zu niedrig, aber sie ist stabil. Und operiert werden muss sie wohl auch nicht. Deshalb können wir sie nachher wahrscheinlich in ein normales Zimmer verlegen.»

«Wissen wir schon, wer sie ist?»

Susanne schüttelte den Kopf. «Aber Greta ist bei ihr und bleibt dran. Sie wird es schon noch herausfinden.»

«Greta ist noch da? Hat sie nicht längst Dienstschluss?»

«Eigentlich schon. Aber zwei Kolleginnen haben sich krankgemeldet, und ich hatte ein bisschen Not, deshalb hat sie angeboten zu bleiben. Auch wegen dem Mädchen, schätze ich. So ist sie immer, wenn sie sich an einem Fall festgebissen hat.» Susanne beugte sich ein Stück vor und senkte die Stimme. «Und ob Sie es glauben oder nicht, sie hat Doktor Ritter offenbar angesteckt. Er war heute bei der Visite richtig engagiert und hat so viel gelächelt wie in der ganzen Zeit seit seiner Ankunft nicht. Die anderen konnten es kaum fassen, dass er plötzlich so zugewandt und freundlich war.»

«Ja, ich fand ihn auch ziemlich verschlossen bis jetzt», gestand Helena und drehte sich überrascht um, als ihr jemand auf die Schulter tippte.

Es war Bent. «Darf ich?», fragte er lächelnd und schob sich an Helena vorbei ins Zimmer.

«Für dich», sagte er zu Susanne und hielt ihr ein in Geschenkpapier gewickeltes quadratisches Päckchen hin. «Hab ich schon seit Anfang der Woche im Auto liegen, aber immer vergessen mit reinzunehmen.»

«Oh, danke!» Susanne nahm das Geschenk und begann, es auszupacken. «Wie komme ich denn dazu?»

«Einfach so», sagte er grinsend. «Ist aus Kopenhagen. Ich war dort am Wochenende einen Freund besuchen, und als ich es in einem Laden entdeckt habe, musste ich es dir kaufen. Ich hoffe nur, dass ich das Richtige ausgewählt habe.»

Susanne enthüllte eine Pappschachtel und öffnete sie vorsichtig. Zum Vorschein kam eine Tasse mit goldenen Verzierungen, in deren Mitte ein Bild des dänischen Kronprinzen Frederik und seiner Frau Mary zu sehen war. Der Anblick ließ Susanne strahlend lächeln.

«Oh, Bent! Danke! Das ist so nett von dir.»

«Für deine Sammlung», sagte er. «Ich weiß, du magst eigentlich die englischen Royals. Aber ich dachte, diese Tasse gefällt dir vielleicht auch.»

«Ich liebe sie!» Susanne stand auf und umarmte ihn. «Damit hast du mir eine riesengroße Freude gemacht.»

«Gern geschehen.» Bent grinste, sichtlich zufrieden, dass seine Überraschung gelungen war, und verließ den Raum.

«Na, so was.» Ganz verliebt betrachtete Susanne die Tasse. «Ist die nicht schön?»

Helena sagte lieber nichts dazu, weil sie nicht lügen wollte. Für ihren Geschmack waren die Farben viel zu knallig, und sie selbst hätte sich so eine Tasse niemals irgendwo hingestellt. Aber Susanne hatte unten in ihrem Büro ein ganzes Regal voll davon. Die meisten Motive zeigten irgendein royales Ereignis im englischen Königshaus, Hochzeiten oder Geburten oder die diversen Krönungsjubiläen der englischen Königin. In der Klinik wussten alle, dass die Pflegedienstleiterin ein glühender Royals-Fan war, aber auf die Idee, Susanne eine solche Tasse zu schenken, war Helena noch nicht gekommen.

«Das ist wirklich süß von Bent», sagte sie, erstaunt über die liebevolle Geste des Assistenzarztes, der eigentlich als ziemlicher Hallodri galt. «Das hätte ich gar nicht von ihm erwartet.»

«Also, ich lasse auf Bent nichts kommen. Viele halten ihn für oberflächlich wegen seiner vielen Frauengeschichten. Aber er hat ein gutes Herz. Das hat nur noch keine erobert.» Susanne lächelte versonnen. «Wenn ich dreißig Jahre jünger wäre, würde ich einen Versuch wagen. Ich glaube, dann wäre ich Hals über Kopf in ihn verliebt.»

Helena grinste. «Oder in irgendeinen Prinzen.»

«Stimmt.» Susanne verzog den Mund und betrachtete noch einmal ihre neue Tasse. «Ich weiß, es ist wahrscheinlich albern, dass ich so für die Royals schwärme. Aber wenn man in meinem Alter noch mit seiner Mutter zusammenwohnt, dann braucht man was zum Träumen.»

Sie sagte das mit einem Anflug von Selbstironie, aber es schwang auch eine gewisse Wehmut in ihrer Stimme mit, die Helena einen Stich versetzte.

«Ich finde es toll, dass Sie so begeisterungsfähig sind», sagte sie und lächelte aufmunternd. «Ich mache mich dann auf den Weg. Und falls was mit Frau Maler ist ...»

«... sagen wir Bescheid», versicherte Susanne ihr.

Helena verabschiedete sich und lief hinunter in ihr Arztzimmer, um sich umzuziehen. Sie schloss die Tür ab und schlüpfte schnell in ihre Reitklamotten und die hohen Stiefel, die sie in ihrem Schrank aufbewahrte. Dann beeilte sie sich, zum Parkplatz zu kommen.

Wenige Minuten später lenkte sie ihren schwarzen Nissan Pathfinder aus der Stadt heraus und über die Landstraße in Richtung Bantum im Innern der Insel. Das kleine Dorf war vor allem bekannt für die Pferdehöfe, die in seinem Umkreis lagen, und für die Holsteiner, die dort gezüchtet wurden und weit über die Insel hinaus beliebt waren.

Dass der Reitsport hier auf der Insel so eine lange Tradition hatte, war einer der Gründe, warum es Helena leichtgefallen war, sich für eine Praxis in Westerwyk zu entscheiden. Denn neben der Arbeit waren Pferde ihre zweite Leidenschaft.

Sie war auf einem Bauernhof in Westfalen groß geworden und hatte als Kind auf den Haflingern ihres Vaters reiten gelernt. Später hatte sie dann professionellen

Reitunterricht genommen, aber während des Studiums und ihrer Zeit als Stationsärztin war ihr nicht immer genug Zeit für dieses Hobby geblieben. Die Sehnsucht nach einem eigenen Pferd hatte sie jedoch nie losgelassen, und als sie dann die hübsche Holsteiner Fuchsstute Esperanza auf einer der Koppeln hier ganz in der Nähe entdeckt hatte, war es Liebe auf den ersten Blick gewesen.

Esperanza gehörte damals noch Piet Korf, dem Besitzer von Gut Thossen, das etwas außerhalb von Bantum lag. Der Pferdehof war nicht nur ein Paradies für Reiter, sondern beherbergte auch das erfolgreichste Gestüt der Insel. Nach einigen Proberitten und kurzen Verhandlungen mit Piet war Helena stolze Besitzerin der hübschen Stute geworden, die immer noch auf Gut Thossen stand. Helena fuhr fast täglich hin und arbeitete mit ihr oder ritt aus, und wenn sie es doch mal nicht schaffte, weil die Praxis sie in Atem hielt, sorgte Piet dafür, dass seine Pferdepfleger sich um Esperanza kümmerten. Es war das perfekte Arrangement, das Helena sehr zu schätzen wusste, und Piet war nicht nur deswegen längst zu einem guten Freund geworden.

Helena parkte den Wagen auf dem großen Innenhof, stieg aus und sog die Mischung aus salziger Seeluft und würzigem Stallgeruch in ihre Lungen. Sofort spürte sie, wie der Stress des Arbeitstages von ihr abfiel. Mit einem Lächeln im Gesicht ging sie auf die Stalltür zu.

Piet stand dort und sprach mit einer seiner Pferdepflegerinnen. Als er Helena erblickte, beendete er das Gespräch und kam auf sie zu.

Er war noch nicht ganz fünfzig und hielt sich am liebsten draußen auf, was man an seinem sonnengebräunten

Teint gut erkennen konnte. Sein hellblondes Haar wurde langsam weiß und am Hinterkopf ein bisschen dünner, aber da er ein gutes Stück größer war als sie, bekam Helena das nur selten zu sehen. Wie immer trug er zu seinem Hemd eine Reithose und hohe Stiefel, weil er – obwohl wirklich viel beschäftigt – mittwochs immer noch Reitstunden gab.

«Hallo Helena!» Er lächelte sie strahlend an und begrüßte sie mit Küssen auf die Wangen. «Ich dachte, du kommst früher. Dann hätten wir noch einen Tee bei mir trinken können, bevor die Reitstunden losgehen.» Man merkte ihm an, dass er enttäuscht war, denn dieses Tee-Date am Mittwoch war inzwischen fast schon zu einem Ritual von ihnen geworden.

«Tut mir leid. Aber heute war es ziemlich stressig in der Klinik. Ich kam einfach nicht weg.»

«Helena! Hallo!» Eine junge hochschwangere Frau trat aus dem Stall und kam zu ihnen. Sie war genauso weißblond wie Piet, und man sah die Familienähnlichkeit zwischen beiden. Ein braunhaariger Mann im Reiteroutfit begleitete sie.

«Na, wie geht es dir, Stine?» Helena musterte Piets Tochter aufmerksam. Sie war ein bisschen außer Atem, und ihr Gang war schwerfällig, weil sie den Babybauch vor sich herschob, aber sie strahlte übers ganze Gesicht.

«Gut geht es uns», verkündete sie und blickte zu ihrem Mann hoch, der jetzt neben ihr stand und den Arm um ihre Schultern gelegt hatte. «Matthias sorgt dafür, dass ich mich nicht übernehme. Er macht mir sogar die Schuhe zu – so tief kann ich mich nämlich nicht mehr bücken.»

«Wann gehst du denn rüber aufs Festland?», erkundigte sich Helena. «Hast du schon einen Termin?»

Stine schüttelte den Kopf. «Nein, darum kümmere ich mich erst kurz vorher. Am liebsten möchte ich es gar nicht machen, sondern bleiben und das Baby hier bekommen.» Sie seufzte tief. «Aber wir wollen ja noch mehr Kinder, und wenn es so weit ist, kann ich doch bestimmt schon im neuen Geburtshaus entbinden, oder?»

Helena nickte. «Ich habe nächste Woche einen Termin bei der Bank wegen der Finanzierung. An den Plänen für die Inneneinrichtung sitzen Marlene und ich schon, und wenn alles klappt, wie wir uns das vorstellen, dann geht es spätestens Ende des Monats mit der Renovierung los.»

Wie immer, wenn sie über dieses Projekt sprach, schlug Helenas Herz ein bisschen schneller. Es war sehr aufregend, dass es jetzt vielleicht bald konkret wurde und sie umsetzen konnte, was sie sich zusammen mit der ortsansässigen Hebamme Marlene Jensen an vielen langen Abenden überlegt hatte.

Schon seit der Schließung des Kreißsaals vor vier Jahren regte sich nämlich Unmut unter den Insulanerinnen. Vielen passte es gar nicht, dass sie jetzt – abgesehen von einer Hausgeburt – keine Möglichkeit mehr hatten, auf der Insel zu entbinden. Stattdessen mussten sie spätestens eine Woche vor dem errechneten Geburtstermin in eine Klinik auf dem Festland gehen und dort auf die Geburt warten. Mit dem geplanten Geburtshaus, das Helena zusammen mit Marlene gründen wollte, würde sich das ändern, und tatsächlich hatten sie das passende Haus – eine alte Kapitänsvilla – auch schon gefunden. Noch gab es jedoch einige Hürden zu überwinden, und die größte davon würde die Finanzierung des Hauskaufs und der zahlreichen Umbaumaßnahmen sein.

«Dann drücke ich beide Daumen», sagte Stine und verzog kurz das Gesicht.

«Was ist? Tut dir was weh?», erkundigte sich Helena.

«Nein, alles gut. Es zwickt nur manchmal. Das ist halb so wild.»

Die junge Frau winkte ab, was typisch für sie war. Sie wollte von Komplikationen nichts wissen und ging selbstverständlich davon aus, dass alles gutgehen würde mit der Geburt. Dabei hatte sie schon seit einiger Zeit Probleme mit einem zu hohen Blutdruck. Deshalb wäre Helena wohler gewesen, wenn sie jetzt schon in die Klinik gegangen wäre. Schließlich war der Geburtstermin nur noch knapp drei Wochen entfernt. Aber Stine schien es damit nicht eilig zu haben.

«Wenn irgendetwas ist, dann rufst du mich an, hörst du?», sagte sie. «Egal wann. Ich komme auch nachts, wenn es sein muss. Meine Handynummer hast du ja.»

«Ja, danke. Das mache ich.» Stine verabschiedete sich und ging mit Matthias weiter.

«Muss ich mir Sorgen machen?», fragte Piet, als sie außer Hörweite waren.

«Nein», sagte Helena. «Aber sie sollte wirklich bald rübergehen.»

Piet nickte. «Ich rede noch mal mit ihr.» Er zögerte kurz. «Sag mal, hättest du vielleicht Lust, am Freitagabend mit mir essen zu gehen? Ich könnte uns einen Tisch in der Kogge reservieren.»

«In der Kogge?» Helena hob die Augenbrauen. «Ich

dachte, da wäre in der Hauptsaison immer alles ausgebucht.»

Das Restaurant «Kogge» galt als das beste auf der Insel und war bei Einheimischen und Touristen entsprechend beliebt.

«Das lass mal meine Sorge sein», meinte Piet mit einem verschwörerischen Grinsen. «Also? Haben wir ein Date?»

Helena zögerte kurz. Es war das erste Mal, dass er eines ihrer Treffen so bezeichnete, und sie war unsicher, wie sie das deuten sollte. Aber da er auf eine Antwort wartete und sie ihn nicht mit voreiligen Schlüssen vor den Kopf stoßen wollte, nickte sie. «Klar. Ich werde mir doch kein Essen in der Kogge entgehen lassen.»

«Gut. Dann hole ich dich am Freitag um halb acht ab.»

Sie verabschiedeten sich, doch als Helena etwas später dabei war, Esperanza zu putzen und für den Ausritt aufzuzäumen, dachte sie noch einmal über Piets Einladung nach.

Sie wusste schon lange, dass er Interesse an ihr hatte, daraus hatte er nie einen Hehl gemacht. Aber er war eigentlich nicht ihr Typ, deshalb hatte sie seine Versuche, sich mit ihr zu verabreden, anfangs rigoros abgeblockt. Sie wollte ihm keine falschen Hoffnungen machen, und das hatte er akzeptiert. An seiner Freundlichkeit und Hilfsbereitschaft hatte ihre Abfuhr jedoch nichts geändert, und so war aus ihrer Bekanntschaft über die Jahre eine Freundschaft geworden. Helena schätzte es, dass sie sich auf Piet immer verlassen konnte, und je länger sie sich kannten, desto enger war ihr Verhältnis geworden. Er nahm sie oft mit zu Turnieren oder Pferdeschauen, was ihr sehr viel Spaß machte. Außerdem tranken sie mittwochs fast immer einen Tee zusammen. Das war alles rein platonisch, aber ihr Gefühl sagte ihr, dass es Piet langsam nicht mehr reichte und dass die Einladung zum Essen ein erneuter Versuch war, vielleicht doch mehr aus ihrer Freundschaft werden zu lassen.

Und wenn es so ist?, dachte sie, während sie die gesattelte und aufgezäumte Esperanza durch die Stallgasse nach draußen führte. Was würde sie dann tun?

Im Hof angekommen, stellte sie fest, dass der Wind aufgefrischt hatte und Wolken über den vorher noch strahlend blauen Himmel trieb. Die Sonne schien noch, aber in der Ferne war es dunkel.

Einen Moment zögerte Helena, aber dann schwang sie sich trotzdem in den Sattel. Vielleicht zog das schlechte Wetter vorbei. Hier am Meer wechselten sich Sonne und Wolken ständig ab, und man konnte nie genau sagen, was die nächsten Stunden bringen würden. Deshalb trieb sie die Stute an und verließ den Hof.

Nach einem kurzen Stück über die Landstraße bog sie auf einen schmalen Feldweg ab, der hinaus ins Marschland führte. Helena ließ Esperanza antraben und genoss es, den kräftigen Pferdekörper unter sich zu spüren, während sie den Blick über die Landschaft schweifen ließ.

Sie liebte das Reiten generell, aber hier, im flachen, grünen Marschland, das nur von einzelnen Baumgruppen durchzogen war, machte es besonders viel Spaß. Die salzige Luft, das wogende Gras und die unzähligen Wasservögel, die aufflogen, wenn sie vorbeikam, machten die Ausritte immer zu einem ganz besonderen Vergnügen, sogar jetzt, bei nicht ganz so blauem Himmel. Hier draußen gab es keine Siedlungen, nur einzelne Aussiedlerhöfe, von denen nicht mehr alle bewohnt waren. Deshalb wurde die Stille nur selten gestört, und meist war man hier allein.

Und Alleinsein bin ich ja gewöhnt, dachte Helena. Sie wusste selbst nicht, wieso sie in letzter Zeit so viel darüber nachdenken musste, dass sie immer noch keinen neuen Partner gefunden hatte. Aber nach Gideon hatte einfach niemand mehr ihr Herz erobern können.

Er wäre der Richtige gewesen, da war sie ganz sicher, doch er war ihr genommen worden, bevor ihre gemeinsame Zukunft richtig begonnen hatte. Danach hatte sie lange Zeit keinen Mann mehr in ihre Nähe gelassen, weil sie nicht riskieren wollte, noch einmal so zu leiden wie damals. Und es fiel ihr auch jetzt schwer, sich vorzustellen, ihr Leben noch einmal zu ändern. War es das wirklich wert? Es ging ihr doch gut! Sie liebte ihre Arbeit und ihr Pferd und die Insel. Sie hatte das Gefühl, als wäre sie nach langer Suche endlich angekommen. Fehlte da überhaupt etwas?

Helena dachte an das, was Susanne vorhin darüber gesagt hatte, dass sie mit fünfundfünfzig noch Single war. Und an das Bedauern in ihrer Stimme. Würde es ihr selbst irgendwann auch so gehen?

Sie sah Piets Gesicht vor sich, sein freundliches Lächeln. Im Grunde war er der ideale Partner für sie. Sie hatten die gleichen Interessen, und sie fühlte sich wohl in seiner Nähe, auch wenn ihr Herz bei seinem Anblick nicht unbedingt Purzelbäume schlug. Aber war sie dafür mit Anfang vierzig nicht ohnehin schon ein bisschen zu alt? Musste man wirklich Hals über Kopf verliebt sein, um eine glückliche Beziehung zu führen?

Helena seufzte tief. Die Tatsache, dass sie überhaupt wieder über einen Mann nachdachte, war vermutlich ein gutes Zeichen. Das war ihr lange gar nicht möglich gewesen. Und wenn sie es wirklich noch einmal wagte, dann gab es niemanden außer Piet. Denn ihrem Traummann würde sie jetzt wohl kaum noch begeg...

Der plötzlich einsetzende Regen ließ sie überrascht aufblicken. Sie war so in Gedanken versunken gewesen, dass sie gar nicht bemerkt hatte, wie schnell die Regenfront sich genähert hatte. Tatsächlich war der Himmel über ihr jetzt dunkel, und es grollte in der Ferne.

Schnell wendete sie Esperanza, um zum Gut zurückzureiten. Das würde allerdings eine Weile dauern, weil sie schon ziemlich weit gekommen war. Warum hatte sie nicht auf das Wetter geachtet?

Der Regen wurde immer stärker und verwandelte den Feldweg unter Esperanzas Hufen innerhalb von Minuten in eine glitschige Schlammbahn. Unter diesen Umständen bis zum Gut zurückzureiten, erschien Helena nicht besonders verlockend, deshalb bog sie spontan ab und hielt auf den Dreesen-Hof zu, den sie hinter dem Regenschleier auftauchen sah.

Das Wohnhaus und die Stallungen des Aussiedlerhofes standen seit über einem Jahr zum Verkauf, weil die frühere Besitzerin verstorben war. Es wird sicher niemanden stören, wenn wir dort kurz Schutz suchen, dachte Helena, während sie an der hohen Hecke vorbei auf das Tor zuritt. Und wenn der Regen vorbei ist, machen wir uns sofort wieder auf den ...

Ein grüner Land Rover Defender schoss aus der Hofeinfahrt und fuhr so dicht an ihnen vorbei, dass Esperanza erschrocken wiehernd zurückwich und stieg. Die völlig überraschte Helena schaffte es nicht, sich im Sattel zu halten, und fiel rückwärts in den Matsch.

7

Haben Sie sich was getan?»

Der Fahrer des Wagens war ausgestiegen und lief auf sie zu, hielt ihr eine Hand hin, um ihr aufzuhelfen. Aber Helena war noch so geschockt von dem unerwarteten Abwurf, dass sie nicht reagierte. Deshalb ging der Mann vor ihr in die Hocke.

«Geht es Ihnen gut? Tut Ihnen irgendetwas weh?»

Helena blinzelte in den Regen, der ihr unablässig über das Gesicht lief, und bekam keinen Ton heraus, konnte den Mann nur anstarren.

«Können Sie aufstehen?»

Der Mann sorgte sich sichtlich um sie, und ihr wurde erst jetzt wirklich bewusst, dass sie breitbeinig auf dem schlammigen Feldweg saß. Ihre Reithose war komplett verdreckt, sie war klatschnass, und ihr Hintern tat weh von dem unsanften Aufprall. Davon abgesehen ging es ihr aber gut, deshalb nickte sie.

«Ich glaube schon.»

Der Mann erhob sich wieder, streckte ihr erneut eine Hand hin und half ihr auf die Beine. Vorsichtig verlagerte Helena das Gewicht von einem Fuß auf den anderen, um zu testen, ob es sonst noch irgendwo weh tat. Aber ihr Sturz schien glimpflich verlaufen zu sein.

«Es tut mir so leid, ich hatte nicht damit gerechnet, dass bei dem Wetter jemand hier draußen unterwegs ist.» Er sah sehr zerknirscht aus. «Ist wirklich alles in Ordnung mit Ihnen?»

«Ja. Aber mein Pferd!»

Helena blickte sich erschrocken nach Esperanza um, die ein Stück entfernt stand, nervös schnaubte und mit dem Kopf nickte. Als Helena sie einfing und ein Stück bewegte, sah sie sofort, dass sie auf der rechten Hinterhand lahmte.

«Sie hat sich verletzt», sagte sie besorgt und sah den Mann an.

«Kommen Sie, wir bringen Ihr Pferd rüber in den Stall. Dort ist es trocken, und wir können uns das in Ruhe ansehen.»

Er lief zu seinem Geländewagen und fuhr ihn zurück auf den Hof. Dann stieg er wieder aus und lotste Helena, die ihm mit Esperanza gefolgt war, ins Stallgebäude, das an das Wohnhaus angrenzte.

Auf dem Weg lahmte Esperanza immer noch deutlich, und als sie kurze Zeit später in der Stallgasse standen, tastete Helena vorsichtig den rechten Hinterlauf der Stute ab.

«Gott sei Dank, es ist nichts geschwollen», sagte sie erleichtert. «Das ist ein gutes Zeichen. Dann hat sie sich wahrscheinlich nur vertreten. So etwas hatte sie schon mal. Das war nach ein paar Tagen wieder weg.»

«Sie klingen so sicher.» Der Mann legte den Kopf schief. «Sind Sie Tierärztin?»

«Nein. Aber Ärztin. Deshalb kenne ich mich mit Verletzungen ganz gut aus.» Sie streckte ihm die Hand hin. «Ich bin Helena Folkert.»

«Niklas von Holten.» Der Mann ergriff ihre Hand und umschloss sie warm. «Freut mich. Falls man das unter diesen Umständen so sagen kann.»

Helena antwortete nicht, sondern starrte ihn erneut an. Es war wirklich unglaublich. Die kantigen Gesichtszüge, das braune, kurzgeschnittene Haar, der Dreitagebart, der zu seinem lässigen Outfit aus Jeans, T-Shirt und Lederjacke passte. Er war wirklich …

«Alles in Ordnung?» Niklas von Holten runzelte die Stirn. «Warum sehen Sie mich so an?»

Peinlich berührt ließ Helena seine Hand los, die sie viel zu lange festgehalten hatte.

«Sie … erinnern mich an jemanden», sagte sie und hoffte, dass er nicht nachfragen würde, an wen.

Schließlich wollte sie ihm nicht gestehen müssen, dass sie ihn einfach nur unfassbar attraktiv fand. Mein Gott, wann war ihr das zuletzt passiert, dass sie einen Mann wie ein Schulmädchen angeschmachtet hatte? Sie dachte an das, was ihr kurz vor ihrer Begegnung mit ihm durch den Kopf gegangen war – darüber, dass sie ihrem Traummann nicht mehr begegnen würde. Und jetzt stand da dieser Kerl, der ihrem Ideal optisch erschreckend nahekam. Aber das war Zufall. Damit wollte ihr das Universum nichts sagen. Oder doch?

«Dann frage ich besser nicht, an wen», sagte Niklas von Holten. «Wenn Sie bei der Erinnerung so unglücklich aussehen.»

«Tut mir leid.» Helena schüttelte den Kopf und blickte an ihren nassen, dreckigen Sachen herunter. «Ich … fühle mich gerade einfach nicht besonders wohl.»

«Oh, verdammt, na klar! Sie frieren bestimmt», sagte

er zerknirscht. «Wie wäre es, wenn wir Ihr Pferd erst mal in eine der Boxen stellen und dann reingehen, damit Sie sich ein bisschen abtrocknen können? Sonst erkälten Sie sich noch.»

Helena nickte dankbar. «Gerne.»

Sie zäumte Esperanza ab und rieb sie trocken, während von Holten die mittlere der drei Boxen herrichtete. Dann führte er die Stute hinein und schloss die Tür.

Die Boxen waren nur halbhoch, und der Schimmel in der Nachbarbox streckte neugierig seinen Kopf zu Esperanza hinüber. Für einen Moment beschnupperten sich die Pferde aufmerksam, aber es war sofort klar, dass sie sich mochten. Der Schimmel wieherte kurz, dann rieb er seinen Kopf am Hals von Esperanza, die stehen blieb und das zuließ.

«Na, das ging ja schnell», wunderte sich Helena. «Esperanza ist sonst eher scheu.»

«Karino nicht. Er ist ein echter Charmeur.» Von Holten lächelte und zog damit erneut Helenas Blick auf sich. «Kommen Sie, wir gehen rüber ins Haus.»

Er führte sie über die Tenne, die Stall und Haus verband, hinüber in den Wohntrakt und dort in das große Wohnzimmer.

«Warten Sie einen Moment», sagte er und ließ Helena allein, was ihr Gelegenheit gab, sich umzusehen.

Es war offensichtlich, dass er noch nicht lange hier wohnte. In den Ecken des Zimmers standen unausgepackte Umzugskartons, es hingen keine Bilder an den Wänden, und irgendwie schien noch nichts seinen endgültigen Platz gefunden zu haben. Aber die hellen, recht modernen Möbel gefielen Helena gut. Es waren fast alles ungewöhnliche, sehr individuelle Stücke aus massivem Holz, die aussahen, als stammten sie aus einer Schreinerwerkstatt. Vor dem Kamin luden außerdem zwei Ledersofas zum Verweilen ein. Sie waren schon ziemlich abgewetzt, doch gerade dadurch sahen sie sehr gemütlich aus.

«Ich habe Ihnen ein paar Sachen ins Bad gelegt, für den Fall, dass Sie sich umziehen möchten», sagte Niklas von Holten, als er ins Wohnzimmer zurückkehrte. «Handtücher sind genug da, bedienen Sie sich einfach. Das Bad ist den Flur runter links.»

«Danke.» Helena lächelte ihm kurz zu und folgte seiner Beschreibung, bis sie in dem großen, offenbar gerade frisch renovierten Bad stand, das ein paar kleine Schönheitsfehler hatte. Der Handtuchhalter musste noch angebracht werden, und am Waschtisch fehlte der Unterbau. Aber der Spiegel hing schon an der Wand, und als Helena hineinsah, erschrak sie über den Anblick, der sich ihr bot.

Ihre Sachen waren total verdreckt, vor allem die Hose, aber auch ihre offene Reitweste und ihre Bluse hatten Schlammspritzer abbekommen. Außerdem war sie durchnässt bis auf die Haut, so sehr, dass sich ihre Brüste durch den Stoff ihrer Bluse abzeichneten.

Hoffentlich hatte ihre Weste das ausreichend verdeckt! Der Gedanke, dass Niklas von Holten sie so gesehen hatte, trieb ihr Hitze in die Wangen. So konnte sie auf gar keinen Fall bleiben, deshalb schlüpfte sie kurzerhand aus ihren Sachen, trocknete sich ab und zog anschließend das T-Shirt und die Jogginghose an, die er ihr rausgelegt hatte. Beides war ihr viel zu groß, aber mit dem Gürtel, der dabeilag, ging es. Und auch die Sweatjacke passte halbwegs, nachdem sie die Ärmel mehrmals umgeschlagen hatte.

Einen Schönheitspreis gewinne ich damit nicht, dachte sie, als sie sich vor dem Spiegel die nassen Locken kämmte, bis sie wieder halbwegs passabel aussahen. Dann ging sie zurück ins Wohnzimmer. Dort war ihr Gastgeber jedoch nicht, deshalb folgte sie dem Geschirrklappern und fand ihn in der Küche, wo er gerade Tee kochte.

«Möchten Sie eine Tasse?», fragte er und musterte sie dann schmunzelnd. «Ich hatte schon befürchtet, dass meine Sachen Ihnen zu groß sind.»

Helena breitete die Arme aus und sah an sich herunter. «Aber sie sind wenigstens trocken. Vielen Dank noch mal.»

Sofort wurde er wieder ernst. «Das ist das Mindeste, was ich tun kann. Wenn ich besser aufgepasst hätte, dann wäre das alles gar nicht passiert. Aber ich war in Gedanken und bin einfach vom Hof gefahren, ohne darauf zu achten, ob jemand kommt. Wenn ich Sie angefahren hätte, oder Ihr Pferd ...»

Er verstummte.

«Haben Sie aber nicht», sagte Helena. «Und nass waren meine Sachen schon vorher.»

Sie lächelte ihn an, und für einen langen Moment blieben ihre Blicke aneinander hängen. Dann wandte Niklas von Holten sich fast abrupt ab und füllte zwei Becher mit Tee.

Er räusperte sich. «Wollen wir rüber ins Wohnzimmer gehen?»

Helena folgte ihm und setzte sich auf eines der Sofas.

Von Holten nahm ihr gegenüber in einem Schaukelstuhl Platz.

«Dann gehört der Hof der alten Frau Dreesen jetzt also Ihnen», sagte sie, um die Stille zu füllen. «Wir hatten uns schon alle gefragt, wann ihn endlich jemand übernimmt.»

«Nein, ganz so ist es nicht», korrigierte er sie. «Ich habe den Hof nur gemietet.»

«Aha. Und wann sind Sie eingezogen?»

«Vor drei Wochen.»

Helena hoffte, er würde noch mehr erzählen. Wo er vorher gewohnt hatte, zum Beispiel, oder was ihn ausgerechnet hierher verschlagen hatte. Aber er schwieg.

«Und wohnen Sie hier alleine?»

Ein Schatten huschte über sein Gesicht, und Helena wurde klar, dass ihre Frage viel zu persönlich gewesen war. «Tut mir leid, ich wollte nicht neugierig sein. Ich bin nur ...»

«... neugierig?» Er lächelte, hatte sich offenbar wieder unter Kontrolle. «Ja, wenn man von Karino absieht, dann lebe ich hier allein. Ich ... bin nicht besonders gesellig.»

«Oh.» Überrascht sah Helena ihn an, nicht sicher, ob er sie auf den Arm nehmen wollte. «So wirken Sie gar nicht.»

Er lachte auf, aber es klang irgendwie bitter. «Und Sie? Was hat Sie und Ihr Pferd heute ausgerechnet hierher verschlagen?»

Es war klar, dass er ihr diese Frage stellte, weil er dem Gespräch eine andere Richtung geben wollte. Und Helena respektierte das, auch wenn es ihre Neugier noch ein bisschen mehr befeuerte. Wer war dieser Mann?

«Ich reite oft in der Gegend aus. Aber hierher bin ich eigentlich nur gekommen, weil ich mich unterstellen wollte, bis der Regen vorbei ist.» Sie deutete auf die Fensterscheiben, an denen immer noch Tropfen herunterliefen. «Hat ja geklappt.»

Er lächelte, und sie stellte wieder fest, dass er ziemlich gut aussah. «Und Sie sind Ärztin?»

Sie nickte. «Ich habe eine gynäkologische Praxis in Westerwyk. Und Sie?»

Er lehnte sich in seinem Stuhl zurück. «Ich war Pilot.»

«Interessant.» Helena hatte die Vergangenheitsform registriert. «Für wen sind Sie geflogen?»

«Unterschiedlich. Zuerst war ich bei der Bundeswehr, dann bei einer kommerziellen Fluglinie. Und zuletzt habe ich für ‹Ärzte ohne Grenzen› gearbeitet.»

«Wirklich? Für die war ich auch schon unterwegs!» Es überraschte Helena, dass sie etwas gemeinsam hatten. «Wo waren Sie eingesetzt?»

«In Ruanda.»

«Und ich in Mali.» Sie schüttelte den Kopf. «Sogar auf demselben Kontinent. Das ist ja ein Zufall.»

Er nickte, ging jedoch nicht weiter auf seine Zeit in Afrika ein, was Helena wunderte. Wieso redete er so ungern über sich? Offenbar war an seiner Behauptung, ungesellig zu sein, doch etwas dran.

«Und jetzt? Werden Sie bei der Insel-Fluglinie anfangen? Ich habe gehört, dass die gerade einen Piloten suchen.»

«Das mag sein. Aber ich fliege nicht mehr», sagte er, und sein ernster Blick warnte sie davor, nach dem Grund zu fragen.

Das Schweigen, das sich zwischen ihnen ausbreitete, war unangenehm, und Helena wusste nicht so recht, wie sie an ihre Unterhaltung anknüpfen sollte. Deshalb stellte sie den Becher auf den Couchtisch und erhob sich.

«Vielen Dank für den Tee. Ich glaube, der Regen hat nachgelassen, deshalb würde ich gerne noch mal nach Esperanza sehen. Vielleicht hat das Lahmen ja schon nachgelassen.»

«Natürlich.» Auch von Holten schien froh zu sein, das Gespräch zu beenden, und führte Helena zurück in den Stall.

Dort war alles in bester Ordnung. Esperanza stand ruhig in ihrer Box und hatte den Kopf zu Karino hinübergestreckt. Der Hengst machte es umgekehrt genauso, und sie betrieben Fellpflege, knabberten am Widerrist des anderen. An ihrer spontanen gegenseitigen Sympathie schien sich nichts geändert zu haben.

Aber als Niklas von Holten die Stute am Halfter aus der Box führte, lahmte sie immer noch.

«So kann ich sie nicht reiten», sagte Helena unglücklich. «Sie haben nicht zufällig einen Hänger, mit dem Sie uns zurückbringen könnten?»

Er schüttelte den Kopf. «Tut mir leid. Ich habe meinen vor kurzem verkauft.»

Das wunderte Helena ein bisschen, denn so war er sehr an diesen Hof gebunden. Aber das ging sie natürlich nichts an, deshalb kommentierte sie es nicht.

«Dann müsste ich auf dem Gut nachfragen, wo Esperanza steht. Dort gibt es mehrere Hänger, von denen ich bestimmt einen benutzen kann. Das muss ich nur erst organisieren, und ich weiß nicht, ob ich heute noch ...»

«Ihre Stute kann erst mal hierbleiben, wenn Sie wollen», unterbrach von Holten sie. «Vielleicht geht es ihr morgen ja schon besser. Wenn nicht, lasse ich den Tierarzt kommen.»

Überrascht sah Helena ihn an. Gerade eben hätte sie noch schwören können, dass er es gar nicht abwarten konnte, sie loszuwerden. Deshalb hatte sie mit so viel Hilfsbereitschaft nicht gerechnet.

«Das wäre natürlich die beste Lösung. Ist das denn wirklich okay?»

«Da Ihr Pferd wegen meiner Unaufmerksamkeit lahmt, ist es das Mindeste, was ich tun kann.»

Also hat er nur ein schlechtes Gewissen, dachte sie, beschloss jedoch, das Angebot anzunehmen.

«Gut. Dann komme ich morgen wieder und sehe nach ihr. Aber ich kann erst abends nach Praxisschluss, so gegen sechs oder halb sieben. Passt Ihnen das?»

Er nickte. «Ich bin immer hier», sagte er, und Helena glaubte, einen resignierten Unterton in seiner Stimme zu hören. Aber vielleicht bildete sie sich das auch nur ein.

«Und könnten Sie mich wohl zurück zum Gut Thossen fahren? Mein Wagen steht dort nämlich noch.»

Er schien sich mit ihrer Bitte sichtlich unwohl zu fühlen. «Ich weiß nicht. Eigentlich …»

«Ist das ein Problem?», erkundigte sie sich. «Ich kann mir auch ein Taxi rufen, wenn Sie …»

«Nein, schon gut», unterbrach er sie. «Es … ist ja nicht weit.»

«Okay. Dann hole ich schnell meine Sachen.»

Sie lief noch einmal zurück ins Haus und griff sich im Bad den Stapel mit ihrer schmutzigen Kleidung. Die Plastiktüte, die von Holten ihr dafür raussuchte, nahm sie gerne an, und ein paar Minuten später saß sie neben ihm in seinem Defender.

Es hatte inzwischen aufgehört zu regnen, und die Abendsonne war noch einmal herausgekommen, fast so, als hätte es den abrupten Wetterumschwung nie gegeben, der dieses ganze Chaos angerichtet hatte. Die Luft roch frisch und angenehm, und nur die schlammigen Feldwege, über die sie fuhren, zeugten noch davon, wie heftig der Guss eben gewesen war. Der Defender holperte langsam darüber, und Helena wurde ordentlich durchgeschüttelt. Sie hatte selbst mal einen gefahren, weil ihr das Modell so gut gefiel. Deshalb wusste sie, dass der Wagen nicht besonders komfortabel gefedert war.

Sie hatte allerdings nicht den Eindruck, dass Niklas von Holten so vorsichtig fuhr, weil die Straße schlecht war. Er schien generell nicht beschleunigen zu wollen, denn auch auf der Landstraße wurde er nicht viel schneller, was Helena wunderte. Vorhin war er so schnell aus der Einfahrt geschossen, dass Esperanza vor Schreck gescheut hatte, und jetzt trat er nicht aufs Gas, fast so, als hätte er Angst, einen Unfall zu verursachen. Irgendwie passte das nicht zusammen.

Schließlich erreichten sie Gut Thossen, und von Holten wirkte erleichtert, als er den Defender im Innenhof zum Stehen brachte.

«Würden Sie mir Ihre Handynummer geben?», bat Helena. «Dann kann ich mich nach Esperanza erkundigen. Ich glaube, sonst bin ich zu unruhig.»

Er zögerte ganz kurz, dann nannte er ihr seine Nummer, die sie auf ihrem Handy speicherte.

«Vielen Dank.» Sie schwang sich aus dem Auto, blieb jedoch an der Tür noch einmal stehen. «Dann bis morgen?»

«Bis morgen», sagte er und lächelte, wenn auch nur ganz kurz.

Helena warf die Tür zu und sah dem Wagen nach, der nach einem kurzen Wendemanöver wieder vom Hof fuhr.

«Da bist du ja!», rief jemand hinter ihr, und als sie sich überrascht umdrehte, sah sie Piet aus dem Stall auf sie zukommen. «Ich habe mir schon Sorgen gemacht!» Er betrachtete sie irritiert. «Wo ist denn Esperanza? Und was hast du da an?»

Helena berichtete ihm in knappen Worten, was passiert war.

«Warum hast du mir denn nicht Bescheid gesagt?», beschwerte er sich. «Ich hätte doch mit dem Hänger kommen und euch abholen können.»

Helena zuckte mit den Schultern. «Du hast doch heute die Reitstunden, da wollte ich dir keine Umstände machen. Esperanza steht dort gut und hat sich vielleicht morgen schon wieder erholt. Ist also kein Problem.»

Piet musterte sie skeptisch. «Aber du weißt doch gar nichts über diesen Mann. Versteht der überhaupt was von Pferden?»

Überrascht stellte Helena fest, dass sie sich darüber, ob es ihrer Stute bei Niklas von Holten gutgehen würde, gar keine Gedanken gemacht hatte. Sie war einfach davon ausgegangen, dass es so war.

«Er hat selbst ein Pferd», sagte sie. «Und er wirkte sehr nett.»

Piet brummte etwas, das sie nicht verstand.

«Ich muss jetzt nach Hause», erklärte sie. «In den Sachen will ich hier nicht rumlaufen. Bis bald, Piet.»

Sie ging zu ihrem Wagen und stieg ein. Nachdem sie gewendet hatte, winkte sie Piet noch einmal zu und fuhr los. Es war ihr irgendwie peinlich, dass er sie in von Holtens Klamotten gesehen hatte. Vielleicht, weil es sich merkwürdig anfühlte, diese fremden, viel zu großen Sachen zu tragen. Das letzte Männerhemd, in das sie geschlüpft war, hatte Gideon gehört. Es war nicht ganz so groß gewesen, und sie hatte es meistens nur morgens angezogen, wenn sie nach einer gemeinsamen Nacht aufgestanden war und nach dem erstbesten Kleidungsstück gegriffen hatte. Später, als sie wieder allein gewesen war, hatte sie oft in Gideons Pullovern geschlafen, weil sein Geruch noch darin gehangen hatte. Dadurch hatte sie sich ihm näher gefühlt.

Aber das kann man schwerlich vergleichen, erinnerte sie sich. Gideon war ihre große Liebe gewesen. Niklas von Holten dagegen kannte sie erst seit ein paar Stunden. Deshalb fühlte es sich komisch an, nicht nur in seine Sachen, sondern auch in den Duft seines Aftershaves gehüllt zu sein. Es kam ihr zu intim vor, so als wüsste sie jetzt etwas über ihn, für das sie ihm eigentlich viel näher hätte kommen müssen.

Herrgott, jetzt hör schon auf, ermahnte sie sich. Es war eine pragmatische Lösung für ihr Problem gewesen, mehr nicht. Sie würde die Sachen waschen und ihm morgen zurückgeben, und wenn es Esperanza besserging, trennten sich ihre Wege wieder. Es spielte also keine Rolle, dass sie seinen Duft mochte.

Oder dass er genau mein Typ ist, dachte sie und versuchte, sein Bild zu verdrängen.

Niklas trat aufs Gas, als er den Feldweg erreichte, und ließ den Defender über den unebenen Feldweg rumpeln. Er war zu aufgewühlt, um weiter langsam zu fahren, und jetzt musste er es ja auch nicht mehr, weil er wieder allein war.

Herrgott, er hätte Helena Folkert eigentlich nicht wegbringen dürfen, das war ihm bewusst. Aber er hatte nicht unhöflich sein wollen. Deshalb hatte er ihr auch angeboten, ihre Stute erst einmal bei ihm unterzustellen. Und das war ein Fehler gewesen.

Es bedeutete nämlich, dass sie morgen wiederkommen würde. Und dann würde er vermutlich erneut feststellen, dass ihre Wirkung auf ihn absolut verheerend war.

Er dachte an den Moment, als er ihr die Hand gereicht und sie wieder auf die Beine gezogen hatte. Sie war ganz schlammig gewesen und durchnässt, doch ihr Anblick hatte ihm kurz den Atem genommen. Bis eben hatte er geglaubt, es sei nur ein Gerücht, dass einen beim Kennenlernen der Blitz treffen konnte. Aber genau so hatte es sich angefühlt, als er in Helena Folkerts warme braune Augen geblickt hatte …

Denk nicht mal dran, ermahnte er sich. Egal wie attraktiv er sie fand, aus ihnen konnte nichts werden. Er war ein Wrack. Eine Bombe, die jederzeit hochgehen konnte.

Niklas lenkte den Defender auf den Hof und brachte

ihn vor dem Stall zum Stehen. Dann sah er noch einmal nach den Pferden, die beide ruhig in ihren Boxen standen. Karino wieherte, als Niklas den Stall betrat, und auch Esperanza hob den Kopf und sah ihm entgegen.

«Na, meine Schöne? Geht es dir gut?», fragte er und hielt der Stute die Hand hin, damit sie daran schnuppern konnte. Sie blies ihren Atem hinein, während er mit der anderen Hand über ihren Hals strich. Dann drehte sie sich weg, und er wandte sich Karino zu, der seinen Kopf aus der Box gestreckt hatte.

«Sie gefällt dir, oder?»

Karino schnaubte, was so passend nach einer Antwort klang, dass Niklas traurig lächelte.

«Das kann ich gut verstehen. Aber sie kann nicht bleiben, also gewöhn dich lieber nicht an sie.» Er lehnte die Stirn kurz an den Hals des Schimmels. «Die beiden sind nichts für uns, hörst du?»

Einen Moment lang blieb er reglos stehen und stemmte sich gegen die Verzweiflung, die ihn zu verschlingen drohte, wie so oft, wenn er an seine düstere Zukunft dachte. Dann ließ er die Pferde allein und ging rüber ins Haus.

8

Als es an der Tür klingelte, zuckte Leonie heftig zusammen. Draußen vor den Fenstern ihrer Wohnung war es längst dunkel, und sie hatte ein schlechtes Gewissen, weil sie Erik erst abgesagt hatte, nur um ihn jetzt, um halb elf, doch noch zu sich zu bestellen. Aber nachdem sie endlich den Mut gefasst hatte, ihm zu sagen, was los war, wollte sie es nicht mehr aufschieben.

Mit zittrigen Knien erhob sie sich und ging zur Tür. Sie blickte einmal kurz durch den Spion, dann machte sie auf.

«Hey.» Sie lächelte unsicher und trat etwas zur Seite. «Komm rein.»

Erik folgte ihrer Aufforderung und ging durch bis ins Wohnzimmer. Die Vorhänge vor der großen Fensterfront waren noch nicht zugezogen, und da die Wohnung im dritten Stock eines Apartmenthauses lag, hatte man einen guten Blick auf die Lichter von Westerwyk. Tagsüber konnte man sogar in der Ferne das Meer sehen, aber jetzt war es dafür zu dunkel. Und im Moment hatte Leonie sowieso nur Augen für Erik, der sich auf einen der beiden Sessel neben der Couch setzte und sie abwartend ansah.

Sie hatten sich seit Tagen nicht gesehen, und als er gerade vor der Tür gestanden hatte, war es ihr schwergefallen, nicht wie sonst zu ihm zu gehen und sich in seine Arme zu schmiegen. Tatsächlich tat es weh, Abstand zu halten, und sie wusste plötzlich wieder, was sie schon bei ihrem ersten Treffen zu ihm hingezogen hatte.

Es war nicht nur die Tatsache, dass er gut aussah, er strahlte auch eine Sicherheit aus, die sie auf eine Weise ansprach, die sie gar nicht richtig beschreiben konnte. Vielleicht, weil ihr genau das fehlte. Erik war kein Mann der vielen Worte, aber er wusste, was er wollte. Es hatte nur einen Abend bei Greta zu Hause und zwei Verabredungen gebraucht, bis er ihr erklärt hatte, dass sie die Frau war, nach der er gesucht hatte. Da waren keine Zweifel in seinem Blick gewesen, und das hatte sie ziemlich überwältigt.

Diese Sicherheit hatte ihr noch kein Mann gegeben, und die Wochen mit ihm waren wie ein schöner Traum gewesen. Sie hatte sich darin treiben lassen und es einfach nur genossen, ohne sich Gedanken darüber zu machen, wie es weitergehen würde mit ihnen. Doch jetzt war etwas passiert, das alles änderte und sie mit einem Schlag in die Realität zurückgeholt hatte.

«Du wolltest mich sprechen.»

Erik saß vorgebeugt und hatte die Ellbogen auf seine Knie gestützt, die Hände ineinander verschränkt. Man sah ihm an, wie nervös ihn ihr langes Schweigen machte, aber sie wusste einfach nicht, wie sie anfangen sollte.

«Was ist los, Leonie? Sag schon.» Seine Stimme zitterte leicht. «Ich halte das nicht mehr aus.»

Sie ließ sich auf die beigefarbene Couch sinken. «Es tut mir leid. Ich wollte dich nicht quälen.»

«Das tust du aber», sagte er. «Du reagierst nicht auf

meine Nachrichten und gehst mir seit Tagen aus dem Weg. Also sag mir endlich, was passiert ist. Habe ich irgendwas falsch gemacht?»

«Nein, es geht um mich. Ich ...» Sie holte tief Luft. «Ich bin schwanger, Erik.»

«Was?» Er starrte sie an. «Aber ... ich dachte, du nimmst die Pille.»

«Das habe ich. Ich weiß nicht, wie das passieren konnte», sagte sie. «Durch den Schichtdienst nehme ich sie oft zu unterschiedlichen Zeiten, vielleicht ist dadurch was schiefgelaufen. Auf jeden Fall hat sie nicht gewirkt.»

«Okay.» Erik erhob sich und setzte sich zu ihr, legte ihr den Arm um die Schultern. Er lächelte zaghaft und sogar fast erleichtert. Offenbar schockierte ihn diese Nachricht nicht so wie sie. «Kommt zwar ein bisschen plötzlich, aber wir kriegen das schon hin. Wir heiraten vorher noch, und dann ...»

Leonie schüttelte den Kopf. «Nein.»

«Na gut, heiraten müssen wir nicht unbedingt, wenn du das nicht willst. Aber ich stehe auf jeden Fall zu euch. Du musst dir keine Sorgen machen, das ist ...»

«Nein, Erik.» Leonie sprang auf und verschränkte die Arme vor der Brust. «Ich werde dieses Kind nicht bekommen.»

Es dauerte einen Moment, bis er begriff, was sie gesagt hatte. Alle Farbe wich aus seinem Gesicht.

«Du willst es abtreiben lassen?» Die Ungläubigkeit in seiner Stimme versetzte ihr einen schmerzhaften Stich. «Warum?»

«Weil es nicht geht.» Sie schluckte gegen den Kloß an, der ihr in der Kehle saß. «Es ... würde mich einschränken.

Ich will reisen und noch was von der Welt sehen. Mit Kind geht das alles nicht mehr. Das würde mein Leben völlig auf den Kopf stellen.»

Sie stöhnte innerlich, weil sie selbst merkte, wie schrecklich egoistisch das klang.

«Aber du wärst doch nicht allein», beharrte Erik. «Ich bin doch auch noch da. Das können wir alles organisieren. Wir teilen uns die Verantwortung, und ...»

«Nein, du verstehst das nicht», fiel sie ihm ins Wort. «Ich ... bin einfach nicht bereit dafür.»

Erik erhob sich ebenfalls. In seinem Gesicht arbeitete es. «Das ist nicht nur dein Kind, Leonie. Es ist auch meins. Und es ändert alles, das stimmt. Aber können wir nicht wenigstens in Ruhe darüber reden, bevor du eine Entscheidung triffst?»

Tränen brannten jetzt in Leonies Augen. «Ich wäre keine gute Mutter, Erik.»

«Das ist nicht wahr.» Er machte einen Schritt auf sie zu. «Du wärst eine ganz wundervolle ...»

Sie hob die Hand. «Bitte, kannst du das nicht einfach akzeptieren? Ich kann das Kind nicht bekommen. Aber das bedeutet nicht, dass wir uns trennen müssen. Wir warten einfach ab, wie sich das zwischen uns weiterentwickelt. Und irgendwann sind wir vielleicht so weit und können noch mal ...»

«Das ist nicht dein Ernst, oder?» Auch in Eriks Augen schimmerten jetzt Tränen. «Wir sollen einfach so tun, als wäre das nicht passiert? Du bekommst ein Baby! Unser Baby. Das kann ich nicht einfach vergessen und weitermachen.» Er ging zu ihr und legte die Hände um ihre Oberarme. «Leonie, bitte, überleg es dir noch mal. Ich liebe dich. Und ich werde auch dieses Kind lieben. Lass es uns doch versuchen.»

Für einen kurzen, wilden Moment hätte sie sich gerne in seine Umarmung geflüchtet. Weil das, was er da sagte, so verlockend klang. Ein Teil von ihr wollte es, schrie förmlich danach, auf seine Worte zu vertrauen. Aber die Angst in ihr saß zu tief.

«Es tut mir leid», sagte sie leise und machte sich von ihm los.

«Dann steht deine Entscheidung also fest?»

Leonie schluckte mühsam. Seit sie von ihrer Schwangerschaft erfahren hatte, stand sie unter Schock. Es war eine Sache, in Gedanken durchzuspielen, ob man irgendwann Kinder haben wollte, und eine ganz andere, zu wissen, dass es in neun Monaten so weit sein würde. Egal, wo sie jetzt hinging – und wenn sie ans andere Ende der Welt reiste –, sie würde dieses Baby bekommen, wenn sie nichts dagegen unternahm, und die Unausweichlichkeit dieser Tatsache überforderte sie heillos. Sie hatte das Gefühl, in der Falle zu sitzen, und aus der gab es nur einen Ausweg. Deshalb nickte sie.

«Ich kann es nicht bekommen», sagte sie. «Bitte, lass mich einfach.»

Sie wandte sich ab und verschränkte die Arme vor der Brust, versuchte verzweifelt, nicht endgültig die Fassung zu verlieren. Sie wartete auf eine Reaktion von ihm, aber Erik rührte sich nicht.

«Das ist nicht fair, Leonie», sagte er nach einer Weile.

Sie drehte sich zu ihm um und sah durch einen Tränenschleier, dass er auf dem Weg zur Tür war.

«Erik, warte!»

Er blieb stehen.

«Sag es nicht Greta oder deiner Familie. Bitte. Ich möchte nicht, dass sie es wissen. Zumindest nicht, bis ...» Sie zuckte mit den Schultern. «Bis es vorbei ist.»

Eriks Lippen waren jetzt nur noch ein dünner Strich. In seinen blauen Augen lag eine Mischung aus heißer Wut und einer so abgrundtiefen Verzweiflung, dass es Leonie das Herz zerriss. Sie war fast sicher, dass er noch etwas sagen würde. Aber er nickte nur wortlos und verschwand im Flur.

Kurz darauf fiel die Wohnungstür so laut ins Schloss, dass Leonie zusammenzuckte.

9

Frau Paulsen!»

Jemand rüttelte sanft an ihrer Schulter. Mühsam schlug Greta die Augen auf und versuchte, sich zu orientieren. Sie saß auf einem Stuhl in einem der Stationszimmer. Es war dunkel draußen vor dem Fenster. Das einzige Licht kam von der Lampe über dem Bett, in dem ihre Patientin Micki schlief.

«Frau Paulsen?» Die Hand lag noch auf ihrer Schulter, und als sie aufblickte, sah sie, dass Mark Ritter neben ihrem Stuhl stand.

«Sie sind ja immer noch da.» Sein Gesicht lag halb im Schatten, deshalb konnte sie den Ausdruck darauf nicht deuten. «Als ich sagte, dass Sie bleiben können, meinte ich nicht rund um die Uhr.»

Greta richtete sich auf und sah auf ihre Armbanduhr. Schon kurz nach elf, dachte sie erschrocken und blickte zu ihm hoch.

«Tut mir leid. Als ich vorhin gehen wollte, war Micki wach, deshalb habe ich mich noch mal zu ihr gesetzt – und bin dann wohl eingeschlafen.»

Er nickte. «Dann sollten Sie morgen freimachen.»

«Nein, das geht nicht», protestierte sie sofort und zuckte entschuldigend mit den Schultern, als ihr klarwurde, dass sie dabei war, sich schon wieder mit ihm anzulegen. «Es wäre nicht gut, wenn ich wegbleibe», erklärte sie. «Micki sollte mich sehen. Sie ist ruhiger, wenn ich da bin. Außerdem möchte ich versuchen, mehr über sie herauszufinden. Damit wir ihr besser helfen können.»

Sie rechnete damit, dass er ihr wieder einen Vortrag darüber halten würde, dass sie sich zu stark engagierte. Doch er sagte gar nichts dazu, sondern trat an das Bett und betrachtete die schlafende junge Frau.

«Wissen wir inzwischen ihren richtigen Namen?»

«Nein. Sie will ihn immer noch nicht verraten. Aber ich bleibe dran.» Greta seufzte. «Wenn wir wenigstens einen Anhaltspunkt hätten.»

«Fragen Sie sie mal, ob sie aus Hamburg kommt.» Ritter deutete auf den tätowierten Unterarm des Mädchens, der über der Decke lag. «Sehen Sie den Schriftzug da?»

Greta stand auf und trat neben ihn. «Tiger's Den» stand dort in einer geschwungenen Schrift, die nach einem Logo aussah.

«Was ist das?»

«Der Name einer einschlägigen Kneipe auf der Reeperbahn. An dem Ende, wo die Touristen nicht hingehen. Wenn unser Sorgenkind sich diesen Namen als Tattoo stechen lässt, dann hat sie wahrscheinlich irgendwas damit zu tun.» Ritter verzog den Mund. «Und bevor Sie was Falsches denken: Ich kenne den Laden, weil ich als Assistenzarzt eine Weile mit dem Rettungswagen in Sankt Pauli unterwegs war. Da kriegt man mehr mit, als einem lieb ist.»

Verblüfft sah Greta ihn an. Sie hätte nicht vermutet, dass er in seiner Karriere schon mal mit einem sozialen

Brennpunkt in Kontakt gekommen war. Aber sie erfuhr ja im Moment ständig etwas Neues über ihn.

«Keine Sorge. Dass Sie regelmäßig in solchen Etablissements verkehren, hatte ich auch nicht angenommen», meinte sie lächelnd. «Ich werde also keine Gerüchte in die Welt setzen und Ihren Ruf ruinieren.»

Er schnaubte. «Nach allem, was ich heute erfahren habe, scheint der ja schon recht ruiniert zu sein.»

«Ach, ich glaube, das ist nichts, was sich nicht noch retten ließe», sagte sie und schluckte, als ihre Blicke sich trafen und sie ein Funkeln in seinen Augen sah, das sie nicht deuten konnte. Entweder amüsierte ihn ihre Bemerkung. Oder er war wütend auf sie ...

«Vielleicht hilft es Ihnen ja, wenn Sie das nächste Mal mit unserer Unbekannten sprechen», sagte er, und Greta brauchte einen Moment, bis sie begriff, dass er wieder von dem Tattoo redete. «So, wie es aussieht, haben Sie dazu ja noch genügend Gelegenheit.»

Das stimmt, dachte sie und betrachtete Micki besorgt. Es war zwar inzwischen klar, dass die Nierenquetschung keine so schwerwiegenden Schäden verursacht hatte, dass eine Operation nötig war. Aber Mickis Allgemeinzustand war schlecht, sie wirkte abgeschlagen, und ihr Blutdruck war immer noch viel zu niedrig. Deshalb sollte sie noch mindestens einen Tag zur Beobachtung hierbleiben.

«Und jetzt fahren Sie nach Hause und gehen schlafen», meinte Ritter. «Ich glaube nicht, dass hier noch was Dramatisches passiert.»

Greta wusste, dass er recht hatte, aber es fiel ihr schwer, sich loszureißen, deshalb warf sie noch einen letzten

Blick auf Micki. Dann folgte sie ihm nach draußen auf den Stationsflur.

«Wie kommen Sie zurück?», wollte er wissen.

Greta öffnete schon den Mund, um ihm zu sagen, dass sie ihr Auto nehmen würde. Aber dann fiel ihr ein, dass sie mit Leonies Wagen gekommen war, den diese natürlich inzwischen wieder mitgenommen hatte. Kurz überlegte sie, ob sie ihre Mutter anrufen sollte, aber die ging normalerweise früh schlafen. Und Erik konnte sie auch nicht bitten, weil er ihr vorhin geschrieben hatte, dass er sich jetzt doch mit Leonie traf. Da wollte sie nicht stören.

«Ich rufe mir ein Taxi», sagte sie und gähnte unterdrückt.

«Das müssen Sie nicht. Ich fahre ohnehin in Ihre Richtung und kann Sie mitnehmen, wenn Sie wollen.»

Es verblüffte sie, dass er ihr das heute schon zum zweiten Mal anbot. Aber sie war viel zu müde, um diese bequeme Möglichkeit auszuschlagen.

«Danke, das wäre nett. Ich ziehe mich nur rasch um und hole meine Sachen.»

Sie beeilte sich, und als sie eine Viertelstunde später mit Ritter in seinem Mercedes saß und den Parkplatz der Klinik verließ, stellte sie überrascht fest, dass es sich nicht mehr so merkwürdig anfühlte wie am Morgen. Wahrscheinlich, weil die Situation nicht mehr neu war. Oder weil sie Ritter nach den Ereignissen des Tages ein bisschen besser kannte.

«Wieso sind Sie eigentlich noch hier?», fragte sie und musste erneut ein Gähnen unterdrücken. «Sie haben doch auch schon längst Feierabend.»

«Es gab noch einiges aufzuarbeiten», meinte er.

«Schließlich will ich mir nicht noch mal nachsagen lassen, dass ich mich als Chefarzt zu wenig einbringe.»

Ihre Blicke trafen sich kurz, und Greta hatte plötzlich ein flaues Gefühl im Magen. «Sind Sie sauer auf mich?»

«Weil Sie mir die Wahrheit gesagt haben?» Er sah kurz zu ihr hinüber und lächelte, bevor er sich wieder auf die Straße konzentrierte. «Dann hätte ich Ihnen wohl kaum angeboten, Sie nach Hause zu fahren.»

Verwirrt starrte Greta ihn an. Der Mann war ihr immer noch ein Rätsel, aber er schien ihr das, was heute Morgen passiert war, tatsächlich nicht mehr übelzunehmen. Deshalb lehnte sie sich in den Sitz zurück und entspannte sich.

«Das ist ein schönes Auto», sagte sie und strich über das lackierte Holz an der Türinnenseite.

Ritter bog auf die Landstraße ein, die nach Dinkersen führte, und gab Gas. «Sportwagen sind eigentlich nicht mein Ding.»

Greta schmunzelte. «Und warum fahren Sie dann einen?»

«Das ist eine lange Geschichte.»

«Dann nehme ich die Kurzfassung», sagte sie und bereute es sofort. «Tut mir leid. Vergessen Sie's. Ist mir nur so rausgerutscht. Sie müssen nicht ...»

«Der Wagen hat meiner Mutter gehört. Sie ist vor drei Monaten überraschend gestorben, und mein Vater wollte den Wagen verkaufen. Das wollte ich nicht, deshalb habe ich ihn übernommen.»

Ritter starrte nach vorn auf die Straße, und Greta hörte die Wut, die in seiner Stimme mitschwang. Sie hatte keine Ahnung, was zwischen Vater und Sohn vorgefallen war, aber es klang nach einem Zerwürfnis, bei dem es um weit mehr ging als um ein Auto.

«Das tut mir leid», sagte sie. «Das mit Ihrer Mutter meine ich.» Sie zögerte kurz, aber sie hatte sich ohnehin schon so weit vorgewagt mit ihren Fragen, dass es auf eine mehr oder weniger nicht ankam. Wenn sie etwas über ihn erfahren wollte, war jetzt die Gelegenheit dazu.

«Wie ist sie gestorben?»

Er sah sie an, und sie glaubte schon, dass er ihr keine Antwort geben würde. Doch dann blickte er wieder nach vorne auf die Straße.

«Sie hatte Brustkrebs. Er wurde leider erst entdeckt, als die Krankheit schon sehr weit fortgeschritten war.» Seine Hände umfassten das Steuer so fest, dass die Knöchel weiß hervortraten. «Es ging dann alles sehr schnell.»

«Wie schrecklich.» Greta spürte, wie ihr Herz sich zusammenzog. «Das muss schwer für Sie gewesen sein.»

«Sie brauchen kein Mitleid mit mir zu haben.» Seine Stimme klang rau, und der unnahbare Ausdruck kehrte in seinen Blick zurück. Wahrscheinlich bereute er schon, dass er ihr überhaupt davon erzählt hatte.

Aber Greta war froh, dass sie es wusste. Es änderte ihr Bild von ihm – schon wieder. Er brauchte dieses Auto nicht für sein Ego, so wie sie ihm unterstellt hatte, sondern fuhr es aus sentimentalen Gründen. Weil es eine Erinnerung an seine Mutter war, an der er festhielt. Hatte sie wirklich einmal geglaubt, dass er kaltherzig war?

Als das Ortseingangsschild von Dinkersen am Straßenrand auftauchte, fuhr Ritter langsamer.

«Wie haben Sie das eigentlich gemeint?», fragte er in die Stille hinein. «Dass Sie wegen Ihrer Familie zurückgekommen sind, meine ich. Das haben Sie heute Morgen Micki gegenüber erwähnt. Wo waren Sie denn vorher?»

«In Dublin», antwortete Greta und lächelte bei der Erinnerung. «Ich habe dort gearbeitet und wollte mich eigentlich zur Nurse Practitioner ausbilden lassen. Das ist eine Krankenschwester, die …»

«… besonders geschult ist und Patienten teilweise auch selbst behandeln darf, ich weiß», ergänzte Ritter. «Wir hatten am Lennox Hill eine ganze Reihe davon. Eine gute Idee, so eine zusätzliche Ausbildung. Entlastet die Notaufnahmen enorm.»

«Ja, genau.» Greta lächelte, erstaunt darüber, dass er dem Thema so offen gegenüberstand. Bei vielen Ärzten war es durchaus umstritten, Kompetenzen an das Pflegepersonal abzugeben.

«Und Sie mussten wegen Ihrer Familie zurückkommen?», erkundigte er sich.

«Ich musste nicht, ich wollte.» Greta seufzte. «Mein Vater ist krank, und ich wollte in der Nähe sein.» Sie deutete auf die nächste Einmündung. «Hier rein. Und dann bis zum Ende der Straße.»

Ritter fuhr in die Sackgasse und blieb schließlich vor der Pension stehen. Der Weg zum Eingang war mit kleinen, in den Boden eingelassenen Lichtern ausgeleuchtet, und auch das blauweiße Schild über der Tür wurde von einer versteckten Lampe angestrahlt.

«Sie wohnen in einer Pension?», fragte er irritiert.

«Nein, das ist mein Elternhaus. Die Pension gehört meiner Mutter.» Greta legte die Hand an den Türöffner. «Danke fürs Heimfahren.»

«Was hat Ihr Vater denn?»

Ritters Frage ließ sie noch einmal in den Sitz zurücksinken.

«Arthrose in der Schulter und in den Knien. Und ...» Sie zögerte.

«Und was?», hakte Ritter nach.

«Ach, ich weiß auch nicht. Heute Morgen hat er mir gestanden, dass ihm öfter schwindelig ist. Und er ist so schlapp in letzter Zeit. Ich habe das Gefühl, dass da noch mehr ist.»

«Dann sollte er sich untersuchen lassen.»

Greta schnaubte. «Das sagen wir ihm schon seit einer Ewigkeit. Aber er tut es immer ab und hangelt sich mit Schmerzmitteln mehr schlecht als recht durch den Tag. Wenn man ihn fragt, dann verschwindet das alles von allein wieder.»

«Er geht nicht zum Arzt?»

Unglücklich schüttelte Greta den Kopf. «Er glaubt, dass der ihm dann erklärt, dass er nicht mehr rausfahren kann. Und das will er nicht hören.»

«Rausfahren?» Ritter sah sie irritiert an.

«Ja, mit dem Kutter. Mein Vater ist Krabbenfischer», erklärte sie. «Die Fischerei ist sein Leben, und wir dürfen nicht mal andeuten, dass er dazu gesundheitlich vielleicht nicht mehr in der Lage sein wird. Sie können sich nicht vorstellen, wie stur er ist. Er steckt die Schmerzen lieber weg und quält sich, als zum Arzt zu gehen, vom Krankenhaus ganz zu schweigen.»

Als sie es aussprach, merkte Greta erneut, wie sehr ihr die Situation zusetzte. Dann wurde ihr bewusst, dass Ritter das so genau vielleicht gar nicht wissen wollte.

«Tut mir leid», sagte sie und öffnete die Autotür. «Ich

will Sie nicht aufhalten. Es ist schon spät, und Sie wollen bestimmt ...»

«Wenn Ihr Vater nicht zum Arzt geht, dann muss der Arzt eben zu ihm kommen.»

«Das habe ich mir auch schon überlegt.» Greta hielt inne, einen Fuß schon draußen. «Ich wollte Bent fragen, ob er mal bei uns vorbeikommt. Das Problem ist nur, dass Papa sofort dichtmachen wird, wenn er merkt, um was es geht. Deshalb weiß ich nicht so richtig, wie ich es anfangen soll.»

«Bent?» Ritter runzelte die Stirn. «Warum denn Bent? Ich habe doch viel mehr Erfahrung. Ich könnte eine zuverlässigere Diagnose stellen.»

Überrascht starrte sie ihn an. «Aber Sie kann ich doch darum nicht bitten.»

«Warum nicht? Weil ich ein unfreundlicher Klotz bin, der sich nicht für seine Mitmenschen interessiert?» Er hatte den Arm auf das Lenkrad gelegt und hielt ihren Blick fest. «Vielleicht hätte ich ja gerne die Chance, Ihnen zu beweisen, dass ich nicht immer nur Dienst nach Vorschrift mache.» Um seine Lippen spielte ein unsicheres Lächeln. «Ernsthaft. Sagen Sie mir einfach Bescheid, wenn ich etwas tun kann. Ich würde gerne verhindern, dass seine Diagnose auch zu spät kommt, so wie bei meiner Mutter.»

«Danke.» Greta schluckte. «Das ... wäre großartig.»

Er nickte nur, und Greta verlor sich für einen Moment in seinen grauen Augen. Dann wandte sie sich ab und stieg aus. Bevor sie die Tür schloss, beugte sie sich noch einmal ins Auto. «Bis morgen.»

«Bis morgen.» Ritter lächelte und startete den Motor.

Greta sah zu, wie er den Wagen wendete und davonfuhr. Die Bremslichter leuchteten kurz auf, als er das Ende der Straße erreichte, dann verschwand er um die Kurve.

Immer noch ganz perplex, wandte sie sich um und ging auf das Haus zu. Sie freute sich sehr über sein spontanes Angebot, aber es brachte sie auch ein bisschen aus der Fassung. Wo war der distanzierte Chefarzt geblieben, der bis gestern noch kaum ein Wort mit ihr gewechselt hatte? Nicht, dass sie sich darüber beschweren konnte, schließlich tat er genau das, was sie von ihm gefordert hatte.

An den netten Ritter muss ich mich aber erst noch gewöhnen, dachte sie und versuchte vergeblich, die Erinnerung an sein lächelndes Gesicht zu verdrängen, während sie die Eingangstür aufschloss und leise das Haus betrat.

10

Mit einem Seufzen schob Greta das mit einer Plastikhaube abgedeckte Tablett in den Servierwagen.

«Was ist los?», fragte ihr Kollege Faris Kazneh, der gerade aus dem Schwesternzimmer kam und an ihr vorbeiwollte. «Hast du den Freitagsmittags-Blues und kannst das Wochenende nicht mehr abwarten?»

«Nein. Ich mache mir nur Sorgen um Herrn Hartmann», erklärte sie. «Er sagt, ihm tut das Bein weh.»

«Ähm ... Ist das nicht normal bei einem gebrochenen Unterschenkel?», fragte Faris grinsend.

Er war Anfang zwanzig, kräftig gebaut und trug einen Vollbart. Seine schwarzen Haare und die olivfarbene Haut verrieten seine syrischen Wurzeln, weshalb er von den Patienten immer wieder darauf angesprochen wurde, wie ausgezeichnet sein Deutsch wäre. Faris erklärte dann immer sehr geduldig, dass er in Deutschland geboren und aufgewachsen war. Syrien kannte er nur aus den Erzählungen seines Vaters, der vor mehr als dreißig Jahren nach Deutschland gekommen war und in Düsseldorf eine Praxis für Radiologie besaß. Faris' Mutter war Deutsche, und er scherzte oft darüber, dass es die Leute vermutlich sehr verwirren würde, wenn er zu seinem dunklen Teint ihre blonden Haare geerbt hätte. Aber

Greta wusste, dass er darunter litt, sein Aussehen ständig erklären zu müssen.

«Ja, sicher», sagte sie, wieder ganz auf das Problem mit Leon Hartmann konzentriert. «Aber er sagt, es ist das ganze Bein. Und das kommt mir komisch vor.»

Greta dachte an den jungen Familienvater, der in der Ferienwohnung die Treppe heruntergefallen war und sich eine komplizierte offene Unterschenkelfraktur zugezogen hatte, die operiert worden war. Nach dem Wochenende sollte er eigentlich in die Reha entlassen werden, aber seit dem Morgen klagte er über starke Schmerzen, die bis in den Oberschenkel reichten.

«Ich weiß auch nicht. Ich habe da einfach ein komisches Gefühl. Wir sollten vielleicht noch mal nachschauen, ob wir etwas übersehen haben.»

Faris nickte. «Ja, das sollten wir unbedingt.»

«Denkst du auch, dass er vielleicht noch was anderes hat?», fragte Greta überrascht.

«Nein.» Er grinste. «Aber wenn du ein ‹komisches Gefühl› hast, dann liegst du damit meistens richtig. Also sollten wir die Sache lieber im Auge behalten.»

Greta lächelte. «Das nehme ich als Kompliment.»

«Es war auch eins», sagte Faris. «Ich verstehe manchmal nicht, wieso du nicht gleich Ärztin geworden bist.»

«Jetzt klingst du wie dein Vater», erinnerte Greta ihn.

Sie hatten sich erst vor kurzem darüber unterhalten, wie lange es gedauert hatte, bis Faris' Familie seinen Berufswunsch akzeptiert hatte. Vor allem sein Vater hatte Schwierigkeiten damit, dass sein Sohn ‹nur› Pfleger war, und drängte ihn, noch Medizin zu studieren. Aber Faris liebte seinen Job und hatte das nicht vor, wie er immer wieder betonte. «Du bist doch auch zufrieden mit dem, was du machst.»

«Ich habe ja auch nicht dein Talent für Diagnostik.» Faris legte den Kopf schief. «Dafür kann ich erkennen, wenn jemand nicht gut drauf ist. Was ist los mit dir, Greta? Hast du schlecht geschlafen?»

«Ich habe zumindest nicht besonders viel geschlafen», gestand sie.

Tatsächlich saßen ihr die letzten zwei Tage in den Knochen. Nach dem anstrengenden Mittwoch, an dem sie so lange im Krankenhaus gewesen war, um sich um Micki zu kümmern, hatte sie fast die ganze Nacht wachgelegen und gegrübelt – nicht nur über Doktor Ritter und sein Angebot, sondern vor allem über ihren Bruder.

Sie hatte Erik nämlich allein in der Küche vorgefunden, als sie nach Hause gekommen war, vor einer Flasche Korn, von der er offensichtlich schon einen Teil intus hatte. Normalerweise trank er wegen seines Diabetes höchstens mal ein Bier, deshalb war Greta sofort alarmiert gewesen. Aber Erik hatte ihr nur mitgeteilt, dass er sich von Leonie getrennt hatte. Mehr war nicht aus ihm herauszubekommen, und das war mindestens so beunruhigend wie die Tatsache, dass er harten Alkohol trank. Denn auch, wenn Erik wortkarg sein konnte, erzählte er Greta normalerweise, was er auf dem Herzen hatte. Über diese Sache wollte er jedoch nicht reden, und auch Leonie war nicht zu erreichen. Sie ging nicht an ihr Handy, was Gretas Sorgen noch vergrößerte.

Und als wäre das alles nicht schon schlimm genug, hatten sich die Patienten gestern fast ohne Pause die Klinke in die Hand gegeben. Das Wetter war perfekt für

Fahrradtouren gewesen, wodurch es öfter zu Unfällen kam, vor allem mit den immer beliebteren E-Bikes, bei denen manche die Geschwindigkeit nicht richtig einschätzten. Aber selbst für die Sommersaison war das Notfallaufkommen extrem hoch gewesen.

«War ganz schön viel los in den letzten zwei Tagen», meinte sie.

Faris nickte. «Das kannst du laut sagen. Ich bin froh, dass wir gleich Feierabend haben.»

Stimmt, dachte Greta und blickte auf die Uhr. Es war schon kurz nach zwölf. Bis zur Übergabe an die Spätschicht um halb zwei blieben ihr also nur noch knapp anderthalb Stunden, und sie musste unbedingt noch mit Doktor Ritter sprechen. Sie hatte ihn heute Morgen nur ganz kurz gesehen, bevor er in den OP musste. Aber vielleicht hatte sie ja jetzt Glück und konnte ...

«Greta?» Susanne trat aus dem Schwesternzimmer und winkte mit dem schnurlosen Telefon in ihrer Hand. «Klaus Fährmann von der Polizei will dich sprechen.»

Greta nahm den Apparat entgegen. «Hallo Klaus», begrüßte sie den Freund ihres Vaters. «Gibt es was Neues über unsere Unbekannte?»

Sie hörte, wie der ältere Mann am anderen Ende der Leitung seufzte. «Eigentlich wollte ich dich gerade das Gleiche fragen. Ich hatte gehofft, du hast vielleicht schon mehr aus ihr rausbekommen.»

«Leider nein», antwortete Greta.

Klaus schwieg einen Moment. «Wenn wir wenigstens einen Anhaltspunkt hätten. Wir haben es über das Schlauchboot versucht, aber ohne Erfolg. Wenn es zu einer Yacht gehört, dann wurde es nicht als Beiboot angemeldet. Und bei den Vermisstenanzeigen hatte ich bisher auch kein Glück.»

«Und was jetzt?», fragte Greta.

«Jetzt bleibt mir nur die Möglichkeit, ihre Fingerabdrücke zu nehmen und nachzusehen, ob wir sie im System haben.»

«Oh», sagte Greta und malte sich mit Schrecken aus, wie Micki auf eine solche Prozedur reagieren würde.

«Ich kann mir vorstellen, dass das unserem Sorgenkind nicht gefallen wird», meinte Klaus. «Aber ich habe wirklich keine andere Wahl, wenn sie uns ihren Namen nicht verraten will. Wir müssen ihre Identität klären.»

«Ich weiß», antwortete Greta. «Es geht ihr nur immer noch schlecht, und ich glaube, das würde sie wieder sehr aufregen. Kannst du damit nicht noch warten? Dann versuche ich noch mal, mit ihr zu reden.» Sie dachte an das, was Doktor Ritter über das Tattoo gesagt hatte. Gestern war sie wegen des ganzen Trubels nicht dazu gekommen, Micki danach zu fragen, aber das würde sie jetzt umgehend nachholen.

«Ich weiß nicht», meinte Klaus. «Euer Doktor Ehlert liegt mir mit dieser Sache ziemlich in den Ohren. Er wäre das Mädchen, glaube ich, sehr gerne los. Also kann ich das nicht mehr auf die lange Bank schieben.» Er überlegte kurz. «Also gut, dann rede mit ihr und sag mir Bescheid. Wenn wir ihre Identität auch anders klären können, dann brauchen wir die Fingerabdrücke nicht. Aber das muss bald passieren, hörst du?»

«Ja, okay. Ich melde mich», versprach Greta. Nachdem sie Susanne das Telefon zurückgegeben hatte, machte sie sich auf den Weg zu Mickis Zimmer.

Die junge Frau lag in ihrem Bett. Sie war nicht so blass, wie man es aufgrund ihrer Werte hätte vermuten können, aber sie hatte dunkle Ringe unter den Augen, und ihr Blick wirkte matt. Als sie Greta erkannte, schob sie sich hoch und wollte sich aufsetzen.

«Du bleibst besser liegen», sagte Greta und drückte Micki sanft in die Kissen zurück.

«Wann kann ich gehen?», wollte sie wissen. Das war ihre Standardfrage, wenn sie wach war.

«Noch nicht.» Greta holte die zusammengerollte Manschette für die Blutdruckmessung aus ihrer Tasche und legte sie um Mickis Oberarm. Dann steckte sie sich das Stethoskop in die Ohren, pumpte die Manschette auf und ermittelte die beiden Werte, die sie brauchte. «Zu niedrig», erklärte sie.

«Aber die Schmerzen sind doch schon viel besser», sagte Micki unglücklich. «Es tut gar nicht mehr so weh.»

«Weil wir dir Schmerzmittel geben», erklärte Greta. «Deswegen musst du dich trotzdem noch schonen. Außerdem kommt dein Kreislauf nicht richtig in Gang, und deine Blutwerte sind auch nicht in Ordnung. Das muss sich alles erst bessern, bevor wir dich entlassen können.» Sie setzte sich auf die Bettkante. «Die Polizei hat gerade angerufen, Micki.»

Erschrocken sah die junge Frau sie an. «Wegen der Sache mit dem Skalpell?»

«Auch», bestätigte Greta. «Aber vor allem, weil sie wissen müssen, wie du heißt. Du musst uns jetzt endlich deinen vollen Namen sagen.»

Trotzig schob Micki die Unterlippe vor. «Warum? Damit die mich verhaften können?»

«Das würden sie nicht tun», versicherte Greta ihr. «Wenn du nicht vorbestraft bist, dann bekommst du höchstens ein paar Sozialstunden. Aber um die Anzeige kommst du nicht herum, und dafür brauchen sie deinen Namen. Den darfst du uns nicht mehr länger verschweigen.»

Auf Mickis Gesicht erschien wieder der verzweifelt-trotzige Ausdruck, den Greta schon sehr gut kannte. «Wenn ich euch sage, wer ich bin, dann schickt ihr mich zurück.»

«Das können wir doch gar nicht, wenn du nicht willst», meinte Greta und hielt inne, weil ihr plötzlich etwas klarwurde. «Es sei denn, du bist doch noch nicht achtzehn, so wie du behauptet hast.»

Micki wandte abrupt den Kopf. «Ich bin fast achtzehn. Es sind nur noch ein paar Wochen bis zu meinem Geburtstag. So lange muss ich noch durchhalten. Sonst bin ich dran.» Tränen traten ihr in die Augen, aber sie wischte sie weg und versuchte, sich zusammenzureißen.

«Wenn dir dort, wo du herkommst, eine Gefahr droht, dann musst du nicht zurück.» Greta legte ihre Hand auf die von Micki. «Wir können die Polizei einschalten, und die kümmert sich dann darum.»

Das Mädchen entzog ihr die Hand wieder. «Alter, das habe ich doch schon versucht! Ich hab den Bullen gesagt, was los ist und dass ich in Gefahr bin. Aber die haben mir nicht geglaubt! Mir glaubt keiner. Ich bin ein Dreck für die. Deshalb traue ich denen auch nicht.»

«Der Polizist, der gestern da war, ist ein Freund meines Vaters. Klaus heißt er, und er ist sehr nett. Er wird dir glauben, und ich auch», versicherte Greta ihr.

Aber Micki schwieg weiter.

«Von wem wirst du bedroht? Von dem Besitzer der Yacht, von der du das Beiboot gestohlen hast?» Gretas Frage war ein Schuss ins Blaue, aber er traf, denn Micki kämpfte sich aus den Kissen und setzte sich auf.

«Behauptet der Scheißkerl das etwa? Ich hab das Boot nicht geklaut, Mann, das war Notwehr!», schimpfte sie.

«Was hat er denn gemacht?», hakte Greta vorsichtig nach.

«Na, mich begrapscht, das hat er. So ein widerlicher Arsch. Erst hat er einen auf nett gemacht und mir angeboten, dass er mich auf seinem schicken Kahn mitnimmt und zur Insel bringt. Und kaum waren wir auf dem Wasser, meinte er plötzlich, dass ich ihm was schuldig wäre, und wollte mir an die Wäsche.»

«Und dann hast du dich gewehrt?», fragte Greta.

Micki nickte, ganz in die Erinnerung versunken, die sie sichtlich aufregte. «Aber der Typ war echt stark. Wir haben in der Kajüte gekämpft, und er hat mich gegen die Treppe geschleudert. Ich dachte, ich sehe Sterne, so weh hat das getan.»

So hat sie sich also die Nierenquetschung zugezogen, dachte Greta.

Micki redete schon weiter, fuchtelte dabei mit den Armen. «Ich bin die Treppe rauf nach oben, und er wollte mir nach. Da habe ich ihn so lange getreten, bis er runter in die Kajüte gefallen ist. Dann habe ich den Einstieg verriegelt, bin ins Beiboot geklettert und abgehauen.»

«Das heißt, der Typ liegt jetzt noch irgendwo bewusstlos in der Kajüte seiner Yacht?», fragte Greta erschrocken.

«Nein, der war nicht bewusstlos. Oder zumindest

nicht lange», widersprach Micki. «Er hat mit den Fäusten gegen die verschlossene Kajütentür gehämmert und sie dann aufgebrochen. Als ich weg bin, stand er an Deck und hat mir hinterhergeschrien, dass ich zurückkommen soll. Als ob ich so dämlich wäre.»

Sie schien stolz auf sich zu sein, dass sie entkommen konnte. Die Panik war aus ihren Augen gewichen, und sie grinste sogar.

«Ich dachte, du hast Angst vor dem Mann.»

«Vor dem doch nicht», sagte sie. «Der sollte mir nur helfen, auf die Insel zu kommen.»

Greta versuchte, sich aus dem wenigen, was Micki verriet, etwas zusammenzureimen. Das Boot, von dem sie gekommen war, schien demnach nur eine Zwischenstation auf ihrer Flucht gewesen zu sein. Und ihr Ziel war von Anfang an die Insel.

«Warum wolltest du denn unbedingt hierher? Wohnt hier jemand, den du kennst?» Greta hatte langsam das Gefühl, Micki «lesen» zu können. Wenn die junge Frau ihrem Blick auswich, dann hatte sie richtig geraten. «Du warst schon mal hier, stimmt's?»

Nach langem Zögern nickte Micki. «Als Kind. Bei meiner Großtante. Ich hab schon lange keinen Kontakt mehr zu ihr, aber ich dachte, vielleicht lässt sie mich ja bleiben, bis er mir nichts mehr anhaben kann. Wenn ich achtzehn bin, muss ich nicht mehr zurück.»

«Wer denn, Micki?», fragte Greta. «Wer bedroht dich?»

Die junge Frau wandte wieder den Kopf ab, aber vorher erkannte Greta, dass der panische Ausdruck in ihre Augen zurückgekehrt war.

«Okay.» Greta seufzte, weil das Mädchen es ihr wirklich nicht leichtmachte. «Dann lass mich mal raten. Du kommst aus Hamburg.»

Erschrocken sah Micki sie an. «Woher weißt du das?»

Greta deutete auf das Tattoo mit dem Schriftzug, auf das Doktor Ritter sie aufmerksam gemacht hatte.

«Du kennst das Tiger's?», fragte Micki verblüfft.

«Ich nicht. Aber Doktor Ritter. Er sagt, dass es kein besonders netter Laden ist.» Greta beugte sich vor und hielt den Blick des Mädchens fest. «Bitte, Micki, sag es mir doch. Was ist da los bei dir? Hast du Ärger mit jemandem?»

Micki senkte den Kopf und nickte. Dann blickte sie wieder auf und sah Greta flehend an.

«Aber das darfst du keinem sagen. Bitte! Sorg einfach dafür, dass ich nicht zurückmuss. Ich mach auch Sozialstunden, wenn die Bullen das wollen. Ganz egal. Hauptsache, ich kann hierbleiben.»

«Erst mal musst du das sowieso», versicherte Greta ihr. «Du kannst noch nicht gehen, dafür bist du zu krank.»

Micki krallte die Hand in Gretas Arm und sah sie flehend an. «Du hilfst mir, oder? Du lässt nicht zu, dass ich wieder nach Hamburg muss?»

Greta wusste, dass viel von ihrer nächsten Antwort abhing. Wenn sie die junge Frau jetzt enttäuschte, würde sie ihr nicht mehr vertrauen. Deshalb nickte sie.

«Ja, ich helfe dir», versprach sie und meinte es auch so. «Ich will nicht, dass dir was passiert.»

Micki ließ ihren Arm los und sank zurück in die Kissen. «Danke», sagte sie und lächelte.

Die Tatsache, dass es das erste Mal war, seit sie sich kannten, führte Greta vor Augen, in was für einer

Zwangslage das Mädchen sich befinden musste. Micki verschwieg ihren Namen nicht aus bösem Willen. Sie hatte Angst, und das musste man ernst nehmen.

«Ich habe gleich Dienstschluss, aber wir machen es wie gestern, ja? Falls was ist, bittest du die Schwestern, mich auf dem Handy anzurufen. Dann komme ich wieder.»

«Okay.» Micki nickte matt.

«Dann ruh dich jetzt erst mal aus.» Greta stand auf und wollte gehen, hielt jedoch noch einmal inne.

«Wie weit war es eigentlich noch bis zur Insel, als du mit dem Schlauchboot von der Yacht weg bist?», fragte sie. «Musstest du weit fahren?»

Micki zuckte mit den Schultern. Sie wirkte jetzt schläfrig, offenbar hatte das Gespräch sie sehr erschöpft.

«Weiß nicht, nein», sagte sie. «Ich konnte die Lichter schon sehen. Und ich dachte auch, dass ich das locker schaffe. Keine Ahnung, was dann passiert ist. Ich glaube, ich bin eingeschlafen – und wieder aufgewacht, als du mich gefunden hast.»

Greta betrachtete sie nachdenklich, weil sich ihr Verdacht bestätigt hatte. Bisher waren sie alle davon ausgegangen, dass Mickis Erschöpfung den Anstrengungen der Überfahrt geschuldet war. Und dass ihr schlechter Allgemeinzustand mit der Nierenquetschung zusammenhing. Aber vielleicht steckte auch noch etwas anderes dahinter. Dass Micki eingeschlafen war, glaubte sie nämlich nicht. Wahrscheinlich hatte sie schon im Boot das Bewusstsein verloren. Und dafür musste es einen Grund geben.

«Hast du das öfter?», erkundigte sie sich. «Solche Erinnerungslücken, meine ich.»

«Nein. Aber ich bin oft müde», erwiderte Micki. «Das ist voll blöd. Ich könnte ständig pennen.»

Greta runzelte die Stirn. «Hast du in letzter Zeit abgenommen?»

Wieder zuckte Micki nur mit den Schultern. «Ich wieg mich doch nicht, Alter! Keine Ahnung. Ja, kann sein. Ich kann die Hose nur noch mit Gürtel anziehen, sonst rutscht sie. Das war früher nicht so.» Sie gähnte. «Noch was?»

«Nein, alles okay. Ruh dich aus.»

Nachdenklich verließ Greta das Zimmer, froh darüber, dass Micki sich endlich ein bisschen geöffnet hatte. Diese neuen Informationen ergaben ein anderes Bild, denn wenn Mickis Erschöpfung chronisch war, dann mussten sie bei der Diagnose noch mal ganz neu ansetzen. Und der Gewichtsverlust war in diesem Zusammenhang auch beunruhigend, darüber würde sie die Ärzte in Kenntnis setzen.

Apropos Ärzte, dachte sie und spürte wieder dieses flaue Gefühl im Magen, als ihr einfiel, dass sie noch mit Doktor Ritter reden musste. Deshalb ging sie zum Schwesternzimmer und steckte den Kopf durch die offene Tür.

«Ich bin mal eben unten bei Ritter.»

Susanne, die am Schreibtisch saß und etwas in den Rechner eintippte, blickte über ihre Schulter. «Na, das scheint ja Gedankenübertragung zu sein», meinte sie. «Er hat vorhin durchgerufen, dass er dich sprechen will. Ich bin nur noch nicht dazu gekommen, es dir zu sagen.»

«Okay», sagte Greta überrascht und überlegte auf dem Weg ins Erdgeschoss, was ihr Chef wohl von ihr wollte.

Als sie an die Tür seines Arztzimmers klopfte, blieb jedoch alles still. Wahrscheinlich ist er in einem der Untersuchungsräume, dachte sie und ging zurück in Richtung Anmeldung, um sich bei der Kliniksekretärin Verena Boden zu erkundigen, wo genau er sich im Moment aufhielt. Verena hatte da meistens den Überblick. Als sie im Anmeldezimmer ankam, war Verena jedoch nicht da. Dafür stand davor eine Frau um die sechzig.

Sie hatte kastanienbraunes Haar, das gefärbt sein musste, denn man erkannte am Scheitel, dass es in einem hellen Grau nachwuchs. Der ungepflegte Ansatz passte nicht zum Rest ihrer Erscheinung, die absolut durchgestylt war. Von den eleganten Pumps über den Hosenanzug bis hin zu Seidenbluse und Ledertasche war ihr komplettes Outfit farblich aufeinander abgestimmt. Außerdem sahen die Sachen teuer aus, genau wie der Goldschmuck, von dem die Frau reichlich trug.

«Kann ich Ihnen helfen?», fragte Greta, weil die Frau sich suchend umblickte.

«Ja, Sie können dafür sorgen, dass ich jetzt endlich Doktor Ritter sprechen kann», fuhr die Frau sie an. «Ich warte jetzt schon seit über einer Stunde. Dabei hatte ich der Frau an der Anmeldung gesagt, dass ich es eilig habe.»

Greta seufzte innerlich.

Es kam häufig vor, dass ambulant behandelte Patienten ungeduldig wurden, wenn sie länger warten mussten. Viele verstanden einfach nicht, dass es in einem Krankenhaus nicht nach der Reihenfolge der Aufnahmen ging, sondern danach, wer am dringendsten Hilfe brauchte.

«Doktor Ritter hat sicher gleich Zeit für Sie», versicherte Greta der Frau. «Er hat wahrscheinlich noch einen Notfall, um den er sich kü…»

«Ich glaube, Sie verstehen nicht», unterbrach die Frau sie. «Das hier ist ein Notfall. Es geht um Leben und Tod.»

11

Was ist denn los?» Greta musterte die Frau, die so gar nicht krank wirkte. «Geht es Ihnen nicht gut?»

«Mein Arm tut weh», beschwerte sich die Frau. «Ich habe keinen vernünftigen Schwung mehr. So kann ich nicht Golf spielen, und das muss ich, weil ich das Benefiz-Turnier des Golfclubs organisiere, das nächste Woche stattfindet. Da muss ich natürlich auch selbst antreten, das erwarten die Leute von mir. Und deshalb muss sich Doktor Ritter sofort meinen Arm ansehen!»

Greta starrte sie an. Das war also der Notfall, bei dem es um Leben und Tod ging? Manche Leute hatten wirklich ein merkwürdiges Verständnis davon.

«Das ist sehr schön, dass Sie sich für einen guten Zweck einsetzen», sagte sie. «Aber wir müssen immer zuerst die Patienten behandeln, denen es besonders schlechtgeht. Deshalb haben Sie doch bitte noch ein kleines bisschen Geduld. Ich bin sicher, dass ...»

«Frau Modau! Was machen Sie denn schon wieder hier?», rief Verena Boden, die mit einem Stapel Unterlagen in der Hand durch den Flur auf sie zukam.

Sie war Anfang dreißig, hatte einen silberblonden Bob und trug eine Brille mit einem auffällig pinkfarbenen Gestell. Greta hatte in der Zeit, die sie jetzt an der Hansen-

Klinik arbeitete, schon viele Freundschaften geschlossen, aber mit Verenas kühler Art kam sie nicht wirklich zurecht, deshalb war ihr Verhältnis distanziert geblieben. Die Kliniksekretärin taute eigentlich nur auf, wenn sie von ihrer zehnjährigen Tochter Pauline sprach, die sie nach ihrer Scheidung allein aufzog. Und in letzter Zeit leuchteten ihre Augen auch, wenn es um Doktor Ritter ging, den sie ganz offensichtlich anhimmelte. Ansonsten blieb ihre Miene meist unbewegt, und sie schien froh, wenn man sie in Ruhe ließ.

Jetzt jedoch war sie sichtlich verärgert.

«Ich habe Ihnen doch gesagt, dass ich Sie aufrufe, wenn Sie dran sind», schimpfte sie mit der Frau, was ungewöhnlich war. Sie mochte reserviert sein, aber sie behandelte die Patienten normalerweise immer freundlich und mit Geduld. Die Frau schien den Bogen also deutlich überspannt zu haben.

«Und ich habe Ihnen gesagt, dass ich nicht mehr warten will», fuhr sie Verena an. «Ich muss mit Doktor Ritter sprechen. Er hat sofort Zeit für mich, wenn Sie ihm sagen, dass ich hier bin. Ganz sicher.»

«Natürlich hat er Zeit für Sie», erwiderte Verena. «Wenn Sie dran sind. Also gehen Sie bitte wieder zurück in den Wartebereich, und ...»

Sie hielt inne, weil sich die Tür des Gipsraums öffnete und Doktor Ritter in den Flur trat. Bei ihm waren eine Frau und ein kleiner Junge von vielleicht sechs Jahren. Der Arm des Jungen lag in einer Schlinge, wie sie bei Schlüsselbeinbrüchen verwendet wurde. Auf den Wangen des Jungen waren Tränenspuren zu sehen, aber er lächelte zu Ritter auf, der jetzt neben ihm in die Hocke ging.

«Und das nächste Mal nicht mehr so wild, okay, Partner?», hörte Greta ihn sagen.

Der Junge nickte, und Ritter strich ihm kurz übers Haar, bevor er sich wieder erhob und sich von der Mutter des Jungen verabschiedete.

Er kann gut mit Kindern, dachte Greta. Das war ihr schon mehrfach aufgefallen. Bei ihnen ging er nie so auf Distanz wie bei Erwachsenen, im Gegenteil. Er baute sofort eine Verbindung zu ihnen auf und schien auf die Sorgen und Nöte der Kleinen eingehen zu können. Bei den Großen war ihm das bisher deutlich schwerer gefallen, aber er arbeitete offenbar daran, denn das Lächeln, das er der Mutter schenkte, war ziemlich charmant. Und es kam gut an, denn die Frau strahlte, während sie ihm die Hand schüttelte.

Als Mutter und Sohn sich zum Gehen wandten, sah Ritter in Gretas Richtung. Ihre Blicke trafen sich, und sie schluckte unwillkürlich. Als er noch unnahbar war, hatte sie sich oft über ihn geärgert. Aber da hat er mich nicht so nervös gemacht, dachte sie, unfähig, ihren Blick von seinen grauen Augen zu lösen.

«Mark!», rief Frau Modau und eilte an der Mutter und dem Kind vorbei auf Ritter zu, bevor Greta oder Verena sie aufhalten konnten.

«Warten Sie!» Verena eilte hinter ihr her, und auch Greta folgte der Frau. Sie holten sie jedoch erst ein, als sie Ritter schon erreicht hatte.

«Mark, diese Frauen wollen mich nicht zu dir lassen. Dabei hast du doch Zeit für mich, oder?»

Ihr Blick war flehend, doch Ritter starrte sie nur irritiert an. Dann schien er sich zu erinnern. «Frau Modau?»

«Liane! Wir wollten uns doch duzen, weißt du nicht mehr? Ich habe vor zwei Jahren mit deiner Mutter die Silvestergala für ihre Stiftung organisiert. Im Hotel Atlantik. Dabei sind wir uns begegnet. Ein toller Abend war das, den werde ich nie vergessen!»

«Ich erinnere mich», sagte Ritter, und Frau Modau warf Verena und Greta einen siegessicheren Blick zu, bevor sie weiter auf Ritter einredete.

«Ich hätte mich ja an deinen Vater gewandt. Hubert und ich haben uns immer in der Parkklinik behandeln lassen, als wir noch die Villa in Hamburg hatten. Aber jetzt wohnen wir die meiste Zeit hier.» Sie lächelte. «Und dann las ich in der Zeitung, dass du jetzt hier auf der Insel bist! So ein Glück, dachte ich. Dann hast du ja jetzt jemanden vor Ort, der nach dir sehen kann. Jemanden, der sich wirklich auskennt. Das kann man ja nicht von allen Ärzten hier behaupten.»

Greta ballte die Hände zu Fäusten. Sie fand es unverschämt, wie herablassend die Frau über die exzellente medizinische Versorgung auf der Insel redete, über die Einwohner und Urlauber gleichermaßen glücklich waren.

«Jedenfalls musst du dir unbedingt meinen Arm ansehen. Ich glaube, ich habe ihn überlastet», fuhr Liane Modau fort. «Aber ich habe im Moment auch so viel zu tun mit dem Benefiz-Turnier des Golfclubs. Das organisiere ich dieses Jahr, und es hält mich ganz schön in Atem. Du kennst das ja von deiner Mutter.» Sie wurde ernst. «Ach, das tut mir auch immer noch so leid, dass sie nicht mehr bei uns ist. Das war so ein Schock für uns alle, als sie so plötzlich ...»

«Ja, das war es», fiel Ritter ihr ins Wort. Sein Lächeln wirkte jetzt gequält. «Du hast Schmerzen, sagst du?»

Es war offensichtlich, dass er über den Tod seiner Mutter nicht reden wollte. Und Liane schien es definitiv nichts auszumachen, dass sich ihr Gespräch wieder um sie drehte.

«Ja, und das ist so lästig», erzählte sie. «Ich muss doch nächste Woche Golf spielen können, wenn wir unser Turnier veranstalten. Dafür muss ich wieder fit sein.»

«Das verstehe ich», sagte Ritter.

Greta und Verena tauschten einen entsetzten Blick. Das verstand er?

«Haben wir noch Akutpatienten?», erkundigte er sich.

Verena schüttelte den Kopf. «Nein, aber Frau Modau ist noch nicht dran. Vor ihr sind noch ...»

«Dann sehe ich mir das eben an. Komm.» Er bedeutete Liane Modau, ihm zu folgen. «Und Sie kommen bitte auch mit», sagte er an Greta gewandt.

Verena folgte ihnen ebenfalls und warf Ritter mehrere irritierte Blicke zu, die er jedoch ignorierte.

Wahrscheinlich kann sie sein Verhalten nicht mit ihrem perfekten Bild von ihm vereinbaren, dachte Greta. Und sie selbst stellte auch fest, dass sie sehr enttäuscht von ihm war. Sie hatte gerade angefangen, ihn zu mögen, deshalb schockierte sein Verhalten sie umso mehr. Wie konnte er zulassen, dass diese schreckliche Frau mit ihrer rücksichtslosen Art durchkam?

Ritters Arztzimmer war ein großer Raum, in dem sich ein großer Schreibtisch befand, der zur Tür ausgerichtet war. Davor standen zwei bequeme Stühle, auf denen Patienten Platz nehmen konnten. Die Regale an der Wand links neben dem Schreibtisch waren komplett mit Ordnern und medizinischen Fachbüchern gefüllt, und in dem schmalen Schrank in der Ecke bewahrte Ritter vermutlich seine Kittel und Sachen zum Umziehen auf. An der Wand rechts stand die Untersuchungsliege mit der Papierrolle unter dem Kopfteil, die für jeden Patienten neu ausgerollt wurde. Darüber hing ein Röntgenbildbetrachter.

Greta hatte eigentlich wenig Lust, bei der Untersuchung dabei zu sein. Aber Ritter wollte sie ja offenbar sprechen, und sie musste auch noch mit ihm reden. Deshalb blieb sie mit verschränkten Armen vor der Liege stehen, während Ritter Liane Modau bat, auf dem Stuhl vor seinem Schreibtisch Platz zu nehmen.

«Wann genau hat das mit den Schmerzen angefangen?», erkundigte er sich und ließ sich alles noch einmal kurz schildern.

Er machte Greta ein Zeichen, und sie tauschte mit routinierten Handgriffen das Papier auf der Liege aus. Dann bat er Liane Modau, ihre Bluse auszuziehen und dort Platz zu nehmen, damit er sich den Arm ansehen konnte. Er bewegte ihn in mehrere Richtungen und fragte nach dem genauen Sitz und der Art des Schmerzes. Das Ganze dauerte nur ein paar Minuten, aber jede davon ärgerte Greta.

«Du kannst dich wieder anziehen», sagte Ritter zu der Patientin und kehrte an seinen Schreibtisch zurück, tippte etwas in den Computer. «Wir müssen den Arm röntgen, damit ich mir ein genaueres Bild machen kann», erklärte er. «Ich würde das gerne heute noch machen, aber du wirst ein bisschen Geduld brauchen. Wir haben heute noch sehr viel zu tun, und ...»

«Noch mehr Geduld?» Liane Modau, die gerade ihre Bluse zuknöpfte, sah ihn entsetzt an. «Ich habe hier schon viel länger gesessen, als ich wollte.»

«Ich dachte, du möchtest wissen, was mit deinem Arm los ist», erwiderte Ritter.

«Mich interessiert nur, ob ich bis nächste Woche wieder fit bin», sagte sie.

Er lehnte sich im Sessel zurück. «Nein.»

«Nein?» Entsetzt starrte Liane Modau ihn an. «Warum nicht? Das muss doch möglich sein. Du bist schließlich ein hervorragender Arzt!»

«Aber ich kann nicht zaubern», erklärte er. «Es gibt verschiedene Möglichkeiten, woher deine Beschwerden kommen können, und bei keiner davon wäre dein Arm sofort wieder einsatzbereit.» Er zückte seinen Rezeptblock. «Ich schreibe dir ein Schmerzmittel auf, dann werden die Beschwerden zurückgehen. Das bedeutet allerdings nicht, dass du den Arm belasten darfst. Er muss geschont werden, deshalb wird aus deiner Teilnahme an dem Turnier nichts werden.»

Liane Modau starrte ihn entsetzt an. «Aber ... das geht nicht!», protestierte sie. «Ich muss spielen!»

«Ich wäre kein guter Arzt, wenn ich dir falsche Versprechungen mache», sagte Ritter. «Besser, du gewöhnst dich an den Gedanken.»

Liane Modau schwieg lange, und Ritter saß nur ruhig da und hielt ihrem Blick stand. Was Wirkung zeigte, denn irgendwann seufzte sie.

«Na ja, gut. Dann werde ich mich eben auf die Organisation konzentrieren», sagte sie. «Und zwar am besten jetzt gleich, ich habe hier schon viel zu lange rumgesessen. Wenn ich ohnehin nicht antreten kann, dann hat das mit dem Röntgenbild noch Zeit. Ich kann jedenfalls nicht noch einen halben Tag hier verbringen. Ich habe Wichtigeres zu tun.»

Wir auch, dachte Greta und tauschte noch einmal das Papier auf der Liege aus, um zu überspielen, wie sehr sie sich über die Frau ärgerte.

Ritter begleitete die Patientin zur Tür. «Lass dir von Frau Boden vorne an der Anmeldung einen Termin für Montagmorgen geben. Wenn du gleich die Erste bist, musst du nicht warten», sagte er und verabschiedete sich.

Als er die Tür wieder schloss und sie allein waren, stieß Greta die Luft aus. «Nicht zu fassen! So viel Theater, nur weil ihr der Arm weh tut!», schimpfte sie.

«Wir müssen das trotzdem abklären», erinnerte Ritter sie.

«Das weiß ich.» Greta funkelte ihn wütend an. «Aber das hätte doch Zeit gehabt. So etwas ist kein Notfall!»

«Das hat auch niemand behauptet», sagte er.

«Doch. Frau Modau hat das behauptet. Es ginge ‹um Leben und Tod›, hat sie zu mir gesagt. Dabei wollte sie nur unbedingt an so einem blöden Golfturnier teilnehmen!»

«Für sie ist das wichtig», meinte Ritter. «Sie nimmt die Wohltätigkeitsveranstaltungen, die sie organisiert, sehr ernst. Und die Organisationen, an die sie spendet, sind dankbar für das Geld. Sie sind auf Leute wie Frau Modau angewiesen, damit sie ihre Aufgaben erfüllen können.»

«Ach so? Dann gehen Reiche hier also ab sofort vor?», fragte Greta giftig.

«Nein, natürlich nicht.» Ritter, der auf dem Weg zum

Schreibtisch gewesen war, blieb stehen. Er verschränkte die Arme vor der Brust und lehnte sich gegen die Schreibtischkante. «Was genau ärgert Sie so, Frau Paulsen?»

«Mich ärgert, dass die Frau mit ihrem Theater durchgekommen ist!», beschwerte sich Greta. «Erst randaliert sie im Wartezimmer, weil sie nicht akzeptieren will, dass sie noch nicht dran ist, und raubt Verena damit den letzten Nerv. Und dann belohnen Sie dieses Verhalten auch noch! Das ist einfach nicht fair den geduldigen Patienten gegenüber, dass Sie die Frau bevorzugt behandeln, nur weil Sie mit ihr befreundet …»

«Ich bin nicht mit ihr befreundet», unterbrach Ritter sie und brachte Greta damit aus dem Konzept.

«Aber sie hat doch gesagt …»

«Dass sie eine Bekannte meiner Mutter war und wir uns auf einem Charity-Event kennengelernt haben. Das stimmt. Ich habe sie dort getroffen, allerdings wirklich nur dieses eine Mal. Ansonsten kenne ich sie nur aus Erzählungen meiner Mutter. Und ich kann mich auch nicht erinnern, dass wir uns je geduzt hätten. Das hat sie sich vermutlich spontan ausgedacht, damit ich sie schneller drannehme.»

Greta starrte ihn verwirrt an. «Und wieso haben Sie ihr das nicht gesagt? Wieso sind Sie auf dieses Theater eingegangen und haben sie sofort behandelt?»

«Weil es wenig Sinn gehabt und die Diskussionen mit ihr nur verlängert hätte, es nicht zu tun.» Er seufzte, und es klang ein bisschen wie ein Stöhnen. «Sie haben ja recht, ich hätte sie eigentlich nicht vorziehen dürfen. Aber ich wollte die Sache abkürzen. Die Frau ist eine Plage. Sie akzeptiert kein Nein und redet einen in Grund und Boden.

Das hätte meine Mutter damals beinahe in den Wahnsinn getrieben. Sie hat mir auf besagter Gala erzählt, die Zusammenarbeit mit Liane Modau wäre so schrecklich gewesen, dass sie die ganze Veranstaltung um ein Haar abgeblasen hätte. Und meine Mutter war in diesen Dingen nicht zimperlich. Deshalb spricht es für Frau Bodens Durchsetzungsvermögen, dass sie es geschafft hat, Frau Modau überhaupt eine Stunde lang warten zu lassen. Ich glaube allerdings, dass auch sie irgendwann verzweifelt wäre. Das wollte ich ihr und uns ersparen. Die letzten Tage waren schließlich schon anstrengend genug.»

Er rieb sich über die Augen, und Greta bemerkte erst jetzt, wie müde er aussah.

«Tut mir leid», sagte sie, erschrocken darüber, dass sie schon wieder so hitzig auf ihn losgegangen war. Was hatte dieser Mann nur an sich, dass sie so stark auf ihn reagierte? «Ich dachte ...»

«Ich weiß, was Sie dachten. Dass ich Frau Modau bevorzuge, weil sie wohlhabend ist.» Er schüttelte den Kopf. «Glauben Sie ernsthaft, dass ich da Unterschiede mache?»

«Ich weiß nicht, was ich glauben soll», sagte Greta. «Sie haben uns ja nicht viel über sich verraten, seit Sie hier sind.»

Der grimmige Ausdruck verschwand von seinem Gesicht.

«Touché», sagte er. «Könnten Sie vielleicht trotzdem versuchen, nicht immer gleich das Schlechteste von mir anzunehmen?»

Dann habe ich ein Problem, dachte Greta ein bisschen verzweifelt. Denn je mehr Punkte sie von ihrer «Ritter ist schrecklich»-Liste streichen musste, desto weniger konnte sie leugnen, dass er ihr gefiel.

«Okay. Dann tun Sie einfach keine Dinge mehr, die mich verwirren.»

«Deal», sagte er, und als sie sich anlächelten, hatte Greta das sichere Gefühl, dass er sich an diese Abmachung, selbst wenn er wollte, nicht halten konnte. Er verwirrte sie nämlich ständig. Und es wurde immer schlimmer.

«Was wollten Sie mir eigentlich sagen?»

«Ich?», fragte sie, noch ganz in Gedanken.

«Ja. Sie meinten heute Morgen, dass Sie etwas mit mir besprechen müssten, aber da kam der Notfall rein, und wir hatten keine Zeit mehr für ein Gespräch», erinnerte er sie. «Geht es um Ihren Vater?»

«Richtig.» Greta schluckte. Dass er von sich aus darauf zurückkam, wunderte sie. Aber es war das Stichwort, um endlich loszuwerden, was sie beschäftigte, bevor sie der Mut dazu verließ. «Sie hatten doch angeboten, dass Sie bei uns vorbeikommen und meinen Vater untersuchen würden.»

Er nickte. «Ist Ihnen schon eingefallen, wie Sie das so tarnen können, dass er nicht mitbekommt, worum es eigentlich geht?»

«Ja. Es müsste ein zwangloser Rahmen sein, also ein privates Treffen. Deshalb würde ich Sie gerne am Sonntagmittag zu mir nach Hause zum Essen einladen.»

Er überlegte kurz. «Okay. Und das ist kein Problem? Ich meine, denkt Ihr Vater dann nicht, dass wir beide …?»

Greta wusste sofort, was er meinte. «Nein. Er weiß ja, dass wir Kollegen sind. Und dass Sie noch ziemlich neu auf der Insel sind. Ich sage einfach, dass Sie noch niemanden kennen und dass ich beschlossen habe, mich ein bisschen um Sie zu kümmern.»

Er grinste. «Sie wollen ihm also erzählen, dass ich ein soziophober Sonderling bin? Warum wundert mich das nicht?»

Greta spürte, wie ihre Wangen heiß wurden. «Sie müssen das natürlich nicht machen. Ich kann verstehen, wenn es Ihnen doch zu ...»

«Nein, schon gut», unterbrach er sie. «Ich bin dabei.»

Greta hatte plötzlich ein flaues Gefühl im Magen und hätte die ganze Sache am liebsten doch wieder abgesagt. Aber dann dachte sie daran, wie glücklich ihre Mutter über Ritters Angebot gewesen war. Es war ein Strohhalm, an den Heike sich klammerte, und den wollte Greta ihr nicht nehmen.

«Dann am Sonntag um zwölf Uhr bei uns in der Pension? Wir essen immer früh, weil es so mit den An- und Abreisen der Gäste am besten passt.»

«Ich werde pünktlich da sein.»

«Danke.» Greta schluckte. «Das ... ist wirklich nett von Ihnen.»

«Das war der Plan», meinte er, und sein Lächeln machte das flaue Gefühl in ihrem Magen noch ein bisschen schlimmer.

Hastig verabschiedete sie sich und wollte gehen.

«Ach, Frau Paulsen, warten Sie kurz!» Ritter ging zu dem schmalen Schrank und holte die Jacke heraus, die sie vorgestern am Strand getragen hatte. «Die lag in meinem Auto hinter dem Fahrersitz. Wollte ich Ihnen schon längst zurückgeben. Aber vor lauter OPs bin ich einfach nicht dazu gekommen.»

Überrascht überlegte Greta, warum sie die Jacke noch nicht vermisst hatte. Aber es war warm gewesen die letzten Tage. Und sie war auch nicht noch einmal dazu gekommen, morgens, wenn es noch frisch war, an den Strand zu gehen. «Danke.»

Sie griff nach der Jacke, die Ritter ihr hinhielt, und ihre Hand streifte dabei seine. Es war nur eine kurze Berührung, aber sie bewirkte, dass ihr ein Schauer über den Rücken lief.

«Dann bis Sonntag um zwölf. Ich freue mich.» Er lächelte noch einmal, und Greta hoffte inständig, dass er ihr nicht ansehen konnte, was für ein Chaos gerade in ihrem Innern tobte.

Mein Gott, auf was habe ich mich da eingelassen, dachte sie, während sie gedankenverloren durch den Flur ging. Erst als sie ein Räuspern hörte, blickte sie auf und sah, dass Verena ihr entgegenkam.

«Was war das denn gerade?», fragte die Kliniksekretärin stirnrunzelnd und deutete auf Ritters Tür. «Wieso hatte der Chef deine Jacke?»

«Die lag in seinem Auto», antwortete Greta und fügte rasch hinzu: «Ich bin bei ihm mitgefahren, nachdem wir die Frau am Strand gefunden hatten. Da habe ich die Jacke vergessen, und er hat sie mir wiedergegeben.»

Die Erklärung sorgte nicht dafür, dass die Falte auf Verenas Stirn verschwand.

«Hast du was mit Ritter?»

Die Frage ließ Greta nach Luft schnappen. «Was? Nein, natürlich nicht! Wie kommst du denn darauf?»

Verena zuckte mit den Schultern. «Keine Ahnung. Sah irgendwie so aus.»

Sie drehte sich um und ging wieder zurück in Richtung Anmeldung. Greta folgte ihr.

Während sie die Treppe zur Station hinaufstieg, dachte sie über die Bemerkung der Kliniksekretärin nach. Was genau wollte Verena denn da gesehen haben?

«Ich habe nichts mit ihm», murmelte sie, fast so, als müsste sie es sich selbst noch einmal in Erinnerung rufen, und schlug fester als nötig auf den Schalter, der die Glastüren der Station aufgehen ließ.

12

Helena stieg aus dem Wagen und stöhnte, als sie einen kurzen Blick auf die Uhr warf. Es war Viertel nach sechs, und sie wäre jetzt gerne schon auf dem Weg zum Dreesen-Hof gewesen, um nach Esperanza zu sehen. In der Praxis war es für einen Freitagnachmittag nämlich vergleichsweise leer gewesen, und sie hatte pünktlich Schluss machen können. Aber dann hatte Marlene sie hierher bestellt, und es hatte dringend geklungen, deshalb musste ihre Fahrt hinaus ins Marschland noch ein bisschen warten.

Sie warf die Autotür zu und ging auf die hübsche Kapitänsvilla zu, die auf der anderen Straßenseite lag. Das weiß getünchte Haus war zweistöckig, hatte dunkelgrün gestrichene Sprossenfenster und schwarze Dachpfannen, die im Licht der Abendsonne glänzten. In der Mitte befand sich ein Giebel, vor dessen Fenster ein Balkon angebracht war, der gleichzeitig als Überbau der Haustür fungierte. Das war ein typisches Merkmal der Häuser hier in der Gegend.

Helena war ganz begeistert gewesen, als sie die Villa zum ersten Mal gesehen hatte. Überhaupt hatte sie sich gleich in das alte Gebäude verliebt, als der Makler es ihr gezeigt hatte. Es hatte eine Traumlage in einem ruhigen

Teil von Westerwyk, aber nicht zu weit von der Klinik entfernt, und bot überdies genügend Parkmöglichkeiten für Patienten. Deshalb war es ideal geeignet, um nicht nur Helenas neue Frauenarztpraxis, sondern auch noch ein Geburtshaus darin unterzubringen – auch wenn noch recht viele Anpassungen nötig waren, bis dieser Plan Wirklichkeit werden konnte.

Die Haustür ging auf, und Marlene Jensen erschien im Türrahmen.

«Hey, da bist du ja! Komm rein!», rief sie Helena zu und winkte mit einem strahlenden Lächeln.

Marlene war stämmig und hatte dickes, kupferrotes Haar, das ihr bis über die Schultern fiel. Sie war Anfang vierzig wie Helena und arbeitete als selbständige Hebamme auf der Insel. Mit ihrem Mann und ihren drei Töchtern lebte sie in einem renovierten Häuschen in Bantum, wo sie auch ihre Hebammensprechstunden abhielt. Als vehemente Verfechterin der natürlichen Geburt träumte sie jedoch schon lange von eigenen Praxisräumen mit angeschlossenem Geburtshaus, deshalb war sie Feuer und Flamme gewesen, als Helena ihr angeboten hatte, dieses Projekt gemeinsam zu verwirklichen.

«Wie bist du denn an den Schlüssel gekommen?», fragte Helena, nachdem sie Marlene mit einer herzlichen Umarmung begrüßt hatte. «Ich dachte, wir dürften erst wieder rein, wenn der Kauf abgeschlossen ist.»

Marlene grinste. «Ich weiß, der Besitzer stellt sich da ein bisschen an. Aber am Ende konnte er meinem Charme nicht widerstehen.»

«Und weshalb sollte ich so dringend vorbeikommen?», erkundigte Helena sich. «Gibt es ein Problem?»

«Es gibt sogar zwei. Aber das soll Ralf dir lieber erklären.» Marlene trat zur Seite, um Helena in den Vorraum zu lassen, der hinter der Eingangstür lag.

Wie alle Zimmer im Haus war er schon leergeräumt, deshalb hallten ihre Schritte auf den alten Holzdielen, die dringend noch einmal aufbereitet werden mussten. Überhaupt war noch einiges an Renovierungen zu machen.

Aber es wird toll werden, dachte Helena voller Vorfreude. Hier vorne würde der Empfangsbereich sein, offen und hell, mit einem weißen Tresen, und direkt daneben sollte ein großer Wartebereich entstehen. Dann war immer noch genug Platz für zwei Behandlungszimmer, ein Labor und die zwei Räume, in denen die Wehenschreiber stehen sollten, mit denen sich die Herztöne der Babys im Mutterleib aufzeichnen ließen. Letztere würde auch Marlene nutzen, deren Praxis im ersten Stock entstehen sollte, angeschlossen an die Räume des Geburtshauses.

Dorthin führte Marlene sie jetzt. Als sie oben auf dem Treppenabsatz ankamen, begrüßte sie Marlenes Mann Ralf, der als Architekt die Pläne für die notwendigen Umbauarbeiten erstellt hatte.

«Marlene sagt, es gibt Probleme?», erkundigte sich Helena, weil Ralf so besorgt auf den Notizblock blickte, den er in der Hand hielt.

«Ja, allerdings. Wir werden die Statik wohl doch noch mal überdenken müssen, wenn ihr die Geburtswanne hier oben aufstellen wollt», sagte er. «Die ist einfach zu schwer, das nimmt uns das Bauamt nicht ab. Und das Treppenhaus muss auch verbreitert werden, damit Sanitäter mit einer Trage durchkämen. Tatsächlich wäre es sogar noch sinnvoller, einen entsprechend großen Fahrstuhl einzubauen. Damit würdet ihr auf Nummer sicher gehen, aber das erhöht die Kosten zusätzlich, und zwar um ...» Er kreiste mit seinem Kugelschreiber eine Zahl ein, die er auf das Blatt gemalt hatte. «... diese Summe.»

Helena schluckte, als er sie ihr zeigte. «Noch mal fünfzigtausend? Zusätzlich zum Kaufpreis und den anderen Umbauarbeiten?»

«Ungefähr», sagte Ralf. «Ich muss erst Angebote einholen, bevor ich es genau weiß. Aber darauf wird es in etwa hinauslaufen.»

Betroffen sah Helena zu Marlene.

«Denkst du, das kriegen wir hin?», fragte ihre Freundin.

Die Sorge, dass ihre Pläne noch scheitern könnten, war ihr anzusehen, deshalb lächelte Helena.

«Ich glaube schon. Aber ich brauche eine genaue Aufstellung, die ich meinem Bankberater schicken kann, damit er Bescheid weiß und das alles durchrechnen kann, bevor ich meinen Termin bei ihm habe.»

«Die bekommst du morgen», sagte Ralf und entfernte sich ein Stück, schon wieder ganz in seine Notizen vertieft.

«Und ich wollte wegen der Aufteilung noch etwas mit dir besprechen», meinte Marlene. «Wenn wir nämlich hier ...»

Sie wollte in den nächsten Raum gehen, aber Helena hielt sie auf.

«Tut mir leid, aber können wir das ein andermal machen?» Sie sah auf die Uhr. «Ich muss dringend weg.»

«Eine Patientin?», erkundigte sich Marlene.

«Nein. Esperanza», erklärte Helena. «Wir hatten

einen kleinen Reitunfall. Aber keine Sorge, es ist nichts Dramatisches.»

Sie berichtete der überraschten Marlene, was am Mittwoch passiert war, und rechnete fast damit, dass auch ihre Freundin ihr Vorhaltungen machen würde, weil sie ihr Pferd bei einem Fremden untergestellt hatte. Im Gegensatz zu Piet interessierte sich Marlene jedoch für etwas ganz anderes.

«Wie ist er denn so, dieser Niklas von Holten? Nett? Gutaussehend?»

Helena musste lachen. «Das ist so typisch für dich», sagte sie. «Überall witterst du Liebesgeschichten.»

«Da Babys oft das Ergebnis davon sind, ist das ja auch nicht verwunderlich», rechtfertigte Marlene sich grinsend. «Also? Wie ist er? Käme er in Frage?»

Das wollte Marlene eigentlich immer wissen. Es war ein Spiel zwischen ihnen, das sie spielten, wenn sie einen Mädelsabend machten und irgendwo essen oder feiern waren. Dann «checkten» sie alle Männer ab, die «in Frage kamen», und Marlene hielt Helena Vorträge darüber, dass sie sich endlich wieder öffnen und der Liebe noch mal eine Chance geben musste. Aber bisher hatte Helena immer mit einem klaren Nein geantwortet …

«Erde an Helena.» Marlene stieß sie an. «Sag schon. Gefällt er dir?»

«Ja, ich glaube, er gefällt mir», gestand sie. «Zumindest ist er nett. Und sieht gut aus. Wenn du mich also verkuppeln willst, dann solltest du mich jetzt dringend gehen lassen.»

«Okay.» Marlene trat zur Seite und deutete mit einem breiten Grinsen zur Treppe. «Ab mit dir.»

Helena umarmte ihre Freundin noch einmal, dann verließ sie die Villa und lief zu ihrem Wagen.

Ihr Herz klopfte, und als ihr bewusst wurde, wie aufgeregt sie war, rief sie sich selbst zur Ordnung. Du kennst ihn erst seit zwei Tagen, erinnerte sie sich. Und gesehen hatte sie ihn sogar erst ein einziges Mal. Gestern Abend, als sie gerade die Praxis schließen und zum Dreesen-Hof hatte fahren wollen, war noch ein Notfall reingekommen. Eine schwangere Touristin war gestürzt, und Helena hatte sicherstellen müssen, dass mit dem Baby alles in Ordnung war. Die Untersuchungen hatten sich hingezogen, weil das CTG tatsächlich eine leichte Wehentätigkeit aufgezeichnet hatte und lange nicht feststand, ob ein Transport aufs Festland nötig sein würde. Als Helena schließlich Entwarnung geben konnte, war es viel zu spät gewesen, um noch zu Niklas von Holten zu fahren.

Dafür hatte sie mehrmals mit ihm telefoniert. Einmal am Nachmittag, um sich nach Esperanza zu erkundigen und ihm zu sagen, dass sie gegen sieben bei ihm sein würde. Dann, um ihm mitzuteilen, dass sie sich verspätete, und später noch einmal, um den Zeitpunkt weiter nach hinten zu schieben. Und schließlich, um ganz abzusagen. Dabei hatten sie jedes Mal ein bisschen geredet. Zuerst über den Notfall, der Helena so in Atem hielt. Dann über die Pferde. Und schließlich über sich selbst. Und mit jedem Mal waren ihre Telefonate länger geworden, und es hatte sich schon fast vertraut angefühlt, mit ihm zu sprechen …

Ach, jetzt hör schon auf, ermahnte sie sich. So schnell lernte man jemanden nicht kennen, und schon gar nicht konnte man einen Menschen nach so kurzer Zeit beurteilen. Er hatte sicher Seiten, die sie nicht mochte. Geheimnisse, die sie abschrecken würden. Deshalb war es albern, dieses Gefühl, dass es da von Anfang an eine Verbindung zwischen ihnen gegeben hatte. Sie waren sich sympathisch, ja. Das auf jeden Fall. Aber Liebe auf den ersten Blick? Nein, so etwas gab es nur in Büchern. Im richtigen Leben passierte das nicht, und schon gar nicht ihr. Dafür war sie nach der Geschichte mit Gideon viel zu vorsichtig geworden.

Dennoch schlug ihr Herz wieder schneller, als sie auf den Dreesen-Hof fuhr und parkte.

Neben der Haustür war eine Klingel, doch als Helena sie drückte, hörte man keinen Gong. Alles blieb still.

Wahrscheinlich defekt, dachte sie und zückte ihr Handy. Aber ihr Anruf bei Niklas ging sofort auf die Mailbox, genau wie vorhin, als sie schon einmal versucht hatte, ihn zu erreichen. Sie hatte sich nichts dabei gedacht und es auf den Empfang geschoben, der hier draußen gelegentlich unzuverlässig sein konnte. Doch da es jetzt zum zweiten Mal passierte, bedeutete das wohl, dass sein Handy ausgeschaltet war.

Helena runzelte die Stirn. Aber er musste doch da sein, wenn sein Wagen im Hof stand. Die Frage war, wie sie sich bemerkbar machen sollte.

«Herr von Holten?» Sie klopfte gegen die Tür und rief ein paar Mal nach ihm, aber auch das brachte nichts.

Sie zögerte kurz, dann beschloss sie, einfach über die Tenne ins Haus zu gehen.

Die beiden Pferde hoben die Köpfe, als sie durch die zum Glück unverschlossene Stalltür trat. Esperanza wieherte freudig, deshalb begrüßte Helena die Stute und strich auch Karino, der sie neugierig beschnupperte, über den Hals. Dann ging sie durch die Tenne hinüber ins Haus.

«Herr von Holten?», rief sie, als sie den Wohntrakt erreichte. «Ich bin es! Sind Sie da?»

Alles blieb still.

«Hallo?» Helena betrat das Wohnzimmer. «Wo sind Sie de...»

Sie erstarrte, als ihr Blick auf die beiden Sofas fiel. Auf einem davon lag Niklas, reglos und blass. Sein rechter Arm hing herunter, sein Mund war leicht geöffnet.

Helena fühlte sich, als würde eine eiskalte Hand nach ihrem Herzen greifen.

«Nein!» Mit einem gequälten Aufschrei sank sie neben dem Sofa in die Knie und rüttelte an seiner Schulter. «Wach auf!», flehte sie, plötzlich tränenblind, und spürte, wie ihr beinahe die Luft wegblieb.

13

Niklas schlug die Augen auf und fuhr hoch. «Was zur Hölle ...?»

Helena rang nach Atem. Er lebt, dachte sie und versuchte, die Panikattacke in den Griff zu kriegen, die sie so plötzlich überfallen hatte.

«Tut mir leid», krächzte sie und versuchte aufzustehen. Aber ihre Beine trugen sie nicht, und sie sackte wieder zu Boden, lehnte sich mit dem Rücken gegen den Couchtisch. Ihre Hände zitterten.

«Was ist denn los?» Niklas schwang die Beine von der Couch und kniete sich neben sie.

«Nichts. Ich ... Oh Gott, ich dachte, du wärst ...» Sie schüttelte den Kopf. «Du hast nicht aufgemacht, und da bin ich über die Tenne reingegangen. Und dann lagst du da, genau wie ...»

Verzweifelt versuchte sie, das Bild von Gideon zu verdrängen, das jetzt wieder vor ihr auftauchte. Er hatte genauso auf dem Sofa gelegen. Blass und reglos, mit herunterhängendem Arm, den Mund leicht geöffnet. Der Anblick hatte sich unauslöschlich in ihr Gehirn eingebrannt, und als sie Niklas gesehen hatte, war plötzlich alles wieder da gewesen. Die Angst. Das Entsetzen. Der Schmerz. Die furchtbare Leere danach ...

«Es hat mich an etwas erinnert. Etwas Schlimmes.» Ein Zittern durchlief sie. «Es tut mir leid. Ich wollte dich nicht erschrecken. Und ich wollte hier auch nicht einfach eindringen ...»

«Schon gut.» Er zog sie an sich und hielt sie fest. «Ich habe auch manchmal Flashbacks. Das ist ganz normal.»

Helena lehnte sich an ihn und atmete seinen Duft ein, den sie schon kannte, weil sie seine Sachen getragen hatte. Er schien zu glauben, dass ihr Aussetzer etwas mit ihrem Einsatz für «Ärzte ohne Grenzen» zu tun hatte, und sie korrigierte ihn nicht, weil sie keine Kraft hatte, über Gideon zu sprechen. Sein Tod lag über zehn Jahre zurück, aber die Umstände hatten sie traumatisiert. Wie sehr, das war ihr eben erneut klargeworden.

Niklas' Umarmung half ihr, sich zu beruhigen. Tatsächlich genoss sie seine Nähe, und es fiel ihr schwer, sich wieder von ihm zu lösen.

«Niklas, ich ... oh!» Erst jetzt wurde ihr bewusst, dass sie ihn schon die ganze Zeit duzte. «Ich meine natürlich Herr von ...»

«Bleiben wir doch beim Vornamen», sagte er. «Aber natürlich nur, wenn ...»

«Ja», unterbrach sie ihn. «Ja, sehr gerne. Ich bin ...»

«Helena. Ich weiß.»

Er lächelte, und während sie sich in die Augen sahen, staunte Helena über das Kribbeln in ihrer Magengegend. Es brachte sie aus dem Konzept, deshalb war sie froh, als er sich erhob und ihr aufhalf.

«Du möchtest bestimmt zu deinem Pferd.» Seine Stimme klang ein bisschen belegt, und er schien es eilig zu haben, in den Stall zu kommen. Helena folgte ihm.

«Hast du sie heute schon bewegt?», erkundigte sie sich, als sie bei Esperanzas Box standen.

Niklas nickte. «Sie lahmt noch. Aber ich hatte den Eindruck, dass es ein bisschen besser wird.»

Helena ging in die Box und untersuchte noch einmal den Hinterlauf der Stute. «Immer noch nichts geschwollen», sagte sie zufrieden, als sie sich wieder aufrichtete.

Niklas antwortete nicht, sondern verzog plötzlich das Gesicht und griff sich an die Brust.

«Was ist los? Geht es dir nicht gut?», fragte sie erschrocken.

Er atmete aus, und sein Gesicht entspannte sich wieder, aber er rieb sich weiter über die Brust. «Nein, alles in Ordnung. Ist nur meine Narbe. Die zwickt mich manchmal.»

«Was für eine Narbe?», fragte sie überrascht.

Er zuckte mit den Schultern. «Ist während meines letzten Einsatzes für ‹Ärzte ohne Grenzen› passiert. Der Heli hatte Probleme, und die Landung war etwas ... unsanft.»

Entsetzt sah Helena ihn an. «Wie unsanft? Bist du abgestürzt?»

«Nein. Aber fast. Totalschaden an der Maschine. Und an mir auch mehr oder weniger.»

Sie betrachtete ihn prüfend. «Wie schwer warst du verletzt?»

«Ein abgerissenes Stück von der Außenverkleidung hatte sich in meinen Brustkorb gebohrt, und ein paar fiese Glassplitter gab es noch als Bonus obendrauf. Die Ärzte mussten ganz schön an mir rumflicken, aber am Ende haben sie mich wieder hinbekommen.»

Helena war ziemlich sicher, dass er es absichtlich so flapsig ausdrückte, um die Erinnerung an dieses sicher sehr traumatische Ereignis nicht zu nah an sich heranzulassen.

«Wie lange ist das her?», wollte sie wissen.

«Sieben Monate.»

«Und die Narbe tut immer noch weh?»

«Manchmal», gestand er. «Aber es ist nicht schlimm. Daran sterbe ich nicht.»

Sie runzelte die Stirn, weil er den letzten Satz so merkwürdig betonte. Auf dem ersten Wort. Es klang, als würde er erwarten, an etwas anderem zu sterben. Aber das war ja Unsinn …

«Vielleicht konzentrieren wir uns lieber auf die Verletzung deiner Stute. Möchtest du, dass ich den Tierarzt kommen lasse?» Seine ganze Haltung war jetzt abwehrend, und Helena begriff, dass das Thema für ihn beendet war.

«Ich glaube nicht, dass das nötig ist», entschied sie. «Wahrscheinlich reicht es, wenn Esperanza noch ein bisschen Ruhe hat.»

«Okay.» Niklas verschränkte die Arme vor der Brust und lehnte sich gegen die Tür der Box, die Helena beim Hinausgehen wieder geschlossen hatte.

Sie wartete darauf, dass er ihr sagte, wie es weiterging. Wollte er, dass sie die Stute abholen ließ?

Als er weiter schwieg, räusperte sie sich.

«Und was jetzt?»

Er ließ die Arme sinken. «Jetzt sollte ich dir vermutlich anbieten, zum Essen zu bleiben. Aber ich fürchte, ich kann nicht kochen.»

Verunsichert fragte sich Helena, ob das ein versteckter Rauswurf war. Aber er sah aus, als würde er wirklich bedauern, dass er ihr nichts anbieten konnte.

«Das solltest du aber können, wenn du hier draußen alleine lebst», meinte sie lächelnd.

«Es war ja eigentlich nicht der Plan, dass ich hier in dieser Einöde lande», sagte er, und als ihre Blicke sich trafen, sah Helena den erschrockenen Ausdruck in seinen Augen. Die Bemerkung war ihm rausgerutscht, und jetzt hatte er Angst, dass sie nachfragen würde, was sein Plan denn ursprünglich vorgesehen hatte.

Aber Helena redete selbst nicht gerne über das, was eigentlich hätte sein sollen. Wenn man jenseits der vierzig war, dann wusste man aus eigener Erfahrung, wie wenig nötig war, um aus der Bahn geworfen zu werden. Dass Dinge passieren konnten, die alles veränderten. Einige davon steckte man weg, andere hinterließen Wunden, die nicht mehr heilten und einen irgendwo stranden ließen. Sie wusste, wie sich das anfühlte, schließlich hatte sie vorhin erst wieder gemerkt, wie leicht alte Narben aufreißen konnten. Also würde sie Niklas nicht fragen, was es war, das ihn hierhergeführt hatte. Es war etwas Schlimmes, das konnte sie ihm ansehen. Und daran wollte sie jetzt nicht rühren, deshalb lächelte sie.

«Wie wär's, wenn ich uns was koche? Ich kann das eigentlich ganz gut.»

Ihr Angebot überraschte ihn sichtlich. «Aber ich glaube nicht, dass ich besonders viel dahabe.»

«Ich werde schon was finden», erklärte sie und ging entschlossen zurück ins Haus.

Doch als sie ein paar Minuten später in der Küche

stand und den Inhalt der Schränke untersuchte, war sie ein bisschen entsetzt über das, was sie vorfand. Niklas schien nämlich überwiegend von Konserven zu leben. Er hatte einen großen Vorrat von Dosen mit Fertigmahlzeiten, aber kaum frische Sachen.

«Mit den Dosen komme ich lange hin. Dann muss ich nicht so oft einkaufen», erklärte er.

Helena musterte ihn irritiert, denn was an einer Fahrt zum nächsten Lebensmittelladen so schwer sein sollte, leuchtete ihr nicht ein. Schließlich hatte er ein Auto. Aber dann fiel ihr wieder ein, wie vorsichtig er gefahren war, als er sie zum Gut zurückgebracht hatte.

«Fährst du nicht gerne Auto?», fragte sie.

«Nur wenn ich muss», erklärte er, und sie fragte sich, wieso sie nicht glauben konnte, dass er ein schlechter Fahrer war. Das passte gar nicht zu ihm. Sie spürte jedoch, dass auch das ein sensibles Thema war, deshalb ließ sie es fallen. Eine Bemerkung zu seiner Ernährungsweise konnte sie sich allerdings nicht verkneifen.

«Sich so zu ernähren, ist total ungesund, weißt du das eigentlich? Wenn du so weitermachst, dann wirst du nicht alt.»

Niklas, der gerade eine Packung Eier aus dem Kühlschrank nahm, hielt in der Bewegung inne und starrte sie an. Täuschte sie sich, oder sah er erschrocken aus?

«So etwas muss man sich wohl anhören, wenn man eine Ärztin zum Essen einlädt», sagte er, und sie hatte plötzlich Angst, dass er es vielleicht schon bereute.

«Ich wollte es nur mal erwähnen», sagte sie und betrachtete die Lebensmittel, die sie bis jetzt zutage gefördert hatten. «Ich denke, ich werde uns Omeletts machen.

Und zum Nachtisch ein bisschen Milchreis mit heißen Kirschen.»

Voller Elan machte sie sich an die Vorbereitung und gab Niklas Anweisungen, wie er ihr helfen konnte. Und er legte sich ins Zeug, auch wenn er sich dabei nicht immer sehr geschickt anstellte. Aber sie lachten beide über den zerbrochenen Kochlöffel und die verschütteten Reiskörner, die sie mühsam wieder auffegen mussten. Nach kurzer Zeit herrschte wieder die entspannte Stimmung zwischen ihnen, die Helena gestern am Telefon so genossen hatte.

Als sie die fertigen Omeletts gerade auf den Tisch gestellt hatte, klingelte ihr Handy. Besorgt griff sie danach, weil sie annahm, dass es sich wieder um irgendeinen Notruf handelte – und sah, dass es Piets Nummer war, die im Display erschien.

«Ich war bei deiner Wohnung, und jetzt stehe ich vor der Praxis, aber hier ist alles dunkel. Wo bist du denn?»

Als sie den Vorwurf in seiner Stimme hörte, fiel ihr siedend heiß ein, dass sie jetzt eigentlich mit ihm im Restaurant Kogge sitzen sollte.

«Oh, Piet, tut mir leid! Ich hab total vergessen, dass wir verabredet waren!»

«Das ist mir nicht entgangen.» Er klang enttäuscht. «Was ist denn los? Hattest du einen Notfall im Krankenhaus?»

«Nein, ich bin noch bei ...» Sie blickte zu Niklas, der sie schweigend musterte. «... Esperanza», beendete sie nach kurzem Zögern ihren Satz.

«Bei uns im Stall?», fragte Piet überrascht.

«Nein, auf dem Dreesen-Hof.»

«Was? Steht die Stute da immer noch? Warum hast du denn nichts gesagt? Ich hätte sie doch gestern mit dem Hänger abholen können. Das ist gar kein Problem. Ich kann auch jetzt eben …»

«Nicht nötig», fiel Helena ihm ins Wort. «Esperanza lahmt kaum noch. Sie kann hier stehen bleiben, bis sie wieder fit ist.» Sie legte das Handy an ihre Brust und sah Niklas fragend an. «Oder ist das ein Problem?»

Niklas verlor sich in ihren warmen braunen Augen und versuchte, die Kraft aufzubringen, ja zu sagen.

Denn es war ein Problem. Ein großes sogar.

Er hätte sie eben schon wegschicken müssen, als sie ihn gefragt hatte, wie es jetzt weiterging. Natürlich war ihm klar gewesen, dass es ihr dabei um die Stute gegangen war. Sie hatte wissen wollen, ob sie den Transport organisieren sollte. Das wäre seine Chance gewesen, die Sache zu beenden, bevor es kompliziert wurde.

Stattdessen hatte er von einem gemeinsamen Essen angefangen, weil er die Vorstellung, dass sie wegfuhr und nicht wiederkam, einfach nicht ertrug, jetzt, wo sie wieder hier war.

Nach ihrer unverhofften Begegnung am Mittwoch hatte er sich einzureden versucht, dass er ihre Wirkung auf ihn überschätzt hatte. Dass ihn die Einsamkeit hier draußen mürbe machte und er einfach überfordert gewesen war. Aber dann hatten sie telefoniert, und jedes Mal, wenn er ihre Stimme gehört hatte, war es schlimmer geworden, dieses Ziehen in seiner Brust. Nach ihrem letzten Gespräch hatte er mehr als eine halbe Flasche Whiskey geleert, weil er ihr Bild einfach nicht aus dem Kopf bekam, und sein Kater heute Morgen war heftig gewesen. Deswegen hatte er auch so tief geschlafen, als sie gekommen war.

Es hatte ihn erschreckt, sie so aufgelöst zu sehen, und spätestens, als er sie im Arm gehalten hatte, war ihm klargeworden, dass er sich das alles nicht eingebildet hatte. Helena Folkert ging ihm unter die Haut. Wenn sie lächelte, bekam er weiche Knie wie ein verdammter Teenager. Herrgott, er kannte sie kaum, aber er war ganz sicher, dass er alles an ihr mochte.

Und das war ein Problem. Denn diese Sache durfte nicht weitergehen. Das wäre ihr gegenüber nicht fair gewesen.

Aber vielleicht bildete er sich ja auch nur ein, dass es da eine Verbindung gab zwischen ihnen, weil sie ihn so umgehauen hatte? Einer attraktiven Frau wie ihr passierte das doch sicher ständig, dass Männer ihrem Charme verfielen, das schien der Anruf von diesem Kerl, dessen laute Stimme er durch das Handy hören konnte, zu beweisen. Wahrscheinlich hatte sie mehr Verehrer, als sie zählen konnte, und sah ihn gar nicht als etwas Besonderes. Der Gedanke versetzte ihm einen Stich, aber er erleichterte ihn auch.

Für sie war er bestimmt nur ein Bekannter, der ihr einen Gefallen tat. Jemand, der kurz ihr Leben streifte. Wenn er mehr nicht für sie bedeutete, dann konnte er Esperanza bleiben lassen.

Erleichterung durchflutete ihn, machte ihn ganz schwach.

«Kein Problem, nein», sagte er und unterdrückte das nagende Gefühl, dass er diese Entscheidung bereuen würde.

14

Nervös stand Greta vor der Pension und blickte die Straße hinauf. Die Sonne brannte von einem wolkenlosen Himmel, aber der leichte Wind machte die Mittagshitze etwas erträglicher.

Wo bleibt er denn nur, schimpfte sie innerlich, obwohl sie wusste, dass es ungerecht war. Ritter war nicht zu spät, er hatte noch Zeit, denn ihre Armbanduhr zeigte erst zehn vor zwölf. Er konnte nichts dafür, dass sie schon seit über zwanzig Minuten hier draußen stand und auf ihn wartete.

Hätte sie doch nur seine Handynummer gehabt! Dann hätte sie ihn anrufen und ihm mitteilen können, dass ihr Plan schiefgegangen war und sie die ganze Sache abblasen mussten …

Ihr Herz setzte für eine Sekunde aus und schlug doppelt so schnell weiter, als sie den silbernen Mercedes in die Straße einbiegen sah. Das Auto hielt direkt neben ihr am Straßenrand, und Ritter stieg aus. Er beugte sich noch einmal in den Wagen und holte einen kleinen, aber sehr hübschen Strauß Blumen heraus, dann kam er auf sie zu.

Ein Jackett trug er nicht, dafür war es viel zu warm, aber er sah trotzdem unglaublich «angezogen» aus in seinem weißen Hemd und der hellbraunen Chinohose. Sein Outfit war zwar leger, aber es passte perfekt zum Anlass. Tatsächlich passte es sogar zu ihrem weißgeblümten Sommerkleid, fast so, als hätten sie sich abgesprochen.

«Hallo», sagte er, als er sie erreichte, und Greta suchte in seinem Gesicht nach irgendeinem Anzeichen dafür, dass er es bereute, sich auf diese Sache eingelassen zu haben. Doch er lächelte nur. «Ich hoffe, ich bin nicht zu spät?»

«Nein. Aber ich fürchte, Sie sind umsonst gekommen.» Unglücklich verzog sie das Gesicht. «Es hat alles nicht so funktioniert, wie ich mir das gedacht hatte. Deshalb können Sie jetzt doch nicht zum Essen bleiben.»

Er runzelte die Stirn. «Warum nicht?»

«Weil ...» Greta wand sich unter seinem Blick. «Also, ich habe meinem Vater erst heute Morgen beim Frühstück gesagt, dass ich Sie eingeladen habe. Ich wollte nicht, dass er das Treffen noch absagen kann; bei ihm weiß man im Moment nie, wie er reagiert. Und, na ja ...» Sie zuckte mit den Schultern. «Er hat mir die Begründung nicht abgekauft.»

Ritter schmunzelte. «Die Sache mit dem soziophoben Sonderling?»

Sie nickte unglücklich. «Keine Ahnung, warum er es für so unwahrscheinlich hält, dass ich ein Herz für einsame Kollegen habe. Er hat mir jedenfalls vorgeworfen, ich hätte Sie nur seinetwegen eingeladen. Richtig wütend ist er deswegen geworden.»

Sie stöhnte, als ihr wieder klarwurde, wie naiv es gewesen war zu glauben, sie würde mit dieser Geschichte von ihrer Freundschaft mit dem Chefarzt durchkommen. Dafür hatte sie sich seit Ritters Ankunft schon viel zu oft bei ihren Eltern über ihn beschwert.

«Und da haben Sie ihm die Wahrheit gesagt?», fragte Ritter.

«Nein, ich ...» Sie spürte, wie ihre Wangen heiß wurden. «Ich habe die Geschichte ein bisschen abgeändert.»

«Inwiefern?», fragte er.

«Es war eine Notlüge», betonte sie. «Ich wollte das eigentlich nicht sagen, aber er war so sauer. Er sollte nicht merken, dass er recht hat, weil ich dachte, dann macht er endgültig dicht beim Thema Ärzte. Nur deshalb habe ich es gesagt. Mir ist auf die Schnelle einfach nichts Besseres eingefallen.»

«Was haben Sie ihm denn gesagt?», fragte Ritter verwirrt.

«Na, dass ...» Sie schluckte, weil es ihr wirklich schwerfiel, es auszusprechen. «Dass ich in Sie verliebt bin.»

«Verliebt?» Ritter hob die Augenbrauen. «In mich?»

«Bin ich natürlich nicht», versicherte sie ihm hastig. Ihre Wangen brannten jetzt förmlich. «Aber das scheint Papa sich besser vorstellen zu können, als dass wir Freunde sind. Das hat er mir nämlich sofort geglaubt.»

Ritter runzelte die Stirn. «Und warum soll das nicht gehen? Können Sie nicht mal für ein paar Stunden so tun, als würden Sie mich mögen?»

Schuldbewusst verzog Greta das Gesicht. «Damit wäre es leider nicht getan. Es ist nämlich so, dass ich noch etwas anderes behauptet habe.»

«Und was?», fragte er. «Herrgott, jetzt lassen Sie sich doch nicht alles aus der Nase ziehen!»

«Dass Sie auch Gefühle für mich haben», sagte sie und wich seinem Blick aus. «Ich weiß, das war dumm. Das Ganze ist überhaupt eine Schnapsidee. Dass wir ein Paar sind, kauft mein Vater uns niemals ab. Also werde ich einfach behaupten, dass wir in der Klinik einen Notfall haben und Sie deshalb leider doch nicht kommen. Ist ja auch gar nicht so unrealistisch.»

Sie hatte geglaubt, dass Ritter froh sein würde, wenn sie ihm diesen Ausweg bot und er wieder fahren konnte. Doch begeistert sah er nicht aus. Eher skeptisch.

«Wird Ihr Vater sich nicht wundern, dass ich nie wieder in Erscheinung trete?», fragte er. «Ich meine, wo wir doch angeblich Interesse aneinander haben.»

«Ich behaupte einfach, dass wir uns bei näherem Hinsehen doch nicht so toll fanden.»

Er schnaubte. «Das können Sie Ihrem Vater auch nach dem Essen noch sagen. Jetzt bin ich hier, also sollten wir das auch durchziehen.»

«Was? Aber … haben Sie mir nicht zugehört?», fragte sie entgeistert. «Mein Vater glaubt …»

«Dass wir ein Paar sind, ja. Das sagten Sie gerade. Dann müssen wir ihm das eben vorspielen.»

«Aber … ich dachte, das wäre Ihnen unangenehm», stotterte Greta.

Er lachte. «Warum sollte es mir unangenehm sein, wenn Sie mich mal für zwei Stunden anhimmeln?»

«Na, weil …» Sie zuckte mit den Schultern. «Na ja, Sie müssten das umgekehrt auch tun.»

Er beugte sich vor. «Und das trauen Sie mir nicht zu, dass ich so tun könnte, als ob Sie mir gefallen?»

Greta versuchte den Ausdruck in seinen Augen zu deuten, nicht sicher, ob er sie vielleicht nur aufzog. Aber er schien es ernst zu meinen, und das schockierte sie ziemlich. Damit, dass er kein Problem damit haben könnte, ihre Notlüge in die Tat umzusetzen, hatte sie nicht gerechnet. Für ihn schien das keine große Sache zu sein, aber ihr wurde heiß und kalt bei dem Gedanken.

«Sie können das bestimmt», sagte sie. «Aber ich weiß nicht, ob ich das hinkriege. Ich kann nicht so gut lügen.»

«Das fällt Ihnen ja früh ein», meinte er mit einem Kopfschütteln. «Ihnen ist aber schon klar, dass die erste Variante auch eine Lüge gewesen wäre? Sonst könnte ich da jetzt nämlich einfach reingehen und Ihrem Vater sagen, dass Sie mich gebeten haben, ihn zu untersuchen. Um irgendeine Art von Lüge werden wir nicht herumkommen, wenn er mich in seine Nähe lassen soll. Spielt es da wirklich eine Rolle, was für eine es ist?»

Nein, dachte Greta und kam sich plötzlich unglaublich undankbar vor. Es war schließlich ihre Idee gewesen, und jetzt stellte sie sich so an ...

«Sie müssen es wissen», sagte er, offenkundig langsam genervt. «Wie wichtig ist es Ihnen, dass ich versuche, mir ein Bild vom Gesundheitszustand Ihres Vaters zu machen?»

«Sehr wichtig», sagte sie ohne Zögern.

«Gut. Dann gehen wir da jetzt rein, und Sie sind einfach mal eine Weile nett zu mir.» Er hakte sie unter und grinste. «Fände ich zur Abwechslung tatsächlich mal ganz entspannend.»

«Haha.» Greta versuchte locker zu bleiben, während sie auf die Pension zugingen.

«Ach, und ich glaube, wir sollten uns duzen. Macht die Sache glaubwürdiger», sagte er. «Ich bin Mark.»

Abrupt blieb Greta stehen und starrte ihn an.

Sie wusste, dass er recht hatte. Aber Himmel, sie

konnte ihn doch nicht Mark nennen! Das nahm ihrem Verhältnis die Distanz, und das war gefährlich. Er war ihr Chef, das durfte sie auf gar keinen Fall vergessen.

«Ist das ein Problem?», fragte er.

«Was? Nein. Sie ... ich meine du ... äh ... wir ... sollten das so machen», stotterte sie und versuchte zu lächeln. «Ich bin Greta.»

Er hielt ihr die Tür auf und folgte ihr in die Eingangshalle. Skipper kam ihnen schwanzwedelnd entgegen, und während Ritter sich zu dem alten Hund hinunterbeugte und ihn begrüßte, versuchte Greta, ihn in Gedanken beim Vornamen zu nennen.

Mark. Der Name passte zu ihm. Ein schöner Name ...

«Es ist wirklich gemütlich hier.» Er blickte sich neugierig um. «Wie viele Zimmer hat die Pension?»

«Zwölf insgesamt», erklärte sie, während sie durch das Speisezimmer gingen.

«Und es läuft gut?», erkundigte er sich.

«Sehr gut sogar», bestätigte Greta. «Wir sind fast das ganze Jahr über ausgebucht, und meine Mutter träumt schon länger davon anzubauen und die Pension zu erweitern. Ich kann Sie ... äh ... dich gerne nachher ein bisschen rumführen und dir alles zeigen.»

Er lächelte. «Gerne. Passt ja auch, wenn wir das machen, oder?»

Sie nickte und öffnete die Tür zur Küche, wo ihre Mutter gerade am Herd stand und in einem Topf rührte.

«Das ist Doktor Ritter», erklärte Greta. «Er bleibt jetzt doch zum Essen.»

Ihre Mutter war dabei gewesen, als sie ihrem Vater von Ritters Besuch erzählt hatte, deshalb wusste sie, was

Greta behauptet hatte. Und sie wusste auch, dass Greta den Besuch eigentlich hatte absagen wollen. Dass er nun offenbar doch stattfand, freute sie sichtlich.

«Wie schön! Dann herzlich willkommen!», sagte sie und strahlte Ritter an.

«Vielen Dank für die Einladung.» Er überreichte ihr die Blumen mit einem charmanten Lächeln, das ihrer Mutter offensichtlich gefiel. Die Blicke, die sie Greta danach zuwarf, gingen eindeutig in die «Warum hast du den nicht längst mal mitgebracht?»-Richtung. Wahrscheinlich hätte er ihr als potenzieller Schwiegersohn durchaus gefallen.

«Schläft Papa noch?», fragte Greta.

Ihre Mutter nickte. «Ich hole ihn. Ihr könnt schon mal auf die Terrasse gehen. Ich habe draußen gedeckt, weil das Wetter so schön ist. Erik ist auch schon da.»

«Macht dein Vater immer einen Mittagsschlaf?», fragte Ritter, nachdem Heike die Küche verlassen hatte. «Oder schläft er mehr als früher?»

«Er schläft mehr», antwortete Greta. «Viel mehr sogar. Früher hätte er sich niemals mittags hingelegt. Er war immer auf den Beinen und hat irgendetwas am Haus erledigt. Das geht jetzt alles nicht mehr wegen der Schmerzen. Ich denke, deshalb ist er so müde.»

«Schmerzen allein machen nicht müde», erwiderte er. «Da könnte auch etwas anderes dahinterstecken.»

Greta nickte, als ihr klarwurde, dass sie das gestiegene Schlafbedürfnis ihres Vaters bisher nicht als gesondertes Problem wahrgenommen hatte. Plötzlich war sie froh, dass Ritter darauf bestanden hatte, doch zum Essen zu bleiben.

«Hier entlang», sagte sie und führte ihn hinaus auf die kleine Terrasse direkt hinter der Küche. Es gab auch eine große, auf der die Gäste Tee oder Kaffee trinken und den selbstgebackenen Kuchen essen konnten, der nachmittags zum Angebot der Pension gehörte. Doch die lag ein Stück entfernt auf der anderen Seite des Hauses. Die kleine Terrasse war dagegen der Familie vorbehalten.

Der Tisch, der dort unter einem großen gelben Sonnensegel stand, war für fünf Personen gedeckt, was Greta ein bisschen wunderte. Offenbar hatte ihre Mutter den Teller für Ritter stehen lassen, nur für den Fall. Außerdem lag eine der dicken weißen Damastdecken auf dem Tisch, die sonst nur zu besonderen Anlässen zum Einsatz kamen, und das Porzellan war Teil des besten Services, das es in der Pension gab. Also hatte ihre Mutter auch ihre Bitte ignoriert, nicht so viel Aufwand zu treiben. Aber wirklich schlimm fand Greta das alles nicht, denn das Ergebnis sah wirklich sehr einladend aus. Der strahlende Sonnenschein tat ein Übriges, ließ den Rasen sattgrün leuchten und die blauen Hortensien, die in Kübeln um die Terrasse herum blühten und Heikes ganzer Stolz waren, noch ein bisschen intensiver strahlen. Die leichte Brise brachte Meeresluft mit, die sich mit dem Duft der Blumen mischte, und in der Ferne schrien zwei Möwen.

Erik, der auf einem der Plätze gesessen und in den Garten gestarrt hatte, erhob sich, als Greta und Ritter die Terrasse betraten.

«Hallo, Doktor Ritter.» Er erwiderte kurz Ritters Lächeln, als die beiden sich die Hand schüttelten. Dann wandte er sich verwundert an Greta. «Wolltest du die Sache nicht abblasen?»

«Wir haben es uns anders überlegt», sagte Greta und ärgerte sich ein bisschen über ihren Bruder. Er war eingeweiht, deshalb hätte sie sich gewünscht, er wäre ein wenig freundlicher zu ihrem Chef.

Aber dann wurde ihr klar, dass es im Moment zu viel verlangt war, von Erik Enthusiasmus zu erwarten. Die Sache mit Leonie setzte ihm zu, auch wenn Greta immer noch nicht herausbekommen hatte, was genau zwischen den beiden vorgefallen war. Sie hatte noch einmal versucht, ihn danach zu fragen, aber er blieb dabei, dass er nicht darüber reden wollte. Und auch Leonie schwieg und ging ihr aus dem Weg, deshalb hatte sie immer noch keine Ahnung, warum die beiden sich getrennt hatten.

«Moin.»

Greta fuhr herum, als sie die Stimme ihres Vaters hörte, und sah, wie er zusammen mit ihrer Mutter die Terrasse betrat und auf sie zukam.

Er ging aufrecht, aber jedes Mal, wenn er sein linkes Bein belastete, verzog er leicht das Gesicht. Mit seinem blauen Matrosenhemd aus grobem Stoff, das er sonntags gerne zu seiner guten weißen Hose trug, und seiner dunkelblauen Skippermütze bot er ein Bild, das Greta zutiefst vertraut war. Im Sonnenlicht wirkte seine Haut allerdings fahler als sonst, und es strengte ihn sichtlich an, die kurze Distanz bis zu ihnen zu überwinden.

«Sie müssen der Besuch sein, den meine Tochter angekündigt hat.» Asmus streckte Ritter die Hand hin. Er lächelte, und viele Lachfältchen bildeten sich um seine Augen. «Ich bin Asmus Paulsen.»

«Mark Ritter, freut mich», erwiderte Ritter und schüttelte ihm die Hand.

«Haben Sie nicht den Doktor vergessen?», fragte Asmus. «Meine Tochter sagt, Sie sind der Chefarzt der Klinik.»

«Einer der Chefärzte», korrigierte Ritter.

«Na, den Arztkoffer haben Sie aber heute hoffentlich zu Hause gelassen, oder?» Er blickte Greta warnend an. Offenbar wusste er immer noch nicht so recht, was er von dem Besuch halten sollte.

«Natürlich.» Ritter legte den Arm um Greta, ganz leicht nur, ließ die Hand auf ihrer Hüfte ruhen, und wandte sich ihr zu. «Heute bin ich privat hier.»

Greta starrte in sein lächelndes Gesicht, unfähig, etwas zu sagen. Sie wusste, dass er das nur spielte, aber es nahm ihr trotzdem den Atem, wie liebevoll der Ausdruck in seinen Augen war. Es ließ ihr Herz schneller schlagen, ohne dass sie etwas dagegen tun konnte, und sie beneidete spontan die Frau, bei der er dieses Lächeln ernst meinte ...

«Sehr schön», sagte Asmus, jetzt deutlich entspannter. Offenbar beruhigte ihn die Botschaft, die Ritter mit seiner Geste übermittelt hatte. «Ich muss gestehen, dass ich neugierig auf Sie war. Unsere Lüttje hat schon viel von Ihnen erzählt.»

«Hoffentlich nur Gutes.» Ritter musterte Greta skeptisch.

«Was sonst?» Asmus zwinkerte Greta zu, was sie erleichtert aufatmen ließ. Sie hätte ihrem Vater zugetraut, dass er erzählte, wie sehr sie sich bis vor kurzem noch über Ritter beschwert hatte.

«Setzt euch doch.» Heike kam mit einer Schüssel voll dampfender Kartoffeln aus der Küche. «Es gibt grüne

Bohnen mit Hammelfleisch, das isst mein Mann so gerne», sagte sie, an Ritter gewandt. «Ich hoffe, das mögen Sie auch?»

«Klingt sehr lecker», erwiderte Ritter und ließ Greta los, um neben ihr am Tisch Platz zu nehmen. Asmus setzte sich neben Erik und gegenüber von Ritter, den er weiter mit einer Mischung aus Neugier und Skepsis musterte.

«So, nehmt euch bitte.» Heike brachte jetzt das Fleisch und die Bohnen und setzte sich erst dann auf ihren Stuhl am Kopfende, als jeder eine große Portion auf dem Teller hatte. «Guten Appetit.»

Das Essen schmeckte hervorragend, so wie immer, denn Gretas Mutter war eine wunderbare Köchin. Aber Greta aß trotzdem wenig. Sie bekam vor Aufregung einfach nichts herunter und warf Ritter immer wieder einen Seitenblick zu. Sie brachte den griesgrämigen, verschlossenen Chefarzt, den sie bis vor ein paar Tagen erlebt hatte, einfach nicht zusammen mit dem Mann, der jetzt so entspannt bei ihnen am Esstisch saß, freundlich Fragen beantwortete und die Hortensien ihrer Mutter bewunderte. Der Unterschied war so verwirrend, dass sie fast vergaß, wofür sein Besuch eigentlich gedacht war: um ihm die Gelegenheit zu verschaffen, mehr über den Gesundheitszustand ihres Vaters herauszufinden.

Und die nutzte er auf sehr geschickte Art. Er stellte nämlich immer wieder Fragen zu den körperlichen Anforderungen des Fischerberufs, die ihr Vater gerne beantwortete. Dass er dabei auch Auskunft darüber gab, was nicht mehr ging und wo es ihm weh tat, schien er gar nicht zu bemerken.

«Wie lange, sagten Sie, sind Sie jetzt schon auf der Insel?», erkundigte Asmus sich, als sie mit dem Hauptgang fertig waren, bei Ritter. «Vier Wochen?»

«Fast fünf.»

«Na, dann ging das ja wirklich schnell. Mit dem Einleben, meine ich.» Asmus blickte vielsagend zu Greta. Offenbar kamen ihm jetzt doch wieder Zweifel an ihrem plötzlich angeblich so engen Verhältnis, denn er runzelte die Stirn. «War ja am Anfang nicht ganz einfach für Sie, so wie ich das mitbekommen habe.»

«Das stimmt. Aber jetzt hilft Ihre Tochter mir dabei, mich hier einzufinden.» Ritter legte den Arm um Greta und zog sie zu sich. Er lächelte, als sie zu ihm aufsah, doch gleichzeitig drückte er ihre Schulter, und sein Blick war auffordernd.

Siedend heiß fiel ihr ein, dass sie total vergessen hatte, ihren Part zu spielen. Sie hatte die ganze Zeit nur zugehört und sich kaum an der Unterhaltung beteiligt, ganz zu schweigen davon, dass sie Ritters liebevolle Gesten nicht erwidert hatte. Das musste sie dringend nachholen, wenn sie nicht doch noch auffliegen wollten, deshalb legte sie schnell eine Hand auf seine Brust.

«Mark hatte am Anfang ein paar Schwierigkeiten. Aber jetzt gefällt es ihm hier bei uns», sagte sie und lächelte strahlend zu ihm auf.

Ihre Blicke trafen sich, und plötzlich hatte sie vergessen, wo sie war. Sie spürte die Wärme seiner Haut durch den dünnen Hemdstoff, fühlte die angespannten Muskeln unter ihrer Hand, seinen Atem auf ihrer Wange. Ihr Mund war plötzlich ganz trocken, und sie starrte wie gebannt in seine Augen. Sie waren wirklich nicht nur grau, sondern hatten diese faszinierenden blauen Einsprengsel, und der Ausdruck, der darin lag, sandte ihr einen prickelnden Schauer über den Rücken ...

Ein lautes Klingeln ließ sie zusammenzucken. Als sie sich umblickte, erhob sich Erik gerade mit seinem Handy in der Hand. «Da muss ich kurz drangehen. Sorry.»

Er ging ein paar Schritte hinaus auf den Rasen und telefonierte leise mit jemandem.

Greta schluckte, plötzlich nicht sicher, wie lange sie Ritter angesehen hatte. Hastig ließ sie ihn los und erhob sich.

«Ich räume schnell ab», sagte sie und fing an, die leeren Teller und Schüsseln aufeinanderzustapeln.

«Bring bitte den Nachtisch mit raus, ja? Steht im Kühlschrank», bat ihre Mutter.

«Ich helfe dir.» Ritter erhob sich ebenfalls, und zusammen sammelten sie das Geschirr ein.

Erik, der sein Telefonat beendet hatte, kam zum Tisch zurück und ließ sich wieder auf seinen Platz fallen. Er sah aus, als hätte er gute Nachrichten bekommen.

«Das war Jens», hörte Greta ihn sagen, als sie mit Ritter in Richtung Küche ging, und spürte einen enttäuschten Stich, als ihr klarwurde, dass er mit dem Matrosen gesprochen hatte, der zuletzt auf der «Seestern» ausgeholfen hatte. Irgendwie hatte sie gehofft, es wäre Leonie gewesen.

«Müssen die nicht gespült werden?»

Erst als Ritter das fragte, wurde Greta klar, dass sie gerade dabei gewesen war, zwei schmutzige Schüsseln in den Schrank zu räumen. Sie brachte sie zurück zur Spüle, wo sie hingehörten, dann lehnte sie sich gegen die Arbeitsplatte.

Es war ihr peinlich, dass sie eben fast die Kontrolle über ihr «Spiel» verloren hätte. Es hatte sich so verdammt echt angefühlt, und das brachte sie durcheinander. Deshalb versuchte sie, sich wieder auf den eigentlichen Grund für Ritters Besuchs zu konzentrieren.

«Und? Was meinen Sie? Wie schlimm steht es um meinen Vater?»

Mark betrachtete sie, nicht sicher, wieso es ihn enttäuschte, dass sie zurück ins «Sie» gewechselt hatte. Sie waren allein in der Küche, es bestand also kein Grund, sich zu duzen.

Was hatte er denn erwartet? Dass sie ernst meinte, was er gerade in ihren Augen zu lesen geglaubt hatte?

Diese Augen waren überhaupt ein Problem. Wieso hatte er nicht schon früher bemerkt, wie schön sie waren? Sie hatten dieses kräftige Blau, das ohnehin auffiel, weil man es nicht so häufig sah. Aber Gretas Augen strahlten außerdem. Es war, als wäre ein Licht dahinter, das sie zum Leuchten brachte, und je länger er hineinsah, desto schwerer fiel es ihm, sich wieder davon zu lösen.

Gab es da nicht dieses Experiment, bei dem zerstrittene Partner sich so lange wie möglich in die Augen sehen mussten? Es sollte ihnen dabei helfen, sich einander wieder anzunähern und zu öffnen, und er konnte sich plötzlich vorstellen, dass das funktionierte. Dieser lange Augenkontakt machte etwas mit einem. Zumindest machte es etwas mit ihm, dass er Greta Paulsen eine ganze Weile tiefer als sonst in die Augen geschaut hatte.

Ja, verdammt, es war eine Schnapsidee gewesen, ein verliebtes Paar zu spielen! Und wenn sie das vorhin nicht sofort als völlig unmöglich abgetan hätte, dann hätte er ihr da vermutlich auch zugestimmt. Aber es hatte ihn geärgert und irgendwie auch gekränkt, dass sie sich offenbar nicht vorstellen konnte, mit ihm zusammen zu sein. Sie schien es nicht einmal fertigzubringen, so zu tun, als fände sie ihn anziehend. Diese Frau schaffte es wirklich, an seinem Ego zu kratzen, und das war der Grund, warum er darauf bestanden hatte, die Sache trotzdem durchzuziehen – um ihr zu beweisen, dass es gar nicht so schwer war.

Doch sie hatte einfach nicht mitgespielt. Stattdessen hatte sie ihn die ganze Zeit mit diesem verwirrten Ausdruck in den Augen angesehen, so als könnte sie nicht fassen, dass er auch nett sein konnte. Er hatte sich nicht mehr zu helfen gewusst und versucht, ihr irgendwie zu signalisieren, dass sie sich ein bisschen mehr Mühe geben musste. Doch als sie das eben getan hatte, war es so verdammt überzeugend gewesen, dass es ihn komplett aus der Bahn geworfen hatte. Die Stelle auf seiner Brust, wo ihre Hand gelegen hatte, prickelte immer noch. Und ihr Lächeln …

Es hatte sich angefühlt, als wäre er der einzige Mann auf der Welt, der sie interessierte. Als würden ihre Augen nur seinetwegen so leuchten. Er hatte ihre Berührung gespürt, ihren Duft wahrgenommen und ganz plötzlich gegen das Bedürfnis ankämpfen müssen, sich vorzubeugen und sie zu küssen. Was, als das Handy ihres Bruders geklingelt und ihn aus dem Moment gerissen hatte, eine ziemlich erschreckende Erkenntnis gewesen war. Herrgott, und da behauptete sie, sie könnte nicht gut lügen …

«Doktor Ritter?»

Gretas Worte holten ihn aus seinen Gedanken, und ihm wurde klar, dass er noch nicht auf ihre Frage geantwortet hatte. Er räusperte sich, versuchte, sich wieder zu konzentrieren.

«Die Symptome sind nicht so klar, wie ich es gehofft hatte, aber ich tippe trotzdem darauf, dass sein Herz nicht richtig arbeitet. Koronare Erkrankungen zeigen sich nicht immer so offensichtlich. Und wenn er wirklich Schwindelattacken hat, dann könnte das ...»

Er hielt inne, weil von draußen laute Stimmen zu hören waren. Offenbar stritten Gretas Bruder und ihr Vater miteinander. Dann hörte man Gretas Mutter plötzlich rufen.

«Asmus! Mein Gott, was ist mit dir?»

15

Greta stürzte sofort wieder auf die Terrasse hinaus. Ihr Herz raste, und in den wenigen Sekunden, die es dauerte, bis sie draußen war, gingen ihr die schrecklichsten Bilder durch den Kopf. Sie befürchtete, ihr Vater würde reglos auf den Steinfliesen liegen, doch tatsächlich stand er neben dem Tisch und hielt sich daran fest.

Ihre Mutter war bei ihm und stützte ihn.

«Setz dich», wies sie ihn an und half ihm zurück auf seinen Stuhl.

«Was ist passiert?», fragte Greta und wollte zu ihrem Vater laufen, doch der hob abwehrend die Hand.

«Nichts. Mir war schwindelig. Kein Grund für irgendwelche Aufregung», sagte er.

«Ist Ihnen übel?» Ritter war hinter Greta getreten.

«Nein.» Asmus verzog das Gesicht, und Greta hätte schwören können, dass er log. Ihm war definitiv schlecht. Aber er würde das nicht zugeben, schon gar nicht jetzt, wo ihn alle besorgt ansahen. «Es geht schon wieder.»

Erik, der ein paar Schritte entfernt auf dem Rasen stand, schnaubte laut.

«Das ist so typisch für dich», schimpfte er. «Du könntest tot umfallen und würdest immer noch behaupten, dass mit dir alles in Ordnung ist!»

«Mit mir ist auch alles in Ordnung, verdammt!» Asmus schlug mit der Faust auf den Tisch, sodass die Gläser klirrten. «Ich bin ein bisschen angeschlagen, aber das wird schon wieder. Und deshalb werden wir auch keinen Matrosen einstellen, der mich ersetzt!»

Fragend blickte Greta ihren Bruder an.

«Jens hat eben angerufen», erklärte Erik. «Er sollte morgen früh eigentlich auf einem Frachter anheuern. Aber jetzt hat er mich gefragt, ob er nicht doch weiter auf der ‹Seestern› arbeiten kann. Das würde er viel lieber machen, und ich hätte ihn gerne als Mitarbeiter. Wir verstehen uns gut, und er hat was drauf, ist zuverlässig. Einen besseren Matrosen werde ich nicht finden. Deshalb habe ich ihm angeboten, ihn zu behalten.»

«Ohne mich vorher zu fragen!», beschwerte sich Asmus.

«Weil du wieder nein gesagt hättest!», fuhr Erik ihn an. «Du wolltest nichts davon hören, als ich dir vorgeschlagen habe, ihn fest einzustellen. Aber jetzt hat er noch mal nachgefragt, und ich kann mir die Gelegenheit nicht entgehen lassen. Wenn er auf dem Frachter anheuert, ist er weg.»

«Wir brauchen aber keinen Matrosen», beharrte Asmus. «Jedenfalls nicht dauerhaft. Nur so lange, bis ...»

«Papa, ich habe keine Lust mehr, mir ständig neue Aushilfen zu suchen», unterbrach Erik ihn.

«Das brauchst du ja auch nicht. Ich bin bald wieder fit, dann fahre ich wieder mit dir raus. Außerdem können wir es uns gar nicht leisten, eine zusätzliche Arbeitskraft ...»

«Das Einzige, was wir uns nicht leisten können, ist, dass du nicht einsehen willst, dass du nicht mehr arbeiten kannst.»

«Erik!», sagte Heike warnend, aber er schüttelte den Kopf und redete weiter, zu sehr in Fahrt, um sich aufhalten zu lassen.

«Guck doch in den Spiegel, Papa! Jeder kann sehen, dass du krank bist. An manchen Tagen kommst du nicht mal die Treppe herunter, weil du solche Schmerzen hast. Und dann diese Schwindelattacken, das ist doch nicht normal! Aber du weigerst dich, dir helfen zu lassen. Mein Gott, Greta muss sogar schon ihren Chef zum Essen einladen und so tun, als wäre er ihr Freund, um mehr über deinen Zustand rauszufinden, weil wir dich sonst nicht in die Nähe eines Arztes krie...»

Er hielt inne und sah erschrocken zu Greta. Aber es war zu spät.

Ihr Vater sah zu ihr herüber, und Greta spürte, wie ihr kalt wurde.

«Tut mir leid. Aber ich kann das alles nicht mehr!»

Erik drehte sich um und ging über den Rasen auf den «Annex» zu, in dem er wohnte. Er riss die Tür des kleinen Gartenhauses auf und knallte sie hinter sich zu.

Die Stille, die sich danach auf der Terrasse ausbreitete, war eisig, und Greta wünschte, die Erde würde sich auftun. Ihre Wangen brannten, während sie dem Blick ihres Vaters standhielt, und sie fühlte sich einfach nur schrecklich.

«Ist das wahr?», fragte Asmus ungläubig und sah zu Ritter, dann wieder zu ihr.

Heike, die hilflos neben ihrem Mann stand, rang die Hände.

«Asmus, bitte, du darfst dich nicht ...»

«Ob das wahr ist, will ich wissen.» Er erhob sich und hielt sich an der Tischplatte fest, während seine Fassungslosigkeit sich in Wut wandelte. «Habt ihr mir was vorgespielt?»

«Wir machen uns Sorgen, Papa», sagte Greta. «Schon lange. Aber du willst dich ja partout nicht untersuchen lassen, und da dachte ich …»

«Und da dachtest du, dass du mir den Arzt irgendwie anders unterjubeln musst?», fuhr ihr Vater sie an.

Sie spürte, wie Ritter ihr eine Hand auf den Rücken legte. Verzweifelt sah sie zu ihm auf, aber er erwiderte ihren Blick nicht, sondern war ganz auf ihren Vater konzentriert.

«Ihre Tochter hat es gut gemeint», sagte er zu Asmus. «Sie wollte wirklich nur …»

«Sie gehen jetzt besser!» Asmus fixierte Ritter mit grimmiger Miene.

Doch genau wie bei seinem Gespräch mit Frau Modau ließ dieser sich auch jetzt nicht aus der Ruhe bringen.

«Sie sollten auf Greta hören. Der Schwindel und die Übelkeit könnten Symptom einer stillen koronaren Herzerkrankung sein. Das muss unbedingt abgeklärt werden. Sonst behält Ihr Sohn recht: Dann fallen Sie irgendwann in nicht allzu ferner Zukunft einfach tot um.»

«Vielleicht will ich das ja lieber als in einem Krankenbett dahinsiechen», erwiderte Asmus mit einem bitteren Unterton, und endlich begriff Greta, was hinter seiner Weigerung stand: nicht nur der Wunsch, seinen Beruf nicht aufzugeben. Er hatte auch Angst davor, ein Pflegefall zu werden.

«Koronare Herzkrankheiten sind behandelbar, wenn sie rechtzeitig erkannt werden», sagte Ritter. «Deshalb sollten Sie nicht mehr lange warten, sondern …»

«Ich brauche Ihre Ratschläge nicht», fuhr Asmus ihn an und holte Luft. «Sie ...»

«Lass ihn in Ruhe, Papa!», fiel Greta ihm ins Wort, bevor er in seiner Wut irgendwelche Beleidigungen ausstoßen konnte. «Das war meine Idee. Er ist hier, weil ich ihn darum gebeten habe.»

«Das hätte ich niemals von dir gedacht, dass du mich so hintergehst.» Asmus' Lippen waren jetzt schmal, und in seinen Augen stand so viel Enttäuschung, dass es Greta ins Herz schnitt. «Wir waren doch immer ehrlich zueinander.»

«Ich war ehrlich», rechtfertigte sich Greta. «Ich habe dir gesagt, dass du zum Arzt musst. Aber du hörst ja nicht auf mich.»

«Und deswegen spielst du mir so ein Schmierentheater vor?» Ihr Vater deutete auf Ritter. «Bringst deinen Chef mit und tust so, als wärst du ... als wärt ihr ...»

Er schüttelte den Kopf und musterte sie so angewidert, dass sie schluckte. «Papa ...»

«Geht! Alle beide!»

«Asmus!», versuchte Heike ihn zu beruhigen, aber er erhob sich wieder und schlug mit der Faust auf den Tisch.

«Raus hier!»

Mit einem dicken Kloß im Hals hielt Greta dem Blick ihres Vaters stand. Sie wusste nicht, ob es die Wut über seine Sturheit oder die Scham über ihre Scharade war, die ihr die Tränen in die Augen trieb. Aber sie wusste plötzlich, dass sie nicht mehr konnte. Ihr fehlte die Kraft weiterzuargumentieren.

Abrupt wandte sie sich ab und ging zurück ins Haus, lief, nein, rannte durch die Küche und weiter durch das

Speisezimmer zurück zum Eingang. Nur unbewusst registrierte sie, dass Ritter ihr folgte. Erst als sie schon draußen vor der Haustür stand, hielt er sie auf.

«Hey!», sagte er, und sein besorgter Gesichtsausdruck machte es ihr noch schwerer, nicht die Fassung zu verlieren.

«Bitte entschuldigen Sie meinen Mann, Doktor Ritter. Er ist momentan nicht er selbst», sagte ihre Mutter, die ihnen nachgelaufen war, ganz außer Atem. Dann wandte sie sich an Greta. «Kommt wieder rein, bitte. Er meint es nicht so!»

Greta schüttelte den Kopf. Sie konnte nichts sagen, weil sie immer noch mit den Tränen kämpfte.

«Ich glaube, es ist besser, wenn sich erst mal alle wieder beruhigen», sagte Ritter an ihrer Stelle. «Kümmern Sie sich um Ihren Mann, Frau Paulsen. Er sollte sich nicht so aufregen.»

Heike knetete ihre Hände, immer noch sichtlich unglücklich darüber, wie sehr die Situation eskaliert war. Aber sie schien zu begreifen, dass es wirklich die beste Lösung war, denn sie nickte und verschwand wieder im Haus, ließ Greta und Ritter alleine.

Greta wollte sich bei ihm entschuldigen, wollte ihm sagen, wie leid es ihr tat, dass sie ihn in diese Sache mit hineingezogen hatte. Aber sie wusste, dass ihre Stimme ihr nicht gehorchen würde.

Die Anspannung während des Essens, der Schock, als ihre Mutter geschrien hatte, und der Streit mit ihrem Vater – das war plötzlich alles zu viel. Sie wollte nicht weinen, aber sie konnte nicht verhindern, dass Tränen über ihre Wangen rollten, als sie kurz die Augen schloss.

Mein Gott, was musste er jetzt von ihrer Familie denken? Und von ihr ...

«Kommen Sie.» Er legte ihr die Hand auf den Rücken und schob sie zu seinem Auto, öffnete ihr die Beifahrertür. «Steigen Sie ein!», wies er sie an, und sie gehorchte, viel zu durcheinander, um zu protestieren.

Einen Augenblick später saß er hinter dem Steuer und beugte sich zu ihr hinüber, suchte im Handschuhfach nach etwas.

«Hier.» Er reichte ihr eine Packung Papiertaschentücher, dann startete er den Motor und fuhr los.

Wohin er wollte, war ihr egal. Sie saß einfach nur da und versuchte, sich zu beruhigen, was gar nicht so einfach war. Aber nach ein paar Minuten hatte sie sich wieder unter Kontrolle.

Sie schnäuzte sich und atmete noch einmal tief durch.

«Geht es?», fragte er.

Sie nickte zaghaft, froh darüber, dass er nicht versucht hatte, sie zu trösten. Sie war nämlich nicht sicher, ob sie dann nicht vollkommen zusammengebrochen wäre.

«Tut mir leid. Ich ... bin sonst keine Heulsuse.» Sie schob sich hoch, richtete sich im Sitz ein bisschen auf.

«Ich weiß», sagte er, und als ihre Blicke sich trafen, erkannte sie tatsächlich Verständnis in seinen Augen. Doch das änderte nichts an der Tatsache, dass die ganze Sache ein großer Fehler gewesen war.

«Wir hätten das nicht machen dürfen.» Verzweifelt schüttelte sie den Kopf. «Ich wusste, dass es nicht funktioniert.»

«Es hat funktioniert, bis Ihr Bruder uns hat auffliegen lassen», erinnerte er sie.

«Trotzdem.» Sie lehnte den Kopf gegen den Sitz und schloss die Augen. «Es war eine Schnapsidee.»

«Mag sein.» Sie hörte, wie er den Blinker setzte, spürte, dass der Wagen abbog. «Aber ich weiß, wie Sie darauf gekommen sind. Ihr Vater ist wirklich stur.»

«Und jetzt wird er es vermutlich erst recht sein. Also habe ich es nur schlimmer gemacht.»

Sie ließ die Augen geschlossen, weil schon wieder Tränen hinter ihren Lidern brannten, als sie an den hasserfüllten Gesichtsausdruck ihres Vaters dachte. Würde er ihr das jemals verzeihen?

«Vielleicht auch nicht», sagte Ritter. «Vielleicht haben Sie ihn mit dieser Aktion endlich wachgerüttelt.»

Greta öffnete die Augen und betrachtete sein Profil. Das zu tun, hatte inzwischen etwas Vertrautes, schließlich hatte sie beim Essen fast nichts anderes gemacht.

Sie dachte an den Moment, als sie sich so nahgekommen waren, dass sie sogar kurz darüber nachgedacht hatte, wie es wohl wäre, ihn zu küssen. Es erschütterte sie jetzt noch, wie stark sie sich zu ihm hingezogen gefühlt hatte. Und auch, wenn sie sich inzwischen wieder siezten, war es jetzt anders als vorher. Die Anrede konnte sie jederzeit ändern, aber nicht die Gefühle, die er in ihr weckte.

Sie war so in seinen Anblick versunken, dass sie erst, als er den Wagen anhielt, wieder auf ihre Umgebung achtete. Überrascht stellte sie fest, dass sie auf dem Parkplatz hinter den Dünen standen, wo sie sich vor ein paar Tagen um Micki gekümmert hatten. Jetzt war er allerdings nicht leer, sondern zugeparkt mit den Autos der Strandbesucher, die das gute Wetter ausnutzten.

Ritter stieg aus, ging um den Wagen herum und öffnete Greta die Tür. Er streckte ihr die Hand hin, und sie versuchte zu ignorieren, wie warm seine Finger sich anfühlten, als sie sich von ihm aus dem Auto helfen ließ.

«Was wollen wir hier?», fragte sie, als sie neben ihm stand.

«Wir machen einen Strandspaziergang», erklärte er. «Ich finde, es gibt nichts Besseres, um den Kopf freizubekommen. Und wenn man das Meer schon vor der Haustür hat, dann muss man das ausnutzen, oder?»

Greta nickte, ein bisschen fassungslos darüber, dass er das genauso empfand wie sie. Und dass er sich offensichtlich Gedanken darüber machte, was ihr nach dem Streit mit ihrem Vater guttat. Tatsächlich wurde ihr erst jetzt klar, dass er sie gar nicht hätte mitnehmen müssen. Es war nicht sein Problem, dass sie sich mit ihrem Vater gestritten hatte. Er hatte getan, worum sie ihn gebeten hatte, und hätte einfach nach Hause fahren können.

«Sie müssen sich nicht um mich kümmern», sagte sie. «Sie haben doch sicher noch Besseres zu tun an Ihrem freien Tag.»

«Im Moment nicht», erklärte er und deutete in Richtung Strand. «Wollen wir?»

Sie nickte, und während sie über die Dünen gingen, musste sie wieder an das letzte Mal denken, als sie zusammen hier gewesen waren. Es kam ihr wie eine kleine Ewigkeit vor, auch wenn es erst ein paar Tage her war ...

«Doktor Ritter! Guck mal!», rief eine Stimme, und als sie sich umwandten, kam ihnen der kleine Junge entgegen, den Ritter am Freitag in der Klinik behandelt hatte. Er trug den Arm immer noch in der Schlinge und grinste über das ganze Gesicht. «Ich bin ganz vorsichtig! Und ich trag auch immer meinen Verband.»

«Sehr gut, David.» Ritter ging vor dem Kleinen in die Hocke und hielt ihm eine geballte Faust hin. David begriff sofort und stieß mit seiner kleinen Faust dagegen.

«Tut es denn noch weh?», fragte Ritter.

Der kleine Junge zuckte mit den Schultern. «Nur ein bisschen. Mama sagt, das geht bald weg.»

«Da hat sie recht.» Ritter erhob sich wieder. «Und bald bist du dann auch die Schlinge wieder los. Also, halt noch ein bisschen durch!»

Der kleine David nickte und lief zurück zu seiner Mutter, die mit einer prall gefüllten Strandtasche vom Parkplatz her auf sie zukam. Sie winkte und lächelte, als sie zu ihnen aufschloss.

«Hallo, Doktor Ritter! Na, genießen Sie Ihren freien Tag?», fragte sie und musterte Greta neugierig.

Ritter redete kurz mit ihr über Davids Heilungsprozess und das schöne Wetter. Dann gingen Mutter und Sohn weiter.

«Haben Sie eigentlich Kinder?» Die Frage war ihr herausgerutscht, bevor sie nachgedacht hatte.

«Nein. Wieso?»

«Weil Sie so entspannt mit ihnen umgehen.»

«Ich mag Kinder einfach», sagte er. «Sie sind ehrlich, und man weiß immer, woran man bei ihnen ist. Deshalb hatte ich sogar kurz überlegt, Kinderarzt zu werden.»

Sein Geständnis überraschte Greta. «Und warum ist es dann doch die Chirurgie geworden?»

Er zuckte mit den Schultern. «Liegt in der Familie, schätze ich. Ach herrje, ist das voll!»

Sie hatten den Dünenkamm erreicht, und der Strand öffnete sich vor ihnen. Bei dem schönen Wetter waren natürlich alle Strandkörbe besetzt, und auch am und im Wasser tummelten sich jede Menge Menschen. Für Greta war das ein vertrauter Anblick, aber Ritter schien es zu erschrecken. «Wenn ich hier morgens jogge, ist fast nie was los.»

«Die Tücken der Hauptsaison. Im Herbst wird es wieder leerer. Aber wir können hier langgehen.» Greta bog vom Hauptweg in die Dünen ab. «Ich kenne dahinten einen Strandabschnitt, der nicht so überlaufen ist. Und über die Dünen sind wir schneller.»

Er folgte ihr, und während sie an den mit Strandhafer bewachsenen Sandbergen vorbeigingen, musste sie daran denken, wie sie hier früher als Kind mit ihren Freundinnen Verstecken gespielt hatte. Und daran, wie oft sie hier als Jugendliche – alleine oder zu zweit – an einem der Sandhügel gesessen und sich den Sonnenuntergang angesehen hatte.

Es waren fast nur glückliche Erinnerungen, aber sie lösten ein bittersüßes Gefühl in ihr aus. Denn heute war alles nicht mehr so einfach wie früher. Damals hatte sie die Welt für eine überschaubare Insel gehalten, auf der sie sich bestens auskannte. Kein Hindernis war ihr so schwierig vorgekommen, dass sie es nicht überwinden konnte, und alles schien möglich. Aber da war ihr auch noch nicht klar gewesen, dass die Steine, die das Schicksal einem vor die Füße warf, auch Felsbrocken sein konnten, die sich keinen Zentimeter mehr bewegen ließen. So einfach, wie sie geglaubt hatte, war das alles nicht. Und nicht alles wurde am Ende wieder gut …

«Wow», sagte Ritter, als sie den Strandabschnitt erreichten, auf dem keine Strandkörbe mehr standen. Auch hier waren sie nicht alleine, aber die Leute, die auf Handtüchern im Sand lagen, konnte man an einer Hand abzählen. «Das hätte ich nicht erwartet. Offenbar ist es sehr von Vorteil, mit einer Einheimischen unterwegs zu sein.»

Greta lächelte kurz, dann setzte sie sich in den Sand. «Das ist einer meiner Lieblingsplätze», gestand sie.

Er ließ sich neben ihr nieder, und eine Weile blickten sie schweigend hinaus aufs Wasser. In der Ferne sah man eine der Fähren näher kommen, die regelmäßig zwischen Westerwyk, dem Festland und den benachbarten Inseln verkehrten, und es waren auch einige Boote unterwegs, die Segel gebläht von der frischen Brise, die über die Nordsee heranwehte und ihnen beiden das Haar zerzauste.

Greta seufzte leise. Normalerweise ging ihr das Herz auf bei diesem Anblick. Aber heute konnte nicht einmal der ihre gedrückte Stimmung vertreiben. Was auch Ritter nicht zu entgehen schien.

«Das renkt sich schon wieder ein mit Ihrem Vater», meinte er. «Ihre Mutter hat recht, er hat das sicher nicht so gemeint.»

«Ich fürchte doch.» Greta legte die Arme auf ihre Knie und stützte das Kinn darauf, während sie weiter in die Sonne blinzelte. «So böse habe ich ihn noch nie erlebt. Wir haben uns schon oft gestritten, aber er hat mich noch nie rausgeworfen. So etwas hätte er früher nicht gemacht. Im Moment erkenne ich ihn manchmal nicht wieder. Es ist, als hätten diese Schmerzen und seine Angst einen anderen Menschen aus ihm gemacht.»

Ritter stützte die Unterarme auf und lehnte sich zurück. «Sie dürfen trotzdem nicht aufgeben. Er muss sich unbedingt untersuchen lassen.»

Sie zuckte hilflos die Achseln. «Was soll ich denn noch tun? Ich dringe einfach nicht zu ihm durch! Er glaubt mir nicht, egal, was ich sage.»

«Das Gefühl kenne ich.» Ritter setzte sich wieder auf und beugte sich nach vorn, starrte aufs Meer hinaus.

«Wirklich?» Neugierig musterte sie ihn. «Ist Ihr Vater auch krank?»

«Nein. Aber mindestens so stur wie Ihrer. Zu ihm dringt man auch nicht durch. Oder zumindest ich nicht», sagte er mit einem bitteren Unterton, und Greta musste plötzlich daran denken, wie wütend er geklungen hatte, als sie zuletzt über seinen Vater gesprochen hatten.

«Haben Sie sich mit ihm gestritten?»

Er antwortete zuerst nicht, und sie sah, wie es in seinem Gesicht arbeitete. Dann zuckte er mit den Schultern.

«Mein Vater streitet sich nicht. Für ihn steht immer fest, dass er recht hat, und darin lässt er sich nicht beirren. An seiner Souveränität beißt man sich die Zähne aus.»

Dann hat er viel von seinem Vater, überlegte Greta und dachte an die stoische Ruhe, mit der er nicht nur Frau Modau, sondern auch Micki zum Nachgeben gebracht hatte.

«Sind Sie deshalb aus Hamburg weggegangen?» Sie bereute ihre Frage sofort, als er sie scharf ansah.

«Ich nehme an, über meine Gründe, die Parkklinik zu verlassen, spekuliert die Belegschaft der Hansen-Klinik eifrig?»

«Ich habe mich daran nie beteiligt, aber ich kann verstehen, dass es die Kollegen interessiert», sagte sie. «Sie sind der neue Chefarzt, natürlich will man da mehr über Sie wissen. Das ist doch ganz normal, vor allem in einem kleinen Haus wie unserem.»

Er verzog den Mund. «Und die Geschichte vom verlorenen Sohn ist spannend?»

«Ist es denn eine?», hakte Greta nach.

«Nein. Ich verprasse nämlich nicht gerade mein Erbe. Und ich werde auch ganz sicher nicht reumütig zu meinem Vater zurückkehren.»

Seine Miene hatte sich verdüstert, und Greta erschrak über den Schmerz, der jetzt in seinen Augen lag. Er wandte den Kopf ab.

«Tut mir leid», sagte sie. «Ich wollte Sie nicht ausfragen.»

Er sah sie wieder an und hob einen Mundwinkel zu einem ironischen Lächeln. «Ach nein?»

Schuldbewusst verzog sie das Gesicht. «Okay, ja, ich bin schon ein bisschen neugierig. Aber nicht, weil ich Stoff zum Tratschen sammle. Mich interessieren Menschen einfach, ich möchte wissen, was sie bewegt. Wenn ich sie verstehe, kann ich mich besser um sie kümmern. Und ja, ich sage auch oft unbedacht Dinge, die ich eigentlich lieber nicht sagen sollte», gestand sie. «Aber ich arbeite daran.»

Er betrachtete sie schweigend.

«Ehrlich zu sein ist kein Verbrechen», sagte er dann und erhob sich, streckte ihr die Hand hin.

Sie ließ sich von ihm hochziehen, aber als sie wieder stand, hielt er ihre Hand weiter fest.

«Mir gefällt das», fügte er hinzu, und für einen kurzen,

atemlosen Moment versank sie erneut in seinen grauen Augen, nicht sicher, ob sich seine Bemerkung nur auf ihre Ehrlichkeit bezog oder ob sich mehr dahinter verbarg.

Aber sie und Ritter? Nein, daran durfte sie nicht einmal denken. Das ging aus tausend Gründen nicht.

Davon fiel ihr allerdings gerade keiner ein. Stattdessen merkte sie, wie warm seine Hand ihre umschloss. Und dass in seinen Augen dieser Ausdruck lag, der ihr Herz schneller schlagen ließ …

Abrupt löste sie sich von ihm und brachte Abstand zwischen sie beide.

«Wollen wir weiter?», fragte sie lächelnd und betete, dass er ihr nicht anmerkte, was ihr gerade durch den Kopf gegangen war.

Er sah sie an und zog dann mit einer fahrigen Geste sein Handy, das angefangen hatte zu klingeln, aus seiner Hosentasche.

«Ja?», blaffte er die Person an, die ihn sprechen wollte, doch schon während er lauschte, veränderte sich sein Gesichtsausdruck.

«Was ist?», fragte Greta, weil sie erkennen konnte, dass etwas passiert war.

«Feueralarm», sagte er, sichtlich fassungslos. «Es brennt in der Klinik.»

16

«Wieso kommen uns die Löschzüge entgegen?» Greta blickte sich um und sah den beiden großen Feuerwehrautos nach, die gerade an ihnen vorbeigefahren waren.

Sie hatten die Klinik fast erreicht, aber bis jetzt waren keine Sirenen zu hören gewesen.

«Vielleicht ein Fehlalarm», meinte Ritter und bog in die Straße ein, an der die Klinik lag.

Greta hatte als Jugendliche schon einmal einen Brand erlebt. Auf einem der Bauernhöfe am Rand von Dinkersen hatte eine Scheune gebrannt. Die Luft war voller Qualm gewesen, und die Rauchsäule hatte man kilometerweit gesehen.

Der Himmel über der Klinik war jedoch noch genauso klar und blau wie zuvor, und als sie auf den Parkplatz fuhren, wirkte das Gebäude wie immer. Vor dem Eingang war jedoch ein kleines Einsatzfahrzeug der Feuerwehr geparkt. Daneben standen mehrere Sanitäter und diskutierten.

Ritter parkte seinen Mercedes hinter dem Haus, und sie gingen durch einen der hinteren Eingänge ins Gebäude.

Auch wenn man draußen wenig davon mitbekommen

hatte, ging es drinnen chaotisch zu. Unten im Flur standen zwei Krankenhausbetten. Die Frauen, die darin lagen, unterhielten sich aufgeregt mit Susanne, die bei ihnen stand. Und sie waren nicht die Einzigen, die den Flur bevölkerten. Überall hielten sich Leute auf. Einige davon saßen im Rollstuhl, die anderen standen, teilweise mit einem Infusionsständer neben sich. Sie trugen Jogginganzüge oder Bademäntel über ihren Pyjamas.

«Das sind die Patienten von der Station», sagte Greta.

«Was ist hier los?», wollte Ritter von Faris wissen, der auf sie zueilte.

«Es hat oben im Verbandsraum ein Feuer gegeben», berichtete er. «Zum Glück kein großes, wir konnten es sofort löschen. Aber wir haben die Station trotzdem erst mal geräumt, wegen des Rauchs und weil die Feuerwehr sichergehen wollte, dass alles okay ist. Ein Brandexperte ist noch oben, aber wir hoffen, dass wir die Leute gleich zurückbringen können.»

Jetzt kam Bent durch den Gang und stieß ebenfalls zu ihnen. «Sorry, als ich anrief, dachte ich, die Lage wäre ernster», sagte er entschuldigend zu Ritter.

Doch der schüttelte den Kopf. «Das war richtig. Wie es aussieht, können ein paar Helfer mehr nicht schaden.»

So ein Vorfall war am Wochenende besonders problematisch, denn da waren eigentlich nur der Stationsdienst und ein ärztlicher Notdienst im Haus, den dieses Wochenende Bent übernommen hatte. Entsprechend gestresst sah er aus, und auch Faris wirkte angespannt.

«Das war vielleicht eine Aufregung», sagte Faris. «Wir hatten alle Hände voll zu tun, die Patienten wieder zu beruhigen. Susanne und Leonie sind extra gekommen, um zu helfen. Und wenn du auch bleiben könntest, dann wäre das …» Er blickte Greta an. «Was ist los? Stimmt was nicht?»

Greta ließ den Blick über die Patienten schweifen. «Wo ist denn Micki?», fragte sie, weil sie das Mädchen mit den auffälligen Haaren nirgends entdecken konnte. «Liegt sie noch oben?»

«Nein, es sind alle unten.» Faris runzelte die Stirn. «Micki hat den Brand entdeckt. Sie kam ins Schwesternzimmer, um mich auf den Rauch im Flur aufmerksam zu machen. Deshalb bin ich davon ausgegangen, dass sie mit den anderen runtergegangen ist. Sie wusste doch, was los war.»

Ein ungutes Gefühl beschlich Greta. «Ich sehe mal nach, ob sie noch oben ist», sagte sie und tauschte einen Blick mit Ritter, der zu begreifen schien, was sie befürchtete.

«Ich komme mit», erklärte er.

Gemeinsam gingen sie nach oben, während Faris und Bent bei den Patienten blieben.

Als sie die Station betraten, roch es nach Rauch. Zu sehen war jedoch nichts, die Luft war klar.

«Greta?» Leonie stand mit einem Mann in Feuerwehruniform auf dem Flur. «Was machst du denn hier?»

«Bent hat uns angerufen und gesagt, dass es brennt», antwortete sie. Erst als Leonie zuerst Ritter und dann sie erstaunt ansah, merkte sie, dass das Wort «uns» erklärungsbedürftig war. Aber dafür hatten sie jetzt keine Zeit.

«Wissen Sie schon, wie das passiert ist?», erkundigte sich Ritter bei dem Brandexperten.

«Eindeutig Brandstiftung.» Der Mann schüttelte den

Kopf. «Jemand hat Mullbinden auf den Boden gelegt und angezündet. Zum Glück wurde das Feuer schnell bemerkt, deshalb ist außer der Rauchbelästigung nichts weiter passiert.» Er schüttelte den Kopf. «Da haben Sie echt verdammtes Glück gehabt.»

«Wer hat das Feuer entdeckt?», fragte Ritter. «War das wirklich Micki?»

«Ja», bestätigte Faris, der gerade zu ihnen gestoßen war. «Sie kam ins Schwesternzimmer und meinte, dass es im Materialraum brennt. Ich bin sofort hin und habe das Feuer gelöscht, während Bent die Feuerwehr gerufen hat.»

«Und wo ist Micki?» Greta wandte sich an Leonie. «Hast du sie gesehen?»

Ihre Freundin schüttelte den Kopf. «Sie wird unten bei den anderen sein.»

«Nein, das ist sie eben nicht», widersprach Ritter, während Greta schon loslief, um nach dem Mädchen zu suchen.

Doch das Bett in ihrem Zimmer war leer, und ein Blick in den Schrank bestätigte, was Greta schon vermutet hatte.

«Scheiße», fluchte sie und wollte zurück in den Flur. An der Tür wäre sie jedoch beinahe mit Ritter zusammengeprallt, der ihr gefolgt war.

«Micki ist weg!», rief sie aufgeregt. «Ihre Sachen sind verschwunden. Sie muss die Aufregung genutzt haben, um abzuhauen.»

«Ich fürchte, sie hat selbst für die Aufregung gesorgt», meinte er.

«Sie glauben, Micki hat das Feuer gelegt?», fragte sie, während sie zurück zu den anderen gingen.

Er nickte. «Wer sollte es sonst getan haben?»

«Aber wo will sie denn hin? Und noch dazu in ihrem Zustand!» Greta schüttelte den Kopf. «Was kann denn nur passiert sein, dass sie schon wieder so etwas Drastisches macht?»

«Micki hat das Feuer gelegt?» Faris, der sich offenbar zusammengereimt hatte, was passiert war, sah sie entsetzt an. «Aber warum?»

«Wahrscheinlich, weil sie wusste, dass wir sie nicht einfach so gehen lassen. Deshalb hat sie sich rausgeschlichen.» Greta runzelte die Stirn. «Die Frage ist, was sie dazu gebracht hat. Ich habe am Freitag noch mit ihr gesprochen und ihr gesagt, dass sie sich keine Sorgen machen muss, weil sie für die Aktion im Aufbereitungsraum höchstens ein paar Sozialstunden bekommt. Ich dachte, das hätte sie verstanden.»

«Wahrscheinlich hat der Polizist sie erschreckt, der gestern Nachmittag hier war», meinte Leonie.

«Welcher Polizist?», wollte Greta wissen. «Meinst du Klaus Fährmann?»

«Ja, genau. Er wollte ihre Fingerabdrücke nehmen, aber das Mädchen hat sich geweigert. Darauf hat er ihr gesagt, dass sie ihm bis spätestens Montagmorgen ihren Namen sagen muss, sonst nimmt er ihre Fingerabdrücke, notfalls mit Gewalt. Er meinte, er habe keine andere Wahl. Das hat sie ziemlich aufgeregt.»

«Oh nein», rief Greta entsetzt und bereute, dass sie nicht mehr mit Klaus gesprochen hatte, so wie es vereinbart gewesen war. Sie hatte sich an das Versprechen gebunden gefühlt, das sie Micki gegeben hatte, und deshalb nicht weitergegeben, was sie über Hamburg wusste.

«Wieso hat Klaus das denn nicht mit uns abgesprochen? Er kann sie doch nicht so aufregen, ohne sich vorher zu vergewissern, dass es aus medizinischer Sicht in Ordnung ist.»

«Er meinte, er hätte das mit Doktor Ehlert geklärt», erklärte Leonie.

«Verdammt.» Es war Ritter, der geflucht hatte, und als Greta ihn ansah, wirkte er ziemlich grimmig.

«Wussten Sie davon?», fragte sie.

Ritter schüttelte den Kopf. «Nein, aber ich weiß, dass Doktor Ehlert ein Problem damit hat, dass Micki hier bei uns in der Klinik liegt, ohne dass wir wissen, wer sie ist. Kein Wunder, dass er nichts gegen Fährmanns Vorgehen einzuwenden hatte.»

«Und jetzt?» Greta hob ratlos die Schultern. «Wir müssen Micki wiederfinden.»

«Weit wird sie ja ohne Geld nicht kommen», erklärte Ritter, woraufhin Faris plötzlich einen unterdrückten Fluch ausstieß und zurück ins Schwesternzimmer lief. Kurz darauf fluchte er erneut, diesmal laut und vernehmlich.

«Mein Portemonnaie ist weg», sagte er, als er zurückkam. «Es lag auf dem Schreibtisch. Sie muss es mitgenommen haben.» Er stöhnte. «Dieses Biest!»

«Sie weiß zumindest, wie sie bekommt, was sie will.» Greta überlegte, was die Tatsache, dass Micki offenbar eine geschickte Diebin war, über ihr Leben verriet. Es wirkte, als hätte sie viel Erfahrung damit, sich am Rande der Legalität durchzuschlagen, und sie schien sehr erfinderisch zu sein, wenn es darum ging, aus unangenehmen Situationen zu entkommen. Was leider dafür sprach, dass sie ihre Identität geheim hielt, weil sie etwas zu verbergen hatte.

Greta wollte aber noch nicht glauben, dass ihr Instinkt sie getrogen hatte und sie einer notorischen Lügnerin aufgesessen war. Außerdem machte ihr immer noch Sorgen, was sie in ihrem Gespräch mit Micki über deren Gesundheitszustand erfahren hatte.

Sie ging ins Schwesternzimmer, setzte sich an den Computer und rief Mickis Krankenakte auf. Der Hormonspiegel, den sie am Freitag bei der Übergabe dringend angeregt hatte, war inzwischen da. Mit Doktor Ehlert hatte sie nicht mehr reden können, deshalb hatte sie die Sache mit Bent besprochen, und der hatte ihren Hinweis offenbar aufgenommen und verfolgt – mit einem eindeutigen Ergebnis.

«Sie hat Morbus Addison.» Ritter war hinter Greta getreten und hatte die Ergebnisse ebenfalls gelesen. Ungläubig schüttelte er den Kopf. «Warum haben wir das die ganze Zeit übersehen?»

Greta drehte sich auf ihrem Stuhl zu ihm um. «Weil die Nierenquetschung im Vordergrund stand. Außerdem dachten wir, dass ihre Überfahrt mit dem Boot der Grund für ihre Erschöpfung ist. Aber am Freitag hat sie mir erzählt, dass sie schon länger unter extremer Müdigkeit leidet. Und dazu der niedrige Blutdruck, der sich einfach nicht stabilisiert … Ich hatte da so ein komisches Gefühl und dachte, dass ein Hormonspiegel sinnvoll wäre, damit wir sehen können, ob …»

«Moment», unterbrach er sie ungläubig. «Sie haben diese Untersuchung angeordnet?»

«Ich habe sie vorgeschlagen», stellte Greta richtig.

«Um zu überprüfen, ob Mickis Beschwerden vielleicht daher rühren.»

Er nickte anerkennend. «Sehr gut kombiniert.»

Das Kompliment freute Greta mehr, als sie sich eingestehen wollte. Ritter beugte sich an Greta vorbei zum Computer und rief Mickis Ultraschallbilder auf, betrachtete sie noch einmal eingehend.

«Kein Tumor zu sehen», sagte er. «Also eine autoimmune Schädigung.»

Greta wusste, was das bedeutete. Bei Morbus Addison wurde die Nebennierenrinde zerstört, die für den Transport wichtiger Hormone im Körper zuständig war. Das konnte auch durch einen Tumor geschehen, aber häufiger hatten die Patienten einen Autoimmun-Defekt, bei dem körpereigene Abwehrzellen sich gegen die Nebennierenrinde richteten. Morbus Addison war eine seltene und ziemlich tückische Erkrankung, die nicht immer sofort erkannt wurde.

Ritter schloss das Bild wieder und sah sich noch einmal die Werte an. «Wir müssen Micki zurückholen. Sonst ...»

«... fällt sie vielleicht ins Koma», beendete Greta seinen Satz, weil es genau das war, was auch sie befürchtete. Die Krankheit wurde oft erst durch die sogenannte Addison-Krise diagnostiziert. Dabei verschlechterte sich der Zustand des Patienten so drastisch, dass es für ihn lebensbedrohlich wurde. Der Kreislauf brach zusammen, und es kam zu einer Bewusstseinstrübung, die zum Tode führen konnte, wenn nicht rechtzeitig Hilfe kam.

Ritter nickte. «Bei diesen Werten wäre Mickis Risiko, eine Krise zu erleiden, schon hoch, wenn sie hier bei uns im Bett läge.»

«Aber wenn sie draußen rumläuft und sich aufregt, weil sie Angst vor der Polizei hat ...»

Greta musste den Satz nicht beenden. Ihnen beiden war klar, dass Aufregung Mickis Zustand drastisch verschlimmern würde. Sie schwebte in großer Gefahr, wenn sie nicht bald gefunden wurde.

«Wieso hast du mir gestern nicht Bescheid gesagt?» Greta musterte Leonie vorwurfsvoll. «Du wusstest doch, wie schwierig Mickis Situation ist. Vielleicht hätte ich sie beruhigen können, wenn ich gewusst hätte, dass Klaus hier war. Das hättest du mir erzählen müssen!»

Ihr Tonfall war schärfer als beabsichtigt, und es tat ihr sofort leid, als sie sah, wie Leonie blass wurde.

«Ich ... tut mir leid. Ich hab nicht dran gedacht.» In Leonies Gesicht arbeitete es. «Außerdem ist mir ... entschuldigt mich.» Sie rannte über den Flur und verschwand in der Toilette.

«Ich sehe nach ihr», sagte Greta zu Ritter und folgte ihrer Freundin. Als sie die Tür zur Toilette öffnete, hörte sie, wie Leonie sich übergab.

«Es tut mir leid, ich wollte dich nicht so anfahren», sagte sie und wartete, bis Leonie wieder aus der Kabine kam. «Alles in Ordnung?»

«Nein.» Leonie lehnte sich erschöpft gegen den Türrahmen. «Mir ist schon die ganze Zeit übel.»

Greta betrachtete sie und fragte sich, ob das wirklich nur eine Reaktion auf den Feueralarm war. Langsam kam ihr die Sache komisch vor.

«Dir ist in letzter Zeit ziemlich oft schlecht, oder?»

Leonie wich ihrem Blick aus. «Ich ... muss mir irgendetwas eingefangen haben.»

Oder du bist schwanger, dachte Greta und blickte auf Leonies Bauch, der genauso flach war wie sonst. Aber wenn das so wäre, dann hätte Leonie ihr doch sicher davon erzählt ...

«Vielleicht sollte ich lieber nach Hause gehen», sagte Leonie. «Ich weiß, es ist blöd, weil ich eigentlich helfen wollte. Aber im Moment ...»

«Kein Problem. Ich bin ja jetzt da», versicherte Greta ihr, froh über einen Grund, in der Klinik zu bleiben. Nach dem Streit mit ihrem Vater konnte sie Ablenkung gut gebrauchen.

Sie blieb bei Leonie, bis sie sich frischgemacht hatte, dann verließen sie zusammen die Toilette.

Ritter stand jetzt auf dem Flur und telefonierte. Als er Greta sah, gab er ihr ein Zeichen, dass sie zu ihm kommen sollte. Doch Greta wandte sich noch einmal an Leonie.

«Du weißt doch, dass ich immer für dich da bin, oder? Ich meine, falls da doch etwas wäre, über das du reden willst?»

Sie rechnete damit, dass Leonie ihr Angebot erneut ablehnen würde. Aber ihre Freundin zögerte.

«Da ist wirklich was», sagte sie und sah auf einmal so traurig aus, dass Gretas Herz sich zusammenzog.

«Frau Paulsen?», rief Ritter und deutete auf das Telefon, als sie zu ihm hinübersah. Offenbar betraf dieses Telefonat auch sie, und es schien wirklich dringend zu sein.

Greta verzog das Gesicht. «Ach, Mist, ich ...»

«Schon gut. Geh», sagte Leonie. «Den Chefarzt darf man nicht warten lassen.»

«Aber wir reden noch», beharrte Greta. «Ich will wissen, was los ist.»

Leonie nickte und lächelte so matt, dass Greta kurz überlegte, bei ihr zu bleiben und sich anzuhören, was los war. Aber sie wusste, dass es im Moment nicht ging, deshalb ließ sie Leonie gehen und lief zu Ritter, der immer noch winkte.

Als sie ihn erreichte, legte er die Hand über den Telefonhörer, sodass der Anrufer nicht mithören konnte. Seine Augen blitzten verärgert. «Warum zur Hölle kommen Sie nicht, wenn ich Sie rufe?»

«Jetzt bin ich doch da», erklärte Greta ungerührt. «Was ist denn?»

Er deutete auf das Telefon. «Der Polizist, der Micki befragt hat, ist dran. Dieser Herr Fährmann.»

Er drückte auf die Lautsprechertaste. «Herr Fährmann? Frau Paulsen ist jetzt auch hier.»

«Hallo Klaus», begrüßte Greta ihn.

«Hallo.» Klaus' Stimme klang blechern aus dem Telefon, und er hörte sich zerknirscht an. «Doktor Ritter hat mir schon erzählt, was passiert ist. Es tut mir wirklich leid. Ich wusste nicht, dass das so problematisch war mit den Fingerabdrücken ...»

«Schon gut», unterbrach Ritter ihn. «Gibt es etwas Neues über unsere Patientin?»

«Ja, allerdings. Ich weiß jetzt, wer sie ist», berichtete Klaus. «Wir hatten doch noch einen Treffer bei den Vermisstenanzeigen. Die Datei war fehlerhaft eingegeben worden, deshalb hat es so lange gedauert.»

Greta spürte ein Kribbeln im Magen. «Und?»

«Das Mädchen heißt Milena Sander, ist siebzehn und kommt aus Hamburg. Dort lebt sie in einem Wohnprojekt für schwierige Jugendliche», fuhr Klaus fort. «Die

Eltern kümmern sich nicht, Mutter drogensüchtig, Vater im Knast.»

Greta versuchte sich vorzustellen, wie es war, in so einem Umfeld aufzuwachsen. Kein Wunder, dass Micki niemandem traute.

«Außerdem hat sie eine ganz schön dicke Akte», berichtete Klaus weiter. «Ladendiebstahl, Einbruch, Beamtenbeleidigung und Sachbeschädigung. Alles dabei, wenn auch nur kleinere Delikte, die schon länger zurückliegen. Neuerdings scheint sie jedoch ein Drogenproblem zu haben. Der Leiter der Wohngruppe, der die Vermisstenanzeige aufgegeben hat, gibt nämlich an, dass er sie beim Dealen erwischt hat und sie deshalb weggelaufen ist.»

«Drogen?» Ritter runzelte die Stirn. «Das Mädchen stand nicht unter Drogen. Und dass sie regelmäßig welche konsumiert, glaube ich auch nicht.»

Das konnte Greta nur bestätigen. Sie hatte während ihrer Zeit in Kiel Drogensüchtige behandelt, und Micki zeigte keine entsprechenden Anzeichen. Ihre Arme waren frei von Einstichstellen, und sie hatte auch keinerlei Entzugserscheinungen. Im Gegenteil. Sie war zwar krank und schwach und sehr bockig, aber die ganze Zeit geistig völlig klar.

«Vielleicht verkauft sie die Drogen ja nur», meinte Klaus. «Jedenfalls soll sie einer Mitbewohnerin welche besorgt haben, woraufhin diese im Rausch aus dem Fenster gesprungen ist. Selbstmord. Am selben Abend noch ist Milena verschwunden. Das hat der Betreuer jedenfalls ausgesagt.»

Greta blickte zu Ritter auf und sah, dass sich ihr

Entsetzen in seinen Augen spiegelte. Wenn Micki sich tatsächlich für den Tod ihrer Mitbewohnerin verantwortlich fühlte, dann war es kein Wunder, dass sie Angst hatte, nach Hamburg zurückzukehren! Aber irgendwie ergab das trotzdem keinen Sinn, denn Micki hatte nicht den Eindruck gemacht, als ob sie vor einer Schuld davonlief. Es hatte eher so gewirkt, als wäre sie auf der Flucht vor jemandem, der sie bedrohte.

«Schön, dass wir jetzt wissen, wie Micki wirklich heißt», meinte Ritter. «Aber nützt uns das etwas? Wir müssen sie nämlich sehr dringend finden.»

«Sie hat eine Großtante auf der Insel», fiel Greta plötzlich ein. «Das hat sie mir erzählt. Ich glaube, das war der Grund, warum sie unbedingt hierher wollte.»

«Und wie heißt die Frau?» Klaus schien ein bisschen pikiert zu sein, weil sie ihm diese Information bisher nicht weitergegeben hatte.

«Das hat sie nicht gesagt. Steht denn in deinen Unterlagen nichts über Verwandte?»

Eine Weile herrschte Stille am anderen Ende der Leitung, offenbar suchte Klaus in den Datenbanken seines Computers. «Hier steht, dass es mal einen Antrag auf Vormundschaft gab, der abgelehnt wurde. Liegt schon eine Weile zurück, aber ...» Er brach ab. «Na, das ist ja interessant!»

«Was?», drängte Ritter.

«Die Frau, die den Antrag gestellt hat, wohnt hier auf der Insel. Allerdings gibt es da ein Problem», erklärte Klaus. «Sie ist vor einiger Zeit gestorben.»

Greta und Ritter sahen sich betroffen an.

«Micki hat gesagt, dass sie lange keinen Kontakt mehr

zu ihrer Großtante hatte», erklärte Greta. «Vielleicht weiß sie das gar nicht.»

«Dann wird es sie sehr aufregen, wenn sie es herausfindet.» Ritter nahm Greta das Telefon ab. «Die Adresse, schnell», sagte er zu Klaus. «Wir müssen uns beeilen, das Mädchen schwebt in Lebensgefahr.»

17

Und sie lahmt wirklich nicht mehr?» Helena blickte zu Niklas, der neben ihr auf Karino ritt.

Eine Weile beobachtete Niklas den Gang der Stute, dann schüttelte er den Kopf. «Kein bisschen. Scheint wirklich alles wieder in Ordnung zu sein.»

Das hatten sie beide schon vermutet, als sie Esperanza vorhin aus ihrer Box geholt hatten. Um sicherzugehen, hatte Niklas einen Ausritt vorgeschlagen, und tatsächlich verhielt sich Esperanza wie immer. Von ihrer Lahmheit merkte man nichts mehr.

«Das ist doch schön», sagte Helena. «Ich dachte, es würde noch ein bisschen dauern.»

Oder zumindest habe ich das gehofft, gestand sie sich ein und fühlte sich gleich darauf furchtbar. Natürlich wollte sie nicht, dass es der Stute schlechtging. Aber wenn Esperanza wieder fit war, bedeutete das leider auch, dass ihr Arrangement mit Niklas endete – ein Gedanke, der ihr gar nicht gefiel.

«Komm, wir galoppieren ein Stück», schlug sie vor, weil sie gerade eine Wiese erreicht hatten, die sich gut dafür eignete. «Ich will sehen, ob das geht.»

So, wie sie es einschätzte, würde es kein Problem geben, denn sie hatte Esperanza zuvor, als sie ein Stück getrabt waren, mehrfach zurückhalten müssen, damit sie das Tempo nicht von sich aus steigerte. Nach den Tagen der Schonung wollte die Stute sich offenbar bewegen. Sie reagierte auch direkt auf Helenas leichten Schenkeldruck, wechselte in einen schnellen Trab und anschließend in einen raumgreifenden Galopp. Ihre Bewegungen waren weich und rund, und als Helena die Zügel freigab, spürte sie, wie Esperanza sich unter ihr streckte und regelrecht über die Wiese flog.

Karino hielt locker mit. Der Schimmel war größer und kräftiger gebaut als Esperanza und hatte sie mit seinen weiten Galoppsprüngen schnell eingeholt. Gemeinsam jagten die beiden Pferde über die Wiese, und Helena vergaß alles um sich herum, genoss einfach dieses Gefühl von Freiheit, das sie nur beim Reiten empfand. Es war schön, so im Einklang zu sein mit ihrem Pferd, und dass Niklas an ihrer Seite ritt, machte den Moment perfekt.

Erst als sie das Ende der Wiese erreichten, parierte sie die Stute durch. Esperanzas Flanken bebten, und sie selbst war auch ganz außer Atem, spürte das Adrenalin, das nach dem wilden Galopp durch ihre Adern pumpte.

Mit einem strahlenden Lächeln sah sie zu Niklas hinüber, der Karino neben ihr zum Stehen gebracht hatte.

«Sie war gar nicht zu halten. Ich glaube, wenn ich sie gelassen hätte, dann wäre sie bis zum Hof durchgaloppiert.»

«Und Karino war noch nie so schnell wie heute.» Niklas klopfte dem Hengst auf den Hals und grinste. «Konnte wohl nicht zulassen, dass Esperanza ihm davonläuft.»

«Das würde sie nie tun», erklärte Helena. «Dafür ist sie viel zu gerne mit ihm zusammen.»

«Doch, ich denke, das wird sie tun, jetzt, wo sie es wieder kann.» Niklas' Lächeln wirkte niedergeschlagen. «Und das ist auch gut so.»

Die letzte Bemerkung traf Helena, weil sie das Gefühl hatte, dass Niklas nicht nur von den Pferden sprach. Sollte das heißen, dass er sie jetzt nicht mehr bei sich haben wollte?

Bevor sie ihn danach fragen konnte, ließ er Karino antraben.

«Lass uns zurückreiten», sagte er über die Schulter und entfernte sich schon von ihr.

Helena folgte ihm und wünschte plötzlich, sie könnte ihn besser einschätzen. Aber sie wurde nicht wirklich schlau aus ihm, obwohl sie in den letzten zwei Tagen viel Zeit mit ihm verbracht hatte.

Eigentlich verstanden sie sich immer noch gut, daran hatte sich nichts geändert. Im Gegenteil. Als sie am Freitagabend zusammen gegessen hatten, war es genauso locker zugegangen wie während ihrer Telefongespräche am Abend zuvor. Sie hatten sehr viel geredet, zum Beispiel darüber, wie sie zum Reiten gekommen waren. Dabei hatten sie gemerkt, dass ihre Auffassungen darüber, wie man Pferde behandeln und reiten sollte, sehr ähnlich waren. Und als sie darüber gesprochen hatten, in welchen Ländern sie schon gewesen waren, hatte sich herausgestellt, dass sie teilweise dieselben Orte kannten und mochten. Bis nach Mitternacht hatten sie sich über alles Mögliche unterhalten, und als es schließlich Zeit wurde zu gehen, war es Helena richtig schwergefallen, sich zu verabschieden.

Zum Glück hatte sie durch Esperanza einen Grund gehabt, am nächsten Tag wiederzukommen, und nachdem sie die Pferde ein bisschen bewegt hatten, war Helena geblieben und hatte Niklas geholfen, Möbel aufzubauen und Kisten auszuräumen. Wie sich herausgestellt hatte, war er damit noch nicht besonders weit gekommen. Er schien keinen richtigen Antrieb zu haben, das Chaos zu lichten, aber er hatte sie machen lassen, und gemeinsam waren sie ein gutes Stück weitergekommen. Tatsächlich hatte Helena den Eindruck gehabt, dass es ihm sogar Spaß gemacht hatte, mit ihr zusammen zu sein.

Der Abend war dann ganz ähnlich verlaufen wie der zuvor. Wieder hatte Helena für sie beide Omeletts gebraten, und als sie schließlich erneut auf der Terrasse gesessen und geredet hatten, war ihr klargeworden, dass sie Niklas längst mehr als nur nett fand.

Sie war verliebt, und zwar Hals über Kopf, auch wenn sie das selbst kaum fassen konnte. Nach Gideons Tod war sie sicher gewesen, dass sie nie wieder in der Lage sein würde, einen Mann in ihr Herz zu lassen. Es hatte ihr Angst gemacht, es auch nur zu versuchen. Und jetzt, nach all den Jahren, war es einfach passiert, ohne dass sie es hätte verhindern können. Es fühlte sich überwältigend richtig an, mit Niklas zusammen zu sein, und sie hätte dieser Sache zwischen ihnen so gerne eine Chance gegeben.

Aber wie stand Niklas zu ihr? Ging es ihm wirklich genauso?

Helena suchte seinen Blick, aber er ritt nur schweigend neben ihr her und war offenbar tief in Gedanken versunken.

Wieso hatte er gerade angedeutet, dass er es lieber

hätte, wenn sie wieder aus seinem Leben verschwand? Waren ihre Gefühle vielleicht doch einseitig?

Gestern Abend hätte sie noch geschworen, dass da etwas war zwischen ihnen. Sie hatten geredet, Wein getrunken und sich immer tiefer in die Augen gesehen, bis Helena kaum noch atmen konnte, weil so viel Spannung zwischen ihnen in der Luft lag. Sie war sicher gewesen, dass er sie genauso begehrte wie sie ihn, und hatte darauf gewartet, dass er den ersten Schritt machte. Es schien nur eine Frage der Zeit zu sein, bis einer von ihnen diese letzte Schranke überwand.

Als sie dann irgendwann weit nach Mitternacht aufgestanden war, um nach Hause zu gehen, und gemerkt hatte, dass sie viel beschwipster war als gedacht, war er sofort bei ihr gewesen, um sie zu stützen. Es war ein Moment gewesen, der ihr noch in der Erinnerung einen prickelnden Schauer über den Rücken jagte. Sie hatte auf seine Lippen gestarrt und darauf gehofft, dass er sie küssen würde. Und sie wäre auch bei ihm geblieben, wenn er das vorgeschlagen hätte – ohne jedes Zögern sogar.

Doch stattdessen hatte er ihr ein Taxi gerufen. Und heute hielt er schon die ganze Zeit Abstand zu ihr, fast so, als wollte er eine Situation wie die am Vorabend unbedingt vermeiden. Es war eine schmerzhafte Erkenntnis, dass sie die Sache mit ihm falsch eingeschätzt hatte, und zumindest ihr Herz wollte das auch immer noch nicht glauben.

War er vielleicht einfach nur ein Gentleman und hatte ihren angetrunkenen Zustand nicht ausnutzen wollen? Oder hatte er in Wahrheit gar kein Interesse an ihr?

Sie erreichten den Hof und ritten durch das Tor. Die

Hufe klapperten auf dem Pflaster, und Esperanza wieherte plötzlich, fast so, als wäre sie froh, wieder zurück zu sein. Zumindest klang es für Helena so.

Mit einem beklommenen Gefühl stieg sie ab und half Niklas dabei, die Pferde abzusatteln und zu versorgen. Es war heiß heute, und die Rücken der Tiere glänzten von Schweiß. Niklas holte einen Schlauch und spritzte beide Pferde ab.

«Wir stellen sie rüber auf die Koppel, dann können sie sich ein bisschen wälzen», sagte er dann. «Das tut ihnen bestimmt gut.»

Helena nickte, immer noch unsicher, und trocknete die Stute ein wenig ab, während Niklas sich Karino widmete. Dann brachten sie die Pferde zu der umzäunten Wiese hinter dem Haus und ließen sie laufen. Genau wie Niklas es vorhergesagt hatte, ließen sie sich umgehend auf die nächstgelegene sandige Stelle fallen und wälzten sich ausgiebig.

Dass sie danach ganz schmutzig waren und das Ergebnis ihrer «Dusche» quasi zunichte gemacht hatten, hätte Helena normalerweise amüsiert kommentiert. Doch sie brachte keinen Ton heraus, während sie neben Niklas am Zaun stand.

Es war wie verhext, aber seit seiner Bemerkung, dass es gut wäre, wenn sie wieder ging, schienen sie nicht mehr zurückfinden zu können zu der lockeren Art, in der sie bisher miteinander umgegangen waren. Aber wie sollten sie auch, wenn er damit alles in Frage stellte?

Karino wieherte laut. Der Hengst stand bei Esperanza und stieß mit dem Kopf auffordernd gegen ihren Hals. Als die Stute nicht reagierte, biss er ihr spielerisch in die

Kruppe, was zu einer kleinen, liebevollen Rangelei führte. Dann stellten sie sich so hin, dass das eine Tier seinen Hals über den des anderen legen konnte, und rieben ihr Maul am Fell des anderen.

Es waren selbstverständliche Gesten der Zuneigung, die die beiden Pferde da austauschten, und Helena wünschte sich plötzlich, dass es bei Menschen auch so einfach wäre.

Unsicher sah sie zu Niklas auf. «Ich nehme an, jetzt, wo Esperanza nicht mehr lahmt, sollte ich mit ihr in unseren Stall zurückkehren?»

Sie hatte es extra als Frage formuliert und hoffte, dass er ihr widersprechen würde. Aber er sah sie nicht einmal an, sondern hielt den Blick auf die Pferde gerichtet.

«Das wäre sicher das Beste», sagte er mit tonloser Stimme.

Helena schluckte, überrascht, wie weh seine Worte ihr taten. Da hast du deine Antwort, dachte sie. Offenbar waren ihre Antennen in den vielen Jahren, die sie allein war, eingerostet. Sie atmete tief durch.

«Okay. Kein Problem», sagte sie und kam sich unendlich dumm vor. Was hatte sie sich denn da eingebildet?

Sie räusperte sich mühsam und hoffte, dass Niklas ihr nicht ansehen konnte, wie enttäuscht sie war.

«Es war schön bei euch», fügte sie aus einem Impuls heraus hinzu und bereute es unmittelbar. «Also, Esperanza fand es schön. Und ich natürlich auch. Aber ihr hat es besonders gut gefallen. Karino wird ihr bestimmt fehlen. Na ja, sie gewöhnt sich schon dran. Ich ... entschuldige ... ich muss kurz telefonieren.»

Entsetzt über ihr unbeholfenes Gestammel wandte sie

sich ab und wollte ihr Handy aus der Hosentasche ziehen, um Piet anzurufen und mit ihm zu besprechen, wie sie die Stute wieder zurück zum Gut Thossen …

Sie blickte auf, als Niklas sie am Arm festhielt.

«Er wird sie auch vermissen.» Seine Stimme klang rau, und sein Blick brannte sich in ihren. «Er wird es hassen, wieder allein zu sein.»

Helenas Herz schlug schneller, weil klar war, dass er nicht nur von Karino sprach. In seinen Augen lag plötzlich all das, was sie sich gewünscht hatte, und ihr Herz quoll über, weil sie so glücklich darüber war.

«Niklas …» Sie hob die Hand und wollte ihn berühren, doch er ließ sie plötzlich los und wich ein Stück zurück.

«Es ist trotzdem besser, wenn ihr wieder geht.»

«Was?» Verwirrt ließ sie die Hand sinken. «Aber …»

«Es tut mir leid, Helena», stieß er hervor und wandte sich um, lief mit großen Schritten zurück zum Haus.

Erschüttert starrte Helena ihm nach. Sie hatte sich nicht getäuscht, so viel stand fest. Es ging Niklas wie ihr, er empfand auch viel für sie. Aber warum wollte er dann, dass sie ging? Das ergab doch keinen Sinn!

Sie lief ihm nach und fand ihn in der Küche, wo er gerade dabei war, den Filter der Kaffeemaschine mit Pulver zu füllen. Seine Bewegungen waren fahrig, und er verschüttete etwas, als sie hereinkam und er sich kurz umblickte. Fluchend holte er einen Lappen und wischte das Pulver weg.

«Warum sagst du, dass ich gehen soll, wenn du eigentlich möchtest, dass ich bleibe?», fragte Helena.

Er stellte die Dose mit dem Kaffeepulver weg und drehte sich zu ihr um.

«Weil es besser ist. Ich … habe dir doch gesagt, dass ich nicht besonders gesellig bin.»

Helena machte noch einen Schritt auf ihn zu.

«Und ich habe dir gesagt, dass ich dir das nicht glaube. Also?» Sie schluckte. «Warum soll ich gehen? Willst du mich nicht, Niklas?»

Niklas klammerte sich an der Arbeitsplatte fest, um sich davon abzuhalten, etwas zu tun, das er später bereuen würde. Herrgott, es brachte ihn fast um, den unsicheren Ausdruck in Helenas Augen zu sehen! So hatte sie ihn auch angesehen, als er ihr gestern Abend ein Taxi gerufen hatte, anstatt sie zu küssen.

Er kam sich so verlogen vor. Wie konnte er sie glauben lassen, sie wäre nicht die attraktivste, klügste und wunderbarste Frau, die er jemals kennengelernt hatte? Früher hätte er keine Sekunde lang gezögert, ihr genau das zu sagen. Er hätte sie umworben und verführt und dafür gesorgt, dass sie bei ihm blieb.

Aber jetzt konnte er das nicht mehr. Es wäre unfair gewesen, etwas zwischen ihnen aufkeimen zu lassen, das keine Zukunft hatte.

Eigentlich war er sogar schon zu weit gegangen. Es war seine Schuld, dass sie jetzt vor ihm stand und ihn so verzweifelt ansah. Weil er es einfach nicht schaffte, ihr zu widerstehen. Immer wenn er die Möglichkeit gehabt hätte, sie wegzuschicken, hatte er sie ungenutzt verstreichen lassen. Er hatte sie zum Essen eingeladen, anstatt auf ihr Angebot einzugehen, sich um den Transport der Stute zu kümmern. Und er hatte nicht nein gesagt, als sie ihm angeboten hatte, ihm beim Auspacken der Umzugskisten zu helfen.

Es war der pure Masochismus gewesen, so viele Stunden mit ihr zu verbringen und dabei zu wissen, dass es nicht weitergehen durfte zwischen ihnen.

Wenigstens war es ihm gelungen, sie in dieses verdammte Taxi zu setzen. Aber auch nur, weil sie angetrunken gewesen war und er das nicht ausnutzen wollte. Das hätte er unter normalen Umständen auch nicht getan, und an diesen Strohhalm hatte er sich geklammert, bis der Wagen vom Hof gerollt war.

Aber jetzt war sie ganz klar. Es war helllichter Tag, und sie stand wieder so dicht vor ihm …

«Niklas?» Ihre Blicke glitten fragend über sein Gesicht, und er konnte einfach nicht mehr anders.

Mit einem Stöhnen löste er die Hände von der Arbeitsplatte und griff nach ihr, zog sie an sich und küsste sie. Hungrig fanden sich ihre Lippen, und alles, was ihn vorher zurückgehalten hatte, wurde unwichtig.

Sie schmeckte so süß und köstlich, wie er es sich ausgemalt hatte, öffnete sich ihm willig und erwiderte seinen Kuss so leidenschaftlich, dass er all seine Selbstbeherrschung brauchte, um sich wieder von ihr zu lösen.

Helenas Blick war verhangen, als er ihre Lippen freigab, und sie lehnte an ihm, als brauchte sie ihn als Halt, um nicht umzufallen.

«Doch, ich will dich. Du ahnst gar nicht, wie sehr», sagte er heiser. «Aber … ich kann dir nichts versprechen. Ich weiß noch nicht, wie es für mich weitergeht.»

Ihr glückliches Lächeln schwand, und sie musterte

ihn erschrocken. «Soll das heißen, du bleibst nicht hier auf der Insel?»

Er stieß die Luft aus. «So ungefähr.»

«Aber ... wieso bist du dann überhaupt hergezogen?» In ihrem Blick lag Unverständnis. «Wieso der ganze Aufwand, wenn du wieder wegmusst?»

Hilflos zuckte er mit den Schultern. «Ich bin jetzt hier. Aber ich kann keine Pläne machen.»

Gott, jetzt rede nicht so ein verklausuliertes Zeug, schalt er sich selbst. Sag ihr die Wahrheit!

«Helena, ich ...»

Er hielt inne, als er vor dem Fenster eine Bewegung wahrnahm. Eine junge Frau mit dunklen, an den Spitzen lila gefärbten Haaren blickte durch die Scheibe.

«Was zur Hölle ...?» Niklas schob Helena zur Seite. In drei Schritten war er an der Hintertür, riss sie auf. «Hey, was machen Sie da?»

Die junge Frau war vom Fenster zurückgewichen und starrte ihn an.

«Ich will zu meiner Großtante», sagte sie. «Sie ... wohnt hier.»

«Hey!» Helena war ebenfalls nach draußen gekommen und betrachtete die junge Frau mit gerunzelter Stirn. «Sie sind doch Patientin in der Hansen-Klinik. Wurden Sie schon entlassen?»

«Ja, mir geht es wieder gut», behauptete die junge Frau, strafte sich selbst aber sofort Lügen, weil sie schwankte. Sie fing sich jedoch wieder. «Wo ist meine Großtante?», wiederholte sie.

«Großtante?» Niklas verstand gar nichts, aber Helena wusste offenbar, von wem das Mädchen sprach.

«Meinen Sie Frau Dreesen?», fragte sie.

Das Mädchen nickte. «Marlies Dreesen. Wo ist sie?»

«Es tut mir leid, aber sie ist Anfang letzten Jahres gestorben», erklärte Helena. «Wussten Sie das nicht?»

«Nein.» Die junge Frau war sichtlich schockiert über diese Nachricht.

«Kommen Sie doch rein und setzen Sie sich», bot Helena ihr an. «Sie sehen aus, als ginge es Ihnen nicht gut.»

Die junge Frau schüttelte den Kopf und wich zurück. «Nein. Ich ... es ... geht schon ...» Sie schwankte erneut. «Ich muss weg. Ich ...»

Ohne Vorwarnung sackte sie in sich zusammen und fiel zu Boden. Dort blieb sie regungslos liegen.

«Mein Gott.» Helena war sofort bei ihr und untersuchte sie. Ihre Miene war besorgt. «Schwacher Puls und flache Atmung.»

«Ich rufe die Rettung.» Niklas wollte nach dem Handy in seiner Tasche greifen, hielt jedoch inne, als er hörte, dass sich ein Auto näherte. Einen Augenblick später bog ein Rettungswagen auf den Hof ein.

«Doktor Ritter!», rief Helena überrascht, weil sie den großen, dunkelhaarigen Arzt, der ausstieg, offenbar kannte. «Woher wussten Sie, dass wir Sie brauchen?»

«Die Kleine ist aus der Klinik abgehauen, und wir haben vermutet, dass sie hierherkommt», antwortete der Mann, während er seine Notarzttasche neben der jungen Frau abstellte. «Oder eigentlich haben wir es eher gehofft, weil wir wussten, dass ihr ein Zusammenbruch droht», fügte er hinzu. «Wie lange liegt sie schon hier?»

Helena schilderte ihm, was passiert war, und half mit, die Frau zu versorgen.

Niklas hielt sich im Hintergrund und ließ die Profis ihren Job tun. Er hatte das schon hundertfach bei «Ärzte ohne Grenzen» beobachtet, aber er staunte immer wieder darüber, wie schnell und reibungslos so ein Rettungseinsatz ablief. Innerhalb von Minuten war die Patientin stabilisiert und lag im Rettungswagen, der mit hohem Tempo wieder vom Hof fuhr.

«Kreislaufkollaps», erklärte Helena, als sie zu Niklas zurückkehrte. «Mein Gott, ich weiß nicht, wie das ausgegangen wäre, wenn die anderen nicht so schnell hier gewesen wären.»

«Wird sie es schaffen?», fragte Niklas.

«Ich hoffe es. Das war wirklich knapp.» Sie seufzte, dann wandte sie sich wieder zu ihm und griff nach seinen Händen. «Und jetzt noch mal zu uns», sagte sie, doch bevor sie weiterreden konnte, klingelte ihr Handy.

Mit einem genervten Stöhnen zog sie es aus ihrer Hosentasche. Als sie sah, wer der Anrufer war, ging sie sofort ran.

«Stine? Was ist los?»

Niklas reimte sich aus dem Gespräch zusammen, dass eine Patientin von Helena Schwierigkeiten hatte. Und die Sache schien in der Tat beunruhigend zu sein, denn Helena runzelte die Stirn, als sie wieder auflegte.

«Ich muss los. Eine schwangere Patientin klagt über Schmerzen. Wir reden später, ja?»

Sie stellte sich auf die Zehenspitzen und küsste ihn, nicht lange, aber lange genug, um ihn daran zu erinnern, dass er keine Chance hatte, ihr zu widerstehen.

«Lauf nicht weg», sagte sie mit einem schiefen Lächeln, das auch ein bisschen besorgt war, bevor sie zu ihrem Auto ging und einstieg. Sie winkte ihm noch einmal zu, wendete den Wagen und fuhr vom Hof.

Niklas winkte zurück und sah ihr nach, bis sie aus seinem Blickfeld verschwunden war. Wieso war das Schicksal so grausam und schickte ihm jetzt eine Frau wie Helena? Eine Frau, mit der er sich eine Zukunft hätte vorstellen können.

Du musst es ihr sagen, dachte er und schluckte beklommen. Bevor er etwas mit ihr anfing, musste sie wissen, worauf sie sich einließ.

18

Greta überprüfte die auf den Monitoren angezeigten Werte und nickte zufrieden. Micki hatte das Schlimmste überstanden. Sie schlief jetzt, und wenn sie Glück hatten, würde sie morgen früh hoffentlich wieder halbwegs auf dem Damm sein.

Das hätte anders ausgehen können, wenn Doktor Ritter nicht beschlossen hätte, auf Verdacht mit dem Rettungswagen zum Dreesen-Hof zu fahren. Dadurch waren sie rechtzeitig da gewesen, um Micki zu stabilisieren und Schlimmeres zu verhindern.

«Na? Kannst du dich nicht losreißen?» Susanne betrat das Intensivzimmer.

Für eine eigene Intensivstation war die Hansen-Klinik zu klein, deshalb gab es nur dieses Zimmer mit zwei Intensivbetten auf der normalen Station. Aber es war ausgestattet mit allem, was man für die Intensivpflege brauchte.

Susanne trat zu Greta an das Bett, in dem Micki lag. «Der Fall geht dir ganz schön nah, oder?»

Greta nickte. «Sie tut mir einfach leid. Ich kann auch gerne noch bleiben, wenn du willst. Falls sie aufwacht, meine ich. Dann wäre ich gerne da.»

Susanne schüttelte den Kopf. «Ich glaube nicht, dass

sie in den nächsten Stunden aufwacht. Sie muss sich erst mal erholen, und das musst du nach diesem chaotischen Tag auch. Du gehörst ins Bett, Greta. Aber wenn es dich beruhigt, kann ich dich anrufen und dir Bescheid sagen, falls sich irgendetwas tut. Und morgen früh bist du ja wieder hier. Sollen wir es so machen?»

Greta nickte, weil sie wusste, dass Susanne recht hatte. Es war schon fast elf Uhr abends, und der Tag war in jeder Hinsicht anstrengend gewesen. Doch die Erinnerung an den Streit mit ihrem Vater hielt sie davon ab, nach Hause zu fahren. Aber das war nicht Susannes Problem, die es nur gut meinte. Als sie gerade gehen wollte, fiel Greta jedoch ein, dass es noch einen Patienten gab, um den sie sich Sorgen machte.

«Was hatte Herr Hartmann eigentlich gerade? Weshalb hat er geklingelt?»

«Er wollte wissen, ob er morgen früh wie geplant in die Reha entlassen wird. Ich glaube, die Tatsache, dass wir ihn heute noch mal durchgecheckt haben, irritiert ihn.»

Greta hatte nur am Rande mitbekommen, dass Ritter am Nachmittag doch noch einmal Scans des gesamten Beins hatte machen lassen, weil Leon Hartmann immer noch über Schmerzen klagte.

«Was haben die Untersuchungen denn ergeben?», wollte sie wissen.

«Keine Ahnung. Das musst du Doktor Ritter fragen. Er scheint das auch mit Herrn Hartmann noch nicht besprochen zu haben.» Susanne seufzte. «Na ja, ich sage ihm gleich mal Bescheid. Vielleicht kann er ja noch mal kommen und den armen Kerl beruhigen.»

«Ist Doktor Ritter noch da?», fragte Greta erstaunt.

Susanne nickte. «Er hat den Notdienst übernommen und Bent nach Hause geschickt.»

Greta hatte Ritter nach Mickis Einlieferung noch ein paarmal gesehen, aber seit einiger Zeit nicht mehr. Deshalb war sie davon ausgegangen, dass er längst gefahren war. Aber wenn er doch noch da war, konnte sie etwas erledigen, das ihr auf der Seele lag.

«Okay, dann bis morgen», sagte sie zu Susanne und ging sich umziehen, bevor sie die Station verließ. Unten im Erdgeschoss waren die Büros der Verwaltung geschlossen, und auch die Flure lagen verlassen da. Alles war ruhig, aber als Greta zu Ritters Arztzimmer ging, sah sie Licht unter der Tür hindurchschimmern.

Sie rückte den Riemen ihrer Tasche noch einmal zurecht, dann klopfte sie vorsichtig.

«Ja?», hörte sie seine dunkle Stimme von drinnen und atmete noch einmal tief durch, bevor sie die Tür öffnete.

Er saß hinter seinem Schreibtisch und betrachtete etwas auf seinem Computer-Bildschirm. Er trug noch die Sachen, die er heute beim Essen mit ihren Eltern angehabt hatte, aber keinen Arztkittel mehr. Die Ärmel des Hemdes hatte er jetzt hochgekrempelt, und sein Haar war ein bisschen zerzaust, so als wäre er mehrfach mit den Händen hindurchgefahren. Als er sie erkannte, wich der ernste Ausdruck von seinem Gesicht, und er lächelte leicht.

«Frau Paulsen! Was gibt es denn?»

Es klang, als würde er sich freuen, sie zu sehen, und das gab Greta den Mut, das Zimmer zu betreten und die Tür hinter sich zu schließen.

«Ich wollte mich nur noch mal bedanken», sagte sie.

«Dafür, dass Sie sich heute die Zeit für mich und meine Familie genommen haben.» Ihr war irgendwann klargeworden, dass sie das über den ganzen Aufregungen des Tages vergessen hatte. «Und es tut mir wirklich leid, dass es am Ende so unangenehm war.»

«Machen Sie sich deshalb keine Gedanken.» Er deutete auf die Stühle vor seinem Schreibtisch. «Setzen Sie sich doch.»

Greta zögerte, aber dann folgte sie seiner Aufforderung und stellte die Tasche neben sich ab.

Eigentlich war jetzt alles gesagt, aber sie hatte es nicht eilig, weil sie ohnehin nicht wusste, wohin sie fahren sollte. Oder womit, denn sie war mit Ritter hergekommen, und ihr Auto stand noch zu Hause an der Pension.

«Wie steht es denn inzwischen?», fragte er. «Hat Ihr Vater sich wieder beruhigt?»

Greta hörte seine Frage, antwortete aber nicht, denn ihr Blick war auf den Röntgenbildbetrachter über der Liege gefallen. Er war eingeschaltet, und zwei Aufnahmen hingen daran. Eine davon zeigte eine Unterschenkelfraktur.

«Sind das die Aufnahmen von Herrn Hartmann?»

Ritter nickte, und sein ernster Gesichtsausdruck gefiel ihr gar nicht. Aus einem Impuls heraus stand sie auf und sah sich die Bilder genauer an.

Die erste Aufnahme zeigte in der Tat den gebrochenen Unterschenkel, und die zweite den Oberschenkelknochen desselben Beins. Und darauf war etwas zu sehen, was dort eindeutig nicht hingehörte.

«Ist das ein Tumor?»

Ritter nickte und kam zu ihr, blickte ihr über die

Schulter. «Sie hatten leider recht damit, dass Leon Hartmanns Schmerzen nicht zu seiner Unterschenkelfraktur passen. Das war sehr aufmerksam von Ihnen. Sonst hätten wir den Tumor vielleicht nicht so schnell entdeckt.»

Greta winkte ab. «Ich bin eben näher an den Patienten dran als Sie. Da fallen einem diese Dinge eher auf.»

«Bei Micki hatten Sie auch schon den richtigen Riecher, was die Addison-Krankheit angeht. Ich habe Kollegen, die den Zusammenhang nicht erkannt hätten.» Er betrachtete sie nachdenklich. «Warum sind Sie eigentlich nicht Ärztin geworden?»

«Weil ich lieber Krankenschwester bin», erklärte sie.

«Gibt es dafür einen Grund?»

Sie zuckte mit den Schultern. «Ich habe als Kind viel Zeit in Krankenhäusern verbracht. Nicht meinetwegen, sondern wegen meinem Bruder. Er ist Diabetiker. Die Ärzte fand er immer ganz schrecklich, aber er mochte die Schwestern, die nett zu ihm waren. Und anfangs kam auch eine Schwester zu uns nach Hause, um ihm zu zeigen, wie er mit den Messgeräten umgehen muss. Ich habe immer zugeschaut und mir vorgestellt, dass ich so etwas auch einmal machen würde: dafür sorgen, dass es kranken Menschen bessergeht. Ich mag es, mich um andere zu kümmern. Für mich ist das wichtiger, als ihnen sagen zu können, was genau sie haben.»

Ritter starrte auf das Röntgenbild. «Diagnosen mitzuteilen kann auch sehr hart sein», sagte er. «Vor allem, wenn es solche wie diese sind.»

Greta schluckte. «Dann wissen Sie schon, was es für ein Tumor ist?»

«Dafür müssen wir erst biopsieren. Aber ich fürchte,

dass es ein Ewing-Sarkom sein könnte.» Er ging zurück zum Schreibtisch und holte ein weiteres Röntgenbild, tauschte es gegen das der Unterschenkelfraktur aus. Es zeigte die Lunge von Leon Hartmann, die mehrere auffällige Flecken aufwies.

Entsetzt starrte Greta darauf. «Sind das Metastasen?»

Ritter nickte, und jetzt verstand sie, warum er auf ein Ewing-Sarkom tippte. Der bösartige Tumor galt als besonders heimtückisch, weil er schnell wuchs und in der Regel auch schnell streute. Meist gab es schon Metastasen, wenn die Diagnose gestellt wurde, genau wie in diesem Fall.

«Mein Gott, wie schrecklich.» Sie dachte an Leon Hartmanns Frau und die beiden kleinen Töchter, die ihn heute auf der Station besucht hatten. Wenn Ritters Diagnose zutraf, dann stand der Familie ein harter, schwerer Kampf bevor. Denn die Heilungschancen waren bei dieser Tumorart eher gering.

«Sie haben es ihm noch nicht gesagt, oder?»

Ritter schüttelte den Kopf. «Ich schiebe es die ganze Zeit vor mir her. Aber Frau Walter hat mir eben schon Bescheid gesagt, dass er nach mir gefragt hat. Also muss ich es wohl hinter mich bringen.»

Dass er zögerte, verstand Greta gut. Wenn man jemandem mitteilen konnte, dass er wieder gesund war, dann machte das Spaß. Aber düstere Diagnosen wie Krebs – und die Reaktionen der Patienten darauf – nahmen auch die Ärzte emotional sehr mit.

«Sie sollten warten, bis seine Frau da ist», sagte sie. «Ich glaube, er sollte danach nicht allein sein.»

«Stimmt. Morgen früh reicht auch.»

Ritter seufzte tief und kehrte an seinen Schreibtisch zurück. Greta folgte ihm, setzte sich ihm wieder gegenüber.

«Sie haben meine Frage noch nicht beantwortet», meinte er. «Wie steht es bei Ihnen zu Hause? Hat Ihr Vater sich beruhigt?»

«Nein. Leider nicht.» Greta dachte an die kurze Nachricht, die sie vorhin von ihrer Mutter bekommen hatte. «Meine Mutter sagt, er ist immer noch so wütend. Aber das bin ich auch. Ich habe es satt, mich dafür zu entschuldigen, dass ich mir Sorgen um ihn mache. Deswegen möchte ich eigentlich nicht nach Hause fahren.»

«Das kann ich verstehen», meinte Ritter. «Und wo bleiben Sie dann heute Nacht?»

Sie zuckte mit den Schultern, weil das genau die Frage war, die sie sich auch schon die ganze Zeit stellte.

«Keine Ahnung. Ich dachte, ich könnte bei Leonie ... ich meine, Frau Völler bleiben, aber ich erreiche sie nicht, und sie reagiert nicht auf meine Nachrichten. Und um diese Zeit will ich auch niemand anderen mehr stören. Also werde ich mir wohl ein Hotelzimmer nehmen. Falls ich so spontan noch eins bekomme in der Hauptsaison.»

«Sie können im Bereitschaftszimmer schlafen, wenn Sie wollen.»

Ritters Vorschlag machte sie kurz sprachlos.

«Wirklich?» An die Möglichkeit, eins der beiden Betten zu benutzen, die für die Ärzte im Nachtdienst bereitstanden, hatte sie überhaupt nicht gedacht. «Aber das Bereitschaftszimmer brauchen Sie heute Nacht doch selbst.» Sie betrachtete ihn skeptisch. Oder meinte er etwa, dass sie dort zusammen ...

Er deutete auf die Patientenliege. «Ich kann mich auch dort hinlegen. Also können Sie das Bereitschaftszimmer haben.»

Greta schluckte und schob den Gedanken, den sie gerade gehabt hatte, hastig beiseite. Dann betrachtete sie die Liege, die für einen großen Mann wie Ritter viel zu kurz und schmal wirkte. Sie bezweifelte, dass er darauf schlafen konnte.

«Vielen Dank für das Angebot, aber das kann ich nicht annehmen.»

«Doch, das können Sie», beharrte er. «Und das werden Sie auch, weil ich nicht glaube, dass Sie jetzt noch eine bessere Alternative finden.»

«Aber ...»

«Bitte. Tun Sie es mir zuliebe.» Er erhob sich und holte einen Schlüssel aus der Schreibtischschublade. «Wenn ich nicht darauf bestanden hätte, dass wir das mit dem Essen durchziehen, dann säßen Sie jetzt nicht hier.»

Greta stand ebenfalls auf. «Das ist doch nicht Ihre Schuld!»

«Ich fühle mich trotzdem besser, wenn ich dafür sorgen kann, dass Sie einen Platz zum Schlafen haben.» Er kam zu ihr und blieb vor ihr stehen. «Sie können das wirklich annehmen.»

«Okay», sagte Greta, weil ihr kein Gegenargument mehr einfiel.

«Dann kommen Sie.» Er ging zur Tür, sodass Greta gar nichts andere übrigblieb, als ihm zu folgen.

Der Bereitschaftsraum lag nur zwei Türen weiter. Ritter schloss auf, schaltete das Licht an und ließ Greta eintreten. Sie war noch nicht oft hier gewesen, aber sie kannte das Zimmer. Es war klein und eher zweckmäßig eingerichtet, mit zwei frisch bezogenen Betten und einem Schrank. In der Ecke gab es eine eingebaute Dusche und ein kleines Waschbecken. Vor den Fenstern hingen schwere Vorhänge, die noch nicht zugezogen waren.

Ritter reichte ihr den Schlüssel, an dem ein blauer Anhänger mit dem Kliniklogo befestigt war.

«Hier. Dann können Sie abschließen, wenn Sie wollen. Brauchen Sie sonst noch was?»

Greta zuckte mit den Schultern. «Ich wünschte, ich hätte noch irgendetwas zum Anziehen dabei», sagte sie. «Aber es wird schon gehen.»

«Warten Sie.» Er ging noch mal zurück in sein Arztzimmer. Als er wiederkam, drückte er ihr ein weißes T-Shirt und eine kleine Packung Kautabletten in die Hand. «Hier. Das Shirt hatte ich noch im Schrank. Ist frisch gewaschen. Und die Tabletten können Sie statt einer Zahnbürste verwenden. Ich habe die mal geschenkt bekommen, aber nie benutzt. Vielleicht hilft es ja ein bisschen.»

«Auf jeden Fall.» Ziemlich überwältigt von seiner Fürsorge sah Greta zu ihm auf. «Danke.»

Ihre Blicke trafen sich, und plötzlich hatte sie das Gefühl, nicht mehr atmen zu können.

«Dann schlafen Sie gut», sagte er mit rauer Stimme, und für einen kurzen Moment musste sie gegen den Impuls ankämpfen, sich vorzubeugen und ihn zu küssen. Auf die Wange natürlich nur. Weil er so nett war. Zumindest war es das, was ihr Verstand gleich anschließend als Begründung für diesen Wunsch nachlieferte.

«Gute Nacht.» Hastig trat sie einen Schritt zurück und schloss die Tür, dann lehnte sie sich dagegen und versuchte, ihr wild hämmerndes Herz wieder zu beruhigen.

Du wolltest ihn küssen, gib es zu, dachte sie. Und nicht nur auf die Wange. Verdammt, verdammt, verdammt. Wie sollte sie mit ihm zusammenarbeiten, wenn sie sich derart zu ihm hingezogen fühlte?

Und sie war selbst schuld an allem. Wenn sie nicht diese Lüge erfunden hätte, sie wäre in Ritter verliebt, und wenn sie kein Paar hätten spielen müssen, dann wäre das jetzt alles nicht so kompliziert.

Sein Gesicht tauchte vor ihrem inneren Auge auf. Ist es überhaupt noch eine Lüge?, dachte sie unglücklich und löste sich von der Tür.

Mark fluchte unterdrückt, während er zurück zu seinem Arztzimmer ging. Er dachte ganz eindeutig zu viel darüber nach, wie es wäre, Greta Paulsen zu küssen. Das ging ihm nicht mehr aus dem Kopf, seit sie sich beim Essen in der Pension an ihn geschmiegt und strahlend zu ihm aufgesehen hatte. Beim Spaziergang auf der Düne hatte auch nicht viel gefehlt. Und jetzt gerade war er schon wieder sehr versucht gewesen.

Vielleicht musst du es einfach mal tun, damit das ein Ende hat, dachte er und erkannte gleich darauf, dass das eine ganz schlechte Idee war. Sein Leben war gerade kompliziert genug, da konnte er noch mehr Chaos wirklich nicht gebrauchen.

Und außerdem hatte er keine Ahnung, ob Greta das überhaupt wollte. Gerade hatte zwar wieder dieser Ausdruck in ihren Augen gelegen, der ihm auch diesmal den Boden unter den Füßen weggezogen hatte. Aber dann hatte sie ihm die Tür quasi vor der Nase zugeschlagen. Bei ihr wusste man nie genau, was sie dachte oder als Nächstes tun würde, und das beschäftigte ihn, auch wenn sie nicht da war.

Nein, er war froh, dass er sie nicht geküsst hatte. Und er würde es auch nicht tun. Eine Affäre mit einer Krankenschwester war nie eine gute Idee, schon gar nicht in einem so kleinen Haus wie der Hansen-Klinik. Das gab nur Gerede.

Also reiß dich zusammen, dachte er, während er sein Arztzimmer betrat. Er würde jetzt nach einem guten Spezialisten suchen, den er Leon Hartmann empfehlen konnte, für den Fall, dass er wirklich ein Ewing-Sarkom hatte. Und danach würde er sich irgendetwas anderes einfallen lassen, was ihn von der Tatsache ablenkte, dass Greta nur zwei Zimmer weiter in dem Bett lag, in dem er eigentlich hätte schlafen sollen. In seinem T-Shirt …

Er verzog das Gesicht, als ihm klarwurde, dass er noch nie eines seiner Shirts als Nachthemd-Ersatz an eine Frau verliehen hatte, mit der er nicht vorher geschlafen hatte. Aber wenn es um Greta Paulsen ging, war alles irgendwie ungewohnt. Er war ziemlich sicher, dass ihn noch keine Frau in so kurzer Zeit so oft aus der Fassung gebracht hatte wie sie. Und er hatte auch noch bei keiner Frau freiwillig so getan, als wäre er in sie verliebt, obwohl er es nicht war. Herrgott, so was musste einen doch durcheinanderbringen!

Vielleicht ist das ja auch der Grund, überlegte er. Vielleicht hatte er einfach zu viel darüber nachgedacht, wie es wäre, wenn Greta und er tatsächlich ein Paar wären. Damit musste er aufhören. Dringend.

So schwer kann das doch nicht sein, dachte er und ließ sich mit einem Seufzen auf seinen Schreibtischstuhl sinken.

19

Helena parkte ihren Nissan Pathfinder vor dem Stalltor und schaltete die Scheinwerfer aus. Sofort lag der Hof wieder im Dunkeln. Die einzige Lichtquelle waren die erleuchteten Fenster des Wohnhauses, das rechts von ihr lag.

Mit klopfendem Herzen stieg sie aus und merkte, wie still es hier draußen war. Die Landstraße lag zu weit weg, genau wie das Meer, deshalb hörte man nur das Rauschen des Windes in den Bäumen hinter dem Haus. Wer hier lebt, muss Einsamkeit aushalten können, dachte sie und fragte sich erneut, warum Niklas ausgerechnet auf diesen abgelegenen Hof gezogen war. Aber im Grunde spielte das keine Rolle.

Sie ging auf das Haus zu, und als sie es fast erreicht hatte, öffnete sich die Tür. Niklas erschien im Türrahmen. Er musste das Auto gehört haben.

Während Helena auf ihn zuging, konnte sie nur seine Silhouette sehen, die sich vor dem Licht im Flur abzeichnete. Erst als sie direkt vor ihm stand, erkannte sie sein Gesicht und den ernsten Ausdruck darauf.

Sie schluckte. «Darf ich reinkommen?»

Er trat zur Seite und ließ sie ins Haus, folgte ihr ins Wohnzimmer.

«Helena, wegen vorhin. Ich muss dir ...», begann er, doch sie hob abwehrend die Hand und schüttelte den Kopf.

«Nein, ich zuerst. Ich ... muss dir auch was sagen.»

Er verstummte, und sie betrachtete ihn prüfend, versuchte, den Grund zu erraten, warum er glaubte, dass sie nicht zusammen sein konnten.

War er noch gebunden an eine andere? Hatte er eine Familie, die er ihr verschwieg? Eine berufliche Verpflichtung, die ihn bald wieder von hier fortbringen würde? Hatte es etwas mit «Ärzte ohne Grenzen» zu tun?

Es gab unendlich viele Möglichkeiten, und sie hatte sich den ganzen Nachmittag und Abend lang deswegen das Gehirn zermartert. Gearbeitet hatte sie von den vielen Stunden nur eine, denn die Schmerzen von Piets Tochter hatten sich als harmlose Senkwehen entpuppt. Doch anstatt nach dem Hausbesuch auf Gut Thossen direkt zurück zu Niklas zu fahren, war Helena zuerst noch einmal in den Stall gegangen, um nachzudenken.

Der Anblick von Esperanzas leerer Box hatte sie daran erinnert, wie ihr Leben bis vor ein paar Tagen ausgesehen hatte. Dass etwas darin fehlte, war ihr bewusst gewesen. Es fehlte schon seit dem Tag, an dem Gideon gestorben war. Aber wie groß die Lücke tatsächlich war, die er hinterlassen hatte, merkte sie erst jetzt. Weil sie zum ersten Mal wieder etwas Ähnliches für jemanden empfand.

Mit Niklas war etwas in ihr Leben zurückgekehrt, das sie eigentlich schon aufgegeben hatte. Und so schlagartig, so überraschend und unerwartet, dass es fast beängstigend war. Und nicht nur das, es war auch zerbrechlich.

Die Euphorie von heute Mittag, als sein Kuss sie so

fassungslos glücklich gemacht hatte, war längst verflogen, und hatte der Erkenntnis Platz gemacht, dass sie sich jetzt, da sie wusste, dass er ähnlich empfand wie sie, entscheiden musste. Deswegen war sie, als sie von Gut Thossen wieder aufgebrochen war, in ihre Wohnung zurückgekehrt, und hatte dort stundenlang darüber nachgedacht, ob sie es wagen konnte, sich auf Niklas einzulassen.

Nach den vielen Jahren, in denen sie innerlich wie erstarrt gewesen war, fiel es ihr schwer, sich zu öffnen, so gerne sie das auch wollte. Eine Kleinigkeit würde jetzt reichen, um ihr den Mut zu nehmen, es überhaupt zu versuchen. Deshalb wollte sie nicht, dass er ihr einen Grund lieferte, einen Rückzieher zu machen. Sie wollte bleiben. Wollte wieder etwas spüren, wollte erkunden, was das war zwischen ihnen und ob daraus etwas werden konnte. War dazu wirklich mehr nötig als das, was er ihr im Moment geben konnte?

«Du hast gesagt, dass du mir nichts versprechen kannst, und das ist okay. Ich brauche keine Versprechungen, Niklas. Und ich möchte auch keine Pläne machen. Ich möchte erst mal überhaupt nicht über morgen reden und was dann ist.» Sie zuckte mit den Schultern. «Können wir nicht einfach genießen, was wir jetzt haben, so lange es dauert?»

Niklas stand einfach nur da und sah sie fassungslos an. Offensichtlich hatte er etwas anderes erwartet. Dann kam er auf sie zu, und als er vor ihr stehen blieb, sah sie die Erleichterung in seinen Augen. Er hob die Hand und strich ihr eine Haarsträhne, die sich aus ihrem Zopf gelöst hatte, hinter das Ohr.

«Meinst du das wirklich ernst?», fragte er verunsichert. «Keine Pläne?»

Helena nickte, auch wenn ihr dabei etwas mulmig zumute war.

«Keine Pläne.» Sie konnte die Worte nur noch flüstern, weil Niklas mit dem Daumen über ihre Unterlippe strich. Die Berührung elektrisierte sie, ließ sie alle Zurückhaltung vergessen. Sie stellte sich auf die Zehenspitzen und schlang die Arme um seinen Hals. «Küss mich einfach», raunte sie und spürte, wie ihr Herzschlag sich beschleunigte, als er genau das tat.

Sie war schon sehr lange nicht mehr mit einem Mann intim gewesen und hatte sich oft gefragt, ob sie es überhaupt noch ertragen konnte, jemanden so nah an sich heranzulassen. Aber als sie jetzt Niklas' warmen Körper an ihrem spürte, waren alle Zweifel verschwunden. Sie wollte ihn mit jeder Faser ihres Herzens, genoss seine Berührungen und verlor sich in seinem Kuss, der ihre Sehnsucht nach ihm nur immer noch stärker machte. Gott, er konnte wirklich sehr, sehr gut küssen, deshalb stöhnte sie enttäuscht auf, als er ihre Lippen freigab, nur um gleich anschließend glücklich zu seufzen, als er sanfte Küsse auf ihren Hals hauchte.

«Helena», murmelte er rau an ihrem Ohr, und es klang ein bisschen verzweifelt, so als wüsste er immer noch nicht, ob es wirklich eine gute Idee war, was sie hier taten.

Aber Helena war ganz sicher. Sie wollte ihm noch näher sein, deshalb zog sie sein Hemd aus seiner Hose, während sie ihn erneut küsste. Mit zitternden Fingern öffnete sie die Knöpfe, schob ihre Hand unter den Hemdstoff, strich über seine muskulöse Brust – und erstarrte, als sie keine weiche Haut spürte.

Abrupt löste sie sich von ihm und schob das Hemd zur Seite, starrte auf die großflächige Narbe auf der linken Seite seiner Brust.

Sie war viel schlimmer, als sie es sich vorgestellt hatte. Die Haut bestand quasi nur noch aus wulstigem Narbengewebe. Mein Gott, dachte sie, während sie mit den Fingern über die zerstörte Landschaft aus Bergen und Tälern fuhr. Kein Wunder, dass ihm das noch Beschwerden machte. Diese Verletzung war ganz sicher lebensbedrohlich gewesen.

Sie hörte Niklas ausatmen, und als sie aufblickte, lag ein erschrockener, unsicherer Ausdruck in seinen Augen.

«Nicht», sagte er und wollte ihre Hand wegschieben, weil es ihm offenbar schwerfiel, ihre Berührungen an dieser Stelle zuzulassen. Doch sie ignorierte ihn und beugte sich vor, küsste die Narbe sanft.

«Es tut mir leid», sagte sie und blickte zu ihm auf, die Hand immer noch auf seinem Herzen. «Das muss schlimm gewesen sein.»

Er nickte, und sie glaubte, ein Glitzern in seinen Augen zu sehen, bevor er sich wieder zu ihr herunterbeugte und sie küsste, diesmal so voller Leidenschaft, dass sie keinen klaren Gedanken mehr fassen konnte.

Niklas lag wach und betrachtete die schlafende Helena. Sie lag an ihn geschmiegt, und ihre Hand ruhte auf der hässlichen Narbe, die seinen Brustkorb entstellte.

Er hatte Angst gehabt, als sie sein Hemd aufgeknöpft hatte, weil er wusste, wie abstoßend die Stelle aussah. Er selbst konnte den Anblick nur schwer ertragen, aber Helena hatte sie nur interessiert betrachtet und sie dann berührt und geküsst, so als wollte sie mit ihren Liebkosungen wiedergutmachen, was er erlitten hatte. Und wenn er nicht schon so unglaublich verliebt gewesen wäre in sie, dann hätte er spätestens in dem Moment keine Chance mehr gehabt.

Jetzt, da er wusste, wie es sich anfühlte, sie zu halten und sich in ihr zu verlieren, war er erfüllt von einer Dankbarkeit, die er nicht in Worte fassen konnte. Sie war die Frau, nach der er immer gesucht hatte, und noch musste er sie nicht aufgeben.

Keine Pläne. Keine Versprechungen. Daran klammerte er sich fest wie ein Ertrinkender. Er konnte keine machen, und sie wollte keine machen. So lange diese Abmachung zwischen ihnen galt, würde es funktionieren. Zumindest eine Weile.

Natürlich war es unfair, sie nicht wenigstens zu warnen. Das war ihm bewusst. Aber wenn er es tat, riskierte er, dass sie ging. Und den Gedanken ertrug er im Moment nicht.

«Niklas?» Helena wachte auf und blinzelte ihn an. Ein Lächeln breitete sich auf ihrem Gesicht aus, und er spürte, wie sein Brustkorb eng wurde.

«Ich bin hier», sagte er und küsste sie, bis sie beide schwer atmeten und ihre Berührungen drängender wurden.

Gott, er brauchte sie, wollte jede Sekunde mit ihr auskosten. Er konnte sie noch nicht aufgeben, auch wenn das egoistisch von ihm war. Deshalb würde er ihr noch nicht sagen, was ihm bevorstand.

Es wird schon noch eine Weile gutgehen, dachte er und zog sie enger an sich.

20

Ein lautes Klopfen weckte Greta. Erschrocken richtete sie sich auf und erkannte, dass sie sich im Bereitschaftsraum der Klinik befand. Hastig blickte sie auf ihr Handy und sah, dass es fünf Uhr morgens war, als es erneut klopfte.

«Frau Paulsen?» Es war Ritters Stimme, die dumpf zu ihr hereindrang.

«Moment.» Hastig lief sie zur Tür und schloss auf, öffnete sie einen Spalt.

Ritter lehnte mit einer Hand am Türrahmen, und sein Anblick löste wieder dieses Ziehen in ihrem Magen aus. Meine Güte, warum musste der Mann so gut aussehen?

Dann betrachtete sie ihn ein bisschen genauer und bemerkte die dunklen Bartschatten auf seinen Wangen. Er sah müde aus. Offenbar war die Liege in seinem Arztzimmer tatsächlich keine gute Alternative zum Bereitschaftsraum.

«Was ist los?», fragte sie und zog an seinem T-Shirt, das so groß war, dass es ihr bis zur Mitte des Oberschenkels reichte. Daran, dass sie nichts anderes trug, hatte sie in ihrem verschlafenen Zustand nicht gedacht, und sie versuchte, sich ihre Verlegenheit nicht anmerken zu lassen. «Ist was mit Micki?»

Er nickte. «Sie ist wach. Und fragt nach Ihnen.»

«Ich komme.» Sie wollte die Tür wieder schließen, zögerte dann aber. «Tut mir leid.»

Er runzelte die Stirn. «Was?»

«Dass Sie nicht schlafen konnten.»

«Sieht man das?» Er rieb sich mit den Fingern über die Augen, und Greta hatte plötzlich ein furchtbar schlechtes Gewissen.

«Sie hätten den Bereitschaftsraum selbst gebraucht. Ich hätte nicht …»

«Alles gut. Wir hatten mehrere Notfälle heute Nacht. Es lag nicht an Ihnen, dass ich wenig Schlaf hatte.»

«Oh.» Betroffen sah sie ihn an. «Dann … mache ich mich schnell fertig.»

Er nickte, und sie schloss die Tür wieder. Fürs Duschen blieb keine Zeit, deshalb machte sie sich nur etwas frisch und zog sich an. Sie kaute eine von Ritters Zahnputz-Tabletten, während sie das Bett richtete und sein T-Shirt in ihre Tasche stopfte. Das würde sie waschen, bevor sie es ihm zurückgab. Schnell öffnete sie noch die Vorhänge und stellte das Fenster auf Kipp, dann verließ sie den Raum.

Ritter lehnte an der Wand und wartete auf sie, als sie in den Flur trat. Überrascht, dass er nicht schon vorgegangen war, reichte sie ihm den Schlüssel. «Hier. Und noch mal danke.»

«Gern geschehen.» Er steckte den Schlüssel in die Tasche seines Arztkittels und ging mit ihr über den Flur und die Treppe hinauf zur Station. «Haben Sie denn wenigstens gut geschlafen?», erkundigte er sich.

Greta verzog das Gesicht. «Es ging. Aber mehr als Sie, schätze ich.»

Sie wollte nicht zugeben, dass auch sie lange wach gelegen hatte. Die Sache mit ihrem Vater ging ihr einfach nicht aus dem Kopf, aber sie hatte auch viel an Mark gedacht. Und die Tatsache, dass sie dabei sein T-Shirt getragen hatte, war nicht unbedingt hilfreich gewesen.

Doktor Ritter, nicht Mark, ermahnte sie sich, als ihr klarwurde, dass sie ihn in Gedanken beim Vornamen genannt hatte. Das war ihr heute Nacht mehrfach passiert, und das war kein gutes Zeichen. Sie musste diese ganze Sache wieder in den Griff bekommen, deshalb war es besser, jegliche romantischen Gefühle für ihn ein für alle Mal zu vergessen.

«Ja, das denke ich auch», sagte er, und Greta merkte erst eine Sekunde später, dass sich seine Antwort auf ihre Bemerkung über seinen Schlafmangel bezog und nicht auf ihre Gedanken.

«Wie geht es Micki denn?», fragte sie, um ihre Verunsicherung zu überspielen.

«Sie ist noch schwach. Aber die Kraft, darauf zu bestehen, dass ich Sie holen soll, hatte sie immerhin schon.»

«Mit Ihnen wollte sie nicht reden?»

«Nein», erwiderte er und seufzte in gespielter Verzweiflung. «Offensichtlich sind Sie sympathischer als ich. Und ausgeschlafener obendrein. Da könnte man glatt neidisch werden.»

Greta musste trotz ihrer Anspannung lächeln. «Wenn Sie heute früh ins Bett gehen, können Sie den Schlaf ja nachholen.»

«Ach, und was ist mit der Sympathie?», fragte er grinsend, als sie die Station betraten. «Konnte ich da immer noch nicht zulegen?»

«Doch. Ein bisschen schon», sagte sie, obwohl das glatt gelogen war. Die Steigerung seit dem vergangenen Mittwoch lag bei mindestens hundert Prozent. Eigentlich eher zweihundert. Aber das brauchte er nicht zu wissen.

«Na, wenigstens etwas.» Er seufzte lächelnd und zog sein Handy aus der Tasche, das angefangen hatte zu klingeln. «Wer ruft mich denn um diese Zeit an?», murmelte er leicht verärgert, doch als auf dem Display das Foto einer hübschen blonden Frau erschien, stutzte er. «Anruf aus Amerika. Da muss ich rangehen. Ich komme gleich.»

Er wandte sich ab.

«Hallo, Rieke», hörte Greta ihn sagen, während sie weiter in Richtung Schwesternzimmer ging, und kämpfte vergeblich gegen eine Welle der Eifersucht.

War das nicht der Name seiner Verlobten? Oder Ex-Verlobten, wenn man Verena Boden glauben durfte. Wobei die Tatsache, dass diese Rieke ihn anrief – noch dazu, ohne sich Gedanken darüber zu machen, wie spät es hier war – nicht dafür sprach, dass die beiden sich nichts mehr zu sagen hatten. Wahrscheinlich stimmte es gar nicht, dass sie sich getrennt hatten.

Der Gedanke versetzte Greta einen schmerzhaften Stich. So viel zum Thema keine Gefühle mehr für Ritter, dachte sie ein bisschen verzweifelt und versuchte, sich wieder auf ihren aktuellen Fall zu konzentrieren.

«Hey!», rief jemand über den Flur, und Greta sah, dass Susanne in der Tür zum Schwesternzimmer stand.

«Doktor Ritter sagt, dass du nicht nach Hause konntest und in der Klinik übernachtet hast», sagte sie, nachdem sie sich begrüßt hatten, und musterte Greta fragend. «Stimmt das?»

Greta nickte und sah zu Ritter hinüber. Darüber, was die anderen von ihrer Nacht im Bereitschaftsraum halten würden, hatte sie noch überhaupt nicht nachgedacht. Aber es war auf jeden Fall besser, kein Geheimnis daraus zu machen.

«Ich wollte mir eigentlich irgendwo ein Zimmer nehmen», sagte sie, weil sie Susanne ansah, dass sie eine Erklärung erwartete. «Aber Doktor Ritter meinte, er würde sich in seinem Arztzimmer hinlegen, wenn es nötig ist, und ich könnte im Bereitschaftsraum schlafen.»

«Aha.» Susanne runzelte die Stirn. «Und warum konntest du nicht nach Hause? Was war denn los? Hast du Ärger?»

Greta wusste, dass die Pflegedienstleiterin das nicht aus Neugier fragte, sondern aus echtem Interesse. Aber sie wollte die Geschichte trotzdem nicht erzählen. «Mit meinem Vater, ja», sagte sie ausweichend. «Wir haben gerade Stress.»

«Dann warst du deshalb gestern noch so lange da, obwohl du schon frei hattest?» Susanne sah sie besorgt an. «Wieso hast du denn nichts gesagt?»

Greta zuckte mit den Schultern. «Das ist was Privates, darüber möchte ich nicht so gerne reden.»

«Okay.» Susanne warf ihr einen gekränkten Blick zu. Sie fragte sich vermutlich, wieso Greta sich dem Chefarzt anvertraut hatte, aber ihr eine Abfuhr erteilte. Deshalb war Greta kurz versucht, ihr zu erklären, wie das alles zusammenhing. Das war nur schlecht möglich, ohne Ritter in Verlegenheit zu bringen.

«Doktor Ritter hat es zufällig mitbekommen», log sie. «Sonst wüsste er es auch nicht.»

Susanne blickte zu Ritter hinüber, der immer noch telefonierte.

«Ich habe euch eben beobachtet, als ihr gekommen seid. Du scheinst dich ja plötzlich sehr gut mit ihm zu verstehen.»

Greta hörte den leicht vorwurfsvollen Unterton in Susannes Stimme und spürte, wie ihre Wangen heiß wurden.

«Auf den zweiten Blick ist er wirklich sehr nett», rechtfertigte sie sich. «Außerdem hat er mir gestern geholfen.» Sogar zwei Mal, fügte sie in Gedanken hinzu. «Das hätte er nicht machen müssen.»

«Nein, hätte er nicht, das stimmt.» Der skeptische Ausdruck verschwand aus Susannes Gesicht. «Aber pass trotzdem ein bisschen auf.»

«Wieso?», fragte Greta überrascht.

«Ach, ich habe einfach kein gutes Gefühl bei unserem Doktor Ritter. Für jemanden wie ihn ist die Hansen-Klinik wahrscheinlich nur eine Durchgangsstation, also sollten wir uns vielleicht alle nicht zu sehr an ihn gewöhnen.» Susanne deutete mit dem Kinn zu Ritter, der sein Telefonat beendet hatte und auf sie zukam. «Ich meine ja nur. Von ‹wirklich sehr nett› ist es nicht mehr weit bis zu ‹unglaublich toll›, und danach bist du ganz fix bei ‹Hals über Kopf verliebt›. Und dann könnte es sein, dass unser schicker neuer Chefarzt dir schneller das Herz bricht, als du ‹Kammerflimmern› sagen kannst.»

Greta schluckte. «Keine Sorge, da bin ich nicht in Gefahr», flüsterte sie der Pflegedienstleiterin zu und verstummte dann, weil Ritter sie erreicht hatte.

«Tut mir leid, es hat ein bisschen länger gedauert.»

Er wirkte jetzt angespannt, und Greta fragte sich, ob das wohl an seinem Telefonat mit dieser Rieke lag. Was hatte er so lange mit ihr besprochen?

«Waren Sie schon bei Micki?», wollte er von ihr wissen, und Greta wurde klar, dass sie durch das Gespräch mit Susanne etwas Wichtiges vergessen hatte.

«Nein, ich ... muss mich noch umziehen.»

Sie ging schnell in die Umkleide und schlüpfte in ihre Schwesterntracht, dann kehrte sie zu Ritter und Susanne zurück, die noch auf dem Flur standen.

«Ich glaube, es ist besser, wenn Sie erst mal alleine reingehen», erklärte Ritter. «Ihnen erzählt Sie sicher mehr als mir. Aber wenn was ist, bin ich hier draußen.»

Greta nickte und betrat das Intensivzimmer.

Micki war wie gestern Abend immer noch an diverse Kontrollmonitore angeschlossen. Aber sie war jetzt wach und blickte Greta nervös entgegen.

«Na, sag mal, du machst Sachen!» Greta trat lächelnd an das Bett. «Das war ganz schön knapp, weißt du das?»

Micki nickte. «Das hat mir der Doc, der immer so ernst guckt, auch schon gesagt.» Sie versuchte sich aufzusetzen, verzog jedoch das Gesicht, weil sie offensichtlich noch Schmerzen hatte.

«Nicht zu viel bewegen», ermahnte Greta sie. «Du hast jetzt erst mal strikte Bettruhe. Keine Ausflüge auf den Flur und keine Feuerchen mehr, verstanden? Du musst erst mal hierbleiben.»

Micki rollte mit den Augen. «Aber ich will nicht, dass dieser blöde Bulle meine Fingerabdrücke nimmt. Könnt ihr ihm nicht sagen, dass ich dafür zu krank bin?»

Greta zögerte kurz. Aber es war besser, wenn Micki

Bescheid wusste, dass ihr Plan, inkognito zu bleiben, nicht aufgegangen war.

«Die Polizei braucht deine Fingerabdrücke nicht mehr», erklärte sie Micki. «Sie wissen jetzt, wie du wirklich heißt. Und dass du eigentlich in einer Wohngruppe in Hamburg lebst.»

Micki Augen weiteten sich vor Schreck. «Scheiße! Dann kommt er her.»

Ihre Stimme war nur noch ein Flüstern, und auf dem Monitor, der ihre Herztöne aufzeichnete, kam der Piepton in immer kürzerem Abstand. Sie richtete sich trotz ihrer Schmerzen im Bett auf.

«Ihr müsst mich hier wegbringen. Bitte! Sonst passiert mir was!»

«Wir passen auf dich auf, Micki, das verspreche ich. Dir wird niemand etwas tun», sagte Greta und blickte zu Ritter, der gerade das Zimmer betrat, vermutlich alarmiert von den Signalen der Monitore.

Micki achtete jedoch gar nicht auf ihn, sondern krallte ihre Hand in Gretas Arm.

«Du kennst Valentin nicht», sagte sie voller Angst. «Er wird euch alle einlullen und so tun, als wäre ich die Böse. Er wird behaupten, dass ich euch anlüge, um ihn schlecht dastehen zu lassen. Das macht er schon die ganze Zeit. Deswegen musste ich ja weg. Weil mir keiner geglaubt hat.» In ihren Augen standen Tränen. «Wenn er weiß, wo ich bin, dann kommt er mich holen und macht mich kalt, genau wie Hanna.»

Greta blickte besorgt auf die Monitore. «Du musst dich wieder beruhigen, Micki. Sonst muss ich dir was geben.» Sie deutete auf Ritter, der immer noch an der Tür stand. «Du brauchst wirklich keine Angst zu haben. Doktor Ritter und ich garantieren für deine Sicherheit. Wenn dieser Valentin kommt, dann lassen wir ihn nicht zu dir. Okay? Wir werden das verhindern. Stimmt's?»

Sie warf Ritter einen auffordernden Blick zu, und er nickte.

Tränen liefen über Mickis Wangen, aber ihr Herzschlag beruhigte sich, und sie atmete auch wieder gleichmäßiger.

Greta setzte sich zu ihr auf die Bettkante. «Und jetzt erzählst du uns, was los ist. Und zwar der Reihe nach. Wir können dir nur helfen, wenn wir über alles Bescheid wissen.»

«Ihr glaubt mir doch eh nicht.» Micki blickte zu Ritter, der ans Fußende ihres Betts getreten war. Sie schien sich nicht sicher zu sein, ob sie ihn hier haben wollte, aber sie hatte offensichtlich nicht die Kraft, ihn wegzuschicken.

«Doch, das werden wir», versprach Greta, auch in Ritters Namen. «Also? Wer ist dieser Valentin?»

«Der Leiter unserer Wohngruppe», berichtete Micki. «Er wirkt total sozial und so, die Leute stehen alle voll auf ihn. Ich dachte auch erst, dass er in Ordnung ist. Aber in Wirklichkeit dealt er mit Drogen. Er hat den Leuten aus der Wohngruppe immer wieder was besorgt – und sie anschließend als Drogenkuriere benutzt. Wer das nicht wollte, den hat er bedroht, vor allem Hanna. Sie hatte richtig Angst vor ihm.»

Micki hielt kurz inne. «Als ich mitgekriegt habe, was Valentin macht, bin ich zu ihm und habe ihm gesagt, er soll damit aufhören. Weil es Hanna sowieso schon so beschissen ging. Aber er hat mich nur ausgelacht. Also bin ich zu den anderen Betreuern, aber denen hatte er schon erzählt, ich wäre in Wirklichkeit die Dealerin. Er hat mein Zimmer von ihnen durchsuchen lassen, und sie haben Ecstasy-Pillen gefunden. Aber die gehörten mir nicht, das schwöre ich, die hat Valentin da versteckt! Sie haben die Bullen gerufen, und die haben mir natürlich auch nicht geglaubt. Niemand glaubt mir, aber es ist die Wahrheit. Ich bin keine Dealerin.»

Sie sah so niedergeschlagen aus, dass Gretas Herz sich vor Mitleid zusammenzog. «Und es gibt keine Beweise für das, was dieser Valentin macht?»

«Doch, auf seinem Rechner», erklärte Micki. «Ich war da mal dran. Das Ding hat ein Passwort, aber das kann er sich nicht merken. Deswegen hat er es aufgeschrieben. Den Zettel hat er immer bei sich, in der Innentasche seiner Jacke. Er denkt, das weiß keiner.» Sie verzog den Mund zu einem spöttischen Grinsen. «War nicht so schwer, den Zettel rauszuholen und mit dem Handy ein Foto davon zu machen, als die Jacke mal unbeaufsichtigt im Flur hing.»

«Und was ist auf dem Rechner?», fragte Greta.

«Seine gesamte ‹Buchführung›. Er schreibt alles genau auf, wann er was an wen verkauft.» Micki schnaubte. «So blöd muss man erst mal sein.»

«Konnten Sie Kopien von den Dateien machen?», erkundigte sich Ritter.

Unglücklich schüttelte Micki den Kopf. «Ich wollte mir einen USB-Stick besorgen. Aber dann ...» Sie schloss die Augen und rang um Fassung. Ihre Unterlippe bebte. «Aber dann ist das mit Hanna passiert.»

«Ist Hanna das Mädchen aus eurer Wohngruppe, das

sich aus dem Fenster gestürzt hat?», erkundigte sich Greta, der wieder einfiel, was Klaus ihnen erzählt hatte.

Micki nickte überrascht. «Woher weißt du das?»

«Aus den Polizeiakten. Da stand zum Glück auch etwas über deine Großtante. Dadurch konnten wir dich so schnell finden. Das hat dir das Leben gerettet.» Sie sah Micki fragend an. «War Hanna deine Freundin?»

«Meine beste», sagte das Mädchen mit tränenerstickter Stimme. «Und sie hat sich nicht umgebracht. Das war Valentin.»

«Das ist eine schwere Anschuldigung», meinte Ritter.

«Aber es ist die Wahrheit!» In Mickis Stimme schwang Verzweiflung mit. «Hanna wollte endlich eine Therapie machen. Ich habe immer wieder auf sie eingeredet, dass es so nicht mehr weitergeht. Ich wollte, dass wir da abhauen. Aber Valentin hat es mitgekriegt. Ich glaube, er hatte Angst, dass Hanna ihn verpfeift, wenn sie clean ist. Er hat gesagt, dass er noch mal ein Gespräch mit ihr führen will, und sie mit auf sein Zimmer genommen. Als sie wieder rauskam, war sie total zugedröhnt.»

Die Erinnerung daran wühlte Micki sichtlich auf. «Ich war so scheißwütend auf sie, weil sie mir versprochen hatte, dass sie nichts mehr nimmt.» Sie wischte sich mit dem Handrücken eine Träne von der Wange. «Deshalb bin ich abgehauen. Ich wollte ins Tiger's, aber irgendwie hatte ich so ein blödes Gefühl. Also bin ich wieder zurück, und als ich ankam, lag Hanna im Garten.»

«Hast du sie gesehen?», fragte Greta entsetzt.

Das Mädchen schluchzte jetzt. «Ihre Augen waren weit aufgerissen. Sie hat mich ... angesehen. So als wäre ich ... schuld.»

«Und warum glaubst du, dass sie nicht selbst gesprungen ist?», fragte Greta.

«Weil sie dazu gar nicht in der Lage gewesen wäre!» Micki blickte ins Leere, so als würde sie sich die Ereignisse gerade in Erinnerung rufen. «Als ich ging, saß sie unten im Gemeinschaftsraum auf der Couch und war total stoned. Und ich war höchstens zwanzig Minuten weg. Niemals ist sie in der Zeit aufgestanden und bis ganz nach oben ins Dachgeschoss gegangen. Sie hätte den Weg nicht mal gefunden. Das war Valentin! Er hat sie hochgebracht und aus dem Fenster gestoßen.» Sie schluchzte. «Und ich hab es nicht verhindert. Ich hätte nicht weggehen dürfen!»

Greta nahm sie in die Arme. «Schon gut. Das war nicht deine Schuld.»

Micki beruhigte sich nur mühsam, es dauerte eine Weile, bis sie sich schließlich in die Kissen zurücksinken ließ.

«Jedenfalls habe ich ihm gesagt, dass ich weiß, was er getan hat. Und dass ich ihn anzeige. ‹Das wirst du schön bleibenlassen, sonst bist du die Nächste›, hat er geantwortet. Und da war dieser Ausdruck in seinen Augen. Ich konnte ihm ansehen, dass er beschlossen hatte, mich auch umzubringen. Zum Glück kam da gerade die Polizei, und in dem Chaos bin ich abgehauen.» Sie blickte flehend zwischen Greta und Ritter hin und her. «Versteht ihr jetzt? Ich kann nicht zurück nach Hamburg. Sonst habe ich mit Sicherheit auch einen ‹Unfall› oder begehe Selbstmord, der keiner ist.»

Betroffen blickte Greta zu Ritter, der eher skeptisch aussah.

«Eine Sache verstehe ich nicht», meinte er zu Micki. «Wieso sind Sie die Einzige, die gemerkt hat, was dieser Valentin im Schilde führt? Warum sagen Ihre Mitbewohner denn nichts, wenn die auch davon wissen? So etwas muss doch auffallen.»

Micki schnaubte. «Die anderen in der Wohngruppe sind froh, dass Valentin sie mit Stoff versorgt. Die würden ihn niemals verpfeifen, schon gar nicht jetzt, wo sie wissen, was mit Hanna passiert ist. Und die anderen Betreuer sind alle auf Valentins Seite.» Flehend blickte sie zu Greta. «Bitte, schickt mich nicht zurück. Das ist wirklich die Wahrheit.»

«Mach dir keine Sorgen. Wir finden eine Lösung», versprach Greta, woraufhin Ritter sich vernehmlich räusperte.

«Kann ich Sie kurz unter vier Augen sprechen, Frau Paulsen?»

Sie folgte ihm hinaus in den Flur.

«Hatten wir uns nicht darauf geeinigt, dass Sie der Patientin nichts mehr versprechen, was wir vielleicht nicht halten können?» Sein Blick war so streng wie vor ein paar Tagen, als sie sich schon einmal über dieses Thema gestritten hatten.

«Aber wir müssen Micki helfen», beharrte Greta. «Sie sehen doch, wie verzweifelt sie ist.»

Er schüttelte den Kopf. «Und wie stellen Sie sich das vor? Sie hat keine Beweise für ihre Anschuldigungen gegen ihren Betreuer, das sind alles nur Behauptungen, und reichlich unglaubwürdige noch dazu. Ich kann mir wirklich nicht vorstellen, dass sich die ganze Welt gegen das Mädchen verschworen hat. Wahrscheinlich hat sie sich diese Geschichte ausgedacht, weil sie weiß, dass sie Ärger bekommt, wenn sie nach Hamburg zurückgeht.»

«Micki sagt die Wahrheit. Warum sollte sie so eine abenteuerliche Geschichte erfinden?», meinte Greta entrüstet. «Sehen Sie nicht, wie verzweifelt sie ist?»

«Und wenn sie uns das vorspielt?», gab er zu bedenken. «Wenn wir gerade auf sie reinfallen, anstatt auf diesen Valentin, was sie angeblich befürchtet? Sie hat hier schon ziemlich über die Stränge geschlagen. Ich bin mir einfach nicht sicher, ob wir ihr trauen können.»

«Es gäbe eine Möglichkeit, wie wir es herausfinden könnten», sagte Greta, weil in ihrem Kopf gerade eine Idee Gestalt annahm. In kurzen Worten umriss sie ihren Plan und beobachtete dabei, wie Ritters Brauen sich immer mehr zusammenschoben.

«Vergessen Sie es», sagte er, als sie geendet hatte. «Das ist viel zu gefährlich.»

«Aber sie ist unsere Patientin, wir können sie jetzt nicht einfach im Stich lassen.»

«Nein, das kommt nicht in Frage.» Ritters Gesichtsausdruck war jetzt grimmig, aber Greta glaubte, auch einen Hauch von Zweifel in seinem Blick zu sehen.

«Und wenn ihr in Hamburg was passiert? Könnten Sie damit leben, dass wir dann daran schuld sind?», beharrte sie. «Zusammen würden wir das hinkriegen, da bin ich ganz sicher. Und vielleicht passiert ja auch gar nichts. Aber dann wüssten wir, wer von den beiden lügt.» Sie legte die Hand auf seinen Arm und blickte zu ihm auf. «Also? Kann ich auf Sie zählen?»

21

Leonie lag im Bett und starrte an die Decke. Ihre Hand ruhte auf ihrem Bauch, wie so oft in den letzten Tagen. Sie machte das gar nicht bewusst, und am Anfang hatte sie die Hand immer erschrocken weggezogen, wenn es ihr aufgefallen war. Jetzt ließ sie sie liegen.

Es fühlte sich komisch an, der Gedanke, dass da drinnen ein Kind war. Ein kleiner Mensch. Sie konnte das immer noch nicht fassen. Aber seit ihrem Gespräch mit Erik vor ein paar Tagen hatte sich etwas verändert.

Nachdem sie erfahren hatte, dass sie schwanger war, hatte sie nur darüber nachgedacht, wie es ihr selbst damit ging. Sie war in Panik verfallen, hatte sich heftig gewehrt gegen das, was ein Kind für ihr Leben bedeutete.

Aber dann war Erik gekommen und hatte sie daran erinnert, dass auch er beteiligt war. Wenn er die Schwangerschaft abgelehnt hätte oder klar gewesen wäre, dass sie auf ihn nicht zählen könnte, dann wäre es keine Frage gewesen. Dann hätte sie die Beratungen hinter sich gebracht und das mit der Abtreibung so schnell wie möglich durchgezogen. Aber nun gab es eine Alternative, und das «Was, wenn» ließ sie nachts nicht mehr schlafen.

Was, wenn sie das Baby doch bekam? Wenn sie mit Erik eine Familie gründete?

Sie hatte versucht, sich vorzustellen, wie das Kind aussehen würde. Eriks Kind. Er wäre ein guter Vater, da war sie sich ganz sicher. Aber konnte sie das? Würde sie es schaffen, ihre Ängste zu überwinden und ja zu sagen zu einem Leben, das sie sich so niemals vorgestellt hatte?

In ihrem Lebensplan waren Kinder nicht vorgekommen. Oder eine klassische Familie. Entsprechend fremd war ihr die Vorstellung, verheiratet zu sein und mit einem Kind hier auf der Insel zu wohnen. So etwas taten andere, nicht sie. Sie war ein freier Mensch, der seinen Platz auf der Welt noch suchte. In der Großstadt hatte sie sich nicht mehr wohlgefühlt, deshalb hatte sie sich bewusst für die Stelle an der Hansen-Klinik entschieden. Sie hatte da arbeiten wollen, wo andere Urlaub machten, weil es cool war. Mehr Gedanken hatte sie sich darüber nicht gemacht. Sie hatte keine Ahnung gehabt, wie es weitergehen würde oder wie lange sie bleiben wollte. Auf ein ‹Für immer› war sie einfach nicht eingestellt, so eine Entscheidung überforderte sie. Und es konnte doch auch nicht sein, dass ihr Platz ausgerechnet hier war ...

Ein Ziehen im Bauch ließ sie unerwartet aufhorchen. Sie hob den Kopf und lauschte in sich hinein, versuchte auszumachen, was das für ein Schmerz gewesen war. In den letzten Tagen hatte es immer wieder ein bisschen weh getan. Nicht stark. Aber sie hatte es gemerkt. War das normal und gehörte zur Schwangerschaft dazu? Oder war etwas nicht in Ordnung?

Sie lehnte den Kopf zurück auf das Kissen. Es war erschreckend, wie wenig sie trotz ihrer Ausbildung zur Krankenschwester darüber wusste. Tatsächlich war sie nicht einmal sicher, ob die Übelkeit, die sie seit einigen

Tagen plagte, ihrem Zustand geschuldet war oder ob ihr Körper einfach auf den Druck reagierte, den sie sich selbst machte.

Sie musste dringend einen Termin bei Frau Doktor Folkert vereinbaren. Die würde ihr sicher sagen können, ob alles in Ordnung war. Und sie konnte ihr helfen zu entscheiden, wie es jetzt für sie weiterging ...

Es klingelte an der Tür. Sie erwartete niemanden, aber es konnte der Paketbote sein. Der versuchte es manchmal bei ihr, wenn die Nachbarn, die sehr viel im Internet bestellten, nicht zu Hause waren.

Müde erhob sie sich und ging zur Tür. Es klingelte noch einmal, diesmal länger, was sie ärgerte.

«Ja, ist ja gut, ich komme ja sch...» Sie hielt in der Bewegung inne, als sie die Tür öffnete, weil es nicht der Paketbote war, der vor der Tür stand. «Erik!»

Er hatte sich in den letzten Tage nicht mehr bei ihr gemeldet, und sie hatte den Kontakt auch nicht gesucht. Aber gedacht hatte sie die ganze Zeit an ihn, und als er jetzt vor ihr stand, sehnte sie sich für einen kurzen, wilden Moment nach der Zeit, in der alles noch unkompliziert zwischen ihnen gewesen war.

«Greta hat mir geschrieben, dass du krank bist.» Er musterte sie, schien in ihrem Gesicht nach etwas zu suchen. «Hast du es schon getan?»

Sie schüttelte den Kopf, und sie sah, wie er aufatmete.

«Hast du Zeit?», fragte er. «Ich würde dir gerne etwas zeigen.»

Leonie hatte keine Ahnung, wie spät es genau war. Ungefähr Mittag. Sie hatte heute nichts vor, und ihre nächste Schicht begann erst morgen früh um sechs. Deshalb nickte sie.

«Ich ziehe mir nur schnell was anderes an», sagte sie, weil sie in T-Shirt und Jogginghose nicht vor die Tür gehen wollte. «Komm doch so lange rein.»

Sie ließ Erik im Flur stehen und schlüpfte im Schlafzimmer schnell in ein ärmelloses olivgrünes Sommerkleid und in die Riemchensandalen, die so gut dazu passten. Auf Make-up verzichtete sie, dafür war nicht genug Zeit. Außerdem hatte Erik ihr schon mehrfach versichert, dass sie keines brauchte, um gut auszusehen. Das fiel ihr wieder ein, als sie sich im Spiegel betrachtete, und die Erinnerung tat unerwartet weh. Hatte das vor ihm schon mal ein Mann zu ihr gesagt? Sie griff nach ihrer beigefarbenen Strickjacke, zog sie über das Kleid und kehrte zu Erik zurück.

Kurze Zeit später saßen sie in Eriks altem orangefarbenem Volvo-Kombi und fuhren aus Westerwyk hinaus. Der Wagen war schon über zwanzig Jahre alt, aber Erik hing daran und wollte sich keinen neuen kaufen. Dass dem Auto jegliche moderne Technik fehlte, störte ihn nicht, er fand, dass es für die Insel reichte. Leonie hatte es am Anfang gestört, dass er so wenig Wert auf Luxus legte. In dieser Hinsicht war er anders als die Männer, die sie vor ihm gekannt hatte. Doch gerade deshalb passte der Volvo perfekt zu ihm. Erik war genauso schnörkellos und verlässlich wie sein Auto, und sie hatte festgestellt, dass ihr das wichtiger war als ein teurer Sportwagen.

«Wohin fahren wir?»

«Zum Leuchtturm», sagte Erik, und tatsächlich hatte sie sich das schon fast gedacht, als er in Utsum auf die

Straße abgebogen war, die zum südwestlichen Ende der Insel führte.

«Aber ich dachte, der wäre gesperrt», meinte sie verwundert.

«Ja, wegen einer defekten Wasserleitung. Aber die ist inzwischen repariert. Nächste Woche wird der Turm wiedereröffnet.» Erik zuckte mit den Schultern, als sie ihn überrascht ansah. «Das weiß ich von Karsten, einem Freund, der bei der Inselverwaltung arbeitet.»

Er parkte den Volvo vor dem Leuchtturm, und sie stiegen aus.

«Aber wir kommen doch nicht rein, wenn er noch geschlossen ist», meinte Leonie skeptisch, als Erik wie selbstverständlich auf die Tür zuging.

«Doch, wenn einem der Freund aus der Inselverwaltung noch einen Gefallen schuldet, dann schon.» Er drehte sich um und hielt einen Schlüssel hoch, dann schloss er damit die Tür auf und ließ ihr den Vortritt in den großen runden Raum.

Die Wendeltreppe schien kein Ende zu nehmen. Als sie endlich ganz oben ankamen, war Leonie aus der Puste und musste erst wieder zu Atem kommen. Das kannte sie gar nicht von sich, eigentlich war sie sportlich. Aber im Moment war ja nichts mehr wie sonst.

Erik führte sie hinaus auf den breiten Balkon. Er hatte ein hohes Geländer und lief einmal um den Turm herum. Wenn die Touristen wieder herkommen durften, würde es hier vor Menschen wimmeln. Leonie hatte das schon oft von weitem gesehen, wenn sie am Leuchtturm vorbeigefahren war, aber sie war noch nie selbst hier oben gewesen. Der Blick auf das Meer war atemberaubend.

Man konnte über die gesamte Strandlinie blicken, und in der Ferne sah man die Umrisse der Nachbarinsel. Der Himmel war heute blau und wolkenlos, aber hier oben ging ein frischer Wind, der ihr Kleid flattern ließ.

Verzaubert blickte sie auf das glitzernde Wasser, das die Flut ganz nah an den Strand herangetragen hatte. Dann wandte sie sich zu Erik um, der neben ihr am Geländer lehnte. Der Wind zerzauste sein dunkelblondes Haar, und während sie ihn betrachtete, stellte sie wieder einmal fest, dass er genau vor diesen Hintergrund perfekt passte. Vor ein paar hundert Jahren hätte er sicher einen stattlichen Wikinger abgegeben, dachte sie und seufzte innerlich.

«Wie findest du die Aussicht?» Er drehte den Kopf, und als ihre Blicke sich trafen, tat ihr plötzlich das Herz weh.

«Schön.» Sie schluckte. «Warum wolltest du mir das zeigen?»

Er richtete den Blick wieder hinaus aufs Meer. «Weil ich dachte, dass du es vielleicht vergessen hast», sagte er. «Das passiert manchmal, wenn man hier lebt und der Alltag einen fest im Griff hat. Dann sieht man nicht mehr, wie schön es hier ist. Dann merkt man nicht mehr, dass man da lebt, wo andere ihren Urlaub verbringen. Wir können das immer genießen, wovon andere ein ganzes Jahr lang träumen.»

Leonie staunte, wie genau er wusste, womit er sie erreichen konnte. Denn sie hatte tatsächlich Schwierigkeiten, sich dem Zauber des Panoramas zu entziehen, das sich vor ihr ausbreitete.

«Ich weiß, wie schön es hier ist.» Sie zog die Strickjacke enger um sich. «Die Insel ist nicht der Grund, warum ich mir das mit dem Kind nicht vorstellen kann.»

«Was ist es dann?», fragte er. «Willst du generell keine Kinder? Oder nur mit mir nicht? Bin ich nicht gut genug?»

An seinem gequälten Gesichtsausdruck konnte sie sehen, dass er sich darüber viele Gedanken gemacht hatte.

«Nein, es liegt nicht an dir!» Entsetzt sah sie ihn an. «Du wärst ein toller Vater. Der beste. Es geht um mich. Ich hab einfach Angst.»

Erik umfasste ihre Arme. «Denkst du, ich nicht? Mich überfordert der Gedanke genauso. Aber andere kriegen das doch auch hin! Ich wollte immer eine Familie, irgendwann. Nicht jetzt, eigentlich. Aber mit dir kann ich es mir vorstellen, Leonie. Du bist die erste Frau, bei der ich sofort gedacht habe, dass ich mehr möchte.»

Leonie schluckte, während sie in seine Augen blickte, und versuchte, genauso optimistisch zu sein wie er. Doch wie immer, wenn sie an den Punkt kam, an dem sie hätte mutig sein und nach vorn schauen müssen, schreckte sie zurück.

«Aber was, wenn es nicht klappt?» Sie löste sich von ihm und spürte, wie ihr Tränen in die Augen stiegen. «Ich bin mir nicht so sicher wie du, Erik. Deine Eltern sind noch zusammen, du hast nicht erlebt, wie das ist, wenn so was schiefgeht. Ich schon. Ich war sieben, als meine Eltern sich nur noch angeschrien haben. Mein Vater sagte zu meiner Mutter, er könne sich nicht mehr erinnern, ob er sie je geliebt habe. Und meine Mutter hat ihm vorgeworfen, er hätte ihr drei Kinder gemacht und sie dann mit allem alleine gelassen. Sie haben sich nur noch gehasst! Und ich hatte immer das Gefühl, dass meine Geschwister und ich daran schuld sind.» Sie schluckte und kämpfte gegen die Tränen, weil die Wunden ihrer Kindheit immer noch so schmerzten. «Was ... wenn uns das auch passiert? Wer sagt uns, dass wir in ein paar Jahren ... nicht auch bereuen, was wir jetzt entscheiden?»

Erik zog sie an sich und hielt sie fest. «Es tut mir leid. Das wusste ich nicht, dass du so etwas erlebt hast.»

Leonie lehnte sich an ihn und genoss das Gefühl, gehalten zu werden. Erst nach einer Weile löste sie sich wieder von ihm.

«Verstehst du jetzt, warum es nicht geht?»

Er schüttelte den Kopf. «Ich verstehe, warum du Angst hast. Aber nur, weil es vielleicht schiefgehen könnte, willst du uns gar nicht erst eine Chance geben? Und dem Baby auch nicht? Die Garantie, dass es klappt, gibt uns keiner, Leonie. Wir können es nur versuchen.»

Leonie spürte plötzlich ein merkwürdiges Ziehen im Unterleib und legte instinktiv eine Hand auf ihren Bauch.

Die andere ergriff Erik. «Bitte, Leonie, können wir es nicht versuchen? Ich liebe dich. Und ich verspreche dir, dass ich alles tue, was in meiner Macht steht, damit es zwischen uns funktioniert. Ich bin ganz sicher, dass wir es schaffen können, wenn wir das beide wollen.»

Leonie sah die Sicherheit in seinen Augen, die ihr selbst fehlte.

«Erik, ich ...» Sie hielt inne, weil sie plötzlich Nässe zwischen ihren Beinen fühlte. Erschrocken sah sie an sich herunter.

«Was ist los?», fragte Erik besorgt, aber Leonie starrte nur auf ihre Beine, sah das Blut, das an der Innenseite ihrer Schenkel herunterlief und auf ihre Riemchensandalen tropfte.

Entsetzt blickte sie wieder auf. «Ruf Doktor Folkert an», sagte sie. «Ich glaube, ich verliere das Kind.»

22

Und Sie sind sicher, dass Milena wieder ganz gesund wird?»

Valentin Jäger saß vorgebeugt auf dem Besucherstuhl in Marks Arztzimmer und rang nervös die Hände. So besorgt verhielt er sich schon, seit er vor einer Stunde angekommen war, und es wirkte absolut echt.

«Sie wird von uns medikamentös eingestellt, um die Funktion der zerstörten Nebennierenrinde zu ersetzen», erklärte Mark ihm noch einmal. «Wenn sie ihre Tabletten regelmäßig nimmt, dürfte es keine weiteren Probleme geben. Gefährlich ist die Addison-Krankheit vor allem, solange sie unerkannt ist.»

Der blonde Mann, den Mark auf Anfang dreißig schätzte, atmete auf. «Gott sei Dank! Gar nicht auszudenken, wenn ihr was passiert wäre. Das hätte ich mir nie verziehen.»

«Wie meinen Sie das?», erkundigte sich Mark.

«An dem Abend, als Milena verschwunden ist, habe ich sie angebrüllt und ihr gesagt, dass sie abhauen soll», gab er zu. «Das war unglaublich unprofessionell von mir. Ich hatte mich einfach nicht mehr im Griff. Aber …» Er hielt inne und hatte sichtlich Mühe weiterzusprechen. «Aber wir hatten gerade eines der anderen Mädchen aus unserer Wohngruppe verloren. Selbstmord. Sie können sich vorstellen, was da bei uns los war.»

Mark betrachtete den Sozialarbeiter, den Micki ihnen als skrupellosen Drogendealer beschrieben hatte. Das war tatsächlich kaum zu glauben, denn man hätte schwören können, dass es dem Mann wirklich schlechtging. «Milena hat das Mädchen erwähnt», sagte er. «Hanna hieß sie, oder?»

Valentin Jäger nickte, und seine Schultern sackten nach vorn. «Wahrscheinlich hat sie Ihnen auch erzählt, dass ich Hanna umgebracht habe? Deswegen will sie mich nicht sehen, stimmt's?»

Mark bestätigte das. Er hatte sich schon gewundert, warum der Betreuer so ruhig auf die Nachricht reagiert hatte, dass Micki seinen Besuch nicht wollte. Das ließ sich natürlich erklären, wenn ihm bewusst war, dass das Mädchen große Schwierigkeiten mit ihm hatte.

«Sie sagt, sie hat Angst vor Ihnen.»

Valentin Jäger seufzte resigniert. «Ja, das hatte ich befürchtet, dass sie Ihnen das so verkauft. Milena macht wirklich vor nichts halt, um ihren Kopf aus der Schlinge zu ziehen. Was behauptet sie denn noch?»

«Sie sagt, dass Sie mit Drogen dealen», erklärte Mark.

Er schnaubte, jetzt offensichtlich doch verärgert. «Herrgott, das ist so eine Unverschämtheit. Dabei ist es genau umgekehrt! Sie dealt mit Drogen, nicht ich!»

Mark betrachtete den Mann. Da war immer noch nicht mal ein Funke von Unsicherheit in seinem Gesicht. Im Gegenteil. Er verhielt sich genauso, wie man es von einem verantwortungsvollen Betreuer erwarten konnte.

Er hatte sich sofort telefonisch gemeldet, als die Polizei

ihn am Vormittag über Mickis Aufenthaltsort unterrichtet hatte. Und war dann hergekommen, um persönlich nach ihr zu sehen. Seine Sorge wirkte echt, und nichts an seinem Verhalten kam Mark auffällig vor.

«Warum haben Sie denn nicht die Polizei verständigt, wenn Sie wussten, dass Micki mit Drogen handelt?», fragte er.

«Weil ich ihr noch eine Chance geben wollte», erklärte Valentin Jäger. «Ich dachte, sie kommt zur Besinnung. Stattdessen hat sie mich bei meinen Kollegen angeschwärzt. Mir blieb nichts anderes übrig, als unter Zeugen ihr Zimmer zu durchsuchen. Wir haben Ecstasy bei ihr gefunden, aber selbst dann hat sie noch behauptet, ich hätte das in ihr Zimmer geschmuggelt. Es ist wirklich unglaublich, wie dreist dieses Mädchen lügt.»

Mark lehnte sich auf seinem Stuhl zurück und verschränkte die Arme vor der Brust.

«Und was geschah an dem Abend, als Milena verschwand?»

Der Sozialarbeiter zuckte mit den Schultern. «Ich hatte Streit mit ihr. Es ging um Hanna, die mal wieder total zugedröhnt war. Milena hatte ihr offensichtlich was besorgt. Sie hängt ständig in diesem Lokal auf dem Kiez ab, ich glaube, da kriegt sie das Zeug her.» Er schüttelte den Kopf. «Aber wie immer, wenn das Thema darauf kam, hat Milena alles bestritten. Sie wollte nie zugeben, dass sie das ist mit den Drogen, und da ist mir der Kragen geplatzt. Ich habe sie angeschrien, dass sie sich verpissen soll, weil sie den anderen schadet. Danach habe ich mich furchtbar gefühlt und war so mit mir beschäftigt, dass ich an Hanna gar nicht mehr gedacht habe. Bis die anderen zu mir kamen und meinten, dass sie aus dem Fenster gestürzt ist. Ich fühle mich immer noch schuldig deswegen. Ich wusste, wie labil sie war, ich hätte aufmerksamer sein müssen. Das werde ich mir nie verzeihen, dass ich an dem Abend so abgelenkt war. Und ich hätte es mir auch nie verziehen, wenn Milena was passiert wäre.»

Der Betreuer starrte gedankenverloren vor sich hin, und Mark rang kurz mit sich. Er konnte es einfach dabei belassen und Valentin Jägers Version der Geschichte glauben, die er überzeugender fand als das, was Micki ihnen erzählt hatte. Aber ein Restzweifel blieb, und wenn sie sichergehen wollten, dann mussten sie es mit dem Plan versuchen, den Greta sich überlegt hatte.

Er dachte daran, wie sie ihn heute Morgen angesehen hatte, fühlte noch ihre Hand auf seinem Arm.

Also? Kann ich auf Sie zählen?

Er hatte es einfach nicht fertiggebracht, sie zu enttäuschen. Doch nicht nur deshalb hatte er zugestimmt. Es war wichtig herauszufinden, wer von den beiden log, und eine andere Möglichkeit sah er tatsächlich auch nicht.

Er räusperte sich. «Milena behauptet übrigens, dass sie Beweise hat. Sie sagt, sie wird Anzeige gegen Sie erstatten.»

Valentin Jägers Kopf ruckte herum, und einen Moment lang starrte er Mark mit leerem Gesichtsausdruck an. Dann schüttelte er den Kopf. «Und was sollen das für Beweise sein?»

«Keine Ahnung», erwiderte Mark. «Sie hat einer unserer Schwestern gesagt, dass sie Daten von Ihrem Computer auf einem USB-Stick gespeichert hat. Wenn ich das richtig verstanden habe, dann will sie den morgen der Polizei übergeben.»

«Also wirklich, das ist doch absurd!» Der Sozialarbeiter stöhnte. «Wenn sie Beweise hätte, dann hätte sie damit doch schon längst zur Polizei gehen können. Haben Sie nicht gesagt, dass die Beamten schon mehrfach hier waren, um sie zu befragen?»

Mark nickte. «So sehe ich das auch. Nach dem, was Sie mir gerade über das Mädchen erzählt haben, ist das sicher nur ein neuer Versuch, den Verdacht auf Sie zu lenken. Den Stick gibt es allerdings wirklich, den hat sie der Schwester gezeigt. Aber das bedeutet ja nicht, dass da auch etwas drauf ist.» Er zuckte mit den Schultern. «Ich hätte das gar nicht erwähnen sollen, entschuldigen Sie.»

Valentin Jäger wirkte erschüttert. «Können Sie sich vorstellen, wie unangenehm es für mich ist, mit solchen Beschuldigungen konfrontiert zu sein? Milena ist clever, sie lässt sich nicht erwischen. Und sie hat immer eine Ausrede parat. Egal, in was für eine Situation sie sich manövriert hat, sie schafft es, sich einer Bestrafung zu entziehen. Aber ich lasse mich auf dieses Spielchen nicht ein.» Er seufzte und fuhr sich mit den Fingern durchs Haar. «Ich glaube, es ist das Beste, wenn ich nach einer anderen Betreuungsmöglichkeit für Milena suche. Bei dem Mädchen weiß ich wirklich nicht mehr weiter.»

Er blickte auf seine Armbanduhr und erhob sich dann. «Apropos weiter: Ich muss langsam los, in Hamburg wartet noch viel Arbeit auf mich. Wie lange muss Milena noch auf der Intensivstation bleiben? Ich frage, weil ich sie gerne nach Hamburg verlegen lassen würde. Das wäre logistisch sehr viel einfacher für uns.»

Mark stand ebenfalls auf. «Genau kann ich Ihnen das nicht sagen. Aber ihr Zustand stabilisiert sich zusehends. Wahrscheinlich können wir die Überwachung bald einstellen und sie heute Abend schon in ein normales Zimmer verlegen.»

Valentin Jäger nickte. «Würden Sie mich auf dem Laufenden halten? Ich wüsste gerne über alle Entwicklungen Bescheid.»

«Natürlich», sagte Mark und begleitete ihn zur Tür.

Nachdem er sich noch mal ausdrücklich für alles bedankt hatte, ging der Betreuer, und Mark blickte ihm nach, bis er um die Ecke verschwunden war. Dann kehrte er ins Zimmer zurück, trat an den Schreibtisch und griff nach dem Telefonhörer, um oben auf der Station anzurufen. Er wollte Greta Bescheid sagen, dass Jäger weg war, aber offenbar hatte sie das schon mitbekommen, denn es klopfte, und sie betrat sein Zimmer.

«Und?», fragte sie aufgeregt. «Hat er die Sache mit dem Stick geschluckt?»

Mark sah das Glitzern in ihren blauen Augen. Sie war offensichtlich immer noch fest davon überzeugt, dass ihr Plan aufgehen würde.

Mit einem Seufzen setzte er sich auf die Kante seines Schreibtisches.

«Ich glaube nicht, dass es da was zu schlucken gab», sagte er. «Der Mann wirkte absolut glaubwürdig. Und dass es diese angeblichen Beweise gibt, hat ihn nicht sonderlich aus der Ruhe gebracht.»

«Wenn es stimmt, was Micki sagt, dann ist dieser Valentin ja auch ein ausgezeichneter Schauspieler», gab Greta zu bedenken.

«Und genau das macht mir Sorgen», erklärte Mark. «Wenn er wirklich so skrupellos handelt, wie Micki behauptet, dann ist er gefährlich. Ich glaube, wir sollten doch lieber die Polizei einschalten. Die können doch seinen Computer beschlagnahmen, dann haben wir die Beweise.»

Greta schüttelte den Kopf. «Ich glaube, so einfach ist das nicht. Dafür brauchen sie einen Durchsuchungsbeschluss, den man nur bekommt, wenn die Verdachtsmomente groß genug sind. Und das sind sie nicht, alle halten doch offensichtlich Micki für die Schuldige. Und die Zeit drängt. Wenn Micki erst wieder in Hamburg ist, dann kann es für sie zu spät sein.»

Mark stieß sich von der Schreibtischkante ab, trat ans Fenster, blickte durch den Lamellenvorhang hinaus auf den Parkplatz, wo Valentin Jäger gerade in einen älteren, ziemlich verbeulten Seat Ibiza stieg und wegfuhr.

«Sie kneifen nicht, oder?» Greta stellte sich neben ihn und sah ihn an. «Wir ziehen das doch durch?»

Er nickte, schon weil er Sorge hatte, dass sie sonst auf eigene Faust irgendetwas unternahm. Besser, er war dabei und passte auf, dass ihr nichts zustieß …

«Da ist Bent!» Greta deutete durch die Scheibe auf den blonden Assistenzarzt, der gerade von einer Frau, die aussah wie Julia Roberts in «Pretty Woman», in einem weißen Porsche-Cabriolet auf den Parkplatz gefahren wurde.

«Das wurde aber auch Zeit», knurrte Mark. «Ich habe ihm schon vor über einer Stunde eine Nachricht geschickt.»

Draußen beugte sich Bent zu der Frau hinüber und

küsste sie ziemlich ausgiebig, bevor er ausstieg. Die Frau rief ihm etwas zu, und er lachte und warf ihr noch eine Kusshand zu, bevor er in Richtung Hintereingang lief.

«Ist das seine Freundin?», fragte Mark.

«Die von dieser Woche. Die von letzter Woche fuhr, glaube ich, einen Audi.» Greta lachte. «Man kommt bei ihm wirklich nicht mehr hinterher, so schnell wechselt das.»

«Aber Sie sind seinem Charme noch nicht erlegen?»

Mark hatte die Frage gestellt, ohne darüber nachzudenken, und wartete angespannt auf eine Antwort.

«Bent und ich?» Greta schien die Vorstellung zu amüsieren. «Nein, keine Sorge. Bei ihm wäre ich nicht in Versuchung.»

«Aha. Und bei wem wären Sie es?»

Er hielt ihren Blick fest und suchte darin nach der Antwort, die ihm am liebsten gewesen wäre. Was dachte sie über ihn? Und warum zur Hölle war ihm das auf einmal so wichtig?

Sie fuhren beide herum, als sich die Tür öffnete und Bent den Raum betrat.

«Störe ich?», fragte er mit einem breiten Grinsen.

«Nein.» Mark räusperte sich und war dankbar dafür, dass Greta vom Fenster wegging und Abstand zwischen sie brachte.

«Ich hoffe, es ist wirklich so dringend, wie die Nachricht klang. Dafür musste ich nämlich ein sehr heißes Date absagen.» Bent ließ sich auf den Besucherstuhl sinken. «Also? Was ist so wichtig, dass es nicht warten kann?»

«Es gibt ein Problem mit Micki», sagte Mark.

«Mit der Patientin, die mich mit dem Skalpell aufgeschlitzt hat?» Bent hob skeptisch die Augenbrauen. «Was hat sie denn jetzt schon wieder angestellt?»

«Nichts», erklärte Greta. «Aber wir befürchten, dass jemand etwas mit ihr anstellen könnte. Deshalb brauchen wir deine Hilfe.»

«Okaaay.» Bent zog das Wort in die Länge und blickte zwischen Greta und Mark hin und her. «Klingt, als hättet ihr etwas vor, das nicht ganz regelkonform ist.»

«Könnte man so sagen», gestand Mark und wollte ihm gerade den Plan erläutern, als es erneut an die Tür klopfte.

«Ja?», rief er ungeduldig.

Eine der Schwesternschülerinnen steckte den Kopf herein.

«Ach, hier bist du», sagte sie zu Greta und warf Mark und Bent einen entschuldigenden Blick zu. «Kannst du mal kommen?»

Greta wirkte nicht begeistert, offensichtlich wollte sie lieber bleiben. «Was gibt es denn?», fragte sie, für ihre Verhältnisse fast unfreundlich.

«Es geht um Leonie», sagte die Schwesternschülerin. «Sie wurde gerade eingeliefert. Ich glaube, es ist was Ernstes.»

23

Leonie schlug die Augen auf und sah sich in dem Raum mit den hellgelben Wänden um, dessen zweckmäßige Einrichtung ihr sofort zutiefst vertraut war. Sie lag in einem Bett auf einem Stationszimmer der Hansen-Klinik, und als ihr das bewusst wurde, kehrten auch die Erinnerungen zurück.

Die heftige Blutung. Eriks entsetztes Gesicht. Sie hatte sofort gewusst, was das bedeutete, und war in eine Art Schockzustand verfallen. Wie durch Watte hatte sie wahrgenommen, dass Erik ihr vorsichtig die Treppe des Leuchtturms heruntergeholfen und sie teilweise sogar getragen hatte. Sie waren direkt in die Praxis von Helena Folkert gefahren, und von dort hatte sie ein Krankenwagen in die Klinik gebracht, weil die Gynäkologin den Eingriff, der nötig war, wegen der starken Blutung lieber dort machen wollte. Die damit verbundene Narkose war Leonie willkommen gewesen, und als sie vorhin, direkt nach dem Eingriff, aufgewacht war, hatte sie für einen Moment geglaubt, es wäre vielleicht nur ein böser Traum gewesen. Doch das Pochen in ihrem Unterleib war real und zwang sie, die Wahrheit endlich an sich heranzulassen.

Sie hatte das Kind verloren. Das Kind, das sie gar nicht hatte bekommen wollen …

Der Schmerz traf sie so unerwartet heftig, dass sie scharf einatmete. Tränen schossen ihr in die Augen, und nur durch einen Schleier sah sie, wie sich die Tür öffnete und Helena Folkert das Zimmer betrat.

«Wie fühlen Sie sich, Frau Völler?», fragte die Gynäkologin und musterte sie prüfend.

«Ist es wirklich weg?» Leonie konnte jetzt nicht mehr verhindern, dass ihr ein paar Tränen über die Wangen liefen.

Helena Folkert nickte und setzte sich auf die Bettkante. «In der wievielten Woche waren Sie?»

«Ich weiß es nicht.» Sie zuckte mit den Schultern. «Ich habe nur einen Test gemacht, der positiv war. Beim Arzt war ich noch nicht.»

«Ich nehme an, da waren Sie auch vorher schon länger nicht mehr?»

Die Frage der Gynäkologin ließ Leonie aufhorchen. «Nein, wieso?»

«Weil Sie ein großes Myom in der Gebärmutter hatten, das sonst vielleicht schon früher entdeckt worden wäre», erklärte die Ärztin.

Erschrocken sah Helena sie an. Sie wusste, dass Myome gutartige Tumore waren, die besonders häufig in der Gebärmutter vorkamen und dort für große Probleme sorgen konnten. Für eine stärkere Periode zum Beispiel. Oder für schwallartige Blutungen.

«Dann hat es deswegen so stark geblutet?»

Helena nickte. «Das war der Grund, ja. Ich nehme an, Sie hatten in letzter Zeit auch heftigere Blutungen während Ihrer Periode?»

«Ja, das stimmt», bestätigte Leonie, überrascht, dass

sie die Stärke ihrer Regel nicht mit einem körperlichen Problem in Verbindung gebracht hatte. Sie war einfach davon ausgegangen, dass ihr Zyklus sich verändert hatte. Aber wenn da ein Myom in ihrer Gebärmutterschleimhaut gesessen hatte, dann …

«War das Myom für die Fehlgeburt verantwortlich?»

«Das kann ich nicht genau sagen», erklärte Helena.

Leonie schluckte. «Wäre ich noch schwanger, wenn ich zum Arzt gegangen wäre?» Die Frage nagte an ihr und war sicher in Teilen auch für ihre emotionale Erstarrung verantwortlich gewesen. «Hätte ich es verhindern können?»

«Nein.» Helenas Antwort kam schnell. «An dieser Fehlgeburt ist niemand schuld. Ein spontaner Abort während des ersten Trimesters passiert bei zwanzig Prozent aller Schwangerschaften. Das bedeutet, dass jede fünfte Frau in der Zeit eine Fehlgeburt erleidet. Bestimmt haben Sie das während Ihrer Ausbildung schon mal gehört. Es bedeutet nicht, dass beim nächsten Mal nicht alles ganz normal verläuft.»

Leonie schüttelte den Kopf. «Nein, Sie verstehen nicht. Ich wollte das Kind eigentlich nicht. Ich wollte es abtreiben. Da waren so viele schlechte Gedanken in mir. Und jetzt überlege ich die ganze Zeit …» Sie schluckte. «Ich habe den Besuch bei Ihnen immer wieder aufgeschoben. Ich war so unsicher, und ich hatte Angst vor der Entscheidung, die ich treffen musste. Außerdem dachte ich, dass die Beschwerden normal sind und dazugehören. Ich wusste nicht, dass ich das Kind verlieren würde. Und jetzt habe ich das Gefühl, dass ich es hätte verhindern können, wenn ich eher zu Ihnen gekommen wäre.»

Sie schluchzte auf, und Helena strich ihr beruhigend über den Arm.

«Nein, das hätten Sie nicht. Wie schon gesagt: So etwas passiert. Außerdem ist es, auch wenn das jetzt sehr hart klingt, vielleicht sogar besser, dass es so gekommen ist. Das Myom war ungewöhnlich groß. Es ist die Frage, ob eine normale Schwangerschaft unter diesen Umständen überhaupt möglich gewesen wäre.»

Erschrocken sah Leonie sie an. «Werde ich denn in Zukunft Kinder bekommen können?»

Helena nickte. «Ich habe bei der Ausschabung das Myom entfernt, und mit einer entsprechenden Medikation können wir ein erneutes Wachstum hoffentlich verhindern. Es spricht also nichts dagegen, dass Sie wieder schwanger werden.»

Das war eine gute Nachricht, aber Leonie fühlte sich nicht getröstet. «Wo ist Erik?», fragte sie. «Mein Freund. Gretas Bruder», fügte sie dann hinzu, nicht sicher, ob Helena wusste, von wem sie sprach.

Doch die Gynäkologin lächelte. «Ich weiß, wen Sie meinen, glauben Sie mir.» Sie deutete auf den Stuhl neben Leonies Bett. «Eben saß er noch dort. Und weit kann er nicht sein. Wenn wir ihn gelassen hätten, wäre er sicherlich auch mit in den OP gekommen. Er hat mir gesagt, dass er erst geht, wenn er weiß, dass es Ihnen gutgeht.» Sie wurde wieder ernst. «Ich nehme an, er ist ... war der Vater?»

Leonie nickte und sah erschrocken auf, als die Tür sich öffnete und Erik ins Zimmer kam.

«Oh, Entschuldigung, ich wollte nicht stören», sagte er, aber Helena winkte ihn herein.

«Nein, kommen Sie ruhig.» Sie erhob sich und strich Leonie noch einmal über den Arm. «Ich möchte Sie eine Nacht zur Beobachtung hierbehalten, falls noch mal Blutungen auftreten. Wenn alles gut ist, können Sie dann nach Hause, aber arbeiten werden Sie nächste Woche nicht. Und wenn Sie noch Fragen haben – jederzeit.»

Leonie erwiderte ihr Lächeln zaghaft. «Danke», sagte sie und starrte dann mit klopfendem Herzen auf Erik, der immer noch an der Tür stand.

Er nickte Helena zu, als sie ging, und trat zögernd an das Bett. «Wie geht es dir? Tut es sehr weh?»

Leonie zuckte nur mit den Schultern, weil sie schon wieder einen Kloß im Hals hatte.

«Es ist meine Schuld.» Auch in seinen Augen schimmerten jetzt Tränen. «Ich hätte wissen müssen, dass die Treppen im Leuchtturm zu anstrengend für dich sind! Stattdessen jage ich dich da rauf. Oh Gott, das viele Blut! Wenn dir was passiert wäre, das hätte ich mir nie ...»

«Es waren nicht die Treppen», unterbrach Leonie ihn. «Damit hatte es nichts zu tun.»

In knappen Worten schilderte sie ihm Helena Folkerts Einschätzung und ihre Diagnose.

«Ein Myom?» Erik schob die Brauen zusammen. «Und das ist wirklich nicht gefährlich?»

«Für mich nicht. Aber es hätte dem Kind unter Umständen geschadet. Deshalb ist es wahrscheinlich besser so, sagt Frau Doktor Folkert.» Leonie klammerte sich an diese Aussage, die sie zumindest ein bisschen tröstete, auch wenn es nichts an der schmerzhaften Leere in ihrem Innern änderte.

Damit, dass es so weh tun könnte, das Kind zu verlieren, hatte sie nicht gerechnet. Sie blickte hilfesuchend zu Erik, sehnte sich danach, von ihm in den Arm genommen zu werden.

Er machte jedoch keine Anstalten, sie zu trösten. Stattdessen funkelten seine Augen wütend.

«Ja, natürlich findest du das besser!» Seine Stimme klang plötzlich eisig. «Du freust dich wahrscheinlich, dass du das Problem los bist.»

«Nein, Erik, das stimmt nicht», widersprach Leonie ihm. «Ich wollte das Kind nicht verlieren.»

Er runzelte die Stirn. «Soll das heißen, du hättest es bekommen?», fragte er, halb hoffnungsvoll, halb skeptisch.

«Ich weiß es nicht.» Leonie schluckte. «Vielleicht.»

Er schnaubte. «Bei so etwas gibt es kein ‹Vielleicht›», sagte er und klang so enttäuscht, dass es ihr ins Herz schnitt. «Keine halben Sachen mehr, Leonie. Das war es, was ich dir auf dem Leuchtturm sagen wollte. Dass ich dich heiraten will. Nicht nur ‹vielleicht›, sondern auf jeden Fall. Ich wollte dich fragen, ob du dir das nicht doch vorstellen kannst, hier mit mir, auf der Insel, mit unserem Kind.» Er holte ein kleines Kästchen aus der Tasche und legte es zu ihren Füßen auf die Bettdecke. «Sogar einen Ring habe ich dir gekauft, damit du siehst, wie ernst es mir ist.»

Leonie spürte, wie ihr erneut Tränen in die Augen stiegen. «Erik ...»

«Aber jetzt gibt es ja kein Kind mehr. Du hast, was du wolltest, du bist frei.» Er ballte die Hände zu Fäusten. «Deshalb lautet die Antwort immer noch nein, oder, Leonie? Du willst dich nicht binden.»

Sie wischte sich eine Träne von der Wange. «Ich bin mir einfach nicht so sicher wie du.»

«Das ist auch eine Antwort.» Er wandte sich ab und ging zur Tür. Dort hielt er noch einmal inne und blickte zu ihr zurück. «Ich hoffe, dass es dir bald wieder bessergeht. Aber ich glaube, wir sollten uns erst mal nicht mehr sehen.»

Leonie wollte ihn zurückrufen und ihm sagen, dass sie das alles nicht so gemeint hatte. Dass sie ihn brauchte und nicht wollte, dass er ging. Aber sie brachte keinen Ton heraus, und als die Tür hinter ihm ins Schloss fiel, tat ihr das Geräusch körperlich weh.

Sie beugte sich vor und angelte das Kästchen vom Fußende, öffnete es vorsichtig.

Der Ring war wunderschön, ein klassischer Verlobungsring mit einem Brillanten in der Mitte. Den hätte ich gerne getragen, dachte sie und strich traurig darüber. Dann schloss sie das Kästchen wieder und stellte es auf den Nachttisch.

Müde und verzweifelt ließ sie sich zurück in die Kissen sinken, nur um ein paar Minuten später wieder hochzuschrecken, als die Tür erneut geöffnet wurde.

Aber es war nicht Erik, der zurückgekehrt war, wie sie kurz gehofft hatte, sondern Greta.

Ihre Freundin hatte Dienst gehabt bei ihrer Einlieferung, trug jetzt jedoch schon wieder «Zivil».

«Ist Erik gegangen?», fragte sie.

Leonie nickte und schluckte bei der Erinnerung an ihren Streit.

«Kann ich irgendetwas für dich tun?» Greta kam zögernd einen Schritt näher.

So war sie schon gewesen, als Leonie eingeliefert worden war. Besorgt, aber für ihre Verhältnisse sehr zurückhaltend, hatte sie Leonie in Empfang genommen und zusammen mit Helena versorgt. Und sie hatte Leonies Zustand auch nicht kommentiert, obwohl sie natürlich mitbekommen hatte, was los war. Da war nur, auch jetzt wieder, diese Traurigkeit in ihrem Blick, die Leonie das Herz noch ein bisschen schwerer machte.

Es war ein Fehler gewesen zu schweigen, das war ihr jetzt klar. Sie hätte sich ihrer Freundin von Anfang an anvertrauen sollen, anstatt die Sache mit sich allein abzumachen. Denn auch, wenn Erik ihr Bruder war, hätte Greta versucht, ihre Position zu verstehen, da war Leonie sich ganz sicher. Vielleicht hätte sie sogar zwischen ihnen vermitteln können. Aber dazu war es nun zu spät.

«Es tut mir leid», sagte sie und hatte plötzlich schreckliche Angst, dass sie durch ihr Verhalten auch noch ihre Freundschaft mit Greta verspielt hatte.

«Schon gut.» Greta setzte sich auf die Bettkante und schloss sie in die Arme.

«Ich dachte, wenn du erfährst, dass ... dass ich das Kind ... nicht will, dann ... hasst du mich», sagte Leonie zwischen Schluchzern. «So wie ... Erik das ... jetzt tut.»

«Ich hasse dich doch nicht!» Greta strich ihr beruhigend über den Rücken. «Und Erik tut das garantiert auch nicht. Im Gegenteil. Er liebt dich, Leonie.»

«Nein. Zwischen uns ist es aus.»

Leonie dachte daran, wie Erik sie eben angesehen hatte. Da war so viel Wut in seinem Blick gewesen und so viel Schmerz. Und er hatte recht mit dem, was er gesagt hatte. Sie konnte ihm nicht geben, was er brauchte. Es war besser, wenn sie das einsah, bevor es noch schlimmer wurde.

Greta hielt Leonie fest und musste beinahe auch weinen. Es tat ihr weh zu sehen, wie sehr ihre Freundin und ihr Bruder litten. Aber jetzt wusste sie wenigstens, woran es gelegen hatte, dass die beiden so neben der Spur gewesen waren. Die ungeplante Schwangerschaft hatte offensichtlich einiges durcheinandergebracht.

Wie es ausgegangen wäre, wenn Leonie keine Fehlgeburt gehabt hätte, vermochte Greta nicht zu sagen, und sie konnte nur hoffen, dass die Beziehung noch zu retten war. Was immer sie dazu beitragen konnte, würde sie auf jeden Fall tun.

«Ich bin für dich da», versprach sie und wartete, bis ihre Freundin sich wieder etwas beruhigt hatte. «Du kannst mich anrufen, wenn was ist. Jederzeit.»

«Das weiß ich.» Leonie lächelte matt und so unglücklich, dass es Greta ins Herz schnitt.

Ich muss noch mal mit Erik sprechen, dachte sie, als Leonie ein paar Minuten später erschöpft eingeschlafen war und sie leise das Zimmer verließ. Aber Erik ging nicht dran, als sie versuchte, ihn auf dem Handy zu erreichen.

«Verdammt», murmelte sie und wünschte sich, sie hätte die Zeit herauszufinden, wo ihr Bruder sich herumtrieb. Aber es gab noch so viel zu erledigen, wenn sie ihren Plan, Micki zu helfen, in die Tat umsetzen wollten.

Sie sah Bent auf dem Flur in der Nähe des Intensivzimmers und ging zu ihm. «Wie geht es Micki? Ist jemand bei ihr?»

Er nickte. «Pausenlos. Es kommt niemand an sie heran. Genau wie Mark es angeordnet hat.»

Das war eine Vorsichtsmaßnahme, damit Valentin Jäger sich nicht schon tagsüber auf die Station schlich. Und es schien zu funktionieren.

«Und du übernimmst nachher zusammen mit ihm den Nachtdienst?»

«Natürlich. Auf mich könnt ihr zählen.» Bent legte den Kopf schief und grinste. «Das ist eine ziemlich verrückte Idee, das weißt du, oder? Es wundert mich, dass du Mark dazu bewegen konntest, da mitzumachen. Wobei ... nein, eigentlich wundert es mich nicht. Seit ihr das Skalpell-Mädchen am Strand gefunden habt, hat er ja einen ziemlichen Narren an dir gefressen.»

Greta schluckte. «Er weiß einfach, dass ich recht habe. Das ist alles.»

«Wirklich?» Bent hob die Augenbrauen und grinste. «Also, ich finde, zwischen euch fliegen ganz schön die Funken. Und für so etwas bin ich der Experte, glaub mir.»

Greta versuchte, das Ziehen in ihrem Magen zu ignorieren. «Ach, das ist doch Unsinn», sagte sie und hörte selbst, wie wenig überzeugend es klang.

«Bis nachher.» Immer noch grinsend, kehrte Bent zurück ins Intensivzimmer, und Greta starrte ihm einen Moment lang nach, bevor sie sich abwandte.

Bis heute Abend waren es nur noch ein paar Stunden. Und es gab noch jede Menge zu tun. Besser, sie konzentrierte sich darauf, als über Dinge nachzudenken, die nicht passieren würden. Dass Mark und sie zusammenkamen, zum Beispiel. Dafür sind wir viel zu verschieden, dachte sie, während sie weiterging, und ignorierte den Stich, den diese Erkenntnis ihr versetzte.

24

Die künstlichen lilafarbenen Haarsträhnen kitzelten Greta an der Wange, aber sie wagte nicht, sie hinter ihr Ohr zu streichen. Die ausrangierte Echthaarperücke, deren Spitzen die Friseurin ihrer Mutter extra für sie gefärbt hatte, war ihr zu groß und rutschte, was es ihr schwermachte, sich in ihrer Verkleidung wohlzufühlen.

Sie hatte es sich überhaupt einfacher vorgestellt, in Mickis Rolle zu schlüpfen. Denn zusätzlich zu der Perücke musste sie auch einen Krankenhauskittel tragen. In Ermangelung eines Pyjamas hatte man Micki nämlich einen davon gegeben, und es sollte ja realistisch aussehen. Deshalb lag Greta jetzt so im Bett und fühlte sich unangenehm schutzlos, was ihre Nervosität verstärkte.

Ansonsten lief aber alles nach Plan. Das Zimmer, das sie ausgewählt hatten, lag ideal, nämlich ganz am Ende des Flurs in der Nähe des Ausgangs. Man konnte es gut erreichen, ohne dass man dabei vom Schwesternzimmer aus gesehen wurde. Das war wichtig, wenn ihre Falle funktionieren sollte.

«Haben Sie diesem Valentin auch wirklich die richtige Zimmernummer gegeben?» Sie blickte zu Ritter auf, der neben dem Bett auf einem Stuhl stand. Er war gerade dabei, eine kleine mobile Kamera, die zu einem geliehenen Babyphon gehörte, so an der Lichtleiste anzubringen, dass sie nicht auffiel.

«Ja, ich habe ihm die richtige Nummer gesagt. Und ich habe auch erwähnt, wo das Zimmer liegt. Genau, wie wir es verabredet hatten.»

Er klang ein bisschen genervt, und Greta wurde bewusst, dass sie ihn schon zum zweiten Mal gefragt hatte.

«Wie ist das Bild?» Er blickte in die Kamera.

«Klar und deutlich», hörte man Faris, der den Empfänger-Bildschirm in der Hand hielt, draußen im Flur sagen. «Ich gehe mal ins Schwesternzimmer und überprüfe, wie der Empfang dort ist.»

Seine Schritte entfernten sich, während Ritter wieder herunterstieg und den Stuhl zurück an seinen Platz stellte. Draußen wurde es gerade erst dunkel, aber sie hatten die Vorhänge schon zugezogen, damit niemand hereinsehen konnte.

«Wirkt es überzeugend?», fragte Greta und rückte ihre Perücke zurecht, die schon wieder zu rutschen begann.

«Ich würde Sie erkennen», brummte er.

«Sie wissen ja auch, dass es eine Verkleidung ist», erinnerte sie ihn. «Aber dieser Valentin Jäger rechnet damit, dass Micki hier liegt. Und es wird ja nur die kleine Nachtlampe an sein. Wenn ich mir dann noch die Haare über das Gesicht lege, dann merkt er bestimmt nichts.»

Ritter setzte sich auf die Bettkante und schüttelte den Kopf. «Ich weiß nicht. Mir ist immer noch nicht wohl bei der Sache.»

«Aber es kann doch im Prinzip gar nichts passieren», versicherte Greta ihm. «Wir warten einfach ab, ob dieser Valentin auftaucht und nach dem Stick sucht.» Sie öffnete die Schublade und deutete auf den USB-Stick, den sie dort platziert hatte. «Der ist einfach zu finden, also wird er dafür nicht lange brauchen.» Sie schob die Schublade wieder zu. «Sobald Sie ihn auf dem Bildschirm sehen, rufen Sie die Polizei, und die stellt ihn dann.»

«Und was, wenn er merkt, dass es eine Falle ist?», gab Ritter zu bedenken. «Oder wenn er gar nicht den Stick will, sondern vorhat, Micki zum Schweigen zu bringen?»

Greta schluckte, weil ihr diese Gefahr durchaus bewusst war. «Dann ist es umso wichtiger, dass wir ihm das Handwerk legen», sagte sie und blickte zu Faris, der gerade wieder zur Tür hereinkam.

«Alles klar so weit», erklärte der Pfleger. «Die Übertragung funktioniert auch im Schwesternzimmer. Von mir aus kann der Typ kommen.»

Weil er Nachtdienst hatte, war auch Faris in ihren Plan eingeweiht. Und er schien im Gegensatz zu Ritter keine Bedenken zu haben, was Greta ein bisschen von ihrer Nervosität nahm.

Es würde funktionieren, denn im Grunde war es ganz einfach. Wenn es stimmte, was Micki über Valentin Jäger behauptet hatte, dann konnte er nicht zulassen, dass sie die angeblichen Beweise gegen ihn an die Polizei übergab. Und da er glauben musste, dass Micki genau das am nächsten Tag vorhatte, würde er in dieser Nacht zurückkommen, um den Stick an sich zu bringen. Dabei wollten sie ihn auf frischer Tat ertappen.

Micki, die immer noch im Intensivzimmer lag, durften sie dafür natürlich nicht in Gefahr bringen. Deshalb hatten sie Jäger gegenüber behauptet, sie wäre in ein anderes Zimmer verlegt worden. Dort lag jedoch Greta.

«Das klappt schon», sagte sie. «Wir sind schließlich vorbereitet. Sie können über die Kamera verfolgen, was im Zimmer passiert. Und falls der Typ mir wirklich was tun will, greifen Sie ein. Faris ist ja auch noch da, und Bent. Zusammen können Sie drei ihn locker überwältigen, falls das nötig sein sollte.»

Ritter wirkte immer noch nicht glücklich. «Sind Sie überhaupt fit genug, um die ganze Nacht wach zu bleiben?»

Greta nickte. «Kein Problem, ich bin Nachtdienste gewohnt. Ich schaffe das schon.»

Sie versuchte, zuversichtlich zu klingen und sich nicht anmerken zu lassen, dass sie tatsächlich müde war. Die Sache mit Leonie und Erik setzte ihr immer noch zu, und die Perücke und das Babyphon zu besorgen, war am Ende auch anstrengender gewesen als erwartet. Aber das Adrenalin, das durch ihre Adern pumpte, würde schon dafür sorgen, dass sie nicht einschlief.

«Dann beginnen wir mal mit der Vorstellung», sagte sie. «Sonst kommt er noch, während wir hier rumstehen und quatschen.»

Sie atmete noch einmal tief durch und drehte sich auf die Seite, während Faris die Deckenlampe ausschaltete und nur noch das kleine Nachtlicht brennen ließ.

«Hier, halten Sie den fest und nehmen Sie ihn mit unter die Decke. Dann können Sie Alarm schlagen, falls es nötig ist.» Ritter reichte ihr den Notfallknopf. Dann berührte er kurz ihre Schulter und verließ mit Faris das Zimmer.

Greta umklammerte den Notfallknopf und lauschte auf die sich entfernenden Schritte im Flur. Ansonsten war wenig zu hören. Es wurde langsam still auf der Station, so wie immer um diese Zeit.

Aber in den nächsten Stunden würde sicher irgendein Patient den Alarm auslösen, weil er etwas brauchte oder in Not war. Der Gedanke, dass sie das vielleicht selbst war, hatte etwas Unheimliches.

Mark saß im Schwesternzimmer an dem langen Schreibtisch und starrte wie gebannt auf den Bildschirm des Babyphons. Aber das Bild, das er sah, hatte sich seit Stunden nicht verändert. Ab und zu drehte Greta sich von einer Seite auf die andere oder richtete sich kurz auf, um ihre Perücke gerade zu rücken. Ansonsten war bis jetzt alles ruhig geblieben.

Ein paarmal hatte er es nicht mehr ausgehalten und war in das Zimmer gegangen, um sich zu vergewissern, dass alles in Ordnung war. Aber Greta hatte ihn jedes Mal weggeschickt und ermahnt, sich lieber nicht so oft im Flur blicken zu lassen. Zuletzt hatte sie dabei so müde ausgesehen, dass er ziemlich sicher war, dass sie das nicht mehr lange durchhalten würde, ohne einzuschlafen. Es war aber auch wirklich zu viel verlangt, die ganze Zeit wach zu bleiben, wenn man im Halbdunkeln im Bett lag.

«Und?» Faris, der neben ihm am Computer gesessen und etwas geschrieben hatte, rollte mit seinem Stuhl zu ihm herüber. «Irgendwas zu sehen?»

Mark schüttelte den Kopf und sah auf die Wanduhr, die kurz vor halb fünf anzeigte. «Es wird demnächst hell. Ich glaube, da passiert nichts mehr.»

Er gähnte und steckte Faris damit an.

«Ganz ehrlich, das ist doch wieder typisch», meinte der Pfleger. «Da denkt man, dass es eine besonders aufregende Nacht wird, und dann passiert sogar noch weniger als sonst.»

«Stimmt.» Mark lächelte matt. Er hatte noch nicht allzu viele Nachtdienste in der Hansen-Klinik übernommen, deshalb wusste er nicht so recht, was hier üblich war. Aber heute war es wirklich extrem ruhig geblieben. Von den Patienten hatte kaum jemand geklingelt, und es waren auch keine Notfälle reingekommen, wofür er extrem dankbar war. Der einzige Schwachpunkt in ihrem Plan war nämlich die Möglichkeit, dass sie in so einer Situation alle gebraucht wurden und nicht weiter Wache schieben konnten. Doch die Befürchtungen hatten sich nicht bewahrheitet, im Gegenteil. Die Stunden zogen sich wie Kaugummi, und es kam Mark jetzt fast lächerlich vor, dass er sich so viele Sorgen gemacht hatte.

«Ich werde uns noch mal einen Kaffee kochen», verkündete Faris und ging in die kleine Personalküche, die neben dem Schwesternzimmer lag.

Mark erhob sich ebenfalls und ging zu Bent, der sich im hinteren Teil des Schwesternzimmers, wo sonst die Besprechungen stattfanden, mehrere Stühle zusammengeschoben hatte und darauf schlief.

«Hey, aufwachen!» Er rüttelte seinen Assistenzarzt an der Schulter.

Bent schlug die Augen auf und fiel fast aus seinem provisorischen Bett. «Was ist?» Benommen setzte er sich auf. «Ist der Kerl da?»

«Nein, und ich glaube, er kommt auch nicht mehr»,

erklärte Mark. «Deshalb leg dich ruhig unten im Bereitschaftszimmer hin.»

Diese Aussicht schien Bent verlockend zu finden, aber er zögerte. «Aber was, wenn ihr mich noch braucht? Dafür bin ich doch extra geblieben.»

«Und das weiß ich zu schätzen.» Mark meinte das ehrlich. Auf Bent war in schwierigen Situationen bisher immer Verlass gewesen. Egal, was es war, er half aus und sprang ein, wenn er konnte. Aber sie mussten sich wirklich nicht alle die Nacht um die Ohren schlagen, wenn sich doch nichts tat. «Falls doch noch was ist, holen wir dich einf...»

Er brach ab, als er das Rufen hörte. Es kam von draußen, und es klang, als bräuchte jemand Hilfe.

Sofort liefen sie beide zum Fenster und blickten hinaus auf den Parkplatz.

«Niemand zu sehen», sagte Bent.

Auch Mark konnte im fahlen Licht der Laternen nicht mehr als seinen Mercedes und die Autos der Kollegen erkennen. Das Rufen hielt jedoch an, und als er das Fenster öffnete, drangen die Stimmen noch deutlicher zu ihnen durch.

«Hilfe! Bitte! Helfen Sie uns!» Es war eine Jungenstimme, und sie klang beinahe hysterisch.

«Mein Gott, was ist denn da los?» Faris kam aus der Küche zurück.

«Ich sehe nach.» Bent lief an Faris vorbei nach draußen.

«Warte, ich komme mit!» Faris eilte ihm hinterher, und im ersten Moment wollte Mark ihnen folgen, weil es sich falsch anfühlte, auf einen Hilferuf nicht zu reagieren. Aber er konnte Greta nicht allein lassen.

Er ging zurück zum Schreibtisch und stutzte, als sein Blick auf den kleinen Bildschirm fiel. War da eben ein Schatten durchs Bild gehuscht? Oder hatte er sich das eingebildet?

Im selben Augenblick hörte er die Schüsse.

25

Greta riss erschrocken die Augen auf. Verdammt, nicht schon wieder, dachte sie unglücklich. Sie schaffte es einfach nicht mehr, wach zu bleiben. Immer wieder fielen ihr in immer kürzeren Abständen die Augen zu. Und sie hatte auch schon wieder den Notfallknopf losgelassen, denn sie spürte ihn nicht mehr in ihrer Hand. Wahrscheinlich war er aus dem Bett gerutscht und auf den Boden gefallen. Sie wollte sich gerade über den Rand des Bettes beugen und danach suchen, als sie das Geräusch vernahm.

Es war nur ganz leise, aber sie hörte es deutlich. Sofort erstarrte sie und lauschte ins Halbdunkel. Da war jemand an der Tür, und es konnten nicht Mark oder Faris oder Bent sein. Die hätten sich zu erkennen gegeben.

War sie vielleicht davon aufgewacht, dass die Person hereingekommen war? Oder bildete sie sich das alles nur ein? Leider lag sie mit dem Rücken zur Tür und konnte nicht nachsehen, weil sie nicht wagte, sich zu bewegen.

Eine endlos lange Zeit passierte gar nichts, und Greta glaubte schon, dass ihre ständige Anspannung und die Müdigkeit ihr einen Streich gespielt hatten. Wenn da jemand wäre, dann hätte er sich doch schon bewegt. Worauf wartete er denn?

Und dann hörte sie plötzlich andere Geräusche. Weit entfernte Stimmen zuerst, die etwas riefen. Dann die Stimme von Faris im Flur und anschließend eilige Schritte. Mindestens zwei Personen liefen an ihrer Tür vorbei, und sie glaubte, Bent etwas sagen zu hören. Irgendetwas musste draußen passiert sein, und sie wäre gerne aufgestanden, um nachzusehen.

Doch sie blieb reglos liegen und lauschte weiter.

Da! Wieder raschelte es, nur ganz leise, und diesmal dichter an ihrem Bett. Und dann hörte sie, dass jemand in der Stille atmete.

Oh Gott, er ist wirklich hier, dachte sie, plötzlich ganz starr vor Angst. Das Herz schlug ihr bis zum Hals, und ihr wurde klar, wie schutzlos sie war. Sie konnte nicht einmal Alarm schlagen, weil der Notfallknopf irgendwo neben dem Bett auf dem Boden lag.

Was, wenn er gar nicht den Stick will, sondern vorhat, Micki zum Schweigen zu bringen?

Ritters düsterer Verdacht klang Greta wieder im Ohr, und sie spürte, wie sie sich verkrampfte. Ganz ruhig, dachte sie. Die anderen hatten ihn bestimmt kommen sehen und sofort gehandelt. Sie beobachteten schließlich die ganze Zeit das Zimmer über die Kamera. Wahrscheinlich war die Polizei schon auf dem Weg …

Plötzlich erklangen draußen Schüsse. Mehrere, eine ganze Salve. Durch die Wände hörte man es nur gedämpft, deswegen schaffte Greta es, nicht zusammenzuzucken. Aber bedrohlich war es trotzdem, und ihr wurde klar, dass ihre Kollegen jetzt auf das konzentriert waren, was draußen vor sich ging. Aber sie hatten sie nicht vergessen. Oder?

Sie wagte kaum zu atmen, während sie die Augen einen Spalt weit öffnete, um auszumachen, was die dunkle Gestalt tat, die jetzt auf ihre Seite des Bettes kam. Als sie in Gretas Blickfeld rückte, schloss sie die Augen schnell wieder. Doch sie hatte den Eindringling erkannt: Es war tatsächlich Valentin Jäger.

Die Perücke kitzelte sie an der Nase, und sie fragte sich panisch, ob ihr Gesicht ausreichend verdeckt war. Ein Teil ihrer Wange lag frei, und wenn der Sozialarbeiter genau hinsah, würde er erkennen, dass sie nicht Micki war. Aber würde er wirklich darauf achten?

Sie hielt den Atem an, weil sie spürte, dass der Mann ihr jetzt ganz nah war. Er stand neben dem Bett, und sie hörte, wie die Nachttischschublade aufgezogen wurde.

Es klappt, dachte sie euphorisch. Valentin Jäger war tatsächlich zurückgekommen, um sich den Stick zu holen. Und selbst, wenn er jetzt wieder ging und es ihnen nicht gelang, ihn zu stellen, konnte sie bezeugen, dass er hier gewesen war. Er war überführt, und Micki entlastet. Also hatte sie genau das erreicht, was sie ...

«Du wirst mir keinen Ärger mehr machen, du mieses kleines Flittchen», hörte sie Valentin Jäger plötzlich über sich flüstern.

Eine Sekunde später spürte sie ein Kissen auf ihrem Gesicht, das ihr die Luft zum Atmen nahm.

«Bent? Ist alles in Ordnung bei euch?» Mark hatte das Fenster aufgerissen und lehnte sich hinaus, blickte über das Gelände, ohne dass er etwas entdecken konnte.

Die Schüsse waren verklungen, aber das Adrenalin, das sein Körper ausgeschüttet hatte, jagte seinen Puls immer noch.

«Verdammt, was ist denn da los?», brüllte er und atmete erleichtert auf, als er Bent unten um die Ecke des Gebäudes kommen sah.

«Vorne war niemand», rief er nach oben. «Aber Faris ist hintenrum gelaufen, vielleicht hat er ja ...»

Er brach ab, weil der Pfleger jetzt von der anderen Seite her auf den Parkplatz lief.

«Hast du jemanden entdeckt?», rief Bent ihm zu.

Faris nickte. «Zwei Jugendliche. Sie sind weggerannt, als ich kam. Und sie scheinen Böller gezündet zu haben.» Er hielt die Reste eines Feuerwerkskörpers hoch. «Hier, das habe ich gefunden.»

Mark wurde kalt. War das vielleicht ein Ablenkungsmanöver gewesen?

«Kommt wieder rauf!», brüllte er, ging schnell zurück zum Schreibtisch und blickte auf den Bildschirm.

Eine dunkle Gestalt beugte sich über Greta und drückte ihr ein Kissen auf das Gesicht.

«Scheiße!» Er rannte los, stürmte über den Flur.

Hinter ihm gingen Alarme los, und er hörte, wie Türen sich öffneten, wahrscheinlich, weil andere Patienten von dem Lärm draußen auf dem Parkplatz wach geworden waren. Aber er achtete nicht darauf, sondern rannte weiter, riss die Tür zu Gretas Zimmer auf und stürmte hinein.

Valentin Jäger stand immer noch über das Bett gebeugt. Er blickte erschrocken auf, aber er ließ das Kissen nicht los. Und Gretas Arm, den sie gerade noch hochgestreckt hatte, um gegen ihren Angreifer zu kämpfen, sackte schlaff nach unten.

Ein Knurren stieg in Marks Kehle auf, das sich zu einem Schrei entwickelte. Ohne nachzudenken, ging er auf den Mann los, packte ihn und riss ihn vom Bett weg. Er holte aus und schlug zu, traf Valentin Jäger am Kinn. Der Mann flog nach hinten, prallte gegen die Wand und rutschte daran herunter.

Benommen rappelte er sich wieder hoch, doch Mark war schon wieder bei ihm und packte ihn am Kragen. Mit einer Mischung aus Wut und Verzweiflung holte er erneut aus und schlug noch einmal zu. Valentin Jäger leistete keinen Widerstand mehr, sondern sackte in sich zusammen. Seine Nase blutete heftig.

«Was ist passiert?» Bent erschien in der Tür, aber Mark achtete nicht auf ihn, sondern wandte sich Greta zu. Er rechnete mit dem Schlimmsten, weil sie immer noch reglos dalag. Aber als er ihren Oberkörper anhob, schlug sie die Augen auf und holte tief und fast verzweifelt Luft. Dann wurde sie von einem schlimmen Hustenanfall geschüttelt.

«Oh, Gott sei Dank!», entfuhr es ihm, und die Erleichterung, die ihn durchflutete, war so groß, dass seine Knie ganz weich wurden.

Greta sog in heftigen Atemzügen immer wieder Sauerstoff in ihre Lungen – so, als könnte sie nicht fassen, dass das wieder möglich war. Ihre Augen waren schreckgeweitet, und er konnte ihr die Todesangst noch ansehen, die sie gerade ausgestanden hatte. Was die Wut zurückkehren ließ, die ihn kurz zuvor so rasend gemacht hatte. Wenn er nur eine Minute später gekommen wäre …

Er zog Greta an sich und hielt sie fest, während er zu Valentin Jäger hinüberblickte, der sich gerade benommen aufsetzte. Bent und Faris waren inzwischen bei ihm.

«Schafft ihn hier raus», verlangte Mark, weil er immer noch den Drang verspürte, dem Kerl weh zu tun. «Und ruft die Polizei.»

«Hab ich schon, die sind auf dem Weg», antwortete Faris, während er sich mit Bent um den Sozialarbeiter kümmerte.

Gefährlich war der im Moment nicht, da war Mark ziemlich sicher. Und wichtiger war ohnehin, wie es Greta ging, die schwer atmend an seiner Brust lehnte. «Alles okay?», fragte er, obwohl er wusste, dass die Antwort «Nein» lautete. Er sah es an dem panischen Ausdruck in ihren Augen, als sie zu ihm aufblickte.

«Es ging so schnell.» Ihre Stimme klang heiser. «Ich ... dachte, ich sterbe.»

Sie fing an zu zittern, wahrscheinlich weil der Schock jetzt voll einsetzte.

«Schon gut.» Er zog sie wieder an sich, und diesmal suchte sie seine Nähe, schlang die Arme um seinen Hals und vergrub ihr Gesicht an seinem Hals. Er atmete ihren Duft ein und hielt sie noch ein bisschen fester. Gott, er durfte gar nicht daran denken, wie knapp das gewesen war!

Ihre Schultern bebten jetzt, und ihr Schluchzen zerriss ihm beinahe das Herz. Hilflos strich er über ihr Haar.

«Er kann dir nichts mehr tun», flüsterte er dicht an ihrem Ohr. «Du bist in Sicherheit, hörst du? Dir kann nichts mehr passieren.»

Seine Worte trösteten Greta, aber es war vor allem seine Wärme, die ihr half. Das Gefühl, gehalten zu werden.

Noch nie in ihrem ganzen Leben hatte sie so viel Angst gehabt, und die Panik verschwand nur langsam aus ihrem Körper. Ihre Lungen brannten noch, und sie spürte wieder das Kissen auf ihrem Gesicht. Instinktiv klammerte sie sich fester an Mark, froh darüber, dass er da war.

«Er hat einfach zugedrückt», flüsterte sie. «Ich ... ich konnte nichts tun. Ich dachte, er ...»

«Alles wird gut. Wir haben ihn.» Mark strich ihr über den Rücken, und seine Berührung entspannte sie, ließ sie wieder ruhiger atmen. «Er kann Micki nichts mehr tun, und auch sonst niemandem.»

Einen langen Moment ließ sie sich noch von ihm halten, dann löste sie sich zögernd von ihm.

Sein Gesicht war jetzt ganz nah, seine Lippen dicht vor ihren. So dicht wie noch nie. Wie gebannt starrte sie darauf, unfähig, klar zu denken. Seine Arme spannten sich an, und sie spürte, wie er sie näher zu sich zog. Sein Atem mischte sich mit ihrem ...

«Was ist denn hier los?», fragte jemand hinter ihnen.

Sofort lockerte Mark seinen Griff und fuhr zu der alten Dame herum, die im Türrahmen stand. Greta kannte die Frau, es war eine Patientin, die nach einer Hand-OP auf der Station lag. Hinter ihr standen noch zwei weitere Frauen in Bademänteln, offenbar angelockt von dem Tumult.

Mark ließ Greta los und erhob sich. «Bitte, gehen Sie zurück in Ihre Zimmer.»

Er drängte die Leute zurück, sorgte dafür, dass sie das Zimmer verließen, während Greta in die Kissen sank. Ihr Herz hämmerte wild, und sie fühlte sich noch verwirrter als ohnehin schon. Hatte sie Mark gerade wirklich fast geküsst?

Sie kam nicht mehr dazu, länger über diese Frage nachzudenken, denn zwei Polizeibeamte erschienen, die Greta nicht kannte. Die nächsten Stunden zogen an ihr vorbei wie ein Film. Sie saß, in eine Decke gehüllt, im Schwesternzimmer und beantwortete die Fragen der Polizisten. Das Donnerwetter, das sie sich von Klaus, der etwas später auch noch dazukam, wegen ihres eigenmächtigen Vorgehens anhören musste, hatte sich gewaschen. Er griff auch Mark an und warf ihm vor, Greta leichtsinnig in Gefahr gebracht zu haben. Tatsächlich wollte Mark die volle Verantwortung für ihre Aktion übernehmen, aber Greta bestand darauf, dass es ihre Idee gewesen war. Am Ende kamen sie überein, dass sie unglaubliches Glück gehabt hatten und so etwas nicht noch einmal riskieren würden. Aber sie waren auch alle froh, dass Valentin Jäger nun zur Verantwortung gezogen wurde.

Als endlich alle Aussagen aufgenommen waren und sie den Abtransport von Jäger organisiert hatten, der in ein Gefängniskrankenhaus auf dem Festland verlegt werden würde, war Greta so erschöpft, dass ihr fast die Augen zufielen. Aber sie ließ es sich nicht nehmen, zusammen mit Mark zu Micki zu gehen, um ihr die gute Nachricht zu überbringen, dass sie sich keine Sorgen mehr machen musste. Die Erleichterung auf dem Gesicht des Mädchens war wie eine Bestätigung, dass es sich gelohnt hatte, das Risiko einzugehen. Greta hätte Mark gerne gefragt, ob er das auch so sah. Doch sie kam nicht dazu, denn inzwischen war der Frühdienst eingetroffen, und alle wollten über die Ereignisse der Nacht informiert werden.

Immer wieder musste Greta erzählen, was passiert war, bis Mark, nachdem er kurze Zeit verschwunden war, einschritt und sie beiseitezog.

«Ich habe Ihnen ein Taxi bestellt, damit fahren Sie jetzt nach Hause und legen sich hin», sagte er, so kühl und distanziert, dass es ihr einen Stich versetzte. Hatte er sie nicht vorhin noch geduzt?

«Aber …» Sie schüttelte den Kopf. «Ich kann im Moment nicht nach Hause.»

«Doch, können Sie», widersprach er. «Ich habe in der Pension angerufen und mit Ihrer Mutter gesprochen. Sie weiß, was passiert ist, und besteht darauf, dass Sie nach Hause kommen. Sie sollen sich keine Gedanken machen, sagt sie, es ist okay.»

Überrascht und auch ein bisschen überrumpelt starrte Greta ihn an. Er hatte bei ihr zu Hause angerufen?

«Außerdem werden Sie sich morgen freinehmen. Ich will Sie erst wieder hier in der Klinik sehen, wenn Sie sich von dem Schock erholt haben. Ist das klar?»

Greta nickte, viel zu müde, um zu protestieren.

Er begleitete sie, nachdem sie sich umgezogen und ihre Sachen geholt hatte, und brachte sie nach draußen, wartete mit ihr, bis das Taxi da war. Aber er hielt Abstand, oder zumindest kam es ihr so vor. Erst als sie schon im Taxi saß, beugte er sich noch einmal zu ihr in den Wagen.

«Ruhen Sie sich aus», sagte er und sah ihr wieder auf diese Weise in die Augen, die ihren Herzschlag beschleunigte. Dann zog er sich zurück und schloss die Tür.

Er hat mir das Leben gerettet, dachte sie, immer noch ganz schwach vor Dankbarkeit. Aber war das auch der Grund, warum sie sich gerade schon wieder gewünscht hatte, er würde sie küssen?

Mit einem Seufzen ließ sie sich in ihren Sitz sinken, froh darüber, dass sie viel zu müde war, um noch länger darüber nachzudenken.

26

Helena saß an einem Tisch vor der «Milchbar», einem der beliebtesten Cafés von Westerwyk, und rührte in ihrem Tee.

Für einen Mittwochnachmittag in der Hauptsaison war es überraschend leer. Das Café lag direkt an der Uferpromenade, und normalerweise bekam man hier um diese Zeit nur sehr schwer einen Platz. Aber heute war es sehr windig und kühler als sonst, deshalb zogen es die meisten Gäste vor, drinnen zu sitzen. Nur ein paar Hartgesottene, darunter Helena, hielten es in den Strandkörben aus, die draußen als Sitzgelegenheiten dienten. Die Aussicht war toll, man blickte direkt aufs Meer, aber der blaue Himmel war verhangen und die steife Brise trieb dunkle Wolkenfetzen vor sich her.

Es war typisch für die Insel, dass das Wetter von einer Minute zur anderen komplett umschlagen konnte. Diesmal würde es jedoch erst mal unfreundlich bleiben, denn der Wetterdienst hatte für heute Abend einen Sturm vorhergesagt. Aber das störte Helena nicht. Das Wetter passte hervorragend zu ihrer momentanen Laune.

Ungeduldig sah sie auf die Uhr. Es war schon kurz nach drei, und sie hatte eigentlich gehofft, um diese Zeit schon wieder bei Niklas auf dem Hof zu sein. Das hätte sicher auch geklappt, wenn alles so gelaufen wäre wie geplant. Aber sie hatte – mal wieder – länger in der Klinik zu tun gehabt, sodass sie ihren Banktermin ein bisschen nach hinten hatte verschieben müssen. Und als sie schließlich dort gewesen war, hatte das Gespräch sich ganz anders entwickelt als erwartet.

Jetzt saß sie hier und wartete schon seit zwanzig Minuten auf Marlene. Sie hatte eigentlich nur kurz mit ihrer Freundin sprechen wollen, um sie über die neuesten Entwicklungen in Kenntnis zu setzen. Aber Marlene hatte darauf bestanden, dass sie sich trafen, weil sie ohnehin in der Stadt war. Also hatten sie sich in der «Milchbar» verabredet. Doch wie es schien, war Marlene irgendwo aufgehalten worden ...

«Na, endlich!» Helena atmete erleichtert auf, als sie ihre Freundin über die Uferpromenade herankommen sah.

Die Hebamme kämpfte sichtlich gegen den starken Wind, und ihr kupferrotes Haar wehte wild in alle Richtungen.

«Entschuldige», sagte sie, als sie sich, völlig aus der Puste, neben Helena in den Strandkorb setzte. «Ich musste noch in die Apotheke und hab mich mit der Besitzerin verquatscht.» Sie lächelte den Kellner an, der zu ihnen nach draußen kam, und bestellte ebenfalls einen Tee. Überhaupt wirkte sie gutgelaunt und entspannt, und Helena hasste den Gedanken, dass sich das vermutlich gleich ändern würde.

«Marlene, ich ...»

«Sag mal, ist das wahr, was heute in der Zeitung steht?», fiel ihre Freundin ihr ins Wort. «Es hat einen Mordversuch an einer der Schwestern gegeben?»

Helena nickte. «Ich war nicht dabei, aber in der Klinik reden alle davon.»

«Die ganze Insel spricht darüber», bestätigte Marlene. «Die Ärzte und Krankenschwestern der Hansen-Klinik auf Verbrecherjagd – das ist ja auch der Kracher!»

Sie schien noch ein wenig weiter über die dramatischen Ereignisse spekulieren zu wollen, aber Helena musste ihre schlechte Nachricht endlich mit jemandem teilen.

«Wir kriegen den Kredit nicht, Marlene.»

Ihre Freundin hielt inne und starrte sie an.

«Was? Aber ... du hast doch gesagt, dass es kein Problem ist.»

«Das dachte ich auch.» Helena schüttelte den Kopf. «Aber mein Bankberater war nicht begeistert davon, dass der Umbau jetzt noch mal teurer werden soll. Er meinte, dass wir damit den Rahmen des Darlehens endgültig sprengen. Außerdem findet er die Situation insgesamt zu unsicher. Er sagt, dass nicht feststeht, wie das Geburtshaus angenommen wird, und dass es wegen der ganzen Genehmigungen zu viele unkalkulierbare Risiken gibt. Ohne weitere Sicherheiten wollen sie mir das Geld nicht geben, und die habe ich nicht.»

Marlene schwieg lange und achtete auch nicht auf den Kellner, der ihr den Tee brachte.

«Aber daran darf es doch jetzt nicht mehr scheitern! Dafür sind wir doch schon viel zu weit gekommen.»

Genauso empfand Helena auch, aber sie sah keine Lösung.

«Wir könnten es mit Crowdfunding versuchen. Oder mit einem Förderverein, so wie der vom Krankenhaus.

Aber das hilft uns kurzfristig nicht.» Sie seufzte tief. «Ich werde den Hauskauf wohl erst mal auf Eis legen müssen.»

Marlene wollte etwas erwidern, hielt jedoch inne, als ihr Handy klingelte.

«Das ist Nele», sagte sie und stöhnte auf. «Verdammt, ich habe vergessen, sie bei ihrer Freundin abzuholen!» Hastig nahm sie das Gespräch entgegen und entschuldigte sich tausend Mal bei ihrer offenbar sehr aufgeregten jüngsten Tochter, die, wenn Helena das richtig in Erinnerung hatte, dreizehn sein musste. «Ich komme, Schatz. Es dauert nur noch ein paar Minuten, versprochen.» Als sie aufgelegt hatte, sah sie Helena zerknirscht an. «Ich muss los. Aber ich denke noch mal nach. Wir müssen eine Lösung finden. So schnell gebe ich nicht auf!»

«Ich auch nicht», versicherte Helena ihr. «Und jetzt geh schon, lass deine Tochter nicht warten. Den Tee übernehme ich.»

«Tut mir leid. Ich melde mich.» Marlene umarmte sie, dann lief sie los.

Helena trank ihren Tee und auch noch etwas von dem, den ihre Freundin nicht angerührt hatte, weil sie es schade fand, ihn stehenzulassen. Dann zahlte sie und wollte gerade gehen, als jemand ihren Namen rief. Sie drehte sich um und sah mit gemischten Gefühlen, dass Piet Korf auf sie zukam.

«Moin!» Er begrüßte sie mit zwei Küssen auf die Wangen, so wie er es immer tat, und zog sie dann zurück in den Eingangsbereich des Cafés, wo es ein bisschen windgeschützter war. Doch er lächelte nicht wie sonst, und sie ahnte auch, warum. «Du bist ganz schön schwer zu erreichen in letzter Zeit! Hattest du so viel zu tun, dass du mir nicht mal auf meine Nachrichten antworten konntest?»

Er war über das Wochenende auf einer Pferdeshow in Kiel gewesen und hatte danach noch einige geschäftliche Termine angehängt, deshalb war er erst gestern Abend wiedergekommen. Während seiner Abwesenheit hatte er ihr eine Nachricht geschickt und seit seiner Rückkehr noch mehrere, doch sie hatte auf keine davon reagiert. Sie wusste, dass sie mit ihm reden musste, aber sie wollte das nicht am Telefon machen, sondern persönlich. Allerdings eigentlich nicht hier, zwischen Tür und Angel.

«Ich wollte mich melden, aber es war wirklich ziemlich viel los», sagte sie ausweichend. «Wie geht es eigentlich Stine? Ist sie schon auf dem Festland?»

Piet schüttelte den Kopf. «Du kennst sie doch. Wahrscheinlich geht sie erst, wenn die Wehen eingesetzt haben.»

«Das kann aber bald der Fall sein», warnte Helena. «Ich glaube, lange dauert es nicht mehr.»

«Ich rede noch mal mit ihr. Aber heute wird das wohl nichts mehr. Der Sturm soll stärker werden, und sie stellen bestimmt demnächst den Fährbetrieb ein.» Er blickte hinaus auf die Nordsee, deren Wellengang deutlich zugenommen hatte. «Es wäre wirklich schöner, wenn sie hierbleiben könnte. Aber beim nächsten Kind hat sie ja die Chance, bis dahin wird das Geburtshaus ja fertig sein.»

Helena verzog das Gesicht, was Piet nicht entging.

«Was ist los?», fragte er besorgt. «Ist was nicht in Ordnung?»

Sie zögerte kurz, doch die Sache brannte ihr so auf der Seele, dass sie ihm schilderte, was sie gerade bei der Bank erfahren hatte.

Piet schnaubte empört. «Aber das geht doch nicht! Wer ist denn dein Bankberater? Vielleicht kenne ich den und kann ...»

Helena schüttelte den Kopf. «Nein, Piet, bitte. Das ist meine Angelegenheit, das möchte ich alleine regeln.»

«Okay. Aber wenn du meine Hilfe brauchst, sagst du Bescheid», beharrte er.

Sie nickte, nicht sicher, ob es klug war, nicht auf sein Angebot einzugehen. Piet hatte viele Kontakte auf der Insel, geschäftlich und privat, und er glaubte daran, dass man so etwas nutzen musste, frei nach dem Motto ‹Eine Hand wäscht die andere›. Helena wollte es aber allein schaffen. Außerdem musste sie ihm noch gestehen, dass sich in ihrem Leben etwas verändert hatte. Und wenn sie das getan hatte, dann würde er ihr vielleicht gar nicht mehr helfen wollen.

«Piet, ich ...»

«Wie geht es eigentlich Esperanza?», fragte er gleichzeitig. «Ich habe gesehen, dass sie noch nicht wieder in ihrer Box ist. Lahmt sie immer noch?»

«Darüber wollte ich gerade mit dir sprechen. Sie ist wieder fit. Aber sie bleibt trotzdem vorläufig auf dem Dreesen-Hof.» Helena zögerte kurz. «Wir ... fühlen uns da ganz wohl.»

Piet starrte sie verständnislos an. «Du willst sie da stehen lassen? Bei diesem Typen – wie heißt er noch?»

«Niklas von Holten», erwiderte sie.

Piet schüttelte den Kopf. «Und wie lange?»

«Das weiß ich noch nicht», sagte sie. «Eine ganze Weile, schätze ich.»

Piet schien das immer noch nicht fassen zu können. «Aber Esperanza geht es doch gut bei uns! Was ist denn da so viel besser?»

«Es geht nicht nur um Esperanza», sagte sie. «Ich fühle mich dort auch sehr wohl.»

Diesmal begriff Piet, was sie ihm sagen wollte. «Ach so», murmelte er. «So ist das.»

Einen Moment lang schwiegen sie beide.

«Ist das nicht sehr überstürzt?», fragte er dann. «Was weißt du denn über diesen von Holten?»

«Genug, um sicher zu sein, dass ich bleiben will», erklärte Helena.

«Und was ist mit uns?», platzte es aus Piet heraus. «Ich dachte, da ist mehr zwischen uns. Wir verstehen uns doch so gut.»

Sie sah, wie verletzt er war, und es tat ihr weh, ihn enttäuschen zu müssen. Aber sie würde ihn nur quälen, wenn sie ihm etwas vormachte.

«Das tun wir auch. Aber wir waren immer nur Freunde, Piet.»

Er wurde blass. «Das kannst du nicht machen! Du kannst nicht einfach so von heute auf morgen gehen!»

«Ich zahle die Miete für die Box erst mal weiter, wenn du willst. Da können wir uns sicher einigen.»

«Verdammt, Helena, es geht mir nicht ums Geld!» Verzweifelt sah er sie an. «Du bedeutest mir etwas!»

«Mir bedeutet unsere Freundschaft auch etwas», versicherte sie ihm. «Ich möchte dich nicht verlieren, Piet. Aber bitte akzeptiere meine Entscheidung.»

«Wie du willst», sagte er, jetzt in ziemlich eisigem Ton. «Dann kündige Esperanzas Unterbringung bitte schriftlich. Eine Rechnung über die restlichen Gebühren lasse ich dir zuschicken.»

«Piet ...»

«Moin, Helena.» Er wandte sich um und ging mit hochgezogenen Schultern davon, die Hände tief in den Taschen vergraben.

Hilflos sah sie ihm nach. Sie hatte ihm nicht weh tun wollen. Aber so, wie die Dinge lagen, ließ sich das offenbar nicht vermeiden.

27

Eine heftige Windböe erfasste Greta, als sie aus ihrem Golf stieg, zerzauste ihr Haar und nahm ihr für einen Moment den Atem. Überrascht von der Wucht blickte sie zum Himmel, der sich zusehends verdunkelte, obwohl es erst kurz vor sieben war. Gegen halb neun würde der Sturm seine volle Stärke erreicht haben, das hatte der Wetterdienst eben gemeldet. Aber es war auch jetzt schon sehr ungemütlich, deshalb beeilte sie sich, zu der großen Holztür zu gelangen.

Mit klopfendem Herzen drückte sie auf die Klingel. Ein tiefer, melodiöser Gong erklang im Innern des Hauses, und sie wartete angespannt, während der Wind weiter an ihrer Jacke riss und ihre Haare durcheinanderbrachte.

Das Haus war kleiner, als sie gedacht hatte, keine riesige Villa, sondern ein komfortables Strandhaus. Es lag außerhalb von Utsum, direkt am Kliff, und war ein Neubau mit einer interessanten Optik. Das klassische tiefgezogene Reetdach bildete einen spannenden Kontrast zum Rest des Hauses, das eine moderne, offene Bauweise hatte, mit viel Holz und Glas. Durch die Scheibe neben der Haustür konnte man in den Eingangsbereich und den Flur sehen, der mit hellem Parkett ausgelegt war. Aber niemand kam auf die Tür zu, um ihr zu öffnen.

Irritiert drehte Greta sich um und blickte zu dem silbernen Mercedes hinüber, der unter dem Carport neben der Einfahrt stand. Wenn sein Auto da war, dann musste er doch eigentlich auch ...

Aus dem Augenwinkel nahm sie eine Bewegung wahr, und dann öffnete sich die Tür plötzlich doch. Die starke Windböe, die sie daraufhin von hinten erfasste, drückte Greta förmlich ins Haus, sodass sie fast mit Mark zusammengestoßen wäre, der im Türrahmen stand.

Geistesgegenwärtig zog er sie herein, dann lehnte er sich gegen die Tür und schaffte es, sie wieder zu schließen. Sofort wurde es viel ruhiger, und man hörte das Heulen des Windes nur noch schwach.

«Himmel! Das wird ja immer schlimmer!», meinte er und musterte sie ziemlich fassungslos. «Bei dem Wetter hätten Sie nicht fahren sollen!»

Greta schluckte. «Tut mir leid. Komme ich doch ungelegen? Am Telefon sagten Sie, dass ...»

«Nein, nein, so war das nicht gemeint», versicherte er ihr hastig. «Ich ... bin nur froh, dass Sie heile angekommen sind.»

Er lächelte, was Gretas Magen abrupt auf Talfahrt schickte.

«Ich will aber nicht stören», sagte sie, plötzlich überfordert, und überlegte, ob sie nicht doch besser wieder fahren sollte. Aber er half ihr schon aus der Jacke und hängte sie an die Garderobe.

«Kommen Sie, hier entlang.» Er ging durch den Flur voraus, und Greta betrachtete ihn, während sie ihm folgte.

Er trug Jeans zu einem karierten Hemd und Sneakers, was so ziemlich das lässigste Outfit war, in dem sie ihn bisher gesehen hatte. Aber es spiegelte ihr Verhältnis wider, das während der vergangenen Tage immer lockerer geworden war. Zu locker, erinnerte sie sich und dachte daran, wie sie kurz nach Valentin Jägers Überfall in seinen Armen gelegen hatte. Etwas hatte sich verschoben in dem Moment, und das war irgendwie nicht mehr rückgängig zu machen.

Sie hatte ganz viel an ihn denken müssen, was kein Wunder war, denn alle sprachen ständig über die Ereignisse in der Klinik, die für sie so traumatisch gewesen waren. Dennoch ging es ihr relativ gut. Es gab zwar Augenblicke, in denen sie die Erinnerung an die Attacke plötzlich überfiel und den Schrecken zurückbrachte. Aber dann dachte sie daran, dass Mark da gewesen war und sie gehalten hatte. Dieses Bild war stärker, und das machte es ihr leichter, fast so, als würde die gute Erinnerung die schlechte überlagern.

Sie stand in seiner Schuld, so viel war klar, und sie hätte ihm das sagen können, als er vorhin überraschend in der Pension angerufen und sich erkundigt hatte, wie es ihr ging. Dafür war sie jedoch viel zu durcheinander gewesen. Sie hatten nur kurz gesprochen, weil das Telefon an der Rezeption stand und es dort gerade sehr laut gewesen war. Wegen des Sturms waren nämlich fast alle Gäste im Haus geblieben, und Gretas Mutter veranstaltete, wie oft an solchen Tagen, einen Spielenachmittag für die Kinder. Entsprechend war der Lärm gewesen, der aus dem vollbesetzten Speisezimmer bis in die Eingangshalle gedrungen war, deshalb hatte Greta das Gespräch schnell wieder beendet. Und sich anschließend so sehr über sich selbst geärgert, dass sie sofort noch einmal zurückgerufen und ihm gesagt hatte, dass sie ihn sprechen musste. Daraufhin hatte er sie spontan zu sich eingeladen – und jetzt war sie hier, was sie selbst noch nicht wirklich fassen konnte.

Aber es ist okay, dachte sie. Du sagst es ihm, und dann fährst du wieder. Alles kein ...

«Wow!» Sie blieb stehen, als sie den Wohnbereich betraten, und sah sich ungläubig in dem großen Raum um.

Die Einrichtung war modern, genau wie das Haus, und fast ein bisschen minimalistisch. Es gab nicht viele Möbel, aber die wenigen, die da waren, sahen nach Designerstücken aus und waren harmonisch aufeinander abgestimmt, fast so, als wäre hier ein Innenarchitekt am Werk gewesen. Eine Kochinsel trennte den Wohnbereich optisch von der offenen Küche aus grauem Granit, die top ausgestattet zu sein schien. Aber das, was einen wirklich gefangen nahm, war der Blick durch die große Fensterfront. Das Holzdeck der Terrasse schien am Rand des Utsumer Kliffs zu enden, und man sah direkt auf das vom Sturm aufgepeitschte Meer. Das Kliff kannte Greta natürlich schon, seit sie ein Kind war, aber diese Perspektive war neu und faszinierend.

«Das ist ja der Wahnsinn!» Sie trat ans Fenster und blickte auf die stürmische Nordsee. Das Meer wirkte im Moment ziemlich bedrohlich, aber an schönen Tagen musste die Aussicht traumhaft sein. «Wie haben Sie denn dieses Haus gefunden?»

«Es gehört einer Freundin meiner Mutter.» Mark war hinter sie getreten, ziemlich dicht sogar, was ihren Herzschlag beschleunigte. «Sie vermietet es mir, bis ich ...» Er hielt kurz inne. «Bis ich was Festes gefunden habe.»

«Noch eine Liane Modau?», fragte sie lächelnd und blickte über die Schulter zu ihm auf. «Oder netter?»

«Viel netter», versicherte er ihr schmunzelnd, und Greta spürte einen Stich, als ihr plötzlich wieder klarwurde, aus was für verschiedenen Welten sie kamen, wenn er Bekannte hatte, die solche Immobilien besaßen. Was ihre Lebensumstände anging, passten sie überhaupt nicht zueinander. Nicht, dass das wichtig gewesen wäre …

«Wollen Sie was trinken?» Seine Frage riss sie aus ihren Gedanken. «Einen Tee vielleicht, oder lieber Kaffee?»

«Kaffee wäre schön», sagte sie und schlenderte ziellos durch den Raum, sah sich alles an, während er in die Küche ging.

«Sind das Ihre Möbel?», erkundigte sie sich.

«Nein. Meine sind noch in New York eingelagert. Das Haus war schon möbliert», rief er über den Lärm, den der Kaffeevollautomat beim Mahlen der Kaffeebohnen machte, und Greta spürte einen Anflug von Erleichterung, dass die Einrichtung dann vielleicht nicht unbedingt nach seinem Geschmack war.

Nicht, dass die Möbel nicht schick gewesen wären, im Gegenteil. Aber ihr gefiel der Stil nicht, sie empfand ihn als kalt und unpersönlich. Was sicher auch daran lag, dass es nur wenige Dinge gab, die sie Mark zuordnen konnte. Die medizinischen Fachbücher zum Beispiel, die aufgeschlagen auf dem Couchtisch lagen, und die Ausdrucke von Laborwerten, die halb aus einer Mappe daneben herausragten. Und mehrere gerahmte Fotos auf einem weißen Sideboard in der Nähe des Fensters. Abgesehen von diesen wenigen Gegenständen trug nichts seine Handschrift. Andererseits wohnte er auch noch nicht lange hier. Möglich, dass er mit der Zeit ...

«Möchten Sie Milch in den Kaffee?»

«Ja, bitte ... Oh!» Sie griff nach der Tageszeitung, die auf einem Stuhl lag und die sie jetzt erst bemerkt hatte. Die Lokalseite war aufgeschlagen, und im Aufmacher ging es um die Ereignisse von vorgestern Nacht.

Mordversuch an Krankenschwester – Krimineller in Hansen-Klinik überführt, stand dort in dicken Lettern. Auch ein Foto von ihr war dabei, das aber nicht erst jetzt entstanden war, sondern bei einem Besuch in der Inselgrundschule, wo sie den Kindern vor ein paar Wochen den Pflegeberuf vorgestellt hatte. Die Zeitungsredakteure hatten ihr Gesicht vergrößert und das Foto neben das Porträt von Mark gestellt, das sie schon aus dem Artikel zu seiner Einführung kannte.

Ihre Mutter hatte ihr den Text heute Morgen schon vorgelesen. Aber es schockierte sie immer noch, ihr Gesicht so prominent in der Zeitung zu sehen.

«Wir sind jetzt berühmt, wie es scheint.» Mark stand plötzlich hinter ihr und reichte ihr einen der zwei schlichten weißen Porzellanbecher, die er in der Hand hielt. «In der Klinik reden die Leute über nichts anderes.»

«In der Pension war es gestern noch ruhig. Aber seit der Artikel erschienen ist, hat sich das geändert.» Greta seufzte und setzte sich, seiner einladenden Geste folgend, auf das breite graue Ledersofa. Es war bequemer, als es auf den ersten Blick wirkte. «Hat man die Jungs eigentlich inzwischen identifiziert, die um die Klinik herum so viel Lärm gemacht haben?»

«Nein, aber ich wette, dass Valentin Jäger etwas damit

zu tun hatte.» Er setzte sich neben sie. «Das kann kein Zufall gewesen sein, er hatte bestimmt geplant, dass die beiden für Ablenkung sorgen. Es war sehr ruhig in der Nacht. Also hatte er vorher keine Gelegenheit, sich unbemerkt auf die Station zu schleichen.»

Greta durchlief ein Schauer, als sie an die Begegnung mit Valentin Jäger dachte.

«Alles okay?», fragte er besorgt, weil ihm das offenbar nicht entging.

Sie nickte. «Wie geht es denn Micki? Liegt sie noch im Intensivzimmer?»

«Nein, wir konnten sie verlegen. Seit sie weiß, dass ihr von ihrem Betreuer keine Gefahr mehr droht, hat sie sich deutlich erholt.» Er trank von seinem Kaffee. «Sie fragt auch ständig nach Ihnen. Dass Sie so viel für sie aufs Spiel gesetzt haben, kann sie offenbar nicht fassen.»

Greta lächelte. «Ich glaube, Micki ist gar nicht so verkehrt. Sie hatte einfach viel Pech im Leben – und zu wenig Menschen, die sich für sie eingesetzt haben.» Sie stellte den Kaffeebecher auf den Couchtisch. «Aber ich sehe morgen Mittag gleich nach ihr, wenn ich wieder arbeite.»

Er runzelte die Stirn. «Sie sollten sich doch freinehmen, bis es Ihnen bessergeht. Das habe ich ernst gemeint.»

«Ja, schon, aber es geht mir gut. Und ich wäre lieber nicht die ganze Zeit zu Hause.»

«Dann hat Ihr Vater sich noch nicht wieder beruhigt?»

Sie schüttelte den Kopf. «Er redet nach wie vor nicht mit mir. Als ich nach dem Vorfall in der Klinik nach Hause kam, war er zuerst genauso besorgt wie meine Mutter.

Aber seit klar ist, dass es mir gutgeht, hat er sich wieder komplett zurückgezogen. Und außerdem streitet er sich ständig mit meinem Bruder.»

«Geht es um den Kutter?»

Greta nickte. «Er hat einen Motorschaden, der sich als ziemlich schwerwiegend herausgestellt hat. Deshalb war Erik seit Tagen nicht mehr draußen. Mein Vater wirft ihm vor, dass er sich nicht um die Reparatur kümmert. Sie waren heute Mittag im Hafen, um die ‹Seestern› abzuwettern ... Ich meine, gegen den Sturm zu sichern», fügte sie erklärend hinzu. «Und als sie danach wiederkamen, haben sie sich so angeschrien, dass sogar die Pensionsgäste besorgt nachgefragt haben. Danach ist Papa wutschnaubend weggefahren, und mit Erik war auch nicht zu reden.» Sie seufzte tief. «Ich habe manchmal wirklich Angst, dass unsere Familie auseinanderbricht, wenn das so weitergeht.»

In Marks Blick lag Verständnis. «Solche Situationen sind schwierig. Aber bei Ihrer Familie habe ich ein gutes Gefühl. Bei Ihnen ist genug Substanz da. Das ist nicht bei allen so. Deshalb wird sich das alles finden, da bin ich ganz sicher.»

Greta schluckte, weil seine Worte so tröstlich klangen. Aber sie hörte auch den bitteren Unterton in seiner Stimme. *Das ist nicht bei allen so.* Meinte er damit seine eigene Familie?

Bevor sie ihn danach fragen konnte, klingelte sein Handy. Er zog es aus der Tasche und stieß einen Fluch aus, als er einen Blick auf das Display warf. Greta war fast sicher, die Nummer der Klinik gesehen zu haben.

«Entschuldigen Sie mich kurz.» Er stellte seinen Becher weg und erhob sich, ließ Greta allein. Im Flur hörte sie ihn reden, aber sie verstand nicht, was er sagte.

Zu unruhig, um weiter sitzen zu bleiben, erhob sie sich und ging zu dem Sideboard mit den gerahmten Fotos.

Fast alle zeigten Mark zusammen mit einer älteren Frau, die, der Ähnlichkeit nach zu urteilen, seine Mutter sein musste. Es gab auch ein sehr schönes größeres Schwarz-Weiß-Porträt von ihr, auf dem sie noch jünger war. Und ein sehr kleines, das wohl auf einer Feier aufgenommen worden war, denn im Hintergrund sah man einen geschmückten Saal. Da die Personen darauf aus größerer Entfernung aufgenommen waren, nahm Greta das Bild hoch und betrachtete es näher. Marks Mutter stand in der Mitte. Den Mann mit den grau melierten Haaren rechts von ihr erkannte sie wieder, sein Foto hatte sie ebenfalls schon in der Inselzeitung gesehen. Es war Ritters Vater, der Chefarzt der Hamburger Parkklinik. Marks Eltern blickten beide sehr ernst und berührten sich nicht, es wirkte fast, als würden sie nur ungern für das Foto zusammen posieren. Mark stand links von seiner Mutter und hatte den Arm um sie gelegt. Und neben ihm – Greta sah genauer hin – stand die hübsche Blondine, die ebenfalls in dem Artikel erwähnt worden war. Seine Ex-Verlobte, wenn man dem Klinikklatsch glauben konnte. Oder waren die beiden doch noch zusammen? Auf dem Foto lächelte die Frau jedenfalls sehr glücklich, und Greta fragte sich, wie alt sie wohl sein mochte. Älter als sie selbst vermutlich, wenn sie schon fertig ausgebildete Ärztin war. Aber so attraktiv, wie sie war, ging sie auch locker für Ende zwanzig durch. Und wenn Mark sich ihr Bild in die Wohnung stellte …

«Entschuldigen Sie.» Er kam wieder zurück in den Wohnraum, das Handy noch in der Hand, und Greta stellte das Foto hastig wieder zurück an seinen Platz. Unsicher lächelte sie zu ihm auf, als er zu ihr trat.

«Was Schlimmes?», fragte sie, um ihre Unsicherheit zu überspielen. «Ich meine den Anruf.»

«Das war Doktor Ehlert. Er hat mich für morgen früh zu einem wichtigen Meeting gebeten, aber er wollte mir nicht sagen, worum es geht. Wahrscheinlich noch mal um die Ereignisse vorgestern.»

«Ich hoffe, es gibt keinen Ärger?»

Er schnaubte. «Mit Ehlert gibt es immer Ärger. Er kann mich nicht leiden und sucht den Streit förmlich.»

Greta musste daran denken, dass sie bis vor ein paar Tagen auch noch große Schwierigkeiten mit Mark gehabt hatte. Jetzt konnte sie ihre Abneigung gegen ihn überhaupt nicht mehr nachvollziehen, und als ihre Blicke sich trafen, schlug ihr Herz plötzlich viel zu schnell. Verlegen deutete sie auf das große Schwarz-Weiß-Foto.

«Das ist Ihre Mutter, oder?»

«Ja.» Ein Schatten huschte über sein Gesicht.

«Sie war eine wirklich schöne Frau», sagte sie und ärgerte sich ein bisschen, dass sie ein Thema angeschnitten hatte, über das zu sprechen ihm sicher noch weh tat. Aber er lächelte, wenn auch wehmütig.

«Sie war auch sehr stark.» Er nahm das Bild in die Hand und betrachtete es. «Sie hat sich nie unterkriegen lassen. Und sie hat immer zuerst an andere gedacht.» Er sah Greta an. «So wie Sie.»

Greta schluckte, überrascht von dem Kompliment. «Ich finde, das kann man schwerlich vergleichen. Schließlich habe ich keine Stiftung gegründet, die bundesweit Spenden für herzkranke Kinder sammelt.» Sie hatte sich über die Organisation informiert, die Forschungsprojekte unterstützte und sich für die Angehörigen der kranken Kinder einsetzte. «Ihre Mutter hat da wirklich etwas auf die Beine gestellt.»

«Das stimmt.» Er seufzte. «Aber ich wünschte manchmal, sie hätte es nicht getan.»

«Wieso?», fragte sie erschrocken. «Hat sie es nicht gerne gemacht?»

«Doch. Sie ist total darin aufgegangen. So war sie. Alles, was sie anpackte, machte sie mit ganzer Kraft. Sie war ständig unterwegs, hat sich nie Ruhe gegönnt, vor allem in den letzten Jahren nicht. Wenn sie ein bisschen mehr auf sich geachtet hätte, dann hätten wir vielleicht eine Chance gehabt, den Krebs früher zu erkennen.»

Greta schluckte, als ihr wieder einfiel, was er ihr über den Tod seiner Mutter erzählt hatte. «Sie muss doch Schmerzen gehabt haben.»

«Hatte sie auch, aber die hat sie nie erwähnt. Sie war nicht der Typ, der jammert. Und dass sie abgeschlagen und erschöpft war, haben wir alle für die Symptome eines klassischen Burnout-Syndroms gehalten. Wir dachten, sie wäre einfach überarbeitet, und sie selbst war auch überzeugt davon, dass sie mit ein paar Vitaminpräparaten und einer Entspannungstherapie wieder auf die Beine kommt. Erst als die Schmerzen unerträglich wurden, hat sie sich untersuchen lassen. Da hatte der Brustkrebs schon gestreut, und sie war voller Metastasen. Eine Woche später ist sie gestorben.»

«Eine Woche später?» Erschrocken starrte Greta ihn an.

Er hatte zwar erzählt, dass es schnell gegangen war, aber das war krass. So etwas hatte sie in ihrem Berufsleben bisher erst ein Mal erlebt, und sie konnte sich noch gut daran erinnern, wie schockiert die Angehörigen gewesen waren, weil sie so lange nichts bemerkt hatten. Und wenn man dann noch zwei Ärzte in der Familie hatte ...

«Dann konnten Sie sich ja gar nicht richtig verabschieden.»

Mit versteinertem Gesicht strich er über das Foto. «Ich konnte mich überhaupt nicht verabschieden. Ich war in New York, als ich es erfuhr, und wollte sofort zu ihr nach Hamburg fliegen. Aber es standen zwei wichtige Transplantations-OPs an, und meine Mutter wollte nicht, dass ich sie absage. Also bin ich geblieben. Danach wollte ich mir Zeit nehmen für sie und bei ihr sein.»

Er hielt einen Moment inne, und es fiel ihm sichtlich schwer weiterzureden. «Sie wollte mich noch mal sprechen, als es zu Ende ging. Aber ich habe ihren Anruf verpasst, weil ich mein Handy nicht dabeihatte. Ich war schon in der Klinik, als ich merkte, dass ich es vergessen hatte, und konnte nicht mehr zurückfahren, weil die OP anstand. Als ich endlich wieder zu Hause war und zurückrief, war meine Mutter schon nicht mehr ansprechbar. Ich habe den nächsten Flieger nach Hamburg genommen, aber ich kam zu spät. Sie war schon gestorben.»

«Mein Gott!» Greta dachte an den Moment am Strand mit Micki, als er ihr vorgeworfen hatte, dass sie kein Handy dabeihatte. Das war also der Grund für seine heftige Reaktion, als sie ihn gefragt hatte, ob ihm so etwas noch nie passiert sei.

«Dass es so schnell geht, konnten Sie doch nicht wissen!» Ihre Worte erreichten ihn nicht, und es riss an ihrem Herzen, dass er so verzweifelt aussah. «Ich bin sicher, dass Ihre Mutter wusste, dass Sie gerne bei ihr gewesen wären.»

Er stellte das Bild zurück. «Lassen wir das Thema.»

Sie konnte ihm ansehen, wie aufgewühlt er war, und legte ihm spontan die Hand auf den Arm. Es hatte eine tröstende Geste sein sollen, aber die Berührung machte etwas mit ihr. Es fühlte sich an, als würde die Wärme seines Körpers in ihren fließen, und sie hatte plötzlich das Gefühl, nicht mehr so gut atmen zu können. Hastig ließ sie ihn los und deutete auf die Frau auf dem anderen Foto.

«Und ... wer ist das?»

«Das ist Rieke Steffens, die Tochter von Freunden meiner Eltern.»

«Ist sie nicht auch Ihre Verlobte?» Greta konnte sich die Frage nicht verkneifen. «Das ... stand in dem Artikel über Sie, der in der Zeitung erschienen ist, als Sie in der Klinik angefangen haben», erklärte sie, als er sie überrascht ansah.

«Ja, stimmt, ich erinnere mich.» Er rückte das Bild gerade, das Greta vorhin ein bisschen verschoben hatte. «Aber die Information war falsch. Ich habe die Verlobung gelöst, bevor ich hergekommen bin.»

«Oh.» Erleichterung durchflutete sie. «Das ... tut mir leid.»

Er erwiderte nichts, und für einen langen Moment sahen sie sich in die Augen. Dann räusperte er sich. «Weswegen wollten Sie mich eigentlich sprechen?»

Richtig, dachte Greta und stellte verwundert fest, dass

sie den eigentlichen Grund für ihren Besuch völlig vergessen hatte. «Ich … Moment.»

Sie ging zurück durch den Flur in Richtung Eingang, wo sie ihre Tasche abgestellt hatte, und kehrte mit seinem T-Shirt zurück.

«Es ist frisch gewaschen», sagte sie und reichte es ihm.

Er nahm es und legte es auf den Tisch, ohne weiter darauf zu achten. «Deswegen sind Sie extra gekommen?», fragte er verwundert. «Das hätte doch Zeit gehabt.»

«Das war noch nicht alles», sagte sie hastig. «Ich … wollte mich auch noch mal bedanken, dass Sie mir das Leben gerettet haben. Das war …» Sie hob die Schultern, weil ihr immer noch die richtigen Worte fehlten. «Ich … weiß nicht, wie ich das jemals wiedergutmachen soll.»

«Das müssen Sie nicht. Wenn ich besser aufgepasst hätte, dann wäre das gar nicht erst passiert.» Er hielt ihren Blick fest. «Sind Sie wirklich nur deshalb gekommen?»

Greta verlor sich in seinen Augen und hörte auf, sich etwas vorzumachen. Nein, dachte sie. Sie hatte sich bei ihm bedanken wollen, das schon. Aber sie war vor allem hier, weil sie bei ihm sein wollte. Er hatte ihr gefehlt.

Ein Zittern durchlief sie.

«Greta?» Er umfasste ihren Arm.

«Ich muss wieder los», sagte sie und wollte sich abwenden. Doch es war nur ein halbherziger Versuch, von ihm wegzukommen, und sie wehrte sich nicht, als er sie an sich zog.

«Nein, bleib», murmelte er dicht an ihren Lippen. Seine Stimme klang rau, und in seinen Augen stand die gleiche Sehnsucht, die auch sie empfand. «Geh nicht.»

28

Es war, als hätte ihr Körper nur auf dieses Zeichen gewartet. Wie von selbst schlang sie die Arme um seinen Hals und schmolz ihm entgegen. Ihre Lippen trafen sich, und sie erwiderte seinen Kuss ohne jede Zurückhaltung.

Sie hatte keinen Boden mehr unter den Füßen, ergab sich ganz diesem überwältigenden Glücksgefühl, das keinen Platz ließ für irgendwelche Bedenken. Willig öffnete sie ihre Lippen, als er den Kuss vertiefte, und drängte sich an ihn, weil sie ihm noch näher sein wollte.

Es war, als würde sich das, was sich schon die ganze Zeit zwischen ihnen aufgebaut hatte, mit einem Schlag entladen. Greta war schon mit einigen Männern zusammen gewesen, aber noch nie hatte sie so weiche Knie gehabt wie in diesem Moment. Sie konnte nicht mehr klar denken, so sehr wollte sie ihn. Mit zitternden Fingern knöpfte sie sein Hemd auf, und er revanchierte sich, indem er den Saum ihres Shirts ergriff und es ihr über den Kopf zog. Achtlos warf er es zur Seite, während sie ihm das Hemd von den Schultern schob. Und dann küssten sie sich wieder und sanken zusammen auf das breite Sofa.

Irgendwo in einer hinteren Ecke ihres Gehirns war

Greta bewusst, dass sie das hier vermutlich bereuen würde. Und wenn die Sache mit Valentin Jäger nicht passiert wäre, dann wäre sie auch vielleicht vernünftig gewesen. Aber sie hätte sterben können, und dass sie noch lebte, verdankte sie Mark. In seinen Armen fühlte sie sich lebendiger denn je, und seine Küsse und Berührungen waren viel zu berauschend, als dass sie damit hätte aufhören können. Sie wollte überhaupt nicht mehr denken, nur noch fühlen, deshalb stöhnte sie auf, als er sie noch dichter an sich zog. Er vertiefte seinen Kuss, und sie schob die Finger in sein Haar, genoss es, seinen warmen Körper dicht an ihrem zu spüren …

Der melodische Gong, der mehrfach ertönte, drang erst in ihr Bewusstsein, als Mark innehielt. Seine Lippen verharrten dicht an ihren, und sie konnte an dem verhangenen Ausdruck in seinen Augen sehen, dass er in ihrem Liebesspiel genauso verloren gewesen war wie sie. Doch der Gong erklang erneut, und jetzt wurde ihr auch klar, was er bedeutete: Da war jemand an der Tür.

«Verdammt!» Er lehnte seine Stirn an ihre und seufzte, dann küsste er sie noch einmal ziemlich ausgiebig. «Geh nicht weg. Ich bin gleich wieder da.»

Er stand auf und griff nach seinem Hemd, zog es über und knöpfte es zu, während er durch den Flur in Richtung Haustür ging.

Greta blieb liegen, aber die Realität sickerte langsam zurück in ihr Bewusstsein. Ihr wurde klar, dass sie halb entkleidet auf Marks Sofa lag. Und dass die Besucherin, die sie an der Tür reden hören konnte, sich von ihm offensichtlich nicht abwimmeln ließ. Jedenfalls diskutierten die beiden, und ihre Stimmen wurden lauter.

Hastig richtete Greta sich auf und verschränkte die Arme vor ihren Brüsten, die nur von ihrem BH bedeckt waren.

«Ich habe zum Glück noch eine Fähre bekommen, bevor sie den Betrieb eingestellt haben. Aber in der Klinik meinten sie, du wärst schon nach Hause gefahren.» Die Frauenstimme näherte sich schnell, und Absätze klapperten über den Holzboden. «Also, in New York hättest du um diese Zeit noch nicht ... Oh!»

Greta hatte es geschafft, aufzustehen und nach ihrem Shirt zu greifen, aber sie hielt es noch in der Hand, als Marks Besucherin den Wohnraum betrat.

Sie erkannte die schlanke Blondine sofort, es war die Frau von dem Foto: Rieke Steffens.

Ihre Haare waren von dem starken Wind draußen ein bisschen zerzaust, aber abgesehen davon sah sie ziemlich umwerfend aus in ihrem schicken marineblauen Hosenanzug, den sie mit einer tief ausgeschnittenen roten Bluse kombiniert hatte. Unter ihrem makellosen Make-up war sie allerdings ein bisschen blass.

«Verdammt, Rieke! Ich habe dir gesagt, dass ich Besuch habe!» Mark fuhr sich mit der Hand durch die Haare und suchte Gretas Blick.

Hastig wandte sie den Kopf ab. Von wegen Ex-Verlobte, dachte sie und kam sich plötzlich unglaublich dumm vor. Sie wäre vor Scham am liebsten im Boden versunken, aber da der Holzboden massiv war, blieb ihr nichts anderes übrig, als sich ihr Shirt überzuziehen, das nicht mal annähernd so edel und elegant war wie die Sachen der anderen Frau.

«Willst du uns nicht vorstellen, Mark?» Rieke Steffens

verschränkte die Arme vor der Brust und musterte Greta so feindselig, dass es ihren Kampfgeist weckte. Ihre Wangen brannten, aber sie würde sich nicht auch noch vorführen lassen!

«Das ist nicht nötig. Ich wollte sowieso gerade gehen», sagte sie und warf Mark einen wütenden Blick zu, bevor sie möglichst würdevoll an den beiden vorbeiging.

«Greta, warte!» Mark holte sie an der Haustür ein. «Ich wusste nicht, dass Rieke kommt. Sie sagt, sie wollte mich überraschen.»

«Das ist ihr gelungen, würde ich sagen.» Greta riss ihre Jacke vom Haken und hob ihre Tasche auf.

«Bitte, geh nicht», sagte er und griff nach ihrer Hand. «Ich sorge dafür, dass Rieke wieder fährt. Und dann ...»

«Nein.» Vehement schüttelte sie den Kopf.

Vielleicht hatte es diesen heilsamen Schock gebraucht, um ihr noch einmal vor Augen zu führen, worauf sie sich beinahe eingelassen hätte.

Sie war nicht gemacht für Affären, und mehr würde das hier nicht sein. Nicht, wenn es in Marks Leben auch noch diese Rieke Steffens gab, an der so ziemlich alles perfekt war. Und außerdem war er der Chefarzt. Sie musste weiter mit ihm zusammenarbeiten. Es war besser, wenn sie diese Sache jetzt beendeten, bevor ihre Gefühle völlig außer Kontrolle gerieten. Das würden sie nämlich, wenn er sie noch einmal küsste. Er konnte das nämlich leider ziemlich phantastisch ...

«Wir lassen das besser. Das ... war keine gute Idee.» Sie löste sich von ihm und öffnete die Tür.

Sofort fegte der Wind herein, und sie beeilte sich, hinauszugehen und die Tür wieder hinter sich zu schließen.

Aber Mark riss die Tür gleich wieder auf.

«Greta!» Sie hörte, wie er ihren Namen rief, aber sie drehte sich nicht mehr um, sondern stemmte sich gegen den Wind und kämpfte sich zu ihrem Auto. Als sie darin saß, atmete sie auf. Sie startete den Motor und schaltete die Scheinwerfer ein, weil eine dichte Wolkendecke jetzt den Himmel verdunkelte.

Mark stand noch vor der Haustür, doch Rieke war jetzt bei ihm und zog ihn wieder ins Haus. Der Anblick versetzte Greta einen sehr schmerzhaften Stich, deshalb setzte sie das Auto auf der Einfahrt zurück und bog auf die Landstraße ein, die ins Zentrum von Utsum führte.

Der Wind rüttelte an der Karosserie, und sie brauchte ihre ganze Kraft, um das Lenkrad festzuhalten. Aber sie schaffte es zurück nach Dinkersen.

Als sie die Haustür der Pension aufschloss, hörte sie lautes Stimmengewirr. Der Spielenachmittag war immer noch nicht beendet, im Gegenteil, es ging weiterhin hoch her. Und das würde vermutlich noch eine ganze Weile andauern, denn auf dem Buffet standen Platten mit Schnittchen, die für das leibliche Wohl der Gäste sorgten.

Eigentlich bot die Pension außer dem Frühstück und einer Teezeit am Nachmittag keine Mahlzeiten an, aber wenn es stürmte wie heute und auswärts essen schwierig war, machte Heike Paulsen eine Ausnahme. Sie kümmerte sich auch schon um Nachschub, denn Greta fand sie in der Küche, wo sie gerade weitere Platten füllte.

«Oh, gut, dass du kommst!», entfuhr es Heike, als Greta sie begrüßte. «Ich wollte dich schon anrufen!»

«Was ist denn passiert?», fragte Greta besorgt.

Heike legte das Messer weg und lehnte sich gegen die

Arbeitsplatte. «Papa ist immer noch nicht zurück. Und auf dem Handy erreiche ich ihn nicht.»

Greta spürte, wie ihre Kopfhaut anfing zu prickeln. Aber sie versuchte, sich ihre Nervosität nicht anmerken zu lassen.

«Ach, er sitzt sicher in der ‹Mole› und klagt seinen Kumpels sein Leid», meinte sie, und diese Annahme war gar nicht so unrealistisch. Die Fischerkneipe unten am Hafen war nämlich einer der Lieblingsplätze ihres Vaters.

Doch Heike schüttelte den Kopf. «Dort habe ich schon angerufen, da ist er nicht. Ich wusste mir nicht mehr zu helfen, deshalb habe ich Erik vorhin losgeschickt, um Papa zu suchen. Ich hätte es auch selbst gemacht, aber du siehst ja, was hier los ist, ich kann im Moment nicht weg.» Sie seufzte tief. «Erik sollte mich anrufen, wenn er Papa gefunden hat, aber er meldet sich nicht, und ich erreiche ihn auch nicht auf dem Handy.»

«Das kann am Sturm liegen, dass der Empfang schlecht ist», meinte Greta.

«Ich hätte selbst fahren sollen», jammerte ihre Mutter. «Was, wenn die beiden sich schon wieder streiten? Oder wenn irgendwas passiert ist? Ich habe da so ein ungutes Gefühl.»

«Mit ihnen ist sicher alles in Ordnung», beruhigte Greta sie. «Aber ich fahre sie suchen. Vielleicht sind sie ja am Hafen, um nach der ‹Seestern› zu sehen.»

«Oh, würdest du das tun?» Ihre Mutter wirkte erleichtert. «Ich mache mir solche Sorgen!»

Greta versicherte ihr noch einmal, dass das nicht nötig war, aber nur, weil sie ihre Mutter nicht aufregen wollte.

Als sie ein paar Minuten später wieder im Auto saß

und in Richtung Westerwyk fuhr, gab sie Gas, weil sie die Sorgen ihrer Mutter teilte. Irgendetwas musste passiert sein, das spürte sie.

29

Helena betrachtete ihre Stute, die seelenruhig in ihrer Box stand und fraß, während der Wind durch das Gebälk der Scheune heulte und an den Dachpfannen rüttelte.

«Ich verstehe das nicht», sagte sie. «Sonst ist Esperanza bei so einem Wetter oft unruhig.»

«Dann fühlt sie sich wohl sicher. Schließlich hat sie einen starken Mann an ihrer Seite.» Niklas grinste und klopfte Karino auf den Hals, der sich gerade ebenfalls über seinen Hafer hermachte.

«Oder sie hat einfach nur großen Hunger», erwiderte Helena lächelnd und schmiegte sich an Niklas, als er sie in die Arme schloss.

«Oder das», sagte er. «Wobei mir die Variante mit dem Ritter in der weißen Rüstung – oder in dem Fall dem weißen Fell – irgendwie besser gefällt.» Er küsste sie. «Dass die Frauen von heute keinen Beschützer mehr brauchen, ist schon ein bisschen schade.»

«Wir brauchen vielleicht keinen, aber das heißt ja nicht, dass wir uns nicht trotzdem gerne anlehnen», sagte Helena. «Deine Schulter zum Beispiel finde ich ziemlich bequem.»

«Sehr beruhigend, dass ich nicht ganz nutzlos bin.»

Niklas grinste immer noch, aber Helena hatte das Gefühl, dass auch ein bisschen Bitterkeit in seiner Stimme mitschwang.

Sie wusste, dass er nach dem Unfall, von dem seine Narbe stammte, nicht mehr fliegen wollte. Aber er sprach nicht gerne über die Gründe dafür, und sie war nicht weiter in ihn gedrungen, auch wenn es sie interessierte. Schließlich hatte sie noch jede Menge Zeit, das alles herauszufinden ...

«Au, verdammt!» Niklas ließ sie los und legte eine Hand auf seine Brust.

«Wieder die Narbe?», fragte Helena erschrocken und wollte ihn stützen, doch er wehrte sie ab.

Der Anfall dauerte nicht lange, und schon einen Augenblick später entspannten sich seine Züge.

«Es geht schon», sagte er, aber er sah plötzlich blass aus.

«Komm, wir gehen wieder rein», ordnete Helena an und zog ihn ins Haus zurück. Niklas legte sich auf die Couch, und sie kniete sich neben ihn. «Ich sehe mir deine Narbe besser noch mal an. Wenn du immer noch Schmerzen hast, dann stimmt da doch etwas nicht.»

Sie wollte sein Hemd aufknöpfen, doch er hielt ihre Hand fest.

«Nein.» Seine Stimme klang schärfer als sonst. «Lass mich einfach.»

«Aber so kann das doch nicht weitergehen!» Helena musterte ihn irritiert. «Ich werde dir einen Termin bei meinem Kollegen machen, du weißt schon, der, der hier war und das Mädchen behandelt hat. Er ist der Chefarzt der Chirurgie, er kann sich das noch mal ansehen und vielleicht feststellen, was ...»

«Nein, Helena, bitte», unterbrach Niklas sie und setzte sich auf. Er rieb sich über die Narbe. «Ich war schon beim Arzt. Ich weiß, was ich habe.»

Sein Gesichtsausdruck war abweisend, und das versetzte ihr einen unerwartet schmerzhaften Stich.

«Manchmal stellen Ärzte aber auch die falsche Diagnose. So wie bei Gideon.»

Erst als Niklas sie überrascht ansah, wurde ihr klar, dass sie es laut ausgesprochen hatte.

«Wer ist Gideon?»

Sie erhob sich und ging zu einem der Sessel hinüber, setzte sich darauf.

Eigentlich sprach sie nicht über Gideon, weil ihr das sehr lange zu sehr weh getan hatte. Aber als sie jetzt in sich hineinhorchte, spürte sie, dass sie es aushielt. Es war okay, vor allem, weil Niklas dann vielleicht verstand, warum es wichtig war, dass er sich untersuchen ließ. Und wieso sie so lange gebraucht hatte, um wieder jemanden an sich heranzulassen.

«Erinnerst du dich noch, wie ich hier reingeplatzt bin und du erschrocken bist, weil ich dich so rabiat geweckt habe?»

«Das vergesse ich sicher nicht so schnell.» Niklas hob einen Mundwinkel, doch dann wurde er wieder ernst. «Die Situation hat dich an irgendetwas erinnert, oder? An etwas Traumatisches.»

Sie nickte. «Aber es hatte nichts mit ‹Ärzte ohne Grenzen› zu tun. Sondern mit Gideon. Er war meine große Liebe. Wir wollten heiraten.» Die Worte gingen ihr überraschend leicht über die Lippen, und das ermutigte sie weiterzusprechen.

«Er war Free Climber, wir haben uns kennengelernt, weil er mir bei einer Wanderung quasi vor die Füße gefallen ist. Ich habe erste Hilfe geleistet, und als er später wieder fit war, hat er mich ausfindig gemacht und zum Essen eingeladen. Er fand, es wäre das Schicksal gewesen, das uns zusammengebracht hat, und irgendwann konnte ich ihm da nicht mehr widersprechen.» Sie lächelte wehmütig.

«Und dann?», fragte Niklas, als sie nicht weitersprach.

«Dann waren wir einfach nur sehr glücklich. Er hat mir schon nach einem halben Jahr einen Heiratsantrag gemacht, und ich war sicher, dass ich den Rest meines Lebens mit ihm verbringe. Aber kurz vor unserer Hochzeit wurde er krank. Er kam nach einer Erkältung nicht mehr richtig auf die Beine, war ständig schlapp und außer Atem, wenn er sich angestrengt hat. Sein Hausarzt hat bei der Untersuchung festgestellt, dass sein Herzmuskel verdickt war.»

«Ein Sportlerherz», meinte Niklas. «Haben das nicht viele Leistungssportler?»

«Ja, das stimmt, das Herz vergrößert sich, weil es stark belastet wird und mehr pumpen muss. Aber es gibt auch andere Gründe dafür, einen Herzklappenfehler zum Beispiel oder zu hohen Blutdruck. Ich wollte, dass Gideon genauer untersucht wird, um die Ursache zu finden, aber für seinen Hausarzt stand fest, dass es am Sport liegt. Als ich ihn an Gideons Symptome erinnert habe, meinte er, das seien nur die Folgen seiner verschleppten Erkältung. Gideon solle sich ausruhen und mit dem Training erst wieder anfangen, wenn er sich besser fühlt. Ich wollte sichergehen und für Gideon einen Termin beim Kardiologen vereinbaren, aber Gideon fand das unnötig. In seinen Augen war die Begründung seines Arztes einleuchtend. Von weiteren Untersuchungen wollte er nichts wissen, und ich hatte so viel mit den Hochzeitsvorbereitungen zu tun, dass ich nicht darauf bestanden habe.»

Sie musste einen Moment innehalten, bevor sie weitersprechen konnte. «Drei Tage vor unserer Hochzeit habe ich ihn dann gefunden, als ich nach Hause kam. Auf der Couch. Er lag da, so wie du dagelegen hast. Ein Arm hing nach unten. Ich dachte, er schläft, und wollte ihn wecken. Erst dann habe ich gesehen, dass er tot war.»

Sie schloss die Augen und rief sich das Bild in Erinnerung, das sie schon so lange verfolgte. «Plötzlicher Herztod. Weil es doch ein angeborener Herzklappenfehler war, den Gideons Herz lange kompensiert hat. Deshalb hatte er vorher keine Beschwerden. Er hätte operiert werden können, wenn sein Hausarzt nicht so voreilig gewesen wäre mit seiner Diagnose. Oder wenn Gideon auf mich gehört hätte und zu einem Spezialisten gegangen wäre. Dann wäre er vielleicht nicht gestorben.»

«Mein Gott.» Niklas sah sie entsetzt an. Sein Gesicht war noch weißer als zuvor. «Das wusste ich nicht, Helena.»

«Darüber rede ich auch nicht gerne», sagte sie, ein bisschen überrascht darüber, wie sehr ihn ihre Geschichte erschütterte.

Ein Klopfen ließ sie zum Fenster herumfahren. Draußen stand jemand und schaute herein.

Es war Piet.

Helena bedeutete ihm, zur Küchentür zu gehen, und ließ ihn schnell herein, denn der Sturm tobte immer noch um den Hof.

«Die verdammte Klingel geht nicht», schimpfte er. «Jedenfalls hat mir niemand aufgemacht!»

Helena fiel ein, dass Niklas noch nicht dazu gekommen war, die kaputte Haustürglocke zu reparieren.

«Was machst du hier?», fragte sie Piet, ziemlich irritiert. Aber dann wurde ihr klar, dass es nur einen Grund geben konnte, warum er bei diesem Wetter zu ihnen hinausfuhr. «Ist was mit Stine?»

«Die Fruchtblase ist geplatzt. Die Wehen kommen alle paar Minuten.»

«Habt ihr die Rettung verständigt?», fragte Helena. «Vielleicht können sie Stine noch rüber aufs ...»

«Wir haben schon nachgefragt, aber der Flugverkehr ist bis auf weiteres eingestellt. Und die Fähren fahren auch nicht. Wir kommen im Augenblick nicht weg von der Insel.» Er sah sie hilflos an. «Marlene ist schon da. Sie sagt, ich soll dich holen. Ich glaube, irgendetwas ist mit der Lage des Kindes nicht in Ordnung.»

Helena nickte. «Natürlich komme ich. Aber du hättest mich doch anrufen können. Du hättest nicht extra ...»

«Du bist nicht an dein Handy gegangen», sagte er vorwurfsvoll.

Sofort zog Helena ihr Smartphone aus ihrer Tasche und checkte ihre Nachrichten, doch verpasste Anrufe wurden ihr nicht angezeigt. Dann sah sie noch einmal genauer hin und erkannte, dass die Balken in der rechten Ecke fehlten.

«Kein Empfang», sagte sie erschrocken. «Wahrscheinlich wegen des Sturms.»

«Kommst du?», drängte Piet. «Ich mache mir wirklich Sorgen.»

Helena nickte. «Ich hole nur schnell meine Jacke und sage Niklas Bescheid.» Sie ging zurück in den Wohnraum.

Niklas stand jetzt vor dem großen Kamin und starrte auf die Aschereste, die darin lagen.

«Ich muss los. Ein Notfall», sagte sie.

Er blickte auf und nickte.

«Alles in Ordnung?», fragte sie, weil er immer noch so erschüttert wirkte.

«Wir müssen fahren, Helena!» Piet erschien hinter ihr und starrte Niklas feindselig an. Wenn Blicke töten könnten, dachte Helena.

Sie fühlte sich unwohl damit, ausgerechnet jetzt zu gehen. Wieso musste ihr Job sie so oft in den ungelegensten Momenten aus einer Situation herausreißen?

«Ich bin bald zurück.»

Niklas nickte nur, aber er wirkte niedergeschlagen. Was war denn auf einmal los mit ihm?

«Bitte, Helena!», drängte Piet erneut. «Stine braucht dich.»

Mit einem Seufzen griff sie nach ihrer Jacke, die auf der Couch lag, und folgte ihm nach draußen.

30

Als Greta auf den Parkplatz am Hafengelände fuhr, sah sie schon von weitem Eriks Volvo neben dem Kastenwagen stehen, mit dem ihr Vater unterwegs war. Erleichtert atmete sie auf, denn das bedeutete, dass die beiden hier waren – genau wie sie es gehofft hatte. Warum keiner von ihnen an sein Handy ging, blieb ihr zwar ein Rätsel, aber das spielte jetzt keine Rolle mehr.

Sie parkte den Golf neben dem Kastenwagen und stieg aus. Der Sturm war noch stärker geworden, und sie musste gegen den Wind ankämpfen, um voranzukommen.

Bis zum Anleger für die Fischkutter war es nicht weit, und sie konnte schon von weitem sehen, dass die «Seestern» das einzige Boot war, das dort noch vertäut lag. Der Kutter schaukelte heftig auf den Wellen, aber er war besonders gesichert und würde die Wetterfront hoffentlich schadlos überstehen. Die anderen Boote waren dagegen rausgefahren, weil die Besitzer sie gegen den Sturm lieber auf dem Wasser «abwettern» wollten, wie die Seeleute sagten. Auch Asmus hielt es für die sicherere Variante, das Schiff vor Schäden zu schützen, und die Tatsache, dass die «Seestern» aufgrund des Motorschadens nicht auslaufen konnte, war einer der Gründe für den heftigen Streit mit Erik gewesen.

Greta lief rüber zum Anleger, aber weder ihr Vater noch ihr Bruder befanden sich auf dem Kutter. Sie blickte zur Hafenbar «An der Mole» hinüber, die jenseits des Yachthafens ganz am Ende des Hafenbeckens lag. Der Weg dorthin führte vor dem Deich entlang, und das kleine, erhöht liegende Haus befand sich ebenfalls davor, sodass man es von hier aus gut erkennen konnte. In den Fenstern brannte Licht, also musste jemand dort sein. Und da die Kneipe der einzige Anlaufpunkt weit und breit war, konnten ihr Vater und ihr Bruder eigentlich nur dort Zuflucht gesucht haben.

Entschlossen stemmte Greta sich gegen den Wind, der jetzt dunkle, fast schwarze Wolken über den Himmel trieb, und ging auf die Kneipe zu. Das Hafenbecken befand sich rechts von ihr, und der schützende Deich erhob sich zu ihrer Linken, deshalb überlegte sie kurz, ob sie vielleicht eine der Treppen nutzen sollte, die in bestimmten Abständen hinaufführten, und dann über die Wiesen, die hinter dem Deich lagen, bis zur «Mole» laufen sollte. Aber das hätte einen Umweg bedeutet, und sie wollte keine Zeit verlieren, deshalb kämpfte sie sich weiter gegen den Sturm vor.

Der Yachthafen, an dem sie vorbeikam, lag verlassen da. Die Boote waren sturmsicher vertäut, und die Besitzer saßen, falls sie hier waren, vermutlich ebenfalls in der hell erleuchteten «Mole». Von dort kam ihr jetzt ein älterer Mann in einer grellgelben Jacke entgegen. Er schwankte ein bisschen, was wahrscheinlich nicht nur am Sturm lag, und grüßte freundlich im Vorbeigehen. Greta grüßte zurück und lief die letzten Schritte bis zum Eingang der Kneipe.

Der Wirt Ole Boekhoff, der mit seinem Glatzkopf und dem langen roten Bart aussah wie ein Wikinger und den viele Einheimische nur «Molen-Ole» nannten, war ein sehr guter Freund von Gretas Vater. Als Kind hatte Greta zuerst Angst vor ihm gehabt, aber dann hatte er ihr einen Lakritz-Lutscher geschenkt. Das war eine ihrer ersten Kindheitserinnerungen, und als sie jetzt die Tür aufzog und schnell ins Haus schlüpfte, um den Sturm draußen zu lassen, fühlte sich die urige Bar immer noch sehr vertraut an: die lange Holztheke, die Fischernetze, die von der Bar herunterhingen, und der riesige hässliche Plastik-Schwertfisch an der Wand, der sie früher unglaublich fasziniert hatte. Es roch sogar noch so wie damals, nach Holz und abgestandenem Bier.

An der Theke standen mehrere Männer und waren in eine Unterhaltung vertieft. Sie warfen ihr einen Blick zu, als sie eintrat, dann sprachen sie weiter. Außer ihnen saß nur noch ein Mann dort, der mit hängenden Schultern in sein Schnapsglas starrte, und Greta atmete auf, weil sie ihn sofort erkannte.

«Papa!»

Asmus fuhr herum und sah sie mit einer Mischung aus Überraschung und Entsetzen an. «Lüttje! Was machst du denn hier?»

Greta ging zu ihm und bemerkte, dass vor dem Barhocker neben ihm noch ein weiteres Schnapsglas auf der Theke stand. Sie nahm an, dass es Erik gehörte, der gerade auf der Toilette sein musste, und das machte sie noch ein bisschen wütender. Wenn sie beide hier waren, dann hätte einer von ihnen wirklich so viel Verstand haben können, zu Hause Bescheid zu geben!

«Ich kann das echt nicht fassen, Papa! Mama ist ganz krank vor Sorge, weil du schon so lange weg bist, und du lässt dich von Ole am Telefon verleugnen!»

Der Wirt, der gerade mit anderen Gästen redete, sah kurz auf, als er seinen Namen hörte, wandte den Kopf aber sofort schuldbewusst ab. Und auch Gretas Vater schien das, was er getan hatte, im Nachhinein peinlich zu sein, denn er wich Gretas Blick aus.

«Weil ihr alle immer so tut, als wäre ich plötzlich ein Pflegefall. Ich bin euch doch keine Rechenschaft schuldig, wenn ich mal eine Weile bei Ole in der Kneipe sitze.»

Er trank sein Glas leer, und Greta wurde klar, dass das ganz sicher nicht sein erster Schnaps war. Wahrscheinlich konnte er nicht mehr fahren und saß deshalb noch hier.

«Papa, draußen ist Sturm! Es ist doch klar, dass Mama da wissen möchte, ob es dir gutgeht.» Sie schüttelte den Kopf, weil sie einfach nicht fassen konnte, wie sehr er sich verändert hatte. «Früher hast du immer Bescheid gesagt!»

«Früher war ich auch keine verdammte Landratte!», schimpfte er. «Was soll mir denn schon passieren, wenn ich nicht mehr rausfahre?» Er wandte den Kopf in Richtung Wirt. «Ole, mach mir noch einen.»

Greta ballte die Hände zu Fäusten in dem verzweifelten Versuch, ihre Wut zu zügeln. Aber sie konnte nicht mehr an sich halten.

«Dafür warst du früher jemand, zu dem ich aufgesehen habe, Papa. Und jetzt sieh dich an! Du bist nur noch schlecht gelaunt, weist uns alle zurück und jammerst ständig darüber, dass nicht mehr alles so ist, wie es einmal war. Das Leben geht weiter, und Dinge ändern sich!

Das wirst du nicht verhindern können, indem du es ignorierst.» Sie schüttelte den Kopf. «Wir haben gerade einen jungen Familienvater mit einem wahrscheinlich sehr aggressiven Krebstumor in der Klinik. Er hat zwei kleine Töchter, und seine Prognose ist ziemlich düster. Vielleicht erlebt er nicht mehr, wie die beiden groß werden, und wenn doch, dann wird er dafür sehr hart kämpfen müssen. Dir dagegen könnten wir helfen, wenn du endlich aufhören würdest, in Selbstmitleid zu versinken!»

Ihr Vater starrte sie an, und sie sah etwas in seinem Blick aufflackern. Hatten ihre Worte ihn erreicht?

Ole trat zu ihnen und füllte Asmus' Schnapsglas noch einmal auf.

«Willst du auch was trinken?», fragte er Greta und räumte das leere Glas weg, das an dem Platz neben Asmus stand.

«Ist das nicht Eriks Glas?», fragte Greta irritiert und blickte in Richtung Toiletten.

Ole schüttelte den Kopf. «Da hat bis eben einer von den Yachtbesitzern gesessen. Er ist gerade gegangen.»

Greta dachte an den Mann mit der gelben Jacke, der sie gegrüßt hatte.

«Und wo ist Erik?»

Ole wischte mit einem Lappen über die Theke. «Keine Ahnung. Der war nicht hier.»

«Was? Aber sein Auto steht auf dem Parkplatz!» Greta spürte, wie das ungute Gefühl zurückkehrte, mit dem sie hergefahren war. Sie sah ihren Vater an. «Mama hat ihn losgeschickt, er sollte dich suchen. Aber er ist nicht zurückgekommen und hat sich auch nicht gemeldet. Ich dachte, er wäre hier bei dir.»

Asmus zuckte mit den Schultern. «Nein. Ich habe ihn seit unserem Streit nicht mehr gesehen.»

Mit Schrecken dachte Greta daran, wie blass Erik die letzten Tage gewesen war. Sie war so beschäftigt mit Mark und mit Micki gewesen, dass sie zu wenig Zeit gehabt hatte für ihren Bruder. Was, wenn er nicht genug auf sich geachtet hatte und sein Blutzuckerspiegel aus dem Lot geraten war? So etwas konnte auch Diabetikern passieren, die gut eingestellt waren und sich mit ihrer Krankheit auskannten. Bei einer Unterzuckerung kam es schnell zu einer Orientierungslosigkeit, die verhinderte, dass die Betroffenen rechtzeitig auf die Warnzeichen reagierten, die ihr Körper aussandte. Dann brauchten sie Hilfe, und zwar sehr dringend.

«Ich gehe ihn suchen.»

Sie drehte sich um und verließ die Kneipe. Hinter sich hörte sie ihren Vater noch rufen, aber sie war schon draußen und das Heulen des Sturms übertönte alles andere. Ohne nachzudenken lief sie los in Richtung Parkplatz. Da sie diesmal den Wind im Rücken hatte, kam sie schneller voran, hatte jedoch immer das unangenehme Gefühl, beim Laufen fast abzuheben.

Als sie den Liegeplatz der «Seestern» fast erreicht hatte und den Parkplatz schon sehen konnte, merkte sie, dass von dort jemand auf sie zukam. Zuerst glaubte sie, es wäre Erik. Aber dann erkannte sie …

«Mark!»

Er näherte sich mit großen Schritten, und gegen ihren Willen spürte sie, wie ihre Knie weich wurden. Kurz vor ihr blieb er stehen.

«Ich muss mit dir reden!», rief er laut, damit sie ihn

trotz des Sturms hörte. «Du kannst nicht einfach weglaufen, Greta!»

Die nächste Böe schob sie nach vorn, in Marks Richtung. Er streckte die Arme aus und legte die Hände um ihre Oberarme, hielt sie fest. Bei der Berührung musste sie schlucken.

«Woher wusstest du, wo ich bin?»

«Von deiner Mutter. Ich war in der Pension, und sie meinte, du wärst zum Hafen gefahren.» Er sah sie eindringlich an. «Bitte, Greta, lass uns …»

Hastig löste sie sich wieder von ihm und wich einen Schritt zurück. «Ich kann jetzt nicht», stieß sie hervor. «Ich muss meinen Bruder finden!»

«Was ist mit ihm?», wollte Mark wissen, dann blickte er über Gretas Schulter und runzelte die Stirn.

Sie drehte sich um, weil sie sehen wollte, was seine Aufmerksamkeit erregt hatte – und sah den Yachtbesitzer aus der Kneipe oben auf dem Deich stehen. Sie erkannte ihn an seiner gelben Jacke.

Der Mann winkte wild und rief etwas, aber man konnte ihn nicht verstehen, sah nur, wie sein Mund sich bewegte. Seine ganze Körperhaltung drückte Panik aus.

«Da ist was passiert!» Mark rannte auf den Mann zu, der sich zu einer der Treppen vorkämpfte, die auf den Deich führten. Greta folgte ihm und eilte mit ihm zusammen die Stufen hoch.

«Hierher! Schnell!», rief der Mann, als sie nah genug waren, um ihn zu hören. «Da vorne liegt einer!»

Eine kalte Hand schien sich um Gretas Herz zu legen, als sie oben ankamen. Denn auf der anderen Seite des Deichs lag auf halber Höhe tatsächlich jemand im Gras.

«Erik!», schrie sie voller Angst, als sie ihren Bruder erkannte, und rutschte den Abhang hinunter, bis sie bei ihm war. Verzweifelt legte sie die Hände an seine Wangen. «Erik, wach auf!»

Er reagierte nicht auf ihre Worte, aber er zitterte stark. Seine Stirn war schweißnass, sein Haar verklebt, sein Puls, den sie sofort überprüfte, raste.

«Er ist unterzuckert», sagte sie zu Mark, der auf der anderen Seite neben Erik kniete. «Genau das hatte ich befürchtet. Er muss orientierungslos gewesen und den Deich raufgeklettert sein, anstatt in die Kneipe zu gehen.»

Mark nickte. «War er schon so, als Sie ihn gefunden haben?», fragte er den Mann mit der gelben Jacke.

«Keine Ahnung. Ich bin nicht so nah rangegangen.» Der Mann zuckte mit den Schultern, als Mark ihn scharf ansah. «Ich kann keine erste Hilfe, okay? Ich hatte Angst, dass ich was falsch mache.»

«Sie machen es nur falsch, wenn Sie gar nichts machen», fuhr Mark ihn an. «Haben Sie wenigstens den Notruf abgesetzt?»

Der Mann nickte, und Greta atmete auf. Dass möglichst schnell der Rettungswagen kam, war das Wichtigste, denn jetzt ging es um Minuten.

«Laufen Sie runter zum Parkplatz und zeigen Sie den Sanitätern, wo wir sind, wenn sie kommen», wies Mark den Yachtbesitzer an, doch der rührte sich nicht, sondern starrte weiter auf Erik.

«Na, los, machen Sie schon!», brüllte Mark so laut, dass der Mann zusammenzuckte und sofort zu der Treppe rannte, die vom Deich hinunterführte.

Greta versuchte währenddessen noch einmal, Erik zu wecken – ohne Erfolg. Sie musste irgendwie dafür sorgen, dass sein Blutzuckerspiegel stieg. Wenn er bei Bewusstsein gewesen wäre, hätte ein Stück Traubenzucker oder ein zuckerhaltiges Getränk gereicht. Aber in seinem Zustand konnte Erik nichts schlucken. Sie riskierten einen Erstickungsanfall, wenn sie versuchten, ihm etwas einzuflößen. Deshalb gab es nur eine andere Möglichkeit.

«Er braucht Glukagon!», rief sie.

Das Hormon hatte den gegenteiligen Effekt von Insulin und hob den Blutzuckerspiegel.

Mark nickte. «Hat er was dabei?»

«Ich glaube, er hat ein Notfall-Set im Auto.»

Sie sprang auf und lief, so schnell sie konnte, zur Treppe, rannte sie herunter und dann weiter zum nicht weit entfernten Parkplatz.

Der Mann in der gelben Jacke, der dort wartete, sah sie neugierig an, doch sie achtete nicht auf ihn, sondern lief zu Eriks Volvo.

Als sie versuchte, den Kofferraum zu öffnen, stellte sie zu ihrer großen Erleichterung fest, dass er nicht verschlossen war. Vermutlich war Erik wegen der Unterzuckerung schon beim Aussteigen so durcheinander gewesen, dass er vergessen hatte, das Auto abzuschließen.

Hektisch suchte sie in dem Chaos, das im Kofferraum herrschte, nach dem Erste-Hilfe-Kissen. Es lag unter einer Kiste, und als Greta den Reißverschluss öffnete und den Inhalt durchging, fand sie fast sofort das schmale, längliche Plastikkästchen, nach dem sie gesucht hatte.

«Gott sei Dank!», murmelte sie und drehte sofort wieder um, rannte zurück und erklomm den Deich. Oben angekommen, sah sie, dass Mark nicht mehr mit Erik allein war.

«Papa!»

Ihr Vater stand bei Erik, um den Mark sich immer noch kümmerte, und wirkte völlig aufgelöst.

«Oh Gott, Lüttje! Wie konnte das passieren?» Er rang die Hände. «Das wusste ich nicht, dass es ihm so schlechtgeht!»

«Schon gut, Papa, das ist nicht deine Schuld», sagte sie und kniete sich neben Erik auf den Boden.

«In den Oberarm?», fragte Mark und knöpfte Erik das Hemd auf, als Greta nickte.

Sie wusste, dass jetzt jede Minute zählte, deshalb klappte sie schnell das Kästchen auf und nahm die Spritze und das kleine Fläschchen heraus, die sich darin befanden. Mit geübten Griffen zog sie die Kappe von der Nadel, steckte die Spritze durch den Gummipfropfen auf dem Fläschchen und drückte das in der Spritze enthaltene Wasser auf das Pulver im Fläschchen. Anschließend schüttelte sie das Fläschchen so lange, bis sich das Pulver aufgelöst hatte, und zog die Flüssigkeit anschließend wieder in die Spritze.

Mark hatte inzwischen Eriks Schulter und einen Teil seines Oberarms freigelegt, und Greta injizierte ihm das Glukagon.

«Bitte, bitte, wach auf», flüsterte sie und strich Erik über das Gesicht in der Hoffnung, dass er gleich die Augen aufschlagen würde. Dabei wusste sie, dass die Wirkung des Medikaments frühestens in zehn Minuten einsetzen würde. Erst dann würden sie wissen, wie stark die Unterzuckerung gewesen war. Im schlimmsten Fall war es zu spät, und er befand sich bereits im Koma, aber daran wollte sie nicht denken.

In der Ferne war schon das Martinshorn zu hören.

«Da kommen sie.» Mark legte Greta die Hand auf den Arm und lächelte, und diesmal war ihr die Berührung angenehm. Sie war überhaupt froh, dass er da war. Seine Ruhe und Souveränität halfen ihr dabei, nicht vor lauter Sorge durchzudrehen.

«Wird er sich erholen?», fragte Asmus. «Oh Gott, wenn ihm was passiert, nur weil ich …»

Er schwankte plötzlich.

«Mark! Mein Vater!», rief Greta entsetzt.

Mark sprang auf und half Asmus, sich auf den Boden zu setzen. «Ist Ihnen nicht gut?», fragte er, während er bereits den Puls nahm.

Der Rettungswagen war da, man konnte das Blaulicht jenseits des Deichs zucken sehen, und Greta hörte die Stimmen der Sanitäter.

«Ich weiß nicht.» Asmus' Atem ging schwerer als vorher. «Ich … mir ist schon wieder schwindelig.»

«Sie fahren mit ins Krankenhaus», ordnete Mark an. «Und da checken wir Sie durch, bis wir herausgefunden haben, was Ihnen fehlt. Verstanden?»

Greta wartete mit angehaltenem Atem darauf, dass ihr Vater diesen Vorschlag – wie schon so oft – vehement ablehnen würde. Doch Asmus nickte nur und deutete auf Erik.

«Wird mein Sohn es schaffen?»

Bevor Mark antworten konnte, erschienen die Sanitäter auf dem Deich, und Greta winkte sie zu ihnen herüber. Sie kannte beide, es waren Hannes Dierksen und

Carola Meyer, mit denen sie schon oft zu tun gehabt hatte.

«Greta!» Hannes starrte sie erstaunt an, und als er Mark erkannte, wurden seine Augen noch größer. «Was macht ihr denn schon hier?»

«Das ist eine lange Geschichte», sagte Greta und erläuterte kurz, was Erik fehlte und was sie bereits unternommen hatten. Als ihr Bruder sicher auf der Trage lag und von den beiden abtransportiert wurde, half Greta Mark dabei, auch ihren Vater zum Rettungswagen zu bringen.

Asmus war wackelig auf den Beinen und sehr blass, aber er wirkte so weit stabil, wie Greta erleichtert feststellte.

«Sie setzen sich hinten rein.» Mark half Asmus auf einen der beiden Sitze, die sich im Behandlungsraum des Rettungswagens befanden, und schnallte ihn an. «Da können wir Sie im Auge behalten, während wir uns um Ihren Sohn kümmern. Nicht, dass Sie uns auch noch zusammenbrechen.»

Asmus nickte und hielt den Blick auf Erik gerichtet, den die beiden Sanitäter bereits in den Wagen geschoben hatten.

«Ich fahre hinten mit», sagte Mark zu Greta. «Du kannst nach vorne gehen, wenn du willst.»

Greta schüttelte den Kopf. «Ich fahre mit meinem Wagen hinter euch her», sagte sie und fing Carolas überraschten Blick auf.

Wahrscheinlich fragte sich die Sanitäterin, warum Mark sie duzte, aber im Moment hatte Greta nicht die Zeit, sich darüber Sorgen zu machen, was die anderen über Mark und sie dachten.

Es fiel ihr sehr schwer, nicht ebenfalls bei ihrem Vater und ihrem Bruder einzusteigen. Aber Mark und Carola wussten, was zu tun war, und sie brauchten Platz, um sich um beide Patienten zu kümmern. Da würde sie nur im Weg sein und sie behindern. Deshalb schloss sie schweren Herzens die Türen hinter ihnen und lief zu ihrem Auto, während der Rettungswagen mit Blaulicht und Martinshorn losfuhr.

Auf dem Weg zur Klinik drückten die starken Windböen den Golf immer wieder fast von der Straße, und Greta konnte sehen, dass auch der Rettungswagen, der vor ihr fuhr, stark schwankte.

Der Sturm musste gerade seinen Höhepunkt erreicht haben. Und er hat ganz schön viel durcheinandergewirbelt, dachte sie und sah plötzlich wieder Marks Gesicht vor sich.

Du kannst nicht einfach weglaufen, Greta.

Seine Worte hallten durch ihren Kopf, ließen sie schlucken. Nein, wie es aussah, würde sie sich dieser Sache zwischen ihnen stellen müssen, ob sie wollte oder nicht.

Aber darüber würde sie sich Gedanken machen, wenn sie wusste, wie es um ihren Bruder stand. Deshalb trat sie aufs Gaspedal und schickte ein stilles Stoßgebet hinauf in die Sturmwolken, dass sie ihn noch rechtzeitig gefunden hatten.

31

Das hast du großartig hinbekommen!» Helena lächelte Stine an, die erschöpft in ihrem Stationsbett lag. «Und das, obwohl dein Sohn es uns wirklich nicht einfach gemacht hat mit seiner spontanen Drehung!»

Stine erwiderte ihr Lächeln. «Aber ihr wart auch toll, Marlene und du. Ohne euch hätte ich das nicht geschafft!» Sie streckte die Hand aus, und Helena trat noch einen Schritt näher und ergriff sie. «Und danke noch mal, dass ihr mir Zeit gelassen habt. Ich hatte solche Angst, dass es doch ein Kaiserschnitt wird.»

Helena zuckte mit den Schultern. «Wenn der junge Mann sich am Ende nicht beeilt hätte, dann wären wir nicht drum herumgekommen», sagte sie und beschloss, Stine nicht verraten, dass sie den OP tatsächlich die ganze Zeit bereitgehalten hatten.

Dass die Entbindung von Stines Baby so schwierig werden würde, hatte sie nicht geahnt, als sie mit Piet auf Gut Thossen angekommen war. Doch wie sich herausgestellt hatte, lag das Baby falsch herum im Becken. Es hatte sich unerwartet noch einmal gedreht, was bedeutete, dass es mit den Füßen voraus geboren werden musste anstatt mit dem Kopf. Eine normale Entbindung einer solchen Beckenendlage war möglich, aber deutlich schwieriger und mit mehr Risiken verbunden. Deshalb waren sie von Gut Thossen schnell in die Klinik gefahren und hatten einen der Behandlungsräume in einen provisorischen Kreißsaal verwandelt.

Ohne die Möglichkeit, Mutter oder Kind im Notfall auszufliegen, waren sie ganz auf sich selbst gestellt gewesen. So etwas konnte auf der Insel immer passieren, dass man mit dem arbeiten musste, was einem zur Verfügung stand. Und es war gut ausgegangen, denn Stine hatte ihren Sohn am Ende doch noch ganz normal entbinden können.

«So, hier ist unser Sturmbaby.» Marlene kam mit dem frischgewaschenen und angezogenen Arne herein und legte Stine das Baby in die Arme. «Ein Glück, dass wir noch einen der Strampler eingesteckt haben, die bei euch bereitlagen. Sonst hätten wir ihn gar nicht anziehen können. Auf Geburten sind wir hier ja nicht mehr eingerichtet.»

«Ihr habt das trotzdem wunderbar gemacht.» Stine lächelte ihren Sohn verliebt an. «Ich kann es noch gar nicht fassen, dass Arne doch auf der Insel zur Welt gekommen ist. Aber gemütlicher hätten wir es vermutlich im Geburtshaus gehabt, stimmt's, mein Kleiner?»

Sie war so versunken in den Anblick ihres Sohnes, dass sie den sorgenvollen Blick nicht bemerkte, den Helena und Marlene tauschten.

Es klopfte an der Tür, und einen Augenblick später betrat Piet zusammen mit Stines Mann Matthias das Zimmer.

«So, dann wollen wir mal auf mein Enkelkind anstoßen!», rief Piet und hielt die Flasche «Deichwind» hoch, die er mitgebracht hatte. Der Schnaps wurde von einer kleinen Brennerei auf der Insel hergestellt und war auch bei den Touristen sehr beliebt. Matthias hatte die passenden Gläser dabei und stellte sie auf Stines Nachttisch.

«Für mich nicht, danke!», sagte Helena, doch Piet nötigte sie, wenigstens einen kleinen Schluck zu trinken. Deshalb nippte sie einmal daran und stellte das Schnapsglas dann wieder ab.

«Wie ist eigentlich das Wetter inzwischen?», fragte sie. «Stürmt es noch?»

Piet nickte. «Aber ich glaube, das Schlimmste ist überstanden. Der Wetterdienst hatte zumindest angekündigt, dass es sich ab Mitternacht langsam wieder beruhigt.»

«Na, dann dauert es ja nicht mehr allzu lange», meinte Helena, denn ihre Armbanduhr zeigte an, dass es schon halb zwölf war.

«Willst du für heute Feierabend machen?», bot Marlene ihr an. «Ich bleibe noch ein bisschen und helfe Stine beim Stillen. Dafür brauchen wir dich nicht, und es ist ja so weit alles gut.»

Helena nickte. «Okay. Dann erledige ich schnell den Papierkram und mache mich dann auf den Weg.»

«Kann ich dich vorher noch sprechen?», bat Piet und zögerte. «Unter vier Augen?»

Helena überlegte kurz. Sie hätte gerne abgelehnt, weil sie dringend zu Niklas zurückwollte. Aber sie mochte Piet auch nicht schon wieder vor den Kopf stoßen, deshalb nickte sie und nahm ihn mit hinunter in ihr Arztzimmer.

«Was gibt es denn so Dringendes?», fragte sie, als sie sich an ihrem Schreibtisch gegenübersaßen. «Oder willst du nur wissen, ob mit Mutter und Kind alles in Ordnung ist? Da kann ich dich nämlich beruhigen.»

«Das ist gut zu wissen», meinte Piet. «Aber es geht um die Finanzierung des Geburtshauses. Da möchte ich dir nämlich einen Vorschlag machen.»

Helena spürte, wie sie sich anspannte. «Piet, das hatten wir doch schon geklärt, dass du dich nicht …»

«Ich habe nicht mit deinem Bankberater gesprochen, keine Sorge», versicherte er ihr. «Aber ich weiß, wie wir das Problem lösen können.»

Helena runzelte die Stirn. «Wirklich?»

«Ja. Es ist sogar ganz einfach. Du lässt mich für dich bürgen», sagte er. «Ich bin kreditwürdig. Mit mir im Rücken wird die Finanzierung sicher kein Problem mehr sein.»

Sprachlos starrte Helena ihn an.

Sie wusste, dass Piet ein vermögender Mann war. Die Korfs gehörten zu den alteingesessenen Familien auf der Insel, die viel Land besaßen. Das Gut befand sich schon seit vielen Generationen in Familienbesitz, aber erst Piet hatte aus dem Anwesen das gemacht, was es heute war. Er war ein kluger Geschäftsmann, der wusste, was er tat und wann er investieren musste. Deshalb hatte er recht, die Bank würde ihn bestimmt als Bürgen akzeptieren und ihr das Geld geben, das sie brauchte. Es gab da nur ein Problem.

«Das ist unglaublich lieb von dir, Piet, aber das kann ich nicht annehmen.»

Mit dieser Antwort schien er nicht gerechnet zu haben, denn das Lächeln, das eben noch auf seinen Lippen gelegen hatte, verschwand.

«Wieso nicht?»

«Weil die Summe dazu viel zu hoch ist», erklärte sie, doch das schien Piet nicht zu beeindrucken.

«Ich kenne die aktuellen Immobilienpreise und musste auch schon mal das eine oder andere renovieren lassen. Tatsächlich könnte ich dir Tipps geben, auf welche Handwerker Verlass ist und auf welche nicht.»

Helena war immer noch völlig überrumpelt. «Die Tipps nehme ich gerne, Piet. Wirklich. Aber ich will nicht, dass du für mich bürgst.»

«Warum denn nicht? Das ist doch nur eine Formalität, mehr nicht.»

«Aber nur, wenn alles glattgeht», erinnerte sie ihn. «Wenn es Schwierigkeiten gibt, dann wendet die Bank sich an dich. Und ich will auf keinen Fall, dass du für meine Schulden aufkommen musst!»

«Das ist doch mein Problem. Und außerdem wird es keine Schwierigkeiten geben. Warum sollte es? Deine Praxis läuft gut, und mit dem Geburtshaus wird es bestimmt nicht anders sein. Da kann doch gar nichts schiefgehen.» Er beugte sich vor. «Bitte, lass mich dir helfen! Warum willst du deinen Traum begraben, wenn die Lösung so einfach ist?»

Helena sah ihn an, hin- und hergerissen zwischen Erleichterung und Skepsis. Sein Angebot war wirklich verführerisch. Aber sie würde dann auch tief in seiner Schuld stehen, und sie war nicht sicher, ob sie das wollte.

«Und was für Bedingungen gibt es?», fragte sie vorsichtig.

Piet lehnte sich wieder zurück und musterte sie, so als wüsste er nicht recht, was er darauf antworten sollte. Er verschränkte seine Finger und legte die Daumen aneinander, was er immer tat, wenn er über etwas nachdachte.

«Piet?», hakte sie nach, als er nach einer Weile immer noch nichts gesagt hatte.

«Es gibt keine Bedingungen», erklärte er. «Es ist ein reiner Freundschaftsdienst. Allerdings ...» Er zögerte. «Allerdings muss ich vorher eine Sache wissen.»

Helena spürte, wie ihr Magen sich zusammenzog. «Und das wäre?»

Er senkte den Blick, dann hob er ihn wieder und sah ihr in die Augen. «Was hat er dir erzählt? Von Holten, meine ich. Hat er dir gesagt, weshalb er hier bei uns auf der Insel ist?»

«Ich weiß nicht, was du meinst», erwiderte sie vorsichtig. Piet sprang auf und begann, hektisch vor dem Schreibtisch auf und ab zu gehen. «Was ist los? Was hast du denn?»

Er blieb stehen und stützte die Hände auf die Schreibtischplatte.

«Es gibt doch eine Bedingung», sagte er. «Ich bürge für den Kredit, wenn du mir versprichst, dass du dich nicht mehr mit diesem Kerl triffst. Dass du ihn aus deinem Leben streichst.»

Helena war so schockiert, dass sie zuerst kein Wort herausbrachte.

«Das ist hoffentlich nicht dein Ernst», sagte sie, als sie ihre Stimme wiederfand.

«Doch», sagte er sichtlich erregt. «Ich weiß, dass mich das nichts angeht und ich mich nicht einmischen sollte. Aber ich will nicht, dass er dir weh tut. Und das wird er. Er ist nicht gut für dich, Helena!»

Helena erhob sich ebenfalls und funkelte ihn wütend an. «Ach ja? Und was macht dich da so sicher?»

«Ich habe mich über ihn erkundigt. Der Dreesen-Hof gehört jetzt nämlich meinem Freund Henning Overbeck.»

Helena hatte den Namen schon oft gehört, und nicht nur von Piet. Henning Overbeck war so etwas wie der Immobilien-König von Westerwyk. Er hatte als Makler begonnen und inzwischen so viele Grundstücke und Häuser gekauft, dass böse Zungen behaupteten, ihm gehöre die halbe Insel.

«Henning kennt diesen von Holten von früher, die beiden waren zusammen bei der Bundeswehr. Deshalb wohnt von Holten auf dem Dreesen-Hof. Er hat Henning kontaktiert und gebeten, ihm eine möglichst abgelegene Bleibe zu verschaffen.»

Helena schüttelte fassungslos den Kopf. «Du hast deinen Freund über Niklas ausgefragt?»

Piet nickte. «Aber nur, weil ich mir Sorgen gemacht habe. Ich wollte sichergehen, dass mit dem Kerl alles in Ordnung ist, verstehst du? Weil ich so ein komisches Gefühl hatte. Und das hat mich nicht getrogen!»

Helena verschränkte die Arme vor der Brust. «Was immer es ist, ich will es nicht wissen!»

«Aber du musst es wissen», beharrte er. «Damit dir klar ist, auf was du dich mit ihm einlässt!»

Und dann, bevor sie es verhindern konnte, begann er zu reden, erzählte ihr, was er erfahren hatte. Schon während er sprach, gaben Helenas Knie nach, und sie sank zurück auf ihren Schreibtischstuhl.

«Nein», sagte sie, als er geendet hatte. «Das kann nicht sein.»

«Doch. Eine andere Erklärung gibt es nicht», meinte Piet. «Oder fällt dir eine ein?»

Sie schüttelte den Kopf.

Piet setzte sich wieder vor den Schreibtisch und sah Helena flehend an. «Du solltest nicht bei ihm bleiben. Komm mit Esperanza zu uns zurück, Helena. Und vergiss ihn, bevor er dir dein Leben versaut. Das mit euch hat doch keine Zukunft.»

Er wartete einen Moment, und als sie nicht antwortete, stand er auf und ging zur Tür. Dort blieb er noch einmal stehen.

«Ich bin für dich da, Helena. Jederzeit. Und mein Angebot steht. Überleg es dir.»

Helena registrierte kaum, dass er die Tür hinter sich schloss, starrte nur vor sich hin, während sie zu begreifen versuchte, was sie gerade erfahren hatte.

Mein Gott, wenn das stimmte ...

Sie schüttelte den Kopf und stand auf. Es gibt nur einen Weg, das herauszufinden, dachte sie und griff nach ihrem Autoschlüssel.

32

Die Geräusche der Messgeräte im Intensivzimmer waren genauso laut wie immer und Greta eigentlich zutiefst vertraut. Doch heute machte das Piepsen sie nervös.

Es ist eben doch ein Unterschied, ob der Kranke im Bett irgendein Patient ist oder der eigene Bruder, dachte sie und strich Erik liebevoll eine Haarsträhne aus der Stirn.

Es ging inzwischen schon auf Mitternacht zu, und der Sturm draußen flaute langsam ab. Aber Erik war noch immer bewusstlos …

«Und? Gibt es schon was Neues?», fragte Mark, der gerade hereingekommen war.

Er hatte seinen Arztkittel übergezogen, und Greta war ebenfalls in ihre Schwesterntracht geschlüpft. Sie hatte ohnehin beschlossen, die Station erst zu verlassen, wenn sie wusste, dass es Erik besserging, also konnte sie genauso gut arbeiten. Und auch Mark schien es nicht eilig zu haben, nach Hause zu kommen. Er trat neben sie an Eriks Bett.

«Irgendwelche Veränderungen?»

Unglücklich schüttelte Greta den Kopf. «Ich verstehe das nicht. Es sind jetzt schon fast drei Stunden. Er müsste doch längst wach sein.»

«Erklären kann ich mir das auch nicht», meinte Mark. «Seine Blutzuckerwerte haben sich normalisiert, genau wie sein Puls, er atmet selbständig und reagiert auf Schmerzreize. Eigentlich gibt es keinen Grund für diese anhaltende Bewusstlosigkeit. Es ist fast so, als wollte er nicht aufwachen.»

«Glaubst du, wir waren zu spät?» Sie schluckte. «Wenn ich früher gemerkt hätte, dass er gar nicht in der ‹Mole› ist, dann hätte ich vielleicht ...»

«Er wacht wieder auf», sagte Mark. «Es dauert nur noch ein bisschen.»

Sie wollte ihm das gerne glauben. Und noch lieber wollte sie, dass er sie in die Arme nahm. Tatsächlich war die Sehnsucht nach seiner Nähe plötzlich so überwältigend, dass sie hastig ein paar Schritte von ihm wegging und sich ans Ende des Bettes stellte.

Mark räusperte sich. «Das Herzecho bei deinem Vater hat meine Diagnose übrigens bestätigt. Er leidet an einer Herzinsuffizienz, genau wie ich es schon vermutet hatte.»

Greta nickte. «Ich habe die ganze Zeit befürchtet, dass es das Herz ist. Aber ich dachte, dass er dann Brustschmerzen haben müsste, und nicht nur Schwindelattacken und allgemeine Schwäche.»

«Es ist die sogenannte stille Form», erklärte Mark. «Sie kommt nicht oft vor. Morgen machen wir noch eine Herzkatheter-Untersuchung, dann wissen wir, welche Seite betroffen ist oder ob eine der Klappen defekt ist, was ich fast vermute.»

«Und wie schlimm ist es?», wollte sie wissen.

«Das kann ich jetzt noch nicht sagen. Aber er kommt hier erst wieder raus, wenn wir genau Bescheid wissen.»

Sie verzog den Mund. «Das wird ihm nicht gefallen.»

«Nein. Aber so wird es gemacht. Auf dieser Brücke bin ich nämlich der Kapitän, das habe ich ihm schon gesagt.»

Er sah so entschlossen aus, dass Greta trotz allem lächeln musste.

«Danke», sagte sie.

«Dafür, dass ich meinen Job mache?»

«Nein. Dafür, dass du vorhin da warst. Ich weiß nicht, was ich ohne dich gemacht hätte.»

Ihre Blicke blieben aneinander hängen, und Gretas Herz fing an schneller zu schlagen.

«Du weißt, warum ich da war», sagte er. «Wir müssen immer noch ...»

«Ich sehe mal nach meinem Vater», fiel sie ihm ins Wort, und bevor er seinen Satz beenden konnte, verließ sie eilig das Intensivzimmer.

Im Flur versuchte sie, ihr rasendes Herz wieder zu beruhigen, was gar nicht so einfach war. Sie wusste selbst, dass sie nicht ewig vor ihm davonlaufen konnte. Aber sie war einfach noch zu durcheinander von den Ereignissen des Abends, als dass sie klar hätte denken können.

Es war nicht weit bis zu dem Zimmer, in dem ihr Vater lag. Ihre Mutter saß bei ihm am Bett, sprang jedoch sofort auf, als Greta hereinkam. Auch Asmus sah sie mit großen Augen an.

«Gibt es was Neues von Erik?», fragte er. «Ist er aufgewacht?»

Greta schüttelte den Kopf. «Noch nicht. Aber Mark ... ich meine, Doktor Ritter ist sicher, dass er das bald tun wird.»

«Mein Gott.» Ihre Mutter sank zurück auf ihren Stuhl.

«Ich wünschte, wir könnten irgendetwas machen. Diese Warterei zermürbt mich.»

«Mich auch», gestand Greta und betrachtete ihren Vater. Er war blass und wirkte erschüttert, schien in den wenigen Stunden um Jahre gealtert zu sein. Sein Anblick versetzte ihr einen Stich.

«Das ist alles meine Schuld», sagte er. «Ich habe Erik so zugesetzt, dass er nicht mehr konnte. Nur deshalb hat er sein Insulin nicht richtig genommen.»

«Das kann jedem erfahrenen Diabetiker passieren.» Greta trat an sein Bett. «Und es nützt gar nichts, wenn du dir die Schuld gibst. Davon wacht er nicht schneller auf, aber dir geht es dann noch schlechter.»

«Das sage ich ihm auch schon die ganze Zeit», meinte Heike und blickte Greta besorgt an. «Wie schlimm ist so eine Insuffizienz?», fragte sie. «Das klingt sehr gefährlich.»

«Damit ist auch nicht zu spaßen», warnte Greta. «Aber es ist behandelbar, wenn Papa diesmal mitzieht.»

«Da hörst du es, Asmus.» Heike erhob sich. «Ich gehe mir mal schnell einen Kaffee holen», sagte sie und ließ Greta und ihren Vater allein.

Als sie weg war, klopfte er auf den Rand seines Bettes. «Setz dich doch.»

Greta folgte seiner Aufforderung, und er ließ sich zurück in die Kissen sinken.

«Ach, Lüttje, es tut mir so leid, dass erst so etwas Schreckliches passieren musste, um mir die Augen zu öffnen. Ich habe mich wie ein verdüllter Dööskopp benommen, und im Grunde wusste ich das auch die ganze Zeit. Aber ich konnte einfach nicht nachgeben, weil ich

Angst hatte, dass dann alles aus ist.» Er zuckte resigniert mit den Schultern. «Aber jetzt ist ja auch so alles aus.»

«Nein, ist es nicht, Papa.» Greta griff nach seiner Hand. «Erik schafft das. Und du auch. Jetzt, wo wir wissen, was du hast, können wir dir helfen. Wir finden eine Lösung, ganz bestimmt.»

Asmus nickte und strich über ihre Hand. «Kannst du deinem alten, sturen Vater verzeihen, dass er so ein Scheusal war?»

«Ach, Papa, du bist doch kein Scheusal.» Greta umarmte ihn. «Ich bin einfach nur froh, dass wir endlich wissen, was dir fehlt. Und bei Doktor Ritter bist du in guten Händen.»

«Du meinst bei Mark?» Asmus grinste. «Und ich dachte, ihr hättet mir das nur vorgespielt, dass ihr zusammen seid.»

Greta schluckte. «Das haben wir auch.»

«Ach, komm schon, Lüttje! Ich bin vielleicht krank, aber nicht blöd. Und ich habe gesehen, wie ihr euch anschaut.» Er grinste. «Mir gefällt er übrigens, dein Doktor. Der kann sich durchsetzen.»

Überrascht starrte Greta ihn an, dann fuhr sie herum, weil die Tür aufgerissen wurde und ihre Mutter hereinkam. Sie war ganz außer Atem.

«Du sollst schnell kommen», japste sie, und Greta begriff sofort, dass etwas mit Erik passiert sein musste.

33

Der Wind blies noch kräftig, aber längst nicht mehr in voller Sturmstärke, als Helena den Hof erreichte. Es war ihr egal, dass es schon Mitternacht war, sie musste sofort mit Niklas sprechen, deshalb parkte sie ihren Pathfinder und ging am Haus entlang bis zum erleuchteten Wohnzimmerfenster.

Ein Blick hinein zeigte ihr, dass Niklas am Kamin stand und hineinstarrte, fast so, als hätte er sich, seit sie ihn verlassen hatte, noch gar nicht bewegt.

Sie klopfte gegen die Scheibe, und er sah erschrocken auf. Sonst lächelte er immer, wenn er sie draußen bemerkte. Aber diesmal blieb sein Gesicht ernst.

Er deutete in Richtung Küche, und Helena tat das, was Piet auch getan hatte, und betrat das Haus durch die Küchentür, die Niklas ihr öffnete. Auch jetzt lächelte er nicht.

«Ich muss mit dir reden», sagte er ohne Umschweife.

«Ich auch mit dir.» Sie zog ihre Jacke aus, hängte sie an den Haken hinter der Tür und sank auf einen der Küchenstühle, die um den kleinen, eckigen Esstisch standen.

Den ganzen Weg hierher hatte sie überlegt, wie sie ihn auf das ansprechen sollte, was sie erfahren hatte. Und sie war zu dem Schluss gekommen, einfach ganz direkt zu sein.

«Stimmt es, dass du dich hier vor der Mafia versteckst?»

«Was?» Niklas ließ sich ihr gegenüber auf den Stuhl sinken und starrte sie halb irritiert, halb belustigt an. «Wie kommst du denn darauf?»

«Piet hat sich bei Henning Overbeck über dich erkundigt. Die beiden sind befreundet, und nach allem, was Henning ihm erzählt hat ...» Sie zögerte.

«Glaubt er jetzt, dass ich auf der Flucht bin?»

Sie nickte und beugte sich vor. «Du hast die Miete für sechs Monate im Voraus bezahlt und Henning gesagt, dass er niemandem verraten darf, wo du bist, falls sich jemand nach dir erkundigt. Und du hast ihm gesagt, dass er dich alle paar Tage anrufen und sofort nach deinem Pferd sehen soll, falls du dich nicht meldest. Weil es sein könnte, dass du plötzlich ‹wegmusst›. Du hast sogar ein Konto eingerichtet, über das er verfügen kann, um Karino zu versorgen, ‹falls dir was passiert›.» Sie verschränkte die Arme vor der Brust. «Das klingt für mich schon danach, als wärst du auf der Flucht vor irgendetwas.»

Niklas lächelte, aber es wirkte nicht fröhlich. «Und das muss gleich die Mafia sein?»

«Nein. Aber was ist es dann?» Sie beugte sich vor und sah ihn an. «Wovor läufst du weg?»

Er hob die Schultern. «Ich laufe nicht weg. Ich ... habe mich nur zurückgezogen. Von meinen Freunden, nicht von meinen Feinden, falls es dich beruhigt.»

Helena runzelte die Stirn. «Deine Freunde dürfen nicht wissen, wo du bist?»

«Nein. Weil sie dann vermutlich herkommen würden und das Bedürfnis hätten, sich um mich zu kümmern. Und das möchte ich nicht.»

«Warum sollten sie sich Sorgen um dich machen?» Eine neue Begründung fiel ihr ein, die plötzlich genauso viel Sinn ergab wie die von der Mafia. Aber sie war noch erschreckender. «Bist du … krank?»

«Nein.» Er erhob sich wieder und wandte ihr den Rücken zu, blickte durch das Fenster in die Dunkelheit. «Aber ich werde bald sterben.»

«Was?» Helena war sicher, dass sie sich verhört hatte.

Er drehte sich zu ihr um. «Ich werde bald sterben.»

«Nein.» Sie schüttelte den Kopf, weil das völlig absurd klang. «Woran denn? Du bist doch …» Erschrocken hielt sie inne. «Mein Gott, hat es etwas mit den Schmerzen in deiner Brust zu tun?»

Er setzte sich wieder. «Nein, hat es nicht. Aber es ist schon eine ziemliche Ironie des Schicksals, oder? Da überlebe ich mit Ach und Krach diesen Horror-Unfall, und nachdem sie mich mühsam wieder zusammengeflickt haben, eröffnen mir die Ärzte, dass ich trotzdem nicht zu retten bin.»

Verwirrt starrte Helena ihn an. «Wovon spricht du?»

«Von dem Aneurysma in meinem Kopf», erklärte er. «Sie haben die Stelle entdeckt, als ich nach dem Absturz im Krankenhaus lag und sie mich durchgecheckt haben.»

Helenas Gedanken überschlugen sich. Ein Aneurysma war eine Aussackung in der Wand eines Blutgefäßes, entweder im Gehirn, im Brust- oder im Bauchraum. Das Gewebe wurde dort so dünn, dass es reißen und schwere innere Blutungen auslösen konnte. Gefährlich war, dass es oft zu spät auffiel.

«Aneurysmen kann man behandeln», sagte sie. «Da gibt es Möglichkeiten.»

«Ja, die gibt es.» Niklas zuckte mit den Schultern. «Aber meins sitzt an einer extrem ungünstigen Stelle. Und es ist auch gar nicht nur eins, es sind zwei, die dicht beieinanderliegen. Sie zu operieren, ist quasi unmöglich, sagen die Ärzte.»

Helena sprang auf. «Soll das heißen, du sitzt hier und wartest darauf, dass das Aneurysma reißt und du an einer Gehirnblutung stirbst?»

«Ich habe nicht wirklich eine Alternative.» Er schüttelte den Kopf. «Verstehst du jetzt, wieso mir diese Narbenschmerzen egal sind? Ich habe ganz andere Sorgen.»

Helena starrte ihn an, weil das auf eine sehr schreckliche Art plötzlich Sinn ergab. Deshalb fuhr er nur im Notfall Auto, hatte die Miete im Voraus bezahlt und das Konto für Karino eingerichtet. Und deshalb sollte dieser Henning Overbeck ihn regelmäßig anrufen. Damit es jemand merkte, wenn er plötzlich ...

Sie konnte den Gedanken nicht zu Ende denken.

«Wieso hast du mir das nicht gleich gesagt?»

«Das wollte ich», erinnerte er sie. «An dem Abend nach unserem ersten Kuss. Aber du hast gesagt, dass du es nicht wissen willst.»

«Damit meinte ich deine Vergangenheit!», fuhr sie ihn an. «Alles, was du vorher gemacht hast. Doch nicht deine Zukunft! Ich meinte, dass wir uns Zeit lassen und nichts überstürzen sollen. Wenn ich gewusst hätte, dass Zeit genau das ist, was wir nicht haben, dann ...»

«Wärst du lieber gleich gegangen?», beendete er den Satz für sie und sah sie so traurig an, dass ihr plötzlich bewusst wurde, dass sie hier nicht diejenige war, der es schlechtging.

«Oh Gott, Niklas!» Sie ging zum Fenster, starrte tränenblind in die Nacht.

Er schwieg, bis sie sich wieder zu ihm umdrehte.

«Es tut mir leid», sagte er. «Ich hätte es dir sagen müssen, als klar war, dass da etwas ist zwischen uns. Das war sehr egoistisch von mir.»

Helena konnte nicht fassen, dass dieser kräftige, gesund aussehende Mann todkrank sein sollte. «Es muss eine Möglichkeit geben, dir zu helfen.»

Langsam schüttelte er den Kopf. «Ich würde die OP nicht überleben – oder wenn, dann in einem Zustand, den ich nicht akzeptabel finde. Als schwerstbehinderter Pflegefall zu enden, wäre mein Albtraum. Das wäre für mich kein Leben mehr.»

Betroffen sah sie ihn an. «Und was ist mit deiner Familie?», fragte sie, plötzlich schockiert darüber, wie wenig sie über ihn wusste.

«Ich habe keine. Meine Eltern sind schon lange tot, Geschwister habe ich keine, und meine Freunde will ich mit dieser Sache nicht belasten. Deshalb soll Henning niemandem sagen, wo ich bin. Ich wollte das mit mir allein abmachen. Bis du mir begegnet bist.» Er zuckte mit den Schultern. «Mit einer Frau wie dir hatte ich nicht mehr gerechnet, Helena.»

Der resignierte Ausdruck in seinen Augen ließ sie begreifen, wogegen ihr Verstand sich immer noch verzweifelt stemmte.

Sie würde ihn verlieren. Genau wie Gideon.

Ein Schluchzen stieg in ihrer Kehle hoch, und sie schlug die Hände vor den Mund. Aber sie konnte es nicht aufhalten, spürte, wie ihre Schultern bebten.

Sofort stand Niklas auf und machte einen Schritt auf sie zu. Doch sie hob die Hand und hielt ihn auf Abstand.

«Nicht. Bitte. Ich ...» Sie schüttelte den Kopf. «Ich ... kann das nicht. Nicht noch mal.»

Er nickte. «Ich weiß. Und das sollst du auch nicht. Es ist besser, wenn du gehst. Das wollte ich dir sagen. Vergiss mich einfach.»

Tränen rannen Helena über die Wangen, und auch seine Augen glitzerten verdächtig.

«Wir hätten uns nicht begegnen dürfen», sagte er. «Aber ich kann es nicht bereuen. Keinen einzigen Augenblick.»

Helena wich zurück, weil sie den hoffnungslosen Ausdruck in seinen Augen nicht mehr ertrug.

«Es tut mir leid», sagte sie und griff nach ihrer Jacke. Aber sie zog sie nicht an, sondern floh, so wie sie war, hinaus in die Nacht.

34

An der Tür zum Intensivzimmer stieß Greta beinahe mit Mark zusammen.

«Erik ist wach?», fragte sie, weil sie immer noch nicht wirklich glauben konnte, was ihre Mutter gesagt hatte.

Er nickte. «Eben aufgewacht und noch ein bisschen desorientiert. Aber so weit scheint alles wieder okay. Morgen dürfte er wieder fit sein.»

«Gott sei Dank!» Ganz schwach vor Erleichterung legte sie die Hand auf seine Brust. Oder sie wollte es, hielt sich aber im letzten Moment davon ab, ihn zu berühren. Hastig schob sie sich an ihm vorbei und betrat das Zimmer.

Der EKG-Monitor piepste jetzt in einem viel schnelleren Rhythmus, das fiel ihr sofort auf, und als sie an das Bett trat, war ihr Bruder tatsächlich bei Bewusstsein.

«Hey», sagte er und blickte erstaunt auf den venösen Zugang in seiner Hand. «Was ist passiert? Wieso bin ich hier?»

Greta strich ihm die Haare aus der Stirn. «Wir haben dich stark unterzuckert unten am Hafen hinter dem Deich gefunden. Ganz in der Nähe der ‹Mole›.»

«Wissen Sie noch, wie Sie da hingekommen sind?», erkundigte sich Mark, der inzwischen auch am Bett stand.

Erik schüttelte den Kopf und befeuchtete seine Lippen mit der Zunge. «Kann ich was trinken?»

Greta wollte ihm ein Glas Wasser holen, aber Mark hielt sie zurück. «Ich mache das schon», sagte er, und sie nickte dankbar.

«An was erinnerst du dich denn noch?», fragte sie, als sie mit ihrem Bruder allein war.

«Ich war in der Pension und bin losgefahren, um Papa zu suchen. Danach weiß ich nichts mehr.» Er schüttelte den Kopf. «Tut mir leid. Ich ... wollte euch nicht so viele Sorgen machen.»

«Jetzt ist ja alles wieder gut», erwiderte sie und sparte sich eine Bemerkung darüber, dass er besser auf sich hätte achten müssen. Dafür hatte sie selbst ein viel zu schlechtes Gewissen, weil sie nicht aufmerksamer gewesen war.

Die Tür ging wieder auf, und Greta rechnete damit, dass Mark zurückkam. Doch tatsächlich betrat Faris den Raum, der heute wieder Nachtdienst hatte. Er hielt das Glas Wasser für Erik in der Hand.

«Ritter sagt, das soll ich dir bringen. Und deine Mutter wartet draußen. Kann sie reinkommen?»

Greta nickte und ließ Erik ein paar Schlucke trinken, während Faris wieder nach draußen ging.

«War Leonie hier?», fragte Erik. «Weiß sie, was passiert ist?»

«Ich habe ihr vorhin eine Nachricht geschrieben. Aber ich glaube, sie hat sie noch nicht gelesen.»

Erik konnte seine Enttäuschung nicht verbergen.

«Soll ich sie holen?», fragte Greta. «Ich kann hinfahren und ...»

«Nein.» Erik seufzte. «Ich dachte nur ...»

Faris kam mit Heike zurück, die sofort nur noch Augen für ihren Sohn hatte.

«Ach, Schatz, ich bin ja so froh!», rief sie und eilte zu Eriks Bett, während Greta zu Faris ging.

«Wo ist Doktor Ritter denn hin?», fragte sie den Pfleger.

«Er ist bei Micki. Sie wollte eigentlich dich sprechen, aber er meinte, er übernimmt das. Wieso?» Faris grinste. «Vermisst du ihn schon?»

Greta ignorierte seine flapsige Bemerkung. «Ich gehe kurz zu meinem Vater und sage ihm Bescheid wegen Erik.»

Sie verließ das Intensivzimmer und ging über den Flur. Als sie Asmus' Zimmer betrat, blickte er ihr aufgeregt entgegen.

«Mensch, Lüttje, gut, dass du kommst. Ich war schon drauf und dran, mir dieses ganze Zeug abzupflücken und rüberzukommen.» Er deutete auf die Kabel des EKGs. «Wie geht es Erik?»

Sie setzte sich zu ihm aufs Bett und berichtete kurz.

«Ach, Gott sei Dank!», sagte er und entspannte sich sichtlich. «Jetzt wird alles wieder gut, oder?»

«Ja, jetzt wird alles wieder gut.» Sie drückte seine Hand. «Ruh dich aus, ja? Du bist schließlich auch krank.»

Er nickte, und sie verließ das Zimmer wieder. Als sie auf den Flur trat, sah sie Mark aus dem Zimmer von Micki kommen und wartete, bis er sie erreicht hatte.

«Wie geht es ihr?», fragte sie, während sie zusammen wieder in Richtung Intensivzimmer gingen.

«Schon wieder so gut, dass sie sich mitten in der Nacht Sorgen darüber machen kann, wie es jetzt für sie weitergeht, anstatt zu schlafen», sagte er. «Sie will nicht zurück nach Hamburg, sondern hierbleiben. Ich habe ihr gesagt, wir schauen mal, was wir für sie tun können.»

Gegen ihren Willen musste Greta lächeln, weil sie ziemlich sicher war, dass seine Antwort vor einer Woche noch anders gelautet hätte. Damals hätte er bestimmt nicht so geduldig und verständnisvoll reagiert. Jetzt ist überhaupt vieles anders, dachte sie, und als ihre Blicke sich trafen, hatte sie schon wieder Schwierigkeiten zu atmen.

«Das wäre toll.» Sie räusperte sich mühsam. «Mit Micki, meine ich. Es wäre toll, wenn sie bleiben kann. Sie … sollte nicht wieder zurück, sonst …» Sie sprach nicht weiter, weil Mark nach ihrem Arm griff und sie zwang, stehen zu bleiben.

«Greta, ich …»

Er verstummte, als sich eine der Türen am anderen Ende des Flurs öffnete. Spontan zog er Greta mit sich in den Materialraum, schloss die Tür und machte das Licht an.

«Ich habe die Verlobung mit Rieke gelöst, bevor ich aus New York weggegangen bin», erklärte er. «Und ich weiß nicht, wieso sie heute plötzlich vor meiner Tür stand. Sie hat mich ein paar Mal angerufen in den letzten Tagen und wollte wissen, wie es mir hier gefällt. Aber ich hatte keine Ahnung, dass sie vorhatte, mich zu besuchen! Nachdem du weg warst, habe ich sie gebeten zu gehen, und bin dir hinterhergefahren. Weil ich dir sagen wollte, dass …» Er hielt inne und legte eine Hand an ihre Wange. «Dass du mir unter die Haut gehst, Greta. Sehr sogar. Ich habe keine Ahnung, was genau das ist zwischen uns, aber ich will nicht, dass es vorbei ist.»

Er strich mit dem Daumen über ihre Lippen, was prickelnde Schauer über Gretas Körper sandte. Sie wusste, dass sie keine Chance hatte, als er sich zu ihr herunterbeugte und ihre Lippen sich trafen. Wie von selbst schlang sie die Arme um seinen Hals und erwiderte seinen Kuss genauso leidenschaftlich, wie sie es in seinem Haus getan hatte. Es dauerte nur Sekunden, bis sie in Flammen stand, und der Sturm der Gefühle, den er in ihr auslösen konnte, machte ihr Angst.

Abrupt löste sie sich von ihm und schob ihn von sich weg. Ihr Atem ging schwer, genau wie seiner.

«Ich kann das nicht, Mark. Ich kann keine Affäre mit dir haben.» Sie schluckte. «Das ... würde nicht gutgehen. Die Leute reden jetzt schon. Also lass uns bitte vernünftig sein und das hier beenden, bevor ...» Sie verstummte.

Bevor ich mich in dich verliebe, hatte sie sagen wollen. Aber war sie das nicht längst, wenn sie sich nichts mehr wünschte, als dass er sie wieder in die Arme nahm und noch einmal so küsste wie gerade eben?

Das schien Mark jedoch nicht vorzuhaben, denn seine Miene verfinsterte sich. Er trat dicht an sie heran, und sein Blick brannte sich in ihren.

«Dann solltest du mir besser nicht mehr zu nahe kommen», sagte er mit belegter Stimme. «Dann kann ich nämlich nicht garantieren, dass ich vernünftig bin. Nicht, dass wir dann doch noch eine ‹Affäre› haben!»

Er wandte sich um und verließ den Raum.

Erschüttert lehnte Greta sich an eines der Regale. Wieso war er plötzlich so wütend auf sie?

Sie brauchte einen Moment, bis sie in der Lage fühlte, den Materialraum zu verlassen.

Als sie das Intensivzimmer fast erreicht hatte, trat ihre Mutter auf den Flur.

«Da bist du ja», sagte sie. «Dein Kollege sagt, wir sollen Erik jetzt schlafen lassen. Er muss sich noch erholen. Und da hat er wahrscheinlich recht, oder?»

Greta nickte. «Vielleicht sollten wir nach Hause fahren. Erik und Papa sind ja erst mal versorgt.»

«Ja, das machen wir. Ich sage nur schnell deinem Vater Bescheid», stimmte Heike ihr zu und wollte zu Asmus' Zimmer gehen. Doch sie hielt noch einmal inne. «Alles in Ordnung, Schatz? Du siehst nicht gut aus.»

Greta zuckte mit den Schultern. «Ich schätze, das war alles ein bisschen viel», sagte sie und lächelte, auch wenn ihr nicht danach zumute war.

Während sie auf ihre Mutter wartete, ging sie zurück ins Schwesternzimmer zu Faris, um sich von ihm zu verabschieden.

Sie hatte ein bisschen Angst davor, Mark noch mal zu sehen. Aber er war nicht dort, und er begegnete ihnen auch nicht auf dem Weg nach draußen. Tatsächlich musste er schon vor ihnen nach Hause gefahren sein, denn sein Mercedes stand nicht mehr neben Eriks Volvo auf dem Parkplatz am Hafen, als Greta mit ihrer Mutter dort ankam, um den Kastenwagen abzuholen. Hatte er es so eilig gehabt, weil er ihr nicht mehr über den Weg laufen wollte? Es fühlte sich ein bisschen so an, und das versetzte Greta einen Stich.

«Ach, ich darf gar nicht daran denken, wie es jetzt in der Pension aussieht», meinte ihre Mutter seufzend, während sie in ihrer Tasche nach den Schlüsseln für den Kastenwagen suchte. «Ich musste vorhin so überstürzt aufbrechen, dass dort jetzt bestimmt das reine Chaos herrscht.»

Der Gedanke, noch aufräumen zu müssen, schien ihr zuzusetzen, und auch Greta spürte, dass die Aufregungen des Abends ihren Tribut forderten.

«Ich helfe dir, dann geht es schneller», erwiderte sie und stieg in ihren Golf.

Doch als sie kurze Zeit später in der Pension ankamen, fanden sie das Speisezimmer genauso vor, wie es sein musste, um am nächsten Morgen wieder bereit für die Gäste zu sein. Die Spiele lagen auf einem Stapel, und die Platten, auf denen die Schnittchen gelegen hatten, standen gespült in der Küche.

Völlig verblüfft schaute Heike sich um, dann hob sie den Zettel hoch, der auf der Arbeitsplatte lag.

«*Wir hoffen, Ihrem Mann und Ihrem Sohn geht es besser. Alles Liebe, Familie Schwarzhuber und Familie Moritz*», las sie vor und ließ den Zettel sichtlich gerührt wieder sinken. «Das gibt es doch nicht! Wie nett!»

«Siehst du. Gar kein Chaos.» Greta nahm sich vor, den beiden Familien, die Stammgäste der Pension waren, noch einmal ausdrücklich für diese freundliche und gerade unglaublich willkommene Geste der Hilfsbereitschaft zu danken.

«Dann gehen wir jetzt schlafen», sagte ihre Mutter, doch als sie oben waren und sie gerade in ihr Schlafzimmer gehen wollte, hielt sie noch einmal inne. «Was ist eigentlich mit Leonie? Weiß sie das von Erik?»

Greta holte ihr Handy aus ihrer Tasche und checkte ihre Nachrichten. «Ich hatte ihr geschrieben, aber sie hat noch nicht reagiert.»

Heike runzelte sorgenvoll die Stirn. «Denkst du, das mit den beiden kommt wieder in Ordnung?»

«Keine Ahnung», erwiderte sie. «Ich hoffe es.»

«Ach, das wäre schön.» Ihre Mutter gähnte. «Und das gilt auch für dich und deinen Doktor.» Sie lächelte, als Greta sie überrascht ansah. «Ich bin nicht blind, Schatz. Also versuch gar nicht erst, es zu leugnen. Schlaf gut.»

Sie schloss die Schlafzimmertür und ließ Greta im Flur stehen.

So einfach ist das alles nicht, dachte Greta, als sie kurze Zeit später im Bett lag und sich Marks Gesicht in Erinnerung rief.

Ich habe keine Ahnung, was das zwischen uns ist, hörte sie ihn wieder sagen und seufzte tief. «Ich auch nicht», sagte sie leise in die Dunkelheit und schloss die Augen.

35

Leise betrat Leonie das Intensivzimmer und schloss die Tür hinter sich. Die Deckenlampen waren ausgeschaltet, und im Schein des Nachtlichtes sah sie Erik im Bett liegen. Er schlief, und sie wollte ihn nicht wecken. Aber sie musste sich selbst davon überzeugen, dass es ihm wirklich wieder gutging, deshalb ging sie näher heran. Ein Stuhl stand noch neben dem Bett, wahrscheinlich, weil dort Greta oder Heike gesessen hatten, und wirkte so einladend, dass sie sich daraufsinken ließ.

Erik bewegte sich im Schlaf, wandte sich zu ihr um, und sie betrachtete seine im Schlaf entspannten Züge.

Ihre Knie waren noch ganz weich von dem Schock über Gretas Nachricht, die sie erst eben erreicht hatte. Allein der Gedanke, dass sie die ganze Zeit nicht mitbekommen hatte, wie schlecht es ihm ging! Und das alles nur, weil eine alte Freundin aus Köln ihr ständig Fotos von der Geburtstagsfeier ihres einjährigen Sohnes geschickt hatte. Irgendwann hatte sie die Bilder des süßen Kleinkindes einfach nicht mehr ertragen und das Handy auf stumm geschaltet. Um sich abzulenken, hatte sie sich dann den absurdesten Horrorfilm ausgesucht, den sie finden konnte, und war beim Anschauen eingeschlafen. Erst vorhin war sie wieder aufgewacht, und als sie Gretas beunruhigende Nachricht entdeckt hatte, war sie sofort zur Klinik gefahren.

Ihr war bewusst, dass sie eigentlich gar nicht hier sein durfte. Es war zwei Uhr morgens, und Faris erlaubte das nur, weil sie zum Personal gehörte. Und er hatte ihr auch nur deshalb Auskunft über Eriks Zustand gegeben. Normalerweise wäre das alles nicht möglich gewesen, und auch tagsüber hätte sie unter normalen Umständen Schwierigkeiten gehabt, überhaupt zu Erik durchgelassen zu werden. Schließlich war sie keine direkte Angehörige. Wenn sie mit ihm verlobt gewesen wäre, dann wäre das etwas anderes. Aber so, wie die Dinge lagen, würde es dazu ja nicht mehr kommen.

Leonie griff in die Tasche ihrer Strickjacke und zog das Kästchen mit dem Ring heraus, das sie extra mitgenommen hatte, um es ihm zurückzugeben. Mit einem leisen Seufzen stellte sie es auf den Nachttisch. Dann fiel ihr Blick auf Eriks Hand, die auf der Decke lag, und sie konnte nicht anders, als danach zu greifen und sie in ihre zu nehmen.

Er hatte kräftige Hände, mit Schwielen von der Arbeit auf dem Kutter, und sie strich gedankenverloren über seinen Handrücken.

Seine Hände waren tatsächlich das Erste gewesen, das ihr an ihm aufgefallen war. Sie war damals mit Greta in der Pension gewesen und hatte mitgeholfen, die Osterdekoration zu entfernen. Es war ein warmer Abend gewesen, und sie hatte in einem dünnen Sommerkleid auf einem kippeligen Hocker gestanden, um ein Fensterbild abnehmen, das an der Gardinenstange festgemacht war. Sie hatte sich auf Zehenspitzen stellen müssen, um dranzukommen, und konnte sich noch an den Schreck erinnern, der sie durchzuckt hatte, als sie das Gleichgewicht verlor. Aber Erik war plötzlich da gewesen, hatte seine kräftigen Hände um ihre Taille gelegt und sie sicher wieder auf den Boden gestellt.

«Sind Sie immer so waghalsig?», hatte er sie gefragt und unglaublich charmant gelächelt.

Alles danach war wie ein langer, schöner Traum gewesen. Einer, den sie genossen hatte in dem Wissen, dass er irgendwann vorbei sein würde. Weil man so glücklich doch gar nicht sein konnte.

Sie hatte nach dem Fehler gesucht, hatte darauf gewartet, dass etwas schiefging. Wahrscheinlich war ihr die ungeplante Schwangerschaft deshalb wie ein Weckruf vorgekommen. Wie ein Zeichen, dass sie auf den Boden der Realität zurückkehren musste.

Die große Liebe gab es nicht. Und wenn es sie gab, dann passierte sie nicht ausgerechnet ihr. Liebe war nichts, worauf man bauen konnte, das hatte sie früh gelernt. «Binde dich bloß nicht an einen Mann», hatte ihre Mutter immer gesagt. «Die sind alle gleich. Erst schwören sie dir das Blaue vom Himmel herunter, und wenn es schwierig wird, lassen sie dich sitzen.»

Diesen Spruch hatte sie verinnerlicht, und er hatte lange das Muster bestimmt, nach dem ihre Beziehungen abliefen. Sie hatte ihr Herz nie ganz verschenkt, hatte sich nie so auf jemanden eingelassen, dass er ihr wirklich weh tun konnte. Es war immer oberflächlich geblieben, eine Liebe auf Zeit.

Vielleicht hatte sie die Schwangerschaft deshalb auch so umgehauen. Weil sie gewusst hatte, dass sie zu dem

Kind emotional nicht auf Distanz bleiben konnte. Dass es ihr Herz stehlen und sie verletzlich machen würde.

Und genau das hatte auch Erik getan. Er hatte ihr Herz gestohlen, das war ihr klargeworden, als sie vorhin Gretas Nachricht gelesen hatte.

Wieso begriff man erst, wie sehr man etwas brauchte, wenn man kurz davor war, es zu verlieren? Wieso merkte man das nicht vorher?

Sie küsste Eriks Hand und legte sie wieder zurück auf das Bett.

«Ich weiß, das glaubst du mir jetzt wahrscheinlich nicht, aber die Antwortet lautet ‹Ja›», sagte sie leise. «Keine halben Sachen mehr. Ich würde mich an dich binden, Erik, und ich würde versuchen, keine Angst mehr davor zu haben. Es macht mir nämlich viel mehr Angst, ohne dich zu sein.»

Sie erhob sich und beugte sich über ihn, küsste ihn vorsichtig aufs Haar. «Ich liebe dich», flüsterte sie und wollte sich abwenden. Doch plötzlich spürte sie, wie sich seine Hand um ihr Handgelenk schloss.

Überrascht blickte sie ihn an und sah, dass er die Augen geöffnet hatte.

«Sag das noch mal.» Seine Stimme klang heiser.

Mit klopfendem Herzen sank sie zurück auf den Stuhl. «Ich liebe dich.»

«Und den anderen Teil auch.» Er stützte sich auf den Ellbogen hoch und hielt ihren Blick fest.

Unsicher zuckte sie mit den Schultern. «Und ich würde dich heiraten. Wenn du das überhaupt noch willst.»

Sofort angelte er sich das Kästchen vom Nachttisch, klappte es auf und holte den Ring heraus.

«Ich will noch», sagte er. «Ich glaube, ich wollte das schon, als ich dich das erste Mal gesehen habe, auf diesem Hocker, von dem du fast runtergefallen bist. Ich liebe dich auch, Leonie, sehr sogar. Und ich möchte, dass du meine Frau wirst. Auch ohne Kind. Wir müssen keine bekommen, wenn du das nicht willst. Und wir können ganz viele Reisen machen, wenn dir das wichtig ist.»

Sie setzte sich zu ihm auf die Bettkante. «Ach, Erik, ich war so dumm», sagte sie und küsste ihn. «Du bist mir wichtiger als alles andere.»

So etwas hatte sie noch nie zu jemandem gesagt, und sie zitterte innerlich, weil es ein riesiger Schritt für sie war. Es fühlte sich ungewohnt an, aber es löste auch etwas in ihr, ließ sie lächeln.

«War das ein Ja?»

Sie nickte, und er steckte ihr den Ring an den Finger, bevor er sie noch einmal sehr ausgiebig küsste. Dann sank er in die Kissen zurück und griff nach ihrer Hand, verschränkte ihre Finger mit seinen.

«Puh, das war knapp», sagte er. «Wenn jetzt der Pfleger kommt, können wir ihm sagen, dass du meine Verlobte bist. Dann kann er dich nicht mehr rauswerfen.»

Leonie lachte. «Dann machst du also jeder Frau, die dich hier besucht, vorsichtshalber einen Heiratsantrag?»

«Nur wenn sie zufällig die Liebe meines Lebens ist», erwiderte er, und sein strahlendes Lächeln wärmte sie von innen.

Sie warf einen Blick zur Tür. «Würdest du für die Liebe deines Lebens auch etwas Verbotenes tun?»

«Jederzeit», sagte er ohne Zögern. «Was schwebt dir denn vor? Willst du mit mir durchbrennen?»

«Nein, ich möchte, dass du ein Stück rutschst», sagte sie, was er bereitwillig tat.

Es dauerte ein bisschen, bis sie alles so arrangiert hatte, dass die Gerätekabel nicht im Weg waren und alles trotzdem an seinem Platz blieb. Dann legte sie sich neben ihn und schmiegte sich an ihn.

«Das hier ist verboten?» Seine Stimme klang schläfrig. «Ich finde, das sollte sofort als Therapiemaßnahme anerkannt werden.»

Leonie lächelte. «Das ist es, aber nur, wenn der Patient der Schwester gerade einen Heiratsantrag gemacht hat», sagte sie und lächelte, während sie seinen Atemzügen lauschte, die immer tiefer wurden.

Wenn sich etwas so richtig anfühlte wie jetzt gerade, dann konnte es nicht falsch sein. Oder?

36

Die Sonne ging gerade auf, als das Taxi in die Einfahrt des Dreesen-Hofs einbog, vor der Scheune wendete und schließlich anhielt.

Helena bezahlte und bedankte sich bei der Fahrerin, dann stieg sie aus. Der Himmel war jetzt wieder wolkenlos, und es würde vermutlich ein sonniger Tag werden. Aber der Sturm hatte deutliche Spuren hinterlassen. Überall auf dem Hof lagen Äste, die der Wind in dem nahe gelegenen Wäldchen abgerissen haben musste, und mehrere Dachpfannen waren vom Scheunendach gerutscht und auf dem Boden zerschellt.

Doch das Chaos passte zu dem, was Helena empfand. In ihr war gestern auch ganz viel kaputtgegangen, als Niklas ihr endlich die Wahrheit über seinen Zustand gestanden hatte. Die ganze Nacht hatte sie kein Auge zugetan, sondern nur in ihrem Bett gelegen und an die Decke gestarrt, während ihr tausend Gedanken durch den Kopf geschossen waren. Aber am Ende war sie immer wieder zu demselben Schluss gekommen.

Sie konnte das nicht. Sie konnte nicht noch einmal einen Mann, den sie liebte, sterben sehen. Den Schmerz würde sie nicht aushalten.

Irgendwann war sie aufgestanden, hatte ihre Reitsachen angezogen und sich ein Taxi zum Dreesen-Hof genommen, um von dort zurück zum Gut Thossen zu reiten. Sie würde den Hof so verlassen, wie sie gekommen war: zu Pferd.

Esperanza stand neben Karino in der Box, als sie den Stall betrat und kurz überlegte, einfach wegzureiten, ohne sich von Niklas zu verabschieden. Aber das fand sie feige, deshalb ging sie hinüber ins Haus.

Von Niklas war jedoch nichts zu sehen, als sie eintrat, und er antwortete auch nicht, als sie nach ihm rief.

Mit klopfendem Herzen ging Helena wieder nach draußen und fand ihn schließlich bei der Koppel. Er hatte die Unterarme auf einen der Holzpfosten gestützt und blickte gedankenverloren in die Ferne.

Als sie im Näherkommen auf einen Ast trat, der mit einem lauten Knacken zerbrach, wandte er sich zu ihr um. Der hoffnungslose Ausdruck in seinen Augen schnürte ihr die Kehle zu, und sie erinnerte sich plötzlich, dass er sie schon mehrfach so angesehen hatte. Sie hatte es damals nur nicht erkannt.

«Ich ... bin gekommen, um Esperanza abzuholen», sagte sie.

Er nickte. «Ich habe nachgedacht, Helena. Ich werde weggehen.»

Die Ankündigung erschreckte sie. «Und wohin?»

«Ich weiß noch nicht. Irgendwohin, wo Karino und ich wieder anonym sind und niemand weiß, was mir bevorsteht. So, wie es eigentlich geplant war.»

Sie schluckte. «Gehst du meinetwegen?»

«Auch», gestand er. «Ich denke, es ist für uns beide einfacher so.»

Sie nickte. «Dann ... gehe ich jetzt», sagte sie, blieb jedoch stehen. «Mach's gut, Niklas. Ich wünschte ...» Tränen schossen ihr in die Augen.

«Das wünschte ich auch», sagte er, und der Schmerz in Helenas Brust war auf einmal so unerträglich, dass sie keine Luft mehr bekam.

Abrupt drehte sie sich um und ging, nein, rannte zurück zum Stall, um Esperanza zu satteln. Tränenblind, wie sie war, brauchte sie dafür eine Ewigkeit, und als sie die Stute schließlich in den Hof führte, sah sie sich suchend um.

Von Niklas war jedoch nichts zu sehen, und sie war nicht sicher, ob sie darüber erleichtert oder enttäuscht war.

Karino wieherte aus seiner Box hinter ihnen her, und Esperanza antwortete, fast so, als wüssten die beiden, dass das jetzt ein Abschied für immer war.

Helena strich der Stute über den Hals und legte ihre Stirn an das warme Fell. Einen Moment lang stand sie einfach nur so da.

«Also los, gehen wir», sagte sie dann und wischte sich die Tränen von den Wangen, bevor sie sich in den Sattel schwang.

Esperanzas Hufe klapperten auf dem Kopfsteinpflaster, während sie durch das Tor hinaus auf den Feldweg trottete. Doch im Gegensatz zu sonst, wenn sie zu einem Ausritt aufbrachen, schien die Stute keinerlei Elan zu haben. Helena musste sie die ganze Zeit treiben, und als der Hof nicht mehr zu sehen war, wurde es noch schlimmer. Esperanza schlug mit dem Kopf und tänzelte auf der Stelle, sie lief einfach nicht weiter.

«Jetzt geh schon», schimpfte Helena und drückte der Stute die Fersen in die Flanken, bis sie sich schließlich wieder in Bewegung setzte.

So bockig hatte sie ihr Pferd noch nie erlebt, und das blieb auch so, während sie ihren Ritt fortsetzten. Sie brauchten viel länger als sonst, bis sie endlich Gut Thossen erreichten.

Als sie auf den Hof ritten, kam Piet gerade mit seinem schwarzen BMW-Geländewagen angefahren. Wahrscheinlich war er bis eben noch im Krankenhaus bei Stine gewesen. Er parkte das Auto unter dem großen Carport direkt neben seinem Wohnhaus und kam lächelnd auf sie zu.

«Ihr seid wieder da, wie schön!», rief er schon von weitem, und Helena wollte auf ihn zureiten.

Doch Esperanza blieb erneut stehen.

«Das kannst du nicht machen, hörst du? Das geht so nicht!», schimpfte Helena, und als sie es aussprach, wurde ihr plötzlich klar, dass sie gar nicht mit der Stute sprach, sondern mit sich selbst. Und sie begriff, was mit dem Pferd los war. Esperanza war nicht wirklich bockig, sie reagierte nur auf die Signale, die Helena unbewusst ausgesandt hatte.

Ich war es, die nicht gehen wollte, nicht das Pferd, dachte sie und atmete tief durch, ließ den Gedanken zu, gegen den sie sich die ganze Zeit über so vehement gewehrt hatte. Das hier war falsch. Das konnte sie nicht tun.

«Helena, warte! Wo willst du hin?», rief Piet ihr nach, als sie die Stute wendete und wieder in Richtung Tor ritt. Aber sie hatte jetzt keine Zeit, es ihm zu erklären.

Esperanza trabte jetzt ohne Probleme und wechselte

auch willig in den Galopp, als sie die Straße hinter sich gelassen hatten und Helena ihre Zügel freigab. Sie flog regelrecht und legte die Strecke, für die sie gerade so lange gebraucht hatten, in Windeseile zurück.

Bald kam der Dreesen-Hof wieder in Sicht. Schon von weitem erkannte Helena, dass Niklas vor dem Stall stand und gerade dabei war, Karino zu striegeln.

Der Hengst wieherte, weil er sie zu wittern schien, und Esperanza antwortete ihm, als sie durch das Tor ritten.

Erst jetzt bemerkte Niklas sie ebenfalls und erstarrte.

«Helena, was …»

Sie sprang aus dem Sattel und lief auf ihn zu, fiel ihm um den Hals und spürte, wie er die Arme um sie schloss.

«Ich bleibe bei dir», sagte sie. «Ich kann dich nicht verlassen.»

«Nein, Helena!» Er ließ sie los und schüttelte den Kopf. «Tu dir das nicht an, bitte. Geh und mach ohne mich weiter. Für mich ist es zu spät.»

«Für mich auch», sagte sie. «Das war es schon, als du mich geküsst hast. Nein, eigentlich sogar schon, als du mir hochgeholfen hast, damals, als ich vom Pferd gefallen bin.» Sie trat zu ihm und legte erneut die Arme um seinen Hals, blickte ihm in die Augen. «Also überstehen wir das jetzt gemeinsam. Du wirst nämlich nicht sterben.»

Er zog sie an sich und legte seine Stirn an ihre. «Ich würde das auch lieber nicht tun, glaub mir.»

«Gut. Denn es wird jemand geben, der dich operieren kann. Irgendein Spezialist wird sich das zutrauen, wir müssen ihn nur finden. Vielleicht haben wir ihn sogar bei uns an der Klinik. Doktor Ritter ist ein hervorragender Chirurg, den fragen wir zuerst. Vielleicht kann er …»

«Helena, bitte. Das habe ich alles schon hinter mir», unterbrach Niklas sie. «Die Ärzte sagen, es gibt keine Möglichkeit ...»

«Doch, es gibt eine», beharrte sie. «Gideon hat mir keine Chance gegeben, eine zweite Meinung einzuholen. Er hat sich einfach zufriedengegeben mit seiner Diagnose. Aber das wirst du nicht tun. Du wirst mit mir nach diesem Spezialisten suchen. Ich muss nämlich daran glauben, dass wir ihn finden, sonst kann ich nicht hier bei dir sein. Und ich will hier sein, Niklas.» Sie seufzte. «Bitte, lass es uns versuchen.»

Er zog sie noch näher an sich und küsste sie, bis ihre Knie ganz weich waren. «Und wenn es dabei bleibt?», fragte er mit rauer Stimme. «Ich will dir nicht weh tun, Helena.»

Sie blickte in sein Gesicht, das ihr schon so vertraut war, und lächelte gegen die Angst an, die ihr Herz immer noch wie eine kalte Hand umschloss.

«Lass uns die Pferde wegbringen und wieder reingehen», sagte sie. «Und dann zeigst du mir die Unterlagen. Die MRT-Bilder, die Untersuchungsergebnisse, alles, was du hast. Damit ich mir ein Bild machen kann. Okay?»

Lange sah er sie nur schweigend an, dann wich der trostlose Ausdruck aus seinen Augen.

«Okay», sagte er und küsste sie noch einmal.

Ein Motorengeräusch näherte sich plötzlich, und als sie sich beide überrascht umblickten, sahen sie, dass sich ein schwarzer Geländewagen über den Feldweg näherte. Er bog in die Einfahrt ein und blieb dort stehen.

Es war Piets Auto, Helena erkannte es und sah auch seine Silhouette hinter dem Steuer.

Sie rechnete damit, dass er aussteigen würde, aber schon einen Augenblick später setzte er den BMW wieder zurück und fuhr in hohem Tempo in die Richtung, aus der er gekommen war.

«Was wollte der denn?», fragte Niklas.

«Ich denke, er wollte nachsehen, wo ich bin.»

Helena legte ihren Kopf an seine Brust und wollte nicht mehr länger über Piet nachdenken. Wichtig war jetzt nur Niklas.

Sie hatte keine Ahnung, ob sie ihn retten konnte, aber sie schob die Zweifel weg, die ihr erneut die Kehle zuzuschnüren drohten. Denn jetzt, in diesem Moment, war noch alles gut. Sein Herz schlug kräftig und regelmäßig, sie hörte den Rhythmus dicht an ihrem Ohr. Und solange das so war, so lange gab es noch Hoffnung, dass sie beide eine gemeinsame Zukunft hatten.

37

Mark fuhr seinen Mercedes schwungvoll auf den Klinikparkplatz und wollte in die Parklücke fahren, die normalerweise den Chefärzten vorbehalten war. Doch auf dem Platz stand bereits ein Auto, ein Mietwagen, soweit er das erkennen konnte.

«Verdammt!», murmelte er und sah sich um. Alle übrigen Personalparkplätze waren schon belegt. Deshalb wendete er den Wagen und suchte sich auf dem Besucherparkplatz eine freie Lücke.

Na, das fängt ja gut an, dachte er, stieg aus und warf die Autotür zu.

Er war kurz davor gewesen, im Krankenhaus anzurufen und seine Termine für diesen Tag abzusagen. Aber das wäre unprofessionell gewesen, schließlich war er nicht krank. Nur wütend.

Wieder sah er Gretas Gesicht vor sich, den verhangenen, aber entschlossenen Ausdruck in ihren Augen.

Ich kann keine Affäre mit dir haben.

Er war sich noch nie im Leben so dumm vorgekommen. Er war ihr durch den Sturm nachgefahren, um ihr zu sagen, dass etwas passiert war mit ihm, seit er sie näher kannte. Etwas, das ihm schon sehr lange nicht mehr passiert war. Sie machte etwas mit ihm, wenn er mit ihr zusammen war, und er konnte nicht genug davon bekommen. Deswegen hatte er sie gestern in der Pension angerufen. Weil er es schon nach einem Tag nicht mehr ausgehalten hatte ohne sie. Weil er wissen musste, wie es ihr ging. Und als sie dann bei ihm gewesen war …

Er hatte keine Ahnung, was er erwartet hatte, als er sie geküsst hatte, aber nicht diese alles verzehrende Leidenschaft, die ihm jetzt noch den Atem nahm, wenn er daran dachte. Herrgott, er konnte sich nicht erinnern, wann er zuletzt eine Frau so begehrt hatte, und der Gedanke, sie noch einmal zu küssen, hatte ihn die ganze Nacht wachgehalten.

Aber das wird nicht wieder vorkommen, dachte er, während er durch den Haupteingang das Krankenhaus betrat. Er würde, verdammt noch mal, die Finger von Greta Paulsen lassen, jetzt, wo er wusste, dass alles, was sie sich mit ihm vorstellen konnte, eine Affäre war …

«Guten Morgen, Doktor Ritter», rief Verena Boden ihm aus dem Verwaltungsbüro zu und lächelte ihn strahlend an, so wie immer.

«Morgen», knurrte er, weil er zu mehr Freundlichkeit gerade wirklich nicht in der Lage war, und wollte weitergehen. Doch sie rief ihn noch einmal zurück.

«Doktor Ehlert möchte Sie sprechen.»

«Ich weiß. Er hat mich gestern schon deswegen angerufen», blaffte er und sah, wie ihr Lächeln schwand. «Entschuldigung. Ich … hatte eine lange Nacht.»

«Ja, das habe ich schon gehört», sagte sie, eine Spur kühler als zuvor, und er fragte sich, woher sie das wissen konnte. Dann fiel ihm ein, dass der Flurfunk in der Klinik sehr gut funktionierte.

«Ach, und Frau Börnsen ist hier», meinte Verena Boden. «Heute Morgen mit der ersten Fähre angekommen. Sie will ebenfalls mit Ihnen sprechen.»

«Danke», sagte er knapp und fragte sich, weshalb die Geschäftsführerin extra herkam. Sie hatte ihr Büro eigentlich in dem sehr viel größeren Partnerkrankenhaus der Hansen-Klinik auf dem Festland. Normalerweise rief sie an, wenn es etwas zu besprechen gab.

«Danke», sagte er und wollte in sein Arztzimmer gehen. Auf dem Weg überlegte er es sich jedoch anders. Besser, er brachte das Gespräch mit Ehlert gleich hinter sich.

«Herein», rief Ehlert, als Mark anklopfte. Er saß an seinem Schreibtisch, der sehr viel aufgeräumter war als Marks eigener. Tatsächlich befand sich abgesehen von der Telefonanlage und den üblichen Schreibutensilien nur ein einzelnes Blatt Papier auf der Tischplatte. Ehlert hatte eine Hand daraufgelegt und deutete mit der anderen auf den Besucherstuhl.

«Was gibt es denn so Dringendes?», fragte Mark, nachdem er Platz genommen hatte.

«Ich wollte Sie nur darüber informieren, dass ich noch heute beim Krankenhausträger eine formale Beschwerde über Sie einreichen werde», erklärte Ehlert ihm. «Nicht nur wegen des Angriffs auf Frau Paulsen, sondern auch wegen des Vorfalls neulich im Aufbereitungsraum.» Er tippte mit den Fingerspitzen auf das Papier, deshalb nahm Mark an, dass es sich um besagte Beschwerde handelte. «Sie haben durch Ihr Verhalten mehrfach das Klinikpersonal in Lebensgefahr gebracht und damit hinreichend bewiesen, dass Sie als Chefarzt nicht geeignet sind. Das ist ein verantwortungsvoller Posten, und Ihr

Führungsstil ist mehr als fragwürdig. Ich finde es wichtig, dass die Verantwortlichen darüber informiert sind, wie Sie sich hier aufführen.»

«Und deswegen zitieren Sie mich extra her?» Mark erhob sich wieder. «Das hätten Sie mir auch gestern am Telefon schon sagen können.»

Die Tatsache, dass er so ungerührt blieb, schien Ehlert sehr zu ärgern. «Das wird Konsequenzen für Sie haben, Doktor Ritter, ich hoffe, das ist Ihnen klar.»

«Das sehen wir dann», erwiderte Mark. Er hatte keine Ahnung, ob Ehlert ihm wirklich etwas anhängen konnte. Aber er würde sich nicht von seinem Kollegen provozieren lassen. Wenn ihn nicht alles täuschte, dann war nämlich genau das Ehlerts Absicht.

«Nehmen Sie das gefälligst ernst!», schimpfte Ehlert. Er war aufgesprungen und fixierte Mark wütend. «Sie sind für diese Klinik nicht tragbar! Und Sie passen auch nicht hierher! Gehen Sie einfach wieder dahin zurück, wo Sie hergekommen sind, und stellen Sie da meinetwegen alles auf den Kopf. Aber ich lasse auf keinen Fall zu, dass Sie weiter den Ruf meines Inselkrankenhauses gefährden!»

«Das ist nicht Ihr Inselkrankenhaus», erinnerte Mark ihn. «Aber wissen Sie was – wenn das so weitergeht, dann überlege ich mir tatsächlich, wie lange ich hier noch bleiben will», fügte er hinzu und fluchte innerlich, als schon wieder das Bild von Greta vor seinem inneren Auge auftauchte.

Er wandte sich um und wollte gehen, doch als er die Tür aufriss, stand Helga Börnsen vor ihm.

Sie war Mitte fünfzig, hatte kurze, auberginenrot gefärbte Haare und trug einen grauen Blazer zu Blue Jeans, weißer Bluse und weißen Sneakers. Durch ihre legeren Outfits wirkte sie auf den ersten Blick nicht wie eine harte Geschäftsfrau, die sich durchsetzen konnte. Aber Mark wusste aus Erfahrung, dass das täuschte.

«Ah, hier sind Sie, Doktor Ritter. Na, das passt ja gut, zu Ihnen wollte ich nämlich auch noch», sagte sie, und Mark glaubte im ersten Moment, dass es auch in seinem Gespräch mit ihr um die Beschwerde von Doktor Ehlert gehen würde. Doch dafür lächelte sie viel zu freundlich. «Würden Sie bitte beide kurz mit in mein Büro kommen? Ich möchte Ihnen jemanden vorstellen.»

Irritiert blickte Mark zu Ehlert, der ebenfalls ziemlich überrumpelt wirkte.

«Um was geht es denn?», fragte Mark, als sie der Geschäftsführerin über den Flur folgten.

«Lassen Sie sich überraschen.» Sie lächelte geheimnisvoll. «Es geht um eine Personalie, und das ist alles etwas kurzfristig. Aber ich bin sicher, dass Sie genauso begeistert sein werden wie ich. Etwas Besseres kann unserer Klinik gar nicht passieren. Und Sie als Chefärzte sollen es natürlich als Erste erfahren.»

«Was denn?», fragte Mark und konnte sich gerade noch ein «zur Hölle» verkneifen. Gott, er war wirklich nicht gut drauf!

Sie erreichten das Büro ganz am Ende des Ganges, das von Helga Börnsen genutzt wurde, wenn sie auf der Insel war.

«Ich glaube, Sie werden sich besonders freuen, Doktor Ritter», sagte sie, doch als sie die Tür öffnete und Mark sah, wer dahinter auf ihn wartete, hätte er ihr gerne gesagt, dass sie mit ihrer Einschätzung falscher nicht hätte liegen können.

Es war kurz vor halb elf, als Greta die Station verließ und hinunter ins Erdgeschoss ging. Unten am Treppenabsatz hörte sie Verena Boden hinter der geöffneten Tür der Anmeldung mit jemandem reden. Die zweite Frauenstimme kam ihr bekannt vor, aber sie achtete nicht wirklich darauf, bis sie plötzlich ihren Namen hörte. Unwillkürlich blieb sie stehen.

«... hat Greta doch was mit Ritter?» Es war Verena, die das wissen wollte.

«Ich weiß nicht. Aber es ist schon komisch, dass die beiden zusammen bei Gretas Bruder waren, als wir kamen. Das kann doch kein Zufall gewesen sein, oder?»

Greta erkannte jetzt auch die Stimme der anderen Frau, es war die Notfallsanitäterin Carola Meyer, die da sprach.

«Vor allem, weil es schon das zweite Mal ist», bestätigte Verena. «Letzte Woche haben die beiden auch schon eine Patientin zusammen in die Klinik gebracht. Und du sagst, sie haben sich geduzt?»

«Ja», bestätigte Carola Meyer. «Wenn du mich fragst, dann kennen die sich näher.»

«Hm. Das passt zu dem, was mir die Patientin erzählt hat, die vorhin mit ihrem Sohn zu einer Kontrolluntersuchung hier war», meinte Verena. «Sie meinte, sie hätte Ritter ‹mit seiner Freundin› am Strand getroffen. Und die Beschreibung passte auf Greta.»

Greta stöhnte innerlich, als ihr die Begegnung mit dem kleinen Jungen mit dem Schulterbeinbruch und dessen Mutter an der Düne in Dinkersen wieder einfiel.

«Aber selbst wenn. Verboten ist das ja nicht», sagte die Sanitäterin. Das Schnauben der Kliniksekretärin zeugte davon, dass sie das anders sah.

«Ich muss wieder.» Carola Meyer trat rückwärts aus der Tür, Greta sah ihre leuchtend orangefarbene Jacke mit dem Schriftzug «Rettungsdienst». Wenn sie nicht beim Lauschen erwischt werden wollte, dann musste sie jetzt schnell sein.

Möglichst lautlos lief sie weiter, bog um die Ecke und lehnte sich dort gegen die Wand. Ihr Herz raste. Sie hatte zwar damit gerechnet, dass es nach den Ereignissen des gestrigen Abends Gerede über sie und Mark geben würde. Doch es tatsächlich mit anhören zu müssen, fühlte sich unangenehmer an als erwartet.

Sie hörte die Frauen immer noch sprechen, doch jetzt verstand sie nicht mehr, was sie sagten. Weil sie immer noch Angst hatte, von einer der beiden gesehen zu werden, eilte sie weiter und floh in den Aufbereitungsraum.

Wenn ihr jemand vor einer Woche gesagt hätte, dass sie bald Thema des «Flurfunks» der Klinik sein würde, dann hätte sie wahrscheinlich nur gelacht. Und sie durfte nicht einmal böse darüber sein, denn es war kein Gerücht. Sie «hatte was» mit Mark. Die Frage war nur, was jetzt daraus werden würde.

Noch einmal rief sie sich in Erinnerung, was er gestern Abend im Materialraum zu ihr gesagt hatte. Dass sie ihm unter die Haut ging und dass er nicht wollte, dass es vorbei war zwischen ihnen.

Seine Worte verfolgten sie seitdem, hatten sie in der Nacht kaum schlafen lassen. Hatte er das am Ende doch ernst gemeint?

Es gab nur eine Möglichkeit, das herauszufinden. Sie musste unbedingt noch einmal mit ihm reden. Das jedenfalls war ihr Plan gewesen, als sie vor zwei Stunden hergefahren war. Doch bis jetzt hatte sie keine Gelegenheit dazu gehabt, weil sie zuerst ihren Vater und dann ihren Bruder auf der Station besucht hatte.

Vor allem Erik ging es schon viel besser, er strahlte vor Glück und hatte gar nicht mehr aufgehört, davon zu erzählen, wie er sich in der Nacht mit Leonie ausgesöhnt und sogar verlobt hatte. Greta freute sich sehr für die beiden, aber es war ihr schwergefallen, die Situation ihres Bruders nicht ständig mit ihrer eigenen zu vergleichen. Der Wunsch, Mark zu sehen, war immer größer geworden, und sie hatte die ganze Zeit über die Tür im Blick behalten in der Hoffnung, dass er hereinkäme. Doch die Visite hatte zu ihrer Überraschung Doktor Ehlert übernommen, und die Herzkatheter-Untersuchung ihres Vaters, die Mark machen wollte, war auf den Nachmittag verschoben.

Zuerst hatte sie geglaubt, dass er gar nicht im Haus war, weil ein anderer Wagen auf seinem Parkplatz stand. Doch dann hatte sie den Mercedes an einer anderen Stelle entdeckt – und war runtergekommen, um nachzusehen, ob sie mit ihm sprechen konnte.

Bevor sie der Mut wieder verließ, ging sie zu seinem Arztzimmer und klopfte.

«Herein», hörte sie ihn sagen und trat ein.

Mark stand an einem seiner Bücherregale und hielt in der Bewegung inne, als er sie erkannte.

«Kann ich mit dir sprechen?», fragte sie unsicher, die Türklinke noch in der Hand.

Er schob das Nachschlagewerk, das er gerade aus dem Regal hatte ziehen wollen, wieder zurück an seinen Platz und musterte sie misstrauisch. «Worüber?»

Sie ließ die Tür los und machte einen Schritt ins Zimmer. Das Herz hämmerte in ihrer Brust, während sie nach den richtigen Worten suchte. «Ich ...»

«So, wir wären dann so weit!», sagte eine Stimme hinter ihr, und als Greta sich umdrehte, sah sie Helga Börnsen in der Tür stehen. «Ach, Frau Paulsen, schön, Sie zu sehen.» Die Geschäftsführerin lächelte. «Ich wollte gerade unserer neuen Ärztin das Haus zeigen, und Doktor Ritter hatte angeboten, uns bei unserem Rundgang zu begleiten.»

Sie trat ein Stück zur Seite und machte der blonden Frau Platz, die hinter ihr aufgetaucht war und deren Anblick Greta erstarren ließ.

«Darf ich vorstellen, dass ist Frau Doktor Steffens.» Helga Börnsen deutete auf Greta. «Und das ist Frau Paulsen, eine unserer Krankenschwestern.»

Rieke Steffens streckte Greta die Hand hin, und Greta blieb nichts anderes übrig, als sie zu ergreifen.

«Ich glaube, wir hatten schon das Vergnügen.» Der feindselige Ausdruck in Rieke Steffens' grünen Augen strafte ihr vermeintlich freundliches Lächeln Lügen.

«Frau Doktor Steffens wird ab sofort die freie Stelle in der Anästhesie übernehmen», erklärte Helga Börnsen. «Wir werden also doch keinen personellen Engpass haben, so wie befürchtet.»

Greta ließ Rieke Steffens' Hand abrupt wieder los. Sie

wusste, dass einer der Assistenzärzte der Anästhesistin Tanja Waalen zum Monatsende gekündigt hatte. Seine Stelle konnte aber unmöglich so interessant oder gut dotiert sein, dass sie für eine bereits profilierte Medizinerin wie Rieke Steffens interessant war. Wenn sie also bereit war, bei ihrem neuen Job so viele Abstriche zu machen, dann konnte das nur eins bedeuten: Sie wollte wieder in Marks Nähe sein.

«Ich hoffe, Sie werden Frau Doktor Steffens hier sehr herzlich aufnehmen.» Helga Börnsen lächelte, offenbar hochzufrieden mit ihrem überraschenden Coup. «Wir freuen uns nämlich sehr, dass wir sie für uns gewinnen konnten. Nicht wahr, Doktor Ritter?»

Sie blickte zu Mark, der zu ihnen herübergekommen war und sich neben Rieke stellte.

«Natürlich», sagte er und wich Gretas Blick aus.

«Also gut, dann warten wir draußen auf Sie, bis Sie mit Ihrer Besprechung fertig sind.» Helga Börnsen warf Greta einen warnenden Blick zu, der wohl bedeutete, dass sie sich mit ihrem Anliegen kurzfassen sollte. Dann schob sie Rieke zurück auf den Flur und schloss die Tür.

«Was wolltest du mir sagen?», fragte Mark nach einem Moment des Schweigens.

Greta sah zu ihm auf und suchte in seinem Gesicht nach etwas, das ihr die Hoffnung wiedergeben würde, an die sie sich bis eben noch geklammert hatte. Die Hoffnung, dass er ihre Gefühle erwiderte. Aber er musterte sie nur mit unbewegter Miene.

«Nichts», sagte sie. «Es ... hat sich erledigt.»

Er stieß die Luft aus. «Na, dann», sagte er und öffnete die Tür, ließ ihr den Vortritt auf den Flur.

«Wir sind fertig», erklärte er, und Greta war sicher, dass diese Worte nicht nur an Helga Börnsen und Rieke Steffens gerichtet waren, sondern auch an sie. Ohne sie noch einmal anzusehen, ließ er sie stehen und ging mit den beiden Frauen davon.

Greta starrte den dreien nach, froh darüber, dass die Geschäftsführerin hereingeplatzt war, bevor sie Mark gestehen konnte, wie viel er ihr bedeutete. Es kam ihr jetzt lächerlich vor, dass sie es überhaupt vorgehabt hatte, denn das schien ihn alles nicht mehr zu interessieren. Er ist wieder genauso unnahbar wie vorher, dachte sie und versuchte, den scharfen Schmerz in ihrer Brust zu ignorieren.

Mit einem tiefen Seufzen setzte sie sich in Bewegung und stieg ebenfalls die Treppe hinauf, um noch einmal nach ihrem Vater zu sehen, der wegen der anstehenden Untersuchung sehr nervös war.

Als sie die Station betrat, kam ihr Susanne Walter entgegen.

«Ist das die neue Ärztin?» Die Pflegedienstleiterin hatte die Stimme gesenkt und blickte zu Rieke Steffens hinüber, die mit Mark Ritter und Helga Börnsen ein Stück von ihnen entfernt vor dem Schwesternzimmer stehen geblieben war. «Die anderen sagen, sie ist Ritters Verlobte. Stimmt das?»

Greta nickte, unfähig, den Blick von Mark zu lösen, der gerade über eine Bemerkung von Rieke lachte. Eigentlich Ex-Verlobte, dachte sie. Aber wie lange würde es dauern, bis die beiden sich wieder annäherten, wenn sie sich jetzt jeden Tag in der Klinik sahen?

Das Stationstelefon klingelte in Susannes Tasche. Sie ging dran, hörte kurz zu, was der Anrufer ihr sagen hatte.

«Wir kriegen einen Notfall rein», erklärte sie dann. «Verkehrsunfall auf der Straße nach Bantum. Kind leicht verletzt, Mutter schwer.» Sie steckte das Telefon wieder ein. «Ich sage schnell Bescheid.»

Greta blieb stehen, während Susanne zu Mark lief, um ihn über die Situation zu informieren. Sofort ließ er die anderen beiden stehen und folgte Susanne nach unten.

Als er an Greta vorbeikam und ihre Blicke sich trafen, wurde Gretas Brust für einen Moment so eng, dass sie kaum Luft bekam. Verzweifelt sah sie ihm nach und fragte sich, wie sie es aushalten sollte, weiter mit ihm zusammenzuarbeiten.

Aber sie hatte keine Wahl. Deshalb atmete noch einmal tief durch und setzte ihren Weg fort.

LESEPROBE

LIV HELLAND

DAS INSELKRANKENHAUS

Gezeitenwechsel

ROMAN

Erscheinungstermin August 2021

1

«Mark!»

Greta lief auf den einsamen Strandkorb zu, sah die weißen Zahlen auf dem himmelblauen Korbgeflecht der Rückseite in der Sonne leuchten. Der Korb stand viel zu dicht an der Wasserkante, die Wellen der hereinkommenden Flut erreichten ihn schon fast. Doch Greta achtete nicht weiter darauf. Alles, woran sie denken konnte, war Mark. Er saß in dem Korb, da war sie ganz sicher, und sie wollte zu ihm. Sie musste endlich mit ihm reden.

Ihr Herz klopfte wild, während sie sich durch den tiefen Sand kämpfte, der ihre Füße festzuhalten schien. Sie blickte an sich herunter und stellte fest, dass sie ihre Schwesternuniform trug. So war sie eigentlich nur bei der Arbeit im Krankenhaus gekleidet. Aber auch das hinterfragte sie nicht, sondern lief weiter.

Endlich erreichte sie den Strandkorb, doch er war leer. Verwirrt blickte sie sich um, während die kalte Nordsee ihre nackten Füße umspielte. Sie wollte sich gerade fragen, wieso sie keine Schuhe trug, da sah sie einen Mann, der in der Ferne an der Wasserlinie entlang auf sie zukam. Er war groß und dunkelhaarig, hatte breite Schultern und trug einen weißen Arztkittel. Neben ihm ging noch jemand, aber Greta hatte nur Augen für ihn.

«Mark!»

Sie winkte ihm erleichtert zu, doch das Lächeln auf ihrem Gesicht erlosch, als sie plötzlich erkannte, wer da neben ihm ging. Es war die blonde Rieke Steffens, die ihren Arztkittel offen über einem schicken blauen Kostüm trug. Sie hatte sich bei Mark eingehakt und lachte über etwas, das er sagte.

Mark und Rieke, dachte Greta und spürte einen schmerzhaften Stich in der Brust. Natürlich …

«Greta?»

Etwas legte sich um ihren Arm, und das Bild vom Strand verschwamm vor ihren Augen.

«Wach auf, Schatz!»

Erschrocken fuhr Greta hoch und sah sich um, merkte, dass sie in ihrem Zimmer im Bett lag.

Es war ihr ehemaliges Kinderzimmer, in das sie nach ihrer Rückkehr auf die Insel wieder eingezogen war. Die weiß lackierten Möbel, die hübsch gemusterten Vorhänge, die medizinischen Fachmagazine und Bücher, die aufgeschlagen auf dem Tisch lagen – all das wirkte vertraut und sehr real, genau wie ihre Mutter Heike, die neben dem Bett stand und sie mit gerunzelter Stirn musterte.

«Hast du schlecht geträumt?»

Greta dachte an die Szene am Strand und begriff, dass all das nur in ihrem Kopf stattgefunden hatte. Stöhnend nickte sie und ließ sich wieder in die Kissen zurücksinken. Ihr Herz hämmerte immer noch wild, während sie versuchte, sich wieder zu beruhigen.

«Alles in Ordnung?» Ihre Mutter ließ sich auf die Bettkante sinken. «Du hast nach Doktor Ritter gerufen.»

Erschrocken sah Greta sie an, und für einen kurzen

Moment hätte sie das gerne abgestritten. Aber ihre Mutter kannte sie viel zu gut – und hatte außerdem mitbekommen, was zwischen ihr und dem Chefarzt der Chirurgie vorgefallen war.

«Ich ... habe von der Arbeit geträumt. Das passiert mir manchmal», sagte sie ausweichend und war dankbar dafür, dass ihre Mutter nicht weiter nachhakte, sondern nur kurz ihre Hand drückte und sich dann wieder erhob.

«Wie spät ist es?», fragte Greta.

«Erst kurz nach sieben», erklärte Heike. «Aber ich könnte deine Unterstützung gebrauchen.»

«Natürlich.»

Sofort richtete Greta sich wieder auf und schwang die Beine aus dem Bett. In der Pension «Krabbe», die ihre Mutter schon seit vielen Jahren betrieb, war immer irgendetwas zu tun, und Greta hatte schon als Jugendliche gelernt, auszuhelfen, wann immer es nötig war. Jetzt, mit Mitte zwanzig, war es ihr längst in Fleisch und Blut übergegangen.

«Wo brennt es denn? Soll ich mich um das Frühstücksbuffet kümmern?»

Heike schüttelte den Kopf. «Nein, das ist alles fertig. Es hat gar nichts mit den Gästen zu tun. Es geht um Papa. Er hat heute Nacht so unruhig geschlafen. Rede doch noch mal mit ihm. Vielleicht kannst du ihn ja überzeugen.»

Greta betrachtete ihre Mutter, sah die Sorge in ihrem Blick.

«Er braucht die Operation, oder?», fragte Heike. «Auch wenn er das nicht einsehen will?»

Greta nickte. «Ich komme gleich runter und spreche noch mal mit ihm.»

Heike lächelte dankbar und ging wieder, während Greta rasch durch den Flur ins Bad lief, um zu duschen. Als sie ein paar Minuten später vor dem Waschbecken stand und ihr nasses Haar bürstete, hielt sie einen Moment inne und betrachtete ihr Spiegelbild.

Ihr dunkles Haar fiel ihr über die Schultern, und ihre blauen Augen blickten müde. Man konnte ihr ansehen, dass sie in letzter Zeit schlecht schlief, und das lag nicht nur an den Sorgen, die sie sich um die Gesundheit ihres Vaters machte.

Es lag auch an Mark.

Sie bekam ihn einfach nicht aus dem Kopf, sosehr sie sich das auch vornahm, und er verfolgte sie nicht nur heute bis in ihre Träume. Das musste endlich aufhören! Denn aus ihnen würde kein Paar werden, auch wenn sie das kurz geglaubt hatte. Es war lächerlich gewesen, sich überhaupt Hoffnungen zu machen, und mit einer Konkurrentin wie Rieke Steffens konnte und wollte sie es nicht aufnehmen.

Rieke mochte vielleicht nicht mehr offiziell mit Mark verlobt sein, aber seit die schöne Hamburgerin vor zwei Wochen bei ihnen im Krankenhaus als Anästhesistin angefangen hatte, sah Greta während ihrer Dienste, wie gut Mark sich mit ihr verstand. Es war sicher nur noch eine Frage der Zeit, bis die beiden wieder zusammenkamen, genau wie Greta es im Traum gesehen hatte. Und warum auch nicht? Die beiden passten perfekt zusammen, schließlich war Rieke auch Ärztin und kannte sich aus in Marks Welt. Sie war Teil der Hamburger High Society, in die er eigentlich gehörte, während Greta fast ihr ganzes Leben auf der Insel verbracht hatte. Rieke Steffens war viel weltgewandter als sie, und das ließ sie Greta auch bei jeder Gelegenheit spüren.

Aber viel schlimmer als Riekes Herablassung war Marks distanziertes Verhalten. Er ging Greta aus dem Weg, sprach nur mit ihr, wenn es sich nicht vermeiden ließ, und dann natürlich nur über berufliche Dinge. Die Patienten oder den Dienstplan. Selbst als sie die weitere Behandlung ihres Vaters besprochen hatten, war er sachlich geblieben. Kaum ein Lächeln, und wenn, dann so kühl, dass es ihr jedes Mal ins Herz schnitt.

Es war, als hätte es die Momente der Nähe zwischen ihnen nie gegeben, und auch wenn es Greta sehr verletzte, bestätigte es ihr, dass sie sich nicht getäuscht hatte. Mark hatte es nie ernst gemeint mit ihr. Für ihn war sie nur ein kurzes Abenteuer gewesen. Oder sie wäre es geworden, wenn sie mehr zwischen ihnen zugelassen hätte. Doch für so etwas war sie einfach nicht gemacht. Nicht, wenn es jetzt schon so weh tat.

Daran bin ich selbst schuld, dachte sie. Warum musste ich mich auch ausgerechnet in den Chefarzt verlieben?

Hastig band sie ihr Haar noch nass zum Pferdeschwanz. Dann schlüpfte sie zurück in ihr Zimmer, um sich anzuziehen. Ein paar Minuten später trug sie Jeans und T-Shirt und zog sich noch eine Strickjacke über, bevor sie die Treppe nach unten lief und den Frühstücksraum durchquerte.

Das Buffet war auf dem langen Tisch an der Wand aufgebaut und wartete auf den Ansturm der Gäste. Im Moment saß allerdings erst eine Familie an einem der Tische am Fenster. Greta kannte sie, es waren die Schillings aus Bayern mit ihrem Sohn Felix und ihrer Tochter Amelie, die schon seit zweieinhalb Wochen in der «Krabbe» wohnten.

«Guten Morgen!», rief Greta lächelnd und wollte weitergehen. Doch Melanie Schilling, eine blonde Frau Anfang dreißig, hielt sie auf.

«Ach, Frau Paulsen, könnten Sie sich vielleicht mal kurz unseren Felix ansehen? Ich weiß, ich sollte Sie damit nicht behelligen, aber Sie arbeiten doch an der Hansen-Klinik und wissen vielleicht ...»

«Natürlich», unterbrach Greta sie, schon auf dem Weg zum Tisch, wo sie den Sohn der Familie aufmerksam musterte.

Felix war gerade neun geworden, das hatte Greta mitbekommen, weil die Familie direkt nach ihrer Ankunft in der Pension seinen Geburtstag gefeiert hatte. Seine Schwester war jünger, Greta schätzte sie auf fünf.

«Na, Felix, was ist denn los mit dir?»

«Nix.» Felix erwiderte Gretas Lächeln nicht. Stattdessen starrte er seine Mutter wütend an. Offenbar war es ihm unangenehm, plötzlich im Mittelpunkt zu stehen.

«Er hatte heute Nacht starke Magenschmerzen», erklärte Melanie Schilling. «Jetzt ist es wieder besser, sagt er, aber ich finde ihn sehr blass. Denken Sie, wir sollten mit ihm zum Arzt?»

Bevor Greta antworten konnte, schüttelte Felix vehement den Kopf.

«Ich will zum Strand», forderte er. «Es geht mir wieder gut, und du hast es versprochen, Mama. Das ist wichtig.»

«Ich weiß nicht.» Seine Mutter blickte Greta hilfesuchend an. «Was meinen Sie?»

Greta betrachtete Felix und versuchte sich daran zu erinnern, wie sie ihn bis jetzt erlebt hatte. Er hatte während seiner Zeit in der Pension bereits einen guten Freund gefunden, den gleichaltrigen Marvin, der ebenfalls hier wohnte. Die beiden waren viel unterwegs, auch im und um das Haus herum, aber Greta dabei nicht negativ aufgefallen. Im Gegenteil. Aufgeweckt, fröhlich, lebhaft – das wären die Adjektive gewesen, mit denen sie die Jungs beschrieben hätte.

Heute jedoch saß Felix blass und still neben seiner Mutter und wirkte beinahe in sich gekehrt. Was nicht unbedingt etwas heißen musste, vielleicht hatte er wegen der Magenschmerzen einfach schlecht geschlafen. Dennoch …

«Ich würde das abklären lassen», sagte Greta. «Sie können Felix bei uns vorstellen oder bei Doktor Niermann anrufen, das ist der niedergelassene Kinderarzt hier auf der Insel. Seine Praxis finden Sie in …»

«Du blöde Kuh!» Felix streckte die Arme aus, legte seine Hände an Gretas Hüften und gab ihr einen Schubs. «Hau ab.»

«Felix!», rief seine Mutter und sah Greta erschrocken an. «Tut mir leid. So ist er sonst nicht.» Sie griff nach dem Arm ihres Sohnes. «Entschuldige dich bei Frau Paulsen!»

Der Junge schüttelte den Kopf und griff sich gleich darauf an die Stirn, so als hätte er dort Schmerzen.

«Ich will zum Strand», jammerte er und musterte Greta feindselig.

«Schon gut», sagte sie, weil sie die Situation beruhigen wollte. «Wenn ich du wäre, dann würde ich den Strand auch vorziehen.» Sie lächelte Melanie Schilling und ihren Mann an, der ebenfalls peinlich berührt wirkte. «Vielleicht bekommen Sie ja beides hin?»

Sie erwähnte das Wort Arzt bewusst nicht mehr, aber als sie weiterging, hoffte sie, dass die Schillings sich durchsetzen und Felix untersuchen lassen würden. Sie hatte ein ungutes Gefühl, was ihn anging. Wenn sie ihn nicht schon erlebt hätte, dann hätte sie gedacht, dass er einfach unerzogen war. Doch diese plötzliche Aggressivität passte nicht zu ihm.

Ach, wahrscheinlich siehst du Gespenster, dachte sie und öffnete die Tür zur Küche, die nur vom Personal betreten werden durfte.

Ihre Mutter stand an der Spüle und reinigte den Siebträger des Kaffeeautomaten. Als sie Greta sah, deutete sie auf die Hintertür.

«Papa sitzt draußen.»

Greta nickte und betrat die Terrasse. Die frische salzige Morgenluft tat gut, ließ sie tief durchatmen. Die Sonne wärmte zwar noch wenig, aber an dem klaren Himmel war zu erkennen, dass ein weiterer schöner Spätsommertag vor ihnen lag.

Die Hortensien, die in Schalen an den Rändern der Terrasse standen und der ganze Stolz von Gretas Mutter waren, leuchteten mit dem Blau des Himmels um die Wette. Und auch der Rest des weitläufigen, sehr gepflegten Gartens bot einen schönen Anblick. Der Rasen war gemäht, die Apfelbäume trugen bereits Früchte, und die Rosen an der Hauswand verströmten einen wunderbaren Duft.

Das alles musste einem eigentlich ein Lächeln auf die Lippen zaubern. Aber Greta war ziemlich sicher, dass ihr Vater im Moment keinen Blick für die Schönheit seines Zuhauses hatte. Er saß am Terrassentisch, hatte sich auf seinem Stuhl zurückgelehnt und starrte mit ernster Miene vor sich hin.

«Papa?» Greta setzte sich ihm gegenüber an den Tisch. «Alles okay?»

Asmus Paulsen blickte auf. Er war Ende fünfzig, und sein früher blondes Haar war inzwischen ergraut, genau wie sein Vollbart. Dass er fast sein ganzes Leben als Krabbenfischer auf der Nordsee verbracht hatte, sah man ihm an, er hatte ein breites Kreuz und kräftige Hände mit Schwielen. Doch seine Krankheit hatte ihn gezeichnet und von seiner Stärke nicht mehr viel übrig gelassen.

Ihren Vater so schwach und blass zu sehen, schnitt Greta immer noch ins Herz, deshalb streckte sie den Arm über den Tisch und legte eine Hand auf seine.

«Mama sagt, du hast schlecht geschlafen? Hattest du Beschwerden?»

Er nickte und klopfte sich frustriert mit der Faust auf die Brust. «Dieses verdammte Herz, Lüttje! Warum kann es nicht einfach wieder so funktionieren wie früher?»

«Das würde es, wenn du dich operieren lässt, Papa!» Greta sah ihn eindringlich an. «Bitte, lass den Eingriff machen!»

Asmus entzog ihr seine Hand. «Die wollen mir den Brustkorb aufreißen und mein Herz stoppen! Und falls ich das überlebe, muss ich mein Leben lang Medikamente nehmen!»

«Wenn du es nicht machst, dann stirbst du», erinnerte ihn Greta. «Ist das besser?»

Asmus wich ihrem Blick aus.

«Papa, ich weiß, dass dir das alles unheimlich ist. Aber heutzutage sind das Routineeingriffe.»

Ihr Vater schnaubte. «Für dich vielleicht. Aber du musst dir ja auch nicht ...» Er hielt inne und hustete, rang einen Moment nach Luft.

Sofort sprang Greta auf und lief um den Tisch herum zu ihm. «Alles okay?»

Er wehrte sie ab. «Es geht schon wieder.»

«Ja, jetzt noch! Aber es wird schlimmer werden!», schimpfte Greta. «Du hättest eigentlich im Krankenhaus bleiben müssen. Und du müsstest auch schon längst operiert sein! Du riskierst dein Leben, nur weil du Angst vor etwas hast, um das du am Ende doch nicht herumkommst.»

Sie kehrte auf ihren Platz zurück und musterte ihn aufmerksam. «Es ist deine einzige Chance, Papa. Bitte, sei vernünftig!»

Nicht zum ersten Mal wünschte sie, ihr Vater wäre nicht so ein schrecklich schwieriger Patient. Es hatte ewig gedauert und es war ein Notfall nötig gewesen, um ihm vor Augen zu führen, dass seine ständige Abgeschlagenheit eine körperliche Ursache hatte, die behandelt werden musste. Als sturer Insulaner hielt er nämlich nichts von Ärzten und hatte sich lange geweigert, sich untersuchen zu lassen.

Jetzt stand die Diagnose endlich fest: Er litt unter einer Herzinsuffizienz, ausgelöst durch einen Defekt an der Aortenklappe, der zum Glück operabel war. Die gesamte Familie war unglaublich erleichtert gewesen über diese Nachricht, doch nun schreckte Asmus vor der Operation zurück.

«Der Eingriff ist nötig, Papa, sonst kommst du nicht mehr auf die Beine.»

Asmus verzog den Mund zu einem schiefen Grinsen. «Ja, ja, ich weiß. Ich lasse es ja auch machen.»

«Was? Aber ich dachte ...» Überrascht starrte Greta ihn an. «Wirklich?»

Er nickte.

«Okay. Dann mache ich dir gleich einen Termin. Drüben auf dem Festland gibt es eine sehr gute Klinik. Du weißt schon, die, von der Doktor Ritter gesprochen hat. Da können sie dir ...»

«Ich gehe nicht aufs Festland», unterbrach Asmus sie. «Operieren lasse ich mich nur hier auf der Insel.»

«Was?» Greta schüttelte den Kopf. «Aber ...»

«Kein Aber!», erklärte ihr Vater. «Die doktern an meinem Herz rum, Lüttje. Was, wenn dabei etwas schiefgeht? Ich habe mein ganzes Leben hier auf der Insel verbracht, und wenn schon, dann will ich auch hier sterben. Und nicht in irgendeiner Spezialklinik irgendwo auf dem Festland. Das kommt nicht in Frage.»

Greta schüttelte den Kopf. «Und wie stellst du dir das vor? Hier auf der Insel ist so ein Eingriff nicht ...» Sie hielt inne, weil ihr plötzlich klarwurde, worauf ihr Vater hinauswollte. «Du willst, dass Doktor Ritter dich operiert?»

Asmus nickte. «Er ist ein toller Arzt, das hast du selbst gesagt. Außerdem ist er ehrlich, er macht mir nichts vor. Das mag ich.»

Die Tatsache, dass ihr Vater lobende Worte für ein Mitglied der ärztlichen Zunft fand, hätte Greta normalerweise erleichtert. Aber musste es ausgerechnet dieser Arzt sein?

«Das geht nicht, Papa.»

«Natürlich geht das. Doktor Ritter ist Chefarzt der Chirurgie bei euch an der Klinik», beharrte Asmus. «Und er hat gesagt, dass er mit solchen Operationen Erfahrung hat. Also kann er das.»

Greta seufzte innerlich, weil sie dieses Argument nicht entkräften konnte. Mark war tatsächlich mehr als geeignet für den Eingriff. Mit Mitte dreißig galt er als chirurgischer Überflieger und hatte schon an renommierten Kliniken wie dem Lennox Hill Hospital in New York gearbeitet. Deshalb verwunderte es viele, dass er sich entschieden hatte, zu ihnen auf die Insel zu kommen. Die Stelle bot ihm nicht die Möglichkeiten, die er anderswo gehabt hätte. Und genau das war auch das Problem an Asmus' Ansinnen.

«Selbst wenn Doktor Ritter es wollte, ginge es nicht. Die Hansen-Klinik ist ein Akut-Krankenhaus. Und ein sehr kleines noch dazu. Wir behandeln Notfälle und sichern die medizinische Versorgung für die Insulaner und die Touristen. Aber wir halten dort nicht die Ausrüstung für jede Art von Behandlung vor. Für deinen Fall gibt es …»

«Spezialisten, ich weiß.» Asmus verschränkte die Arme vor der Brust. «Irgendwelche Fremden. Die will ich nicht. Dein Doktor ist der Einzige, der mich operieren darf. Und er hat gesagt, dass er …»

«Er ist nicht ‹mein Doktor›», unterbrach Greta ihn und ignorierte den Stich, den seine Worte ihr versetzt hatten. «Er …»

Sie hielt inne, weil in diesem Moment ein großer Mann mit schwarzen Haaren und auffallend grauen Augen die Terrasse betrat.

«Ich hoffe, ich störe nicht», sagte Mark Ritter, und als ihre Blicke sich trafen, geriet Gretas Herz kurz aus dem Takt.

Lena Wolf

Ein Sommer auf Sylt

Sylt hat immer Saison und bietet wunderschönes Lokalkolorit für eine charmante Liebesgeschichte: Eigentlich wollte Julia nur eine Auszeit nehmen. Doch nun sitzt sie mit drei Streithähnen im Autozug nach Sylt: ihrer Mutter und zwei Tanten. Die Schwestern sind uneins, was mit dem Haus auf Sylt geschehen soll. Früher haben sie dort unbeschwerte Familienurlaube verbracht – bis sich alle in den gleichen Mann verliebten: Julias Vater. So einfach ist das mit Verkaufen aber ohnehin nicht, denn wie sich herausstellt, ist das Haus vermietet. Und zwar an die letzte Geliebte des Vaters. Notgedrungen kommen Julia und ihr kapriziöser Anhang in einer Pension unter. Zwischen dem Besitzer und Julia knistert es schon bald. Aber damit fangen Julias Probleme erst an ...

384 Seiten

Weitere Informationen finden Sie unter **rowohlt.de**